中國語言文字研究輯刊

七　編

許　鋑　輝　主編

第 13 冊

《玉篇直音》的音系

秦　淑　華　著

花木蘭文化出版社

國家圖書館出版品預行編目資料

《玉篇直音》的音系／秦淑華 著 -- 初版 -- 新北市：花木蘭文化出版社，2014〔民 103〕

目 2+352 面；21×29.7 公分

（中國語言文字研究輯刊 七編；第 13 冊）

ISBN 978-986-322-853-0（精裝）

1.玉篇　2.研究考訂

802.08　　　　　　　　　　　　　　　103013630

ISBN-978-986-322-853-0

9 789863 228530

中國語言文字研究輯刊

七　編　　　第十三冊　　　　　　ISBN：978-986-322-853-0

《玉篇直音》的音系

作　　者　秦淑華

主　　編　許錟輝

總 編 輯　杜潔祥

副總編輯　楊嘉樂

編　　輯　許郁翎

出　　版　花木蘭文化出版社

社　　長　高小娟

聯絡地址　235 新北市中和區中安街七二號十三樓

　　　　　電話：02-2923-1455／傳真：02-2923-1452

網　　址　http://www.huamulan.tw 信箱 hml 810518@gmail.com

印　　刷　普羅文化出版廣告事業

初　　版　2014 年 9 月

定　　價　七編 19 冊（精裝）新台幣 46,000 元

《玉篇直音》的音系

秦淑華　著

作　者

秦淑華，1967 年出生於山西，1987 年畢業於北京大學中文系漢語專業，1990 年獲北京師範大學碩士學位，2004 年獲首都師範大學博士學位。現任職於中華書局，負責語言文字學的古籍整理和學術著作的出版。入選中國出版集團第一批三個一百人才庫。

承擔了國家出版基金項目《商周金文辭類纂》《王力全集》，完成了多部國家古籍補貼項目、國家哲學社會科學成果文庫，承擔的《近出殷周金文集錄二編》榮獲 2010 年全國優秀古籍圖書一等獎，《六書故》榮獲 2012 年全國優秀古籍圖書二等獎。

提　要

《玉篇直音》，收於樊維城、姚士粦輯編的明代刻本《鹽邑志林》中，全書按部首編排，共有 13992 條有效音注，全書被注字有 13371 個，注字有 3258 個，既是注字又作被注字的 1843 個。全書基本採用直音的形式注音，結合紐四聲法即用聲韻同而調不同的字注音，全書用紐四聲法注音的共有 434 例。

本文主要運用反切比較法和統計法，結合音位分析法、文獻參證法和方音參證法對《玉篇直音》所反映的語音系統進行分析。結果是：

《玉篇直音》的聲母共有 27 個，其主要特點有：全濁聲母基本保存，但又有約 10% 的字與清聲母互注；非敷合流，奉母字也有一部分與非敷合流；零聲母擴大；疑母在部分洪音中還保存；泥娘合流；知₂莊精、知₃章分別合併，知₃章有一部分字流入精組；非敷奉與曉匣的合口相混；禪日相混；匣喻相混；船禪、從邪不分；有各種聲母類混注。

韻母有 47 個，主要特點是：-m 尾韻與 -n 尾韻合流，臻深攝、山咸攝分別合併，但 -m 尾可能尚有少數殘留；-n、-ŋ 尾韻在界限基本清楚的前提下，有部分臻深攝與通曾梗攝的字相混；入聲 -p、-t、-k 的區別消失，都轉化為 -ʔ；重韻、重紐的區別均已不存在；異攝各韻大量合併，韻部大大簡化，如江宕攝合併，蟹攝的細音與止攝合併，曾梗攝合併；止攝與遇攝相混；果攝與遇攝相混；效攝與流攝互注；三、四等韻合併；一、二等韻的界限已有混淆；部分開口二等喉牙音字已經產生 -i 介音，與三、四等字同音，但這個過程在各韻攝並不同步；很多《切韻》音系的合口字讀作開口，除了吳語能解釋的端、精組外，還有不少牙喉音字；「鳥」有[t][n]兩讀；有各種韻母類混注。

聲調有平、上、去、入四聲，各分陰陽，因此有八個聲調；全濁上聲絕大多數已變為去聲，還有極少數殘餘；有各種聲調類混注。

這裏面既有與明代官話相吻合之處，又有典型的吳語特點。

綜合考察明代官話、明代吳語及《玉篇直音》注者的情況，我們初步推斷《玉篇直音》反映的是明末吳語區文人講的一種頗受官話影響的讀音，即海鹽官話。

目次

第一章　緒　論

第一節　注者與時代

　　《玉篇直音》，收於樊維城、姚士粦等輯編的明代刻本《鹽邑志林》中，題爲顧野王撰，明黃岡樊維城彙編，後學鄭端胤、姚士粦、劉祖鍾訂閱。顧野王是南朝梁人，撰有《玉篇》，已亡佚，現存殘卷若干。現在通行的《大廣益會玉篇》是宋代大中祥符六年（1013）陳彭年等人重修的本子。這兩本書都是按部首編排，首先，我們將二書的部首進行了比較，發現：《大廣益會玉篇》的部首與許慎的部首一致，部首下轄各字與部首字往往在意義上有著一定的聯繫，可以稱之爲造字部首；而《玉篇直音》的部首是爲檢索漢字而設，可以稱之爲檢字部首；可見，二書設置部首的原則不同，如《玉篇直音》的月部字，在《大廣益會玉篇》分屬肉部和月部。我們將二書的收字也逐一進行了比較，發現即使部首相同，所收的字也不完全相同，而是互有出入。

　　我們又將《玉篇直音》與《原本玉篇》進行了比較，情況與上述《玉篇直音》與宋本《玉篇》的關係相同，例如食部，《原本玉篇》收有 144 字，《玉篇直音》收有 140 字，二書有 97 字相同，有 47 個字《原本玉篇》收而《玉篇直音》不收，如：饆、饐、饑、饗、餫、饡、飡、餐、鎌、饉、餤、餱、餃、饊、飯、飢、饘、餗、餕、餧、餚、餰、館、餄、餝、飰、餭、饐、餫、飦、餕、餷、饞、饒、饌、

饉、饐、餂、餘、餕、饕等。「飲」《玉篇直音》收在欠部。有 44 個字《玉篇直音》收而《原本玉篇》不收，如：餐、靨、驚、饜、餍、飥、飳、餚、飾、飼、飫、飥、饍、餡、饢、餚、飼、饞、餫、餫、餚、餯、餈、餟、餲、餉、餯、餟、餘、餶、餭、餳、餉、饊、饡、飩、飤。

因此，不僅《玉篇直音》與《原本玉篇》及《大廣益會玉篇》二者的收字及體例都不一致，其音韻特點與《原本玉篇》及《大廣益會玉篇》也都不相同；而且，明朝時期有一種風尚，喜歡把自己的作品冠以名人名下，因此，我們判斷不會是顧野王撰，而是另外四人輯錄彙編而成。樊維城等人纂修的《海鹽縣圖經》卷十二「顧野王」下說：「所撰《玉篇》《輿地志》各 30 卷，《符瑞圖》《顧氏譜傳》各 10 卷，《分野樞要》《續洞冥記》《玄象表》各 10 卷，《文集》20 卷，並行於時。」並沒有提到這本《玉篇直音》。

明末文人著書的一個風氣是不具自己的名字，而是署所謂名人的名字，以提高所著書的名望，《四庫全書總目提要》就批評《玉篇直音》署「顧野王」的名字是作假行為，所謂「舛謬」。

史書記載較多的是樊維城和姚士粦。樊維城，「父親樊玉衡，黃岡人，萬曆進士，由廣信推官擢御史，……謫無為判官，稍遷全椒知縣，……二十六年，遂永戍雷州，……光宗立，起南京刑部主事，以太常少卿致事卒，嘗採古初至明代用智之事，著《智品》一書」（臧勵龢 1927）。樊維城是「萬曆四十七年進士，除海鹽知縣，遷禮部主事。天啟七年，坐事謫上林苑典簿……八年以大計罷歸。十六年，……三月二十四日，張獻忠破黃岡，……賊欲屈維城，抗聲大罵，刃洞胸而死」〔註1〕。據清人王彬修、徐用儀纂的《海鹽縣志》〔註2〕記載，樊維城是「天啟初年任知縣，……修輯縣圖經，並刻藝文、前編志林」。姚士粦，明海鹽人，「……學問奧博，蒐羅秦漢以來遺文，撰秘冊彙函跋尾，各為考據，具有源委」〔註3〕。「字叔祥，庠生，……知縣樊維城聘修邑志，多所考訂。年八十餘卒」〔註4〕。關於鄭端胤、劉祖鍾的事迹，只有樊維城等人纂修的《海鹽

〔註1〕《明史》1974。

〔註2〕收於《中國地方志集成》。

〔註3〕臧勵龢 1927。

〔註4〕〔清〕彭孫貽、童申祉編《海鹽縣志》，收於《中國地方志集成》。

縣圖經》卷十三爲二人的父親所立傳記的最後提及二人均是「國子生」，劉祖鍾的父親劉世埏是萬曆丁丑進士，鄭端胤的父親鄭心材「好學，屢舉不第，……拜督府都事，歷應天……」。這樣看來，除了樊維城是江淮官話區的文人外，姚士粦、劉祖鍾、鄭端胤三人均是當地的文人。

萬曆四十七年是公元 1619，天啓初年是公元 1621 年，如據清人王彬修、徐用儀纂的《海鹽縣志》，則《玉篇直音》的編纂是在 1621 年以後，如據海鹽縣志編纂委員會編的《海鹽縣志》樊維城「萬曆 47 年任海鹽知縣」，天啓七年是公元 1627 年，張獻忠於 1643 年 3 月下黃州。《玉篇直音》是樊維城到海鹽任知縣一職時開始組織編纂，他聘請姚士粦，具體工作可能姚士粦等三人尤其是姚士粦做的要多些。

《鹽邑志林》是中國第一部郡邑叢書，彙集了該縣歷代人士的著述 41 種，刊於明天啓三年，即 1623 年。王雲五主編的叢書集成初編本的《玉篇直音》就是根據《鹽邑志林》第八峽影印（《景印元明善本叢書十種》即收有《鹽邑志林》）。可見，它的成書應該是在 1619～1623 之間，所以說《玉篇直音》成書於 17 世紀初。

第二節　《玉篇直音》的體例

全書基本採用直音的形式注音，羅常培《中國音韻學導論》對直音的定義是：

> 以一字比況作音謂之「直音」。李鄴《切韻考》云：「今人直音與古人讀若不同：古人讀若取其近似，今人直音非確不可。音各有類，定音必從其類，如本類有音可取，而取別類則非。」就漢字音之結構言，兩字之「頭」「頸」「腹」「尾」「神」各部悉同者始可互相注音。

即用聲韻調完全相同的字注音，如：

編號	1	13	285	513	795	1085	1822	2105	3788	3818
被注字	天	早	風	耿	山	冰	壁	田	身	心
注字	添	澡	峰	梗	珊	兵	必	塡	申	新

《玉篇直音》在同一部首內，有按音同原則列字的傾向，如果出現了同音字群，一般在第二個字下標明「同上」，如，616 熹　希 617 熙　同上 618 熺　同

上。「同上」的字樣共出現了 637 次。

直音法有它的缺陷，羅先生說道：「然字形有限而音變無方，故無同音之字則其法窮，或有同音之字而隱僻難識，則其法又窮。」因此除了直音，作者也用紐四聲法的形式注音，即用聲韻同而調不同的字注音，如：

1973	232	198	2917
堪	朗	旺	窟
看平	郎上	王去	困入

全書用這種方法注音的共有 434 例，它們是：

A　B平　　共有 72 例；

A　B上　　共有 182 例；

A　B去　　共有 156 例；

A　B入　　共有 24 例。

第三節　材料和研究方法

《玉篇直音》共有 13964 條注音，其中有 28 條是在同一條目下有兩個注音字，即多音字，應算作兩條音注，如 6917 行 杭刑，應分解為行 杭、行 刑兩條才好，這樣共有 13992 條音注，加以分析，大致有下列幾種情形：

一、缺注音字或被注字，共有 43 條；

二、有些字印刷不清或印刷錯誤，為謹慎起見，也排除不用。這樣的情況共有 76 條；

三、中古字書和韻書均查不到的字，共有 395 條；

四、在《廣韻》《集韻》和《大廣益會玉篇》中查不到，但被後來的一些字書如《正字通》《字彙》等輯錄，雖然從文字學角度看很有價值，但反切比較法的先決條件是《玉篇直音》和《廣韻》《集韻》都收有某字，如果《廣韻》《集韻》不收，我們就無從窺知其中古音韻地位，因而無法用反切比較法去利用它們，所以也只好放棄，這類字為數不少，約有 372 個；

五、像下面這種情況的音注均不能用，如，

　　3672　姮　胡登（集）匣登開一平曾／常　市羊　禪陽開三平宕

注者強調的可能是意義上的聯繫，此類音注共有 6 例，還有如，

5903　髓　息委　心紙合三上止 / 帝　都計　端霽開四去蟹

我們一下看不出注字與被注字之間的關係，此類音注共有 121 例，還有如，

955　嶓　博禾　幫戈一平果 / 煩　附袁　奉元三平山

在此，很可能有偏旁類推的影響：因爲，「番」與「煩」同音，此類音注共有 572 例。

這樣一來，我們的研究材料只有 12407 條音注。

六、所謂俗字、訛字和簡化字，在中古韻書中都有相對應的「本字」，我們取它的本字讀音，這類字共有 366 個，其中被注字是俗字、訛字和簡化字的有 180 個，注字是俗字、訛字和簡化字的有 182 個，注字和被注字都是俗字、訛字和簡化字的有 4 個。

研究方法

我們主要運用反切比較法和統計法，結合音位分析法、文獻參證法和方音參證法。將全書可資利用的音注材料，逐一在《廣韻》《集韻》《大廣益會玉篇》中檢索，首取《廣韻》反切，其音韻地位參照郭錫良的《漢字古音手冊》；不見於《廣韻》而見於《集韻》的，我們取《集韻》反切，並注明；有時候，一條音注中的注音字或被注字《廣韻》不收，《集韻》收，爲了便於比較，就捨棄《廣韻》反切而取《集韻》反切，如 2533㯚　泊　，㯚《廣韻》未收，《集韻》收，爲了一致起見，我們放棄了「泊」的《廣韻》反切「傍各」，而錄用《集韻》的「白各」，雖然它們的音韻地位相同；《廣韻》《集韻》皆不收，而見於《大廣益會玉篇》的，我們取《大廣益會玉篇》的反切，也注明出處。反切比較法的充分條件是兩個字必須意義相同，但《玉篇直音》不解釋字義，遇到一些多音字或同形字時，只好以語音差別的遠近作標準，具體操作則遵循邵榮芬和陳亞川〔註 5〕的論述，同時，雖然《玉篇直音》不是直接本自《大廣益會玉篇》，但二者還是有繼承關係，因此酌情參照《大廣益會玉篇》對被注字的解釋，如 18 晣　志，晣《廣韻》有兩讀，征例切（章母祭韻），星光也；旨熱切（章母薛韻），光也。顯然，較之於入聲薛韻的反切，祭韻讀音與注字要近些，同時《大廣益會玉篇》「晣，之逝切，明也」，這樣，我們

〔註 5〕邵榮芬《〈五經文字〉的直音和反切》，載邵 1997。
陳亞川《反切比較法例説》，載《漢語集稿》，北京語言學院出版社，1993。

就選「晰」的「征例切」而捨棄「旨熱切」。從中古音角度看，同音的音注共
8514 條。

《廣韻》不分輕重脣，《集韻》將輕重脣分開，為了方便，我們採用脣音
八母的分法；按照邵榮芬的意見，莊組的俟母獨立；按照陸志韋和邵榮芬等
的意見，禪船易位；喻三（于）、喻四（以）分開。因此，我們的中古音聲母為
42 個：

幫	滂	並	明		
非	敷	奉	微		
端	透	定	泥		來
見	溪	群	疑		
知	徹	澄	娘		
莊	初	崇		生	俟
章	昌	禪	日	書	船
精	清	從		心	邪
影			于	曉	匣
			以		

關於中古音韻母體系，我們按照《廣韻》韻目。中古重紐八韻系中舌齒
音的歸屬尚有爭論，秦淑華和張詠梅的《重紐韻中的舌齒音》一文運用類相
關法〔註6〕，對重紐韻中的所有反切進行了考察和分析，得出的結論是：重紐
韻中的知組、莊組和來母與 B 為一類，重紐韻中的章組、精組和日母與 A 為
一類。如果要標寫重紐韻舌齒音，知組、莊組和來母的介音應為 i，章組、精
組和日母的介音應為 j。

〔註 6〕主要參看周法高《隋唐五代宋初重紐反切研究》，《中研院第二屆國際漢學會議論文
集》，臺北，1948。

〔日〕松尾良樹 1975《論〈廣韻〉反切的類相關》（馮蒸譯），《語言》第一卷，首
都師範大學出版社，2000。

〔日〕辻本春彥 1954《所謂三等重紐的問題》（馮蒸譯），馮蒸《漢語音韻學論文
集》，首都師範大學出版社，1997。

第四節　研究《玉篇直音》的意義

直音這種注音方法決定了它反映的是一種實際的語音系統，因此研究、整理出它的音系面貌，對於明代語音及漢語音韻史的研究都有重要的理論和實際意義。迄今爲止，還沒有人對《玉篇直音》的語音系統進行過研究，可以說這是一項塡補空白的工作。

本文試圖對近代漢語音韻研究中的一些問題進行討論，對近代漢語音韻的研究起到一點點的推動作用。

另外，明代南曲的用韻依據的究竟是《洪武正韻》，還是「自然之音」？如果是依據「自然之音」，那麼這「自然之音」又是怎樣的一副面孔？曾經興盛一時的海鹽腔用韻情況又如何呢？因此，研究《玉篇直音》語音系統的意義並不局限於語言學上，它還有助於探討明代戲曲海鹽腔的用韻及中國戲曲聲腔史。

第二章 聲 母

第一節 唇 音

一、重唇音

首先，我們看一下幫組四母的自注和互注情況：

	幫	滂	並	明
幫	341	5	32	
滂		170	20	
並			305	
明				500

　　明母不與其餘三母發生關係，完全自注，所以明母獨立。

　　並母與幫、滂母互注達 52 次，佔並母總數的 14.6%，說它已經完全清化似乎根據不足，但既然有互注的情況出現，最起碼說明在一些字中兩個聲母的音值相同，之所以自注的數量很多，有可能是大部分字仍讀濁音，也有可能是表明聲調的區別，因此這個問題還得再探討，我們姑且將它處理為尚未完全清化。其中與**幫母**互注的 32 例中，有一例是平聲互注：

1）13943　羆　彼爲　幫支三平止〔註1〕／皮　符羈　並支三平止

二例是平仄互注：

2）479　霸　北朋（玉）幫登一平曾／併　蒲幸　並耿二上梗

3）6546　矊　卑眠（集）幫先四平山／便　婢面　並線三去山

其餘全是仄聲字：

4）496　霸　北諍（集）幫諍二去梗／併　蒲幸　並耿二上梗

5）8919　畚　部本（集）並混一上臻／本　布忖　幫混一上臻

6）5340　臏　毗忍　並軫三上臻／實　必仞（集）幫震三去臻

7）5894　髕　毗忍　並軫三上臻／擯　必刃　幫震三去臻

8）69　畈　博漫（集）幫換一去山／辦　蒲莧　並襉二去山

9）10468　萴　方莧（玉）幫襉二去山／辨　蒲莧　並襉二去山

10）3092　備　平祕　並至三去止／庇　必至　幫至三去止

11）7216　岥　被義（玉）並寘三去止／閉　博計　幫霽四去蟹

12）10070　䟝　彼義　幫寘三去止／避　毗義　並寘三去止

13）8712　珮　蒲昧　並隊一去蟹／倍　補妹　幫隊一去蟹

14）10409　筏　博蓋　幫泰一去蟹／佩　蒲昧　並隊一去蟹

15）9771　柿　蒲蓋（集）並泰一去蟹／市　博蓋（集）幫泰一去蟹

16）11122　犤　傍卦　並卦二去蟹／拜　博怪　幫怪二去蟹

17）12000　虣　薄報（集）並號一去效／豹　北教　幫效二去效

18）225　霸　必駕　幫禡二去假／罷　部下（集）並馬二上假

〔註1〕13943是此條在《玉篇直音》中出現的順序，「羆」是被注音字，「彼爲」是反切，
然後是聲母、韻、呼（幾個獨韻攝，通、遇攝標以合口，江、效、流、深攝標以開
口。唇音不分開合，在本文中我們採取不標開合的做法，遇到有開合對立的韻時，
擬音從開口）、等、調、攝，斜線後是注音字和它的反切、音韻地位，此後概依此
例。

19）226　　霸　必駕　幫禡二去假 / 同上（罷）部下（集）並馬二上假

20）6125　　襮　博沃　幫沃一入通 / 同上（僕）蒲沃　並沃一入通

21）1552　　濮　博木　幫屋一入通 / 泊　傍各　並鐸一入宕

22）1752　　礴　傍各　並鐸一入宕 / 剝　北角　幫覺二入江

23）2533　　轐　博木（集）幫屋一入通 / 泊　白各（集）並鐸一入宕

24）8407　　鏷　蒲沃　並沃一入通 / 撲　博木（集）幫屋一入通

25）8545　　鉑　白各（玉）並鐸一入宕 / 伯　博陌　幫陌二入梗

26）13556　　癹（發）〔註2〕蒲撥　並末一入山 / 剝　北角　幫覺二入江

27）560　　煏　符逼　並職三入曾 / 必　卑吉　幫質三入臻

28）561　　熊　皮逼（玉）並職三入曾 / 同上（必）卑吉　幫質三入臻

29）4016　　愊　弼力（集）並職三入曾 / 湢　彼側　幫職三入曾

30）11448　　鷝　薄必（集）並質三入臻 / 必　卑吉　幫質三入臻

31）11736　　駜　房密　並質三入臻 / 必　卑吉　幫質三入臻

32）12462a　　鮊　薄陌（集）並末二入梗 / 百　博陌　幫陌二入梗

這些例子表明，濁音並母在一部分仄聲字中已變同幫母。

還有一些例子，很難說是否受了聲符的影響，為謹慎起見，我們將之作為參考例列在下面，但並不列入統計，後文概依此例。

1）2384　　鄱　薄波　並戈一平果 / 播　逋禾（集）幫戈一平果

此例，幫母與平聲中的並母讀音相同，可能是受偏旁的影響。

並母與滂母互注的有：

平聲

1）13540　　甹　普丁　滂青四平梗 / 平　符兵　並庚三平梗

2）13844　　偋　匹丁（玉）滂青四平梗 / 平　符兵　並庚三平梗

3）12321　　翩　匹賓　滂眞三平臻 / 貧　符巾　並眞三平臻

〔註2〕括弧前的字為所謂的俗字、後起字、訛字和簡化字等，括弧內的字即其本字，因為篇幅關係，不再一一列出其來源，後面列本字的音韻地位。以後概依其例。

4）7356　　披　敷羈　滂支三平止／否平　符鄙　並旨三上止（平：脂）

5）8510　　鈹　敷羈　滂支三平止／皮　符羈　並支三平止

6）10965　醅　芳杯　滂灰一平蟹／陪　薄回　並灰一平蟹

7）3771　　婆　薄波　並戈一平果／頗平　滂禾　滂戈一平果

8）3560　　嫖　撫招　滂宵三平效／瓢　符宵　並宵三平效

仄聲

9）4869　　聘　匹正（集）滂勁三去梗／平去　皮命（集）　並映三去梗

10）4934　聘　匹正　滂勁三去梗／平去　皮命（集）　並映三去梗

11）4618　呠　普本（集）滂混一上臻／盆上　蒲奔　並魂一平臻（上：混）

12）11827、13954　牝　毗忍　並軫三上臻／品　丕飲　滂寢三上深

13）12781　畔　蒲半　並換一去山／泮　普半　滂換一去山

14）3692　媲　匹詣　滂霽四去蟹／鼻　毗至　並至三去止

15）12772　嫖　匹妙（集）滂笑三去效／票　毗召（集）並笑三去效

16）3377　爸　部可（集）並果一上果／頗　普火　滂果一上果

17）3025　必　毗必　並質三入臻／匹　譬吉　滂質三入臻

18）2269　邲　毗必　並質三入臻／匹　譬吉　滂質三入臻

19）4251　懪　普角　並覺二入江／朴　匹角　滂覺二入江

　　上面的例子有 8 例是平聲互注，仄聲互注的例子比較多，其中有幾例的注字是濁平，有可能其聲母已經由並>滂，並母的平聲基本上變同滂母，但還有一些是仄聲互注，這與北方話濁聲母清化的一般規律不相符合，應該是反映了注音人的方音色彩。

所以《玉篇直音》的重唇音有：

幫、並仄部分

滂、並部分

並

明

二、輕唇音

我們先看輕唇四母及相關聲母的自注和互注情況：

	非	敷	奉	微	影	于／以	滂	明	並	曉	匣
非	126	64	18				1			10	
敷		48	7							3	2
奉			164	5					2		7
微				85	4	1／2		1			

非、敷母自注 174 例，互注 64 例，互注數佔總數的 26.9%，二者合流當無疑問。非、敷互注的 64 例如下：

1）285　　颭　方戎　非東三平通／峰　敷容　敷鍾三平通

2）286　　颮　方馮　非東三平通／同上（峰）敷容 敷鍾三平通

3）287　　颭　方馮　非東三平通／同上（峰）敷容　敷鍾三平通

4）464　　豐　敷馮（集）敷東三平通／風　方戎　非東三平通

5）580　　燹　敷容　敷鍾三平通／風　方戎　非東三平通

6）693　　烽　敷容　敷鍾三平通／風　方戎　非東三平通

7）964　　嶰　敷空　敷東三平通／風　方戎　非東三平通

8）7972　　豐　敷空　敷東三平通／封　府容　非鍾三平通

9）10026　　豐　敷空　敷東三平通／風　方戎　非東三平通

10）11080　　韃　敷空　敷東三平通／風　方戎　非東三平通

11）11804　　犎　府容　非鍾三平通／丰　敷容　敷鍾三平通

12）12927　　丰　敷容　敷鍾三平通／風　方戎　非東三平通

13）13864　　絳　敷容　敷鍾三平通／風　方戎　非東三平通

14）11601　　蝮　芳福　敷屋三入通／福　方六　非屋三入通

15）1264　　滂　敷方（集）敷陽三平宕／方　府良　非陽三平宕

16）3262　　倣　分网　非養三上宕／訪　敷亮　敷漾三去宕

17）3567　　妨　敷方　敷陽三平宕／方　府良　非陽三平宕

18）4144　　㜄　敷方　敷陽三平宕／方　府良　非陽三平宕

19）6334　　紡　妃兩　敷養三上宕／倣　分网　非養三上宕

20）6675　　訪　敷亮　敷漾三去宕／倣　分网　非養三上宕

21）9117　　舫　甫妄　非漾三去宕／訪　敷亮　敷漾三去宕

22）10220　　芳　敷方　敷陽三平宕／方　府良　非陽三平宕

23）13236　　方　府良　非陽三平宕／芳　敷方　敷陽三平宕

24）111　　昉　分网　非養三上宕／訪　敷亮　敷漾三去宕

25）7592　　闅　撫文　敷文三平臻／分　府文　非文三平臻

26）7598　　閔　敷文（集）敷文三平臻／分　府文　非文三平臻

27）10158　　芬　撫文　敷文三平臻／分　府文　非文三平臻

28）12747　　分　府文　非文三平臻／紛　撫文　敷文三平臻

29）96　　晛　芳勿（集）敷物三入臻／弗　分勿　非物三入臻

30）13852　　佛　敷勿　敷物三入臻／弗　分勿　非物三入臻

31）8892　　販　方願　非願三去山／汎　孚梵　敷梵三去咸

32）9108　　繙　甫元（玉）非元三平山／潘　孚袁（集）敷元三平山

33）451　　霏　芳非　敷微三平止／非　甫微　非微三平止

34）3663、12574　妃　芳非　敷微三平止／非　甫微　非微三平止

35）2657　　廢　方肺　非廢三去蟹／肺　芳廢　敷廢三去蟹

36）5810　　跸　方未（集）非未三去止／肺　芳廢　敷廢三去蟹

37）8856　　費　芳未　敷未三去止／廢　方肺　非廢三去蟹

38）10084　　菲　芳非　敷微三平止／非　甫微　非微三平止

39）10347　　茀　方味　非未三去止／肺　芳廢　敷廢三去蟹

40）11861　　鞴　方未（集）非未三去止／肺　芳廢　敷廢三去蟹

41）7671　　闗　孚微（玉）敷微三平止／非　甫微　非微三平止

42）1207　　沸　芳無　　敷虞三平遇／夫　甫無　　非虞三平遇

43）2072　　垺　芳無（集）敷虞三平遇／夫　甫無　　非虞三平遇

44）2218　　郛　芳無（集）敷虞三平遇／夫　甫無　　非虞三平遇

45）2274　　䣐　芳無　　敷虞三平遇／夫　甫無　　非虞三平遇

46）2275　　廍　芳無（集）敷虞三平遇／夫　甫無　　非虞三平遇

47）2649　　府　方矩　　非麌三上遇／撫　芳武　敷麌三上遇

48）3161　　俘　芳無　　敷虞三平遇／夫　甫無　　非虞三平遇

49）3402　　夫　甫無　　非虞三平遇／敷　芳無　敷虞三平遇

50）3887　　怤　芳無　　敷虞三平遇／夫　甫無　　非虞三平遇

51）6222　　紨　芳無　　敷虞三平遇／夫　甫無　　非虞三平遇

52）7574　　撫　芳武　　敷麌三上遇／府　方矩　非麌三上遇

53）9349　　副　敷救　　敷宥三去流／付　方遇　非遇三去遇

54）9493　　稃　芳無（集）敷虞三平遇／夫　甫無　　非虞三平遇

55）9643　　枹　芳無　　敷虞三平遇／夫　甫無　　非虞三平遇

56）9882　　柎　斐父（集）敷麌三上遇／父　方矩　非麌三上遇

57）10116　薂　芳無　　敷虞三平遇／夫　甫無　　非虞三平遇

58）10121　荂　芳無　　敷虞三平遇／夫　甫無　　非虞三平遇

59）10703　稃　芳無　　敷虞三平遇／夫　甫無　　非虞三平遇

60）11090　麩　芳無　　敷虞三平遇／夫　甫無　　非虞三平遇

61）12348　孚　芳無　　敷虞三平遇／夫　甫無　　非虞三平遇

62）12792　敷　芳無　　敷虞三平遇／夫　甫無　　非虞三平遇

63）13238　勇（敷）芳無　敷虞三平遇／夫　甫無　　非虞三平遇

奉母自注 164 例，與非、敷母互注有 25 次，佔奉母總數的 13.2%，奉母的一部分字與非、敷合流，我們對它的處理同並母，仍然獨立。

非／奉互注

仄聲

1）665　　飌　非鳳（玉）非送三去通／捧　父勇（集）奉腫三上通

2）3263　　俸　扶用　奉用三去通／風去　方鳳　非送三去通

3）6659　　諷　方鳳　非送三去通／捧　父勇　奉腫三上通

4）6135　　複　方六　非屋三入通／服　房六　奉屋三入通

5）8816　瑞　房六（集）奉屋三入通／福　方六　非屋三入通

6）4164　懘　房吻　奉吻三上臻／粉　方吻　非吻三上臻

7）5281　膹　房吻　奉吻三上臻／粉　方吻　非吻三上臻

8）7885　癳　扶問　奉問三去臻／粉　方問　非問三去臻

9）12191　颭　符問（集）奉問三去臻／粉　方問　非問三去臻

10）1916　朏　父沸（集）奉未三去止／沸　方味　非未三去止

11）2787　扉　扶沸　奉未三去止／沸　方味　非未三去止

12）12279　翡　扶沸　奉未三去止 iə／匪　府尾　非尾三上止

13）3383、8244　釜　扶雨　奉麌三上遇／府　方矩　非麌三上遇

14）9473　缶　方久　非有三上流／阜　房久　奉有三上流

平聲

15）9011　轓　甫煩　非元三平山／煩　附袁　奉元三平山

16）122　啡　符非（集）奉微三平止／非　匪微　非微三平止

平／仄互注

17）6028　裒　縛謀　奉尤三平流／否　方久　非有三上流

敷／奉互注

仄聲

1）1297　浗　芳用　敷用三去通／奉　房用　奉用三去通

2）8887　賵　撫鳳　敷送三去通／俸　扶用　奉用三去通

3）9379　胐　扶沸　奉未三去止／肺　芳廢　敷廢三去蟹

4）10407　胐　扶沸　奉未三去止／肺　芳廢　敷廢三去蟹

5）10760　穊　扶沸　奉未三去止／肺　芳廢　敷廢三去蟹

6）11953　狒　扶沸　奉未三去止／肺　芳廢　敷廢三去蟹

平聲

7）2492　防　符方　奉陽三平宕／芳　敷方　敷陽三平宕

《玉篇直音》有 5 例奉／微互注例：

1）10380　飰　符萬　奉願三去山／萬　無販　微願三去山
2）10381　飯　符萬　奉願三去山／同上（萬）無販　微願三去山

3）12368　文　無分　微文三平臻／焚　符分　奉文三平臻
4）13226　勿　文弗　微物三入臻／弗　符勿（集）奉物三入臻
5）13227　物　文弗　微物三入臻／佛　符弗　奉物三入臻

現代吳語的奉、微合流是由於文白異讀所致，微母文讀與奉母同。

微母自注 85 次，有一部分字與奉母互注，一部分字（7）與零聲母互注（例見影、喻小節），從數量上看，微母變入零聲母的並不多，不過微母變入零聲母的字分佈在三個韻系（微虞文）中，占微母分佈韻系（微虞文元陽凡）數（6）的一半，說明有相當數量的微母字已經變爲零聲母。結合《玉篇直音》的吳語背景，我們認爲微母兩分，一部分與奉母合併，一部分化入零聲母。

因此《玉篇直音》的輕唇音是：

非敷、奉曉匣部分

奉、匣微部分

上面的表中有 22 例非、敷、奉與曉、匣的互注，具體例子是：

1）1271　浲　符容（集）奉鍾三平通／洪　戶公　匣東合一平通
2）2091　颮　房戎　奉東三平通／洪　戶公　匣東合一平通
3）2292　瀜　房戎　奉東三平通／洪　戶公　匣東合一平通
4）4584　叿　呼東　曉東合一平通／峯　敷容　敷鍾三平通
5）8183　襛　符容　奉鍾三平通／洪　戶公　匣東合一平通
6）4369　㸒　呼木　曉屋合一入通／福　方六　非屋三入通
7）4612　峰（峯）胡公　匣東合一平通／逢　符容　奉鍾三平通

8）23　晃　胡廣　匣蕩合一上宕／紡　妃兩　敷養三上宕
9）24　晄　胡廣　匣蕩合一上宕／同上（紡）妃兩　敷養三上宕
10）2171　町　呼朗　曉蕩合一上宕／訪　敷亮　敷漾三去宕
11）2432　䚈　呼光　曉唐合一平宕／方　府良　非陽三平宕

12）737　焻　呼困（集）曉慁合一去臻／噴　方問（集）非問三去臻

13）3929　忽　呼骨　曉沒合一入臻　/　弗　分勿　非物三入臻

14）4246　惚　呼骨　曉沒合一入臻　/　弗　分勿　非物三入臻

15）3459　姫　許維　曉脂合三平止　/　非　甫微　非微三平止

16）4049　俳　敷尾　敷尾三上止　/　毀　許委　曉紙合三上止

17）5986　勒　扶沸　奉未三去止　/　惠　胡桂　匣霽合四去蟹

18）6637　巂　許歸　曉支合三平止　/　飛　甫微　非微三平止

19）6728　誹　府尾（集）非尾三上止　/　毀　許委　曉紙合三上止

20）2236　鄜　荒胡（集）曉模合一平遇　/　甫　匪父（集）非虞三平遇

21）3557　姻　侯古　匣姥合一上遇　/　父　扶雨　奉麌三上遇

22）13892　浮　荒胡（集）曉模合一平遇　/　夫　甫無　非虞三平遇

語音條件：與非、敷、奉母互注的曉、匣母字都是合口字，分佈在通、宕、臻、止、遇五攝。

第二節　舌頭音

下面是端組和相關聲母的自注和互注的情況：

	端	透	定	泥	娘	疑	溪
端	196	2	21				
透		254	19				1
定			517				
泥				111	23	6	
娘					4	6	

定母與端、透母互注 40 次，佔定母總數的 7.3%，比例較低，所以定母可能沒有完全清化，與唇音類似，我們對它的處理也暫時依唇音例，定母、端母互注的全是仄聲，定母、透母互注的既有平聲，也有仄聲。其音注例如下：

端／定互注

1）1479　湩　多貢　端送合一去通　/　動　徒揔　定董合一上通

2）4903　睼　徒徑（集）定徑開四去梗　/　訂　丁定　端徑開四去梗

3）1774　磹　徒念　定桥開四去咸　/　店　都念　端桥開四去咸

4）5307　肬　丁紺（集）端勘開一去咸　/　啖　徒濫　定闞開一去咸

5）6781　誕　徒旱　定旱開一上山　/　旦　得按　端翰開一去山

6）7712　屌　徒玷　定忝開四上咸　/　店　都念　端桥開四去咸

7）375　蠹　徒罪（玉）定賄合一上蟹　/　對　都隊　端隊合一去蟹

8）1120　汏　徒蓋　定泰開一去蟹　/　帶　當蓋　端泰開一去蟹

9）5003　麗　丁計（集）端霽開四去蟹　/　涕　待禮（集）定薺開四上蟹

涕，《廣韻》還有他計切，透母霽韻，會不會是端、透互注呢？

10）3437　兌　杜外　定泰合一去蟹　/　對　都隊　端隊合一去蟹

11）12773　對　都隊　端隊合一去蟹　/　隊　徒對　定隊合一去蟹

12）1795　斁（蠹）當故　端暮合一去遇　/　杜　徒古　定姥合一上遇

13）2888　窕　徒了　定篠開四上效　/　吊（弔）多嘯　端嘯開四去效

14）2594　陡　丁候（集）端候開一去流　/　豆　徒候　定候開一去流

15）7595　闘（鬪）都豆　端候開一去流　/　豆　徒候　定候開一去流

16）7597　鬦（鬪）都豆　端候開一去流　/　豆　徒候　定候開一去流

17）1798　督　多毒　端沃合一入通　/　獨　徒谷　定屋合一入通

18）12820　敵　徒歷　定錫開四入梗　/　的　都歷　端錫開四入梗

19）5735　跕　丁愜　端怗開四入咸　/　跌　徒結　定屑開四入山

20）11990　纛　徒合　定合開一入咸　/　荅　都合　端合開一入咸

21）4677　喋　丁結　端屑開四入山　/　瓞　徒結（集）定屑開四入山

定母與端母互注的全是仄聲，很整齊。

透／定互注

平聲

1）4090 　恫 他紅 透東合一平通／同 徒紅 定東合一平通

2）5446 　膛 他郎（集）透唐開一平宕／堂 徒郎 定唐開一平宕

3）5836 　蹚 他郎（集）透唐開一平宕／堂 徒郎 定唐開一平宕

4）1443 　涽 他昆 透魂合一平臻／鈍平 徒困 定慁合一去臻（平：魂）

5）68 　 旽 他昆（集）透魂合一平臻／屯 徒渾 定魂合一平臻

6）242 　厥 他昆（集）透魂合一平臻／鈍 徒困 定慁合一去臻

7）3312 　偷 託侯 透侯開一平流／豆平 徒候 定候開一去流（平：侯）

8）4074 　怊 田聊（集）定蕭開四平效／挑 吐彫 透蕭開四平效

9）4591 　唋 通都（集）透模合一平遇／徒 同都 定模合一平遇

10）7119 　迆 唐何（集）定歌開一平果／它 託何 透歌開一平果

11）7120 　迆 徒河 定歌開一平果／同上（它）託何 透歌開一平果

仄聲

12）4009 　慟 徒弄 定送合一去通／痛 他貢 透送合一去通

13）10459 　蕩 徒浪 定宕開一去宕／湯 他浪 透宕開一去宕

14）10603 　簜 徒朗 定蕩開一上宕／湯上 他浪 透宕開一去宕（上：蕩）

15）1519 　潬 徒旱 定旱開一上山／坦 他但 透旱開一上山

16）5556 　髰 特計 定霽開四去蟹／替 他計 透霽開四去蟹

17）8832 　貸 他代 透代開一去蟹／代 徒耐 定代開一去蟹

18）6684 　誘 他谷 透屋合一入通／毒 徒沃 定沃合一入通

19）3969　忒　他德　透德開一入曾 / 特　徒得　定德開一入曾

參考例：

　1）3494　𤄵　他歷（集）透錫開四入梗 / 迪（迪）徒歷　定錫開四入梗

除了定母的平聲（11），上列例子中有 8 例是仄聲讀同送氣音，其中 3969、4009、8832 與現代漢語普通話的讀音相同。

定母變同清聲的比例比較低，這點與王文璧《中州音韻》的情況有相似之處，此書在平聲中清、濁聲母的區別已經轉化為聲調的不同，在上去聲字中清、濁聲母的界限已經消失，但在去聲中，定母字的反切上字卻仍用定母字〔註 3〕。

娘母自注為 4，與泥母互注 23 次：

　1）8168　襛　尼龍（玉）娘鍾合三平通 / 農　奴多　泥多合一平通

　2）10673　穠　女容　娘鍾合三平通 / 農　奴多　泥多合一平通

　3）10943　醲　女容　娘鍾合三平通 / 農　奴多　泥多合一平通

　4）11912　𤫊　尼耕（集）娘耕開二平梗 / 能　奴登　泥登開一平曾

　5）13940　能　奴登　泥登開一平曾 / 𤟭　女耕　娘耕開二平梗

　6）2099　㞸　年題（集）泥齊開四平蟹 / 尼　女夷　娘脂開三平止

　7）6868　誽　年題（集）泥齊開四平蟹 / 尼　女夷　娘脂開三平止

　8）9154　綏　女恚　娘寘合三去止 / 芮　奴對（集）泥隊合一去蟹

　9）10689　秜　女夷（集）娘脂開三平止 / 泥　奴低　泥齊開四平蟹

　10）5621　拿（挐）女加　娘麻開二平假 / 那平　諾何　泥歌開一平果

　11）1340　溺　奴歷　泥錫開四入梗 / 匿　女力　娘職開三入曾

匿，除了職韻讀音外，《集韻》還有質韻一讀，尼質切（娘質開三入臻），無論哪一個反切，都符合《玉篇直音》的音系。

　12）4217　惄　女力　娘職開三入曾 / 溺　奴歷　泥錫開四入梗

　13）4878　睨　尼質　娘質開三入臻 / 溺　奴歷　泥錫開四入梗

　14）13218　匿　女力　娘職開三入曾 / 溺　奴歷　泥錫開四入梗

〔註 3〕李新魁《近代漢語全濁音聲母的演變》。

15）1257　　涅　奴結　泥屑開四入山／聶　尼輒　娘葉開三入咸

16）1746　　硊　奴結　泥屑開四入山／聶　尼輒　娘葉開三入咸

17）4228　　惗　奴協　泥怗開四入咸／聶　尼輒　娘葉開三入咸

18）8381　　鑈　奴協　泥怗開四入咸／聶　尼輒　娘葉開三入咸

19）8433　　銸　奴協　泥怗開四入咸／聶　尼輒　娘葉開三入咸

20）10373　茶　奴結　泥屑開四入山／聶　尼輒　娘葉開三入咸

21）12822　敜　奴協　泥怗開四入咸／聶　尼輒　娘葉開三入咸

22）12009　豽　女滑（玉）娘黠合二入山／納　奴荅　泥合開一入咸

23）12173　貀　女滑　娘黠合二入山／納　奴荅　泥合開一入咸

所以泥、娘二母合流沒有問題。

還有 12 例泥、娘母與疑母互注：

1）945　　嶙　魚戰（集）疑線開三去山／念　奴店　泥桥開四去咸

2）1729　碾　女箭　娘線開三去山／研　吾甸　疑霰開四去山

3）3910　念　奴店　泥桥開四去咸／驗　魚窆　疑豔開三去咸

4）5787　躎　乃殄　泥銑開四上山／儼　宜奄　疑儼開三上咸

5）11771　驗　魚窆　疑豔開三去咸／念　奴店　泥桥開四去咸

6）7617　闑　五結　疑屑開四入山／涅　奴結　泥屑開四入山

7）8306　鑈　尼輒　娘葉開三入咸／業　魚怯　疑業開三入咸

8）8307　鈕　昵輒（集）娘葉開三入咸／同上（業）魚怯　疑業開三入咸

9）5689　躡　尼輒　娘葉開三入咸／業　魚怯　疑業開三入咸

10）12021　虐　與約　疑藥開三入宕／捏　奴結　泥屑開四入山

11）10454　釀　女亮　娘漾開三去宕／仰去　魚向　疑漾開三去宕

12）11074　糱　女亮　娘漾開三去宕／仰去　魚向　疑漾開三去宕

還有這樣二例：

娘／以互注

1）4106　忸　女六　娘屋合三入通／育　余六　以屋合三入通

來／疑互注

1）8916　輦　力展　來獮開三上山／研上　五堅　疑先開四平山（上：銑）

　　鞋，現代北京話讀爲泥母，在此，也許是先讀入泥母，「研」與之混，也許透露出注者泥、來偶而相混的迹象，不過《玉篇直音》中泥、來的界限是很清楚的，這種可能性微乎其微。

　　上面所列的音注均爲三、四等韻字，現代北京話有一部分疑母齊齒字就讀n，「疑母大部分字失聲母，少數字變泥母，這在現代北方方言裏並不少見。不過一般都限於在細音前」〔註4〕。同時，疑、泥相混也是吳語的特徵之一，在現代海鹽方言裏，疑母在齊撮音中讀爲[n]〔註5〕，《玉篇直音》既有吳語的特點，又受官話的影響，在此，我們可以將這幾個與泥、娘母字混注的疑母字的音值擬爲n。

　　有幾例日母與泥、娘互注：

　　1）3665　　燃　忍善（集）日獮開三上山 / 撚　乃殄　泥銑開四上山

　　2）10978　　釀　女亮　娘漾開三去宕 / 讓　人樣　日漾開三去宕

　　3）12256　　羺　奴侯（集）泥侯開一平流 / 如　人余（集）日魚合三平遇

參考例：

　　6241　　紉　女鄰　娘眞開三平臻 / 刃　而振　日震開三去臻

　　日、泥相混也是吳語的特徵之一，在現代海鹽方言中，日母讀同泥娘〔註6〕，因此，我們可以將《玉篇直音》中與泥、娘互注的日母字的音值擬爲n。

　　《玉篇直音》的舌頭音是：

　　端、定仄部分

　　透、定部分

　　定

　　泥娘、疑日少數

〔註4〕邵榮芬《〈中原雅音〉研究》。

〔註5〕胡明揚1992。

〔註6〕胡明揚1992。

第三節　牙音

先看見組及相關聲母的自注和互注情況：

	見	溪	群	疑	影	于	以	泥	娘	匣	透
見	1012	3	25								
溪		428	15								1
群			310								
疑				391	20	14	20	6	6	10	

群母與見母、溪母互注的是：

見／群互注

1）6650　誩　其兩　群養開三上宕／誑　居況　見漾合三去宕

2）2196　倞　渠敬　群映開三去梗／竟　居慶　見映開三去梗

3）2958　浭　其拯（集）群拯開三上曾／敬　居慶　見映開三去梗

4）3413　競　渠敬　群映開三去梗／敬　居慶　見映開三去梗

5）3091　儆　渠敬　群映開三去梗／敬　居慶　見映開三去梗

6）2882　窘　渠殞　群軫合三上臻／扃　畎迥（集）見迥合四上梗

7）4518　呁　九峻　見稕合三去臻／郡　渠運　群問合三去臻

8）2960　噤　巨禁　群沁開三去深／禁　居蔭　見沁開三去深

9）13422　歁　巨禁　群沁開三去深／禁　居蔭　見沁開三去深

10）5949　券　渠卷　群線合三去山／卷　居倦　見線合三去山

11）2527　隔　古倦（集）見線合三去山／倦　渠卷　群線合三去山

12）3753　媿　規恚（集）見寘合三去止／遂去　渠追　群脂合三平止（去：至）

13）4084　悸　其季　群至合三去止／計　古詣　見霽開四去蟹

14）13211　匱　求位　群至合三去止／愧　俱位　見至合三去止

15）13485b　夬　古邁　見夬合二去蟹／拐　求蟹　群蟹合二上蟹

16）5786　躠　巨皎（玉）群篠開四上效 / 喬　舉夭　見小開三上效

17）10087　蒟　九遇　見遇合三去遇 / 具　其遇　群遇合三去遇

18）5863　趜　渠竹　群屋合三入通 / 菊　居六　見屋合三入通

19）2330　𤘩　具籰　群藥合三入宕 / 戄　居縛　見藥合三入宕

20）4414　噱　其虐　群藥開三入宕 / 腳　居勺　見藥開三入宕

21）4415　噱　極虐　群藥開三入宕 / 同上（腳）居勺　見藥開三入宕

22）11935　𤞤　巨聿（玉）群術合三入臻 / 橘　居聿　見術合三入臻

23）13534　𣑄　紀力　見職開三入曾 / 及　其立　群緝開三入深

24）3863　懩　其月　群月合三入山 / 厥　居月　見月合三入山

25）7807　瘚　其月（集）群月合三入山 / 決　古穴　見屑合四入山

參考例：

　　5804　跠　其季（集）群至合三去止 / 鬼　矩偉　見尾合三上止

跠，《廣韻》未收，《集韻》有平、去聲，我們知道，「癸」是上聲字，《廣韻》居誄切（見旨合三上止），作者這樣注音，會不會是受「癸」的影響呢？

上面的例子全是群母仄聲讀同見母。

溪 / 群互注

平聲

1）2884　窮　渠弓（集）群東合三平通 / 穹　去宮　溪東合三平通

2）2857　穹　去宮　溪東合三平通 / 窮　渠弓　群東合三平通

3）8234　銎　曲恭　溪鍾合三平通 / 窮　渠弓　群東合三平通

4）8630　瓊　渠營　群清合三平梗 / 穹　去宮　溪東合三平通

5）9078　舼　渠容　群鍾合三平通 / 穹　去宮　溪東合三平通

6）9103　邛　渠容　群鍾合三平通 / 穹　去宮　溪東合三平通

7）10480　筇　渠容　群鍾合三平通 / 同上（穹）去宮　溪東合三平通

8）4491　唴　去乾　溪仙開三平山 / 虔　渠焉　群仙開三平山

9）3238　佉　丘伽　溪戈開三平果 / 伽　求迦　群戈開三平果

10）12616　睽　苦圭　溪齊合四平蟹 / 同上（逵）渠龜（集）群脂合三平止

11）12619　暌　苦圭　溪齊合四平蟹 / 同上（逵）渠龜（集）群脂合三平止

仄聲

12）1809　墍　具冀　群至開三去止 / 器　去冀　溪至開三去止

13）3194　御　其虐　群藥開三入宕 / 卻　去約　溪藥開三入宕

平仄互注

14）1852　坅　丘甚（集）溪寑開三上深 / 琴　渠金（集）群侵開三平深

15）13782　衼　巨支　群支開三平止 / 跂　去吏　溪志開三去止

11 例平聲互注，仄聲互注 2 例，還有 2 例是異調互注。

群母與見、溪互注共 40 例，互注的數量佔群母總數的 11%，群母的清化也許尚未完成。

疑母自注 391 次，與影、喻母互注共 54 例（例見影、喻小節），佔疑母總數的 12·1%，疑與于、以互注的 34 例中，一例是二等疑母巧韻與三等小韻互注，這裏的巧韻字已經產生 i 介音，其餘都是細音，同時疑與影母互注的 20 例中，洪音互注的 10 例（10：20＝50%），不僅有合口，也有開口，所以《玉篇直音》疑母細音和一部分洪音已經變爲零聲母，洪音大部分還存在。

《玉篇直音》的牙音有：

見、群仄部分

溪、群部分

群

疑洪

第四節 喉音

一、曉、匣

	曉	匣
曉	421	63
匣		618

匣母與曉母互注 63 例（平聲互注 11 例，平仄互注 1 例，仄聲互注 51 例），佔匣母總數的 9.25%，說明匣母雖然有一部分字的濁音成分消失，併入了曉母，但絕大多數的匣母字仍讀濁音。下面是其互注例：

平聲

1）776　尯　呼公（集）曉東合一平通 / 洪　戶公　匣東合一平通

2）13078　詾　呼東　曉東合一平通 / 洪　戶公　匣東合一平通

3）4253　惸　呼宏　曉耕合二平梗 / 橫　戶盲　匣庚合二平梗

4）9076　舡　許江　曉江開二平江 / 同上（杭）胡郎　匣唐開一平宕

5）175　魯　許嚴（玉）曉嚴開三平咸 / 嫌　賢兼　匣添開四平咸

6）3862　憨　呼談　曉談開一平咸 / 減平　下斬　匣豏開二上咸（平：咸）

7）7448　捖　胡官　匣桓合一平山 / 歡　呼官　曉桓合一平山

8）934　嵅　火含　曉覃開一平咸 / 含　胡男　匣覃開一平咸

9）10052　蕐　胡瓜　匣麻合二平假 / 同上（花）呼瓜　曉麻合二平假

10）669　煆　許加　曉麻開二平假 / 遐　胡加　匣麻開二平假

11）8281　鰕　胡加　匣麻開二平假 / 煆　許加　曉麻開二平假

仄聲

12）4608　嗊　呼貢（集）曉送合一去通 / 鬨　胡貢（集）匣送合一去通

13）4860　曈　呼貢（集）曉送合一去通 / 鬨　胡貢（集）匣送合一去通

14）3283　㨘　呼困（集）曉慁合一去臻 / 混　胡本　匣混合一上臻

15）1047　㟶　侯旰（集）匣翰開一去山 / 罕　呼旰　曉翰開一去山

16）1174　泫　胡畎　匣銑合四上山 /　楥　虛願　曉願合三去山

17）2578　晛　胡典（集）匣銑開四上山 /　顯上　呼典（集）曉銑開四上山

18）4481　唤　火貫　曉換合一去山 /　換　胡玩　匣換合一去山

19）4770　睍　胡典　匣銑開四上山 /　顯　呼典　曉銑開四上山

20）6001　乹　下罕（集）匣旱開一上山 /　罕　呼旱　曉旱開一上山

21）7451　換　胡玩　匣換合一去山 /　唤　火貫　曉換合一去山

22）11932　獥　下斬　匣豏開二上咸 /　献（獻）許建　曉願開三去山

23）650　燨　許既　曉未開三去止 /　係　胡計（集）匣霽開四去蟹

24）6613　戱　虛器　曉至開三去止 /　係　胡計（集）匣霽開四去蟹

25）99　暳　呼惠　曉霽合四去蟹 /　惠　胡桂　匣霽合四去蟹

26）1097　頮　荒內　曉隊合一去蟹 /　會　黃外　匣泰合一去蟹

27）8079　殨　胡罪　匣賄合一上蟹 /　賄　呼內（集）曉隊合一去蟹

28）4423　嘒　呼惠　曉霽合四去蟹 /　惠　胡桂　匣霽合四去蟹

29）9164　檜　黃外（集）匣泰合一去蟹 /　悔　荒內　曉隊合一去蟹

30）3013　佨　胡改　匣海開一上蟹 /　海　呼改　曉海開一上蟹

31）3834　悈　許介　曉怪開二去蟹 /　解　胡懈　匣卦開二去蟹

32）4636　喊　許介　曉怪開二去蟹 /　咳　戶來　匣咍開一平蟹

33）1650　淲　後五（集）匣姥合一上遇 /　虎去　呼古　曉姥合一上遇
　　　　　（去：暮）

34）8412　鎬　胡老　匣皓開一上效 /　好　呼到　曉號開一去效

35）12437a　皛　胡了　匣篠開四上效 /　孝　呼教　曉效開二去效

36）511　火　呼果　曉果合一上果 /　夥　胡果　匣果合一上果

37）8860　貨　呼臥　曉過合一去果 /　禍　胡果　匣果合一上果

38）2580　嚇　虛訝（集）曉禡開二去假 /　暇　胡駕　匣禡開二去假

39）4994　踝　胡瓦　匣馬合二上假 /　化　呼霸　曉禡合二去假

40）4541　　吼　呼后　曉厚開一上流／侯上　戶鉤　匣侯開一平流（上：厚）

41）1305　　瀔　胡谷（集）匣屋合一入通／忽　呼骨　曉沒合一入臻

42）2221　　鄗　呵各　曉鐸開一入宕／涸　下各　匣鐸開一入宕

43）10383　蔲　許角　曉覺開二入江／學　胡覺　匣覺開二入江

44）458　　　霩　胡郭　匣鐸合一入宕／霍　虛郭　曉鐸合一入宕

45）9423　　觳　許角　曉覺開二入江／斈（學）胡覺　匣覺開二入江

46）368　　　嚗　呼麥　曉麥合二入梗／或　胡國　匣德合一入曾

47）745　　　爗　郝格（集）曉陌開二入梗／劾　胡得　匣德開一入曾
《大廣益會玉篇》注「爗」為「下革切」，則為匣母麥韻，《廣韻》《集韻》
麥韻不收。

48）1654　　湱　虎伯　曉陌合二入梗／或　胡國　匣德合一入曾

49）4948　　聉　戶骨　匣沒合一入臻／忽　呼骨　曉沒合一入臻

50）5442　　脉　下革（玉）匣麥開二入梗／赫　呼格　曉陌開二入梗

51）11061　䊆　下扢（集）匣沒開一入臻／黑　呼北　曉德開一入曾

52）11079　麧　下沒　匣沒開一入臻／黑　呼北　曉德開一入曾

53）4477　　喊　呼麥　曉麥合二入梗／或　胡國　匣德合一入曾

54）13358　鶻　戶骨　匣沒合一入臻／忽　呼骨　曉沒合一入臻

55）2617　　豁　呼括　曉末合一入山／活　戶括　匣末合一入山

56）2846　　穴　胡決　匣屑合四入山／血　呼決　曉屑合四入山

57）5018　　頁　胡結　匣屑開四入梗／歇　許竭　曉月開三入山

58）5838　　血　呼決　曉屑合四入山／穴　胡決　匣屑合四入山

59）6348　　纈　胡結　匣屑開四入山／瞎　許鎋　曉鎋開二入山

此例是二、四等相混，那就表明此書所代表的音系中部分二等韻有了 i 介音。

60）11634　蜆　形甸（集）匣霰開四去山／憲　許建　曉願開三去山

61）13416　欿　呼合　曉合開一入咸／合　侯閤　匣合開一入咸

62）13417　歃　呼盍　曉盍開一入咸 ／ 盍　胡臘　匣盍開一入咸

平 ／ 仄互注

63）95　　晥　戶版（集）匣濟合二上 ／ 歡　呼官　曉桓合一平山

《玉篇直音》還有一些曉、匣與影、于、以、疑相通的音注：

	影	于	以	疑
曉	4	2		
匣	7	2	11	10

影 ／ 曉互注

1）2981　噦　呼會　曉泰合一去蟹 ／ 畏　於胃　影未合三去止

2）4547　咍　呼來　曉咍開一平蟹 ／ 哀　烏開　影咍開一平蟹

3）12296　颰　許聿　曉術合三入臻 ／ 蔚　紆物　影物合三入臻

4）4437　喖　烏荅　影合開一入咸 ／ 呷　呼甲　曉狎開二入咸

于 ／ 曉互注

1）13876　髐　許嬌　曉宵開三平效 ／ 鴞　于嬌　于宵開三平效
2）11447　鴞　于嬌　于宵開三平效 ／ 哮　許交　曉肴開二平效

疑 ／ 匣互注

1）9902　柳　五剛　疑唐開一平宕 ／ 杭　胡郎　匣唐開一平宕

2）5481　齳　魚吻　疑吻合三上臻 ／ 渾　胡本　匣混合一上臻
3）5482　齫　牛吻（集）疑吻合三上臻 ／ 渾　胡本　匣混合一上臻

4）977　岏　五丸　疑桓合一平山 ／ 完　胡官　匣桓合一平山
5）7021　還　戶關　匣刪合二平山 ／ 頑　五鰥　疑山合二平山
6）9323　刓　五丸　疑桓合一平山 ／ 丸　胡官　匣桓合一平山
7）12090　輐　五管　疑緩合一上山 ／ 緩　胡管　匣緩合一上山
8）12260　鱙　五丸　疑桓合一平山 ／ 完　胡官　匣桓合一平山

9）2931　　外　五會　疑泰合一去蟹／槐去　戶乖　匣皆合二平蟹（去：怪）

10）11217　鶴　下各　匣鐸開一入宕／岳　五角　疑覺開二入江

影／匣互注

1）7760　　屋　烏谷　影屋合一入通／鶻　戶骨　匣沒合一入臻
2）7761　　屖　烏谷　影屋合一入通／同上（鶻）戶骨　匣沒合一入臻
3）11238　鶻　戶骨　匣沒合一入臻／屋　烏谷　影屋合一入通
4）13181　斛　胡谷　匣屋合一入通／屋　烏谷　影屋合一入通

5）7503　　撗　胡孟（集）匣梗合二上梗／影　於丙　影梗開三上梗

6）12437b　皛　胡了　匣篠開四上效／杳　烏皎　影篠開四上效

7）2700　　庵　烏甲　影狎開二入咸／狎　胡甲　匣狎開二入咸

以／匣互注

1）12493　矅　以證　以證開三去曾／形去　戶經　匣青開四平梗（去：徑）

2）9231　　咸　胡讒　匣咸開二平咸／延　以然　以仙開三平山
3）3585　　嫌　戶兼　匣添開四平咸／延　以然　以仙開三平山
4）2479　　陷　戶䜍　匣陷開二去咸／焰　以贍　以豔開三去咸

5）6019　　裔　餘制　以祭開三去蟹／系　胡計　匣霽開四去蟹
6）7102　　迆　弋支　以支開三平止／奚　胡雞　匣齊開四平蟹

7）9656　　檄　胡狄　匣錫開四入梗／亦　羊益　以昔開三入梗
8）10393　蔽　胡狄　匣錫開四入梗／亦　羊益　以昔開三入梗

9）10401　葉　與涉　以葉開三入咸／叶　胡頰　匣怗開四入咸
10）12768　叶　胡頰　匣怗開四入咸／葉　與涉　以葉開三入咸
11）12769　協　胡頰　匣怗開四入咸／同上（葉）與涉　以葉開三入咸

于／匣互注

1）3374　會　黃外　匣泰合一去蟹／位　于愧　于至合三去止
2）8977　轉　于歲　于祭合三去蟹／惠　胡桂　匣霽合四去蟹

匣、喻合一是吳語特徵之一，對這個問題有兩種處理方式：一是以趙元任《現代吳語的研究》為代表，採用嚴式標音，將匣母洪音和匣母細音、喻母加以區分，明代另外兩本吳方言區的韻書《字學集要》和《音聲紀元》同此，《漢語方音字彙》的蘇州話也如此；一是按照音位原則，將兩者合併為一個音位，反映16世紀中期以崑山話為代表的《聲韻會通》《同文備考》不區別這兩種情況，《吳語概說》對太湖片幾個方言點的描寫即採取這種做法。王力《漢語史稿》在談到「由上古到中古的語音發展」時提到了現代方言反映的這個情況，「在現代吳方言裏，雲、匣的讀音是相混的；這兩類字在吳方言裏一律念 ɦ」（P71）。考慮到《玉篇直音》的喻母有相當多已經與影母同音，我們可以採取王力先生的標音法，因此《玉篇直音》的曉、匣：

曉、匣_{部分} h

匣、喻_{部分} ɦ

二、影、喻

我們分喻母為喻三（于）、喻四（以），看它們和相關聲母的自注及互注情況：

	影	于	以	疑	娘	微	匣
影	568	41	75	20		4	
于		119	91	14		1	1
以			429	20	1	2	1

（一）微母、疑母前面已經敘述過，此處我們看它們與零聲母互注的例子：

微母

微／影互注

1）2012　塢　安古　影姥合一上遇／武　文甫　微麌三上遇
2）2013　埡　於五（集）影姥合一上遇／務　罔甫（集）微麌三上遇

3）4440　㘴　武粉（玉）微吻三上臻／穩　烏本　影混合一上臻
4）4441　吻　武粉　微吻三上臻／同上（穩）烏本　影混合一上臻

微／喻₃（于）互注

1）6453　帷　洧悲　于脂合三平止／微　無非　微微三平止

微／以互注

1）10083　薇　無非　微微三平止／惟　以追　以脂合三平止

2）13830　微　無非　微微三平止／惟　以追　以脂合三平止

疑母

疑／影互注

平聲

1）11418　鴉　於加　影麻開二平假／呀　五加　疑麻開二平假

仄聲

2）5933　𪓐　倚兩　影養開三上宕／仰　魚兩　疑養開三上宕

3）3901　憖　魚覲　疑震開三去臻／印　於刃　影震開三去臻

4）1294　況　研計（集）疑霽開四去蟹／意　於記　影志開三去止

5）3461　掜　偶起（集）疑止開三上止／椅　於綺　影紙開三上止

6）13000　劓　魚肺　疑廢開三去蟹／懿　於計　影霽開四去蟹

7）6589　騃　五買（集）疑蟹開二上蟹／矮　烏蟹　影蟹開二上蟹

8）9212　矮　烏蟹　影蟹開二上蟹／捱上　宜佳（集）疑佳開二平蟹（上：蟹）

9）6725　藹　於蓋　影泰開一去蟹／碍（礙）五漑　疑代開一去蟹

10）1424　淤　依據　影御合三去遇／遇　牛具　疑遇合三去遇

11）2320　隖　安古　影姥合一上遇／午　疑古　疑姥合一上遇

12）8996　鴮　安古　影姥合一上遇／五　疑古　疑姥合一上遇

13）9433　瓦　五寡　疑馬合二上假／蛙上　烏瓜　影麻合二平假（上：馬）

14）3433　兀　五忽　疑沒合一入臻／屋　烏谷　影屋合一入通

15）11617　蠖　鬱縛（集）影藥合三入宕 / 岳　五角　疑覺開二入江

16）2803　厄　於革　影麥開二入梗 / 額　五陌　疑陌開二入梗

17）5045　額　五陌　疑陌開二入梗 / 厄　於革　影麥開二入梗

18）5139　醫　於葉　影葉開三入咸 / 業　魚怯　疑業開三入咸

19）5477　钀　五割　疑曷開一入山 / 遏　烏葛　影曷開一入山

20）8961　钀　語訐（集）疑月開三入山 / 謁　於歇　影月開三入山

疑 / 喻三（于）互注

1）1300　湲　于元（集）于元合三平山 / 元　愚袁　疑元合三平山

2）10575　籤　語黬　疑嚴開三平咸 / 炎　于廉　于鹽開三平咸

3）11643　黿　愚袁　疑元合三平山 / 員　王權　于仙合三平山

4）2467　阮　虞遠　疑阮合三上山 / 遠　雲阮　于阮合三上山

5）6355　絨　王伐　于月合三入山 / 月　魚厥　疑月合三入山

6）6957　越　王伐　于月合三入山 / 月　魚厥　疑月合三入山

7）8567　鉞　王伐　于月合三入山 / 月　魚厥　疑月合三入山

8）9265　戉　王伐　于月合三入山 / 月　魚厥　疑月合三入山

9）9839　樾　王伐　于月合三入山 / 月　魚厥　疑月合三入山

10）11609　蚎　王伐（集）于月合三入山 / 月　魚厥　疑月合三入山

11）13541　粤　王伐　于月合三入山 / 月　魚厥　疑月合三入山

12）2305　鄈　蘧支　于支合三平止 / 僞　虞爲（集）疑支合三平止

13）151　嶉　于鬼　于尾合三上止 / 僞　危睡　疑寘合三去止

14）11802　牛　語求　疑尤開三平流 / 尤　羽求　于尤開三平流

參考例：

1）1073　傀　姑回（集）見灰合一平蟹 / 爲　蘧支　于支合三平止

傀，是見母字，作者這樣注音，很可能是受偏旁類推的影響，因爲，「鬼」讀五灰切，疑母灰韻，從下文可以看出，《玉篇直音》的支韻合口與灰韻已經合流。

2）1690　礥　下珍　匣眞開三平臻 / 銀　語巾　疑眞開三平臻

眞韻是三等韻，按理沒有匣母，但《廣韻》反切如此，《切三》《全王》同，

《韻鏡》《七音略》也將此字置於眞韻匣母處，余迺永認爲，古音喻三歸匣，此乃開口字，即喻三。如果按照余氏的解釋，于與疑混，都變爲零聲母。

　　3）11943　狋　許月　曉月合三入山 / 月　魚厥　疑月合三入山

此例是否注者受「戉」（王伐切，於月合三入山）的影響將曉母字「狋」注作疑母字「月」呢？

疑 / 喻四（以）互注

　　1）5083　顒　魚容　疑鍾合三平通 / 容　餘封　以鍾合三平通
　　2）8583　玉　魚欲　疑燭合三入通 / 欲　余蜀　以燭合三入通

　　3）8256　銀　語巾　疑眞開三平臻 / 寅　翼眞　以眞開三平臻
　　4）11525　螾　翼眞　以眞開三平臻 / 銀　語巾　疑眞開三平臻
　　5）12628　寅　翼眞　以眞開三平臻 / 銀　語巾　疑眞開三平臻
　　6）12629　夤　翼眞　以眞開三平臻 / 同上（銀）語巾　疑眞開三平臻

　　7）223　月　魚厥　疑月合三入山 / 悅　弋雪　以薛合三入山
　　8）1692　研　五堅　疑先開四平山 / 延　以然　以仙開三平山
　　9）1693　研　五堅　疑先開四平山 / 同上（延）以然　以仙開三平山
　　10）10534　嘕　語軒　疑元開三平山 / 延　以然　以仙開三平山

　　11）1718　礒　魚倚　疑紙開三上止 / 以　羊己　以止開三上止
　　12）2946　顗　魚衣　疑微開三平止 / 夷　以脂　以脂開三平止
　　13）9598　檥　魚羈　疑支開三平止 / 夷　以脂　以脂開三平止
　　14）10268　薿　魚紀　疑止開三上止 / 同上（以）羊己　以止開三上止
　　15）13518　肄　羊至　以至開三去止 / 藝　魚祭　疑祭開三去蟹
　　16）13738　齮　語其　疑之開三平止 / 夷　以脂　以脂開三平止

　　17）6635　譽　以諸　以魚合三平遇 / 隅　遇俱　疑虞合三平遇
　　18）12022　魚　語居　疑魚合三平遇 / 餘　以諸　以魚合三平遇

　　19）1328　潒　以沼　以小開三上效 / 咬　五巧　疑巧開二上效
　　20）12060　鰩　餘昭　以宵開三平效 / 堯　五聊　疑蕭開四平效

（二）日母

日、泥、疑三母的細音相混是吳語的特徵之一，《玉篇直音》也有這方面的音注（日／泥娘互注例見前面舌頭音部分）：

1. 一例日母字與疑母字相通的音注：

13777　入　人執　日緝開三入深／月　魚厥　疑月合三入山

2. 有少數日母字與以母字相同的音注，我們知道，uŋ 韻的零聲母字「榮、融、容」等在現代漢語普通話中變爲[zuŋ]，產生了卷舌濁擦音聲母 z̩ 而失掉了 i，這種音變的發生時間，王力先生說「明清的著作沒有提到這種音變」〔註7〕，李新魁先生說「這個變化是在 17 世紀以後發生的……這個變化所及的地域範圍也較小，僅限於北京及周圍一些地區」，現代海鹽方言讀[ɦ]，陽平，由此看來，這幾例音注可能是反映了極少量日母字讀同零聲母的現象。

日／以互注

1）12035　鱅　餘封　以鍾合三平通／戎　如融　日東合三平通
2）11266　鶅　戎用（集）日用合三去通／尹　餘準　以準合三上臻

3）10298　莌　以轉　以獮合三上山／軟　而兗　日獮合三上山

4）11726　馹　人質　日質開三入臻／亦　羊益　以昔開三入梗

（三）于母自注 119 次，與以母互注 91 次，說明于、以二母合流

喻三（于）／喻四（以）互注

1）1092　永　于憬　于梗合三上梗／勇　余隴　以腫合三上通
2）1177　泳　爲命　于映合三去梗／用　余頌　以用合三去通
3）1454　湧　尹竦（集）以腫合三上通／永　于憬　于梗合三上梗
4）2066　塎　余隴　以腫合三上通／永　于憬　于梗合三上梗
5）3187　傛　余隴　以腫合三上通／永　于憬　于梗合三上梗
6）4576　噤　于兄（玉）于庚合三平梗／盈　以成　以清開三平梗
7）5695　蹱　余隴　以腫合三上通／永　于憬　于梗合三上梗
8）5946　勇　余隴　以腫合三上通／永　于憬　于梗合三上梗

〔註7〕《王力文集》第九卷，P167

9）401　　霣　于敏　于軫合三上臻／尹　余準　以準合三上臻

10）1726　磒　于敏　于軫合三上臻／允　余準　以準合三上臻

11）3434　允　余準　以準合三上臻／殞　于敏　于軫合三上臻

12）3454　孕　以證　以證開三去曾／運　王問　于問合三去臻

13）8064　殞　于敏　于軫合三上臻／允　余準　以準合三上臻

14）12945　膨　餘封　以鍾合三平通／云　王分　于文合三平臻

15）12983　勻　羊倫　以諄合三平臻／云　王分　于文合三平臻

16）1947　壛　余廉　以鹽開三平咸／炎　于廉　于鹽開三平咸

17）2459　阽　余廉　以鹽開三平咸／炎　于廉　于鹽開三平咸

18）6210　緣　與專　以仙合三平山／員　王權　于仙合三平山

19）7402　捐　與專　以仙合三平山／袁　雨元　于元合三平山

20）8836　員　王權　于仙合三平山／緣　與專　以仙合三平山

21）9615　簷　余廉　以鹽開三平咸／炎　于廉　于鹽開三平咸

22）11536　蝝　與專　以仙合三平山／員　王權　于仙合三平山

23）11168　鳶　與專　以仙合三平山／員　王權　于仙合三平山

24）11169　鳶　余專（集）以仙合三平山／同上（員）王權　于仙合三平山

25）10568　簷　余廉　以鹽開三平咸／炎　于廉　于鹽開三平咸

26）13637　鹽　余廉　以鹽開三平咸／炎　于廉　于鹽開三平咸

27）4345　沿　以轉　以獮合三上山／袁　雨元　于元合三平山

28）8715　琰　以冉　以琰開三上咸／炎　于廉　于鹽開三平咸

29）2008　壝　以追　以脂合三平止／爲　蘧支　于支合三平止

30）13921　矣　于紀　于止開三上止／以　羊己　以止開三上止

31）392　雨　王矩　于麌合三上遇／與　余呂　以語合三上遇

32）419　雿　王遇（集）于遇合三去遇／豫　羊洳　以御合三去遇

33）3407　予　以諸　以魚合三平遇／于　羽俱　于虞合三平遇

34）3722　嬮　以諸　以魚合三平遇／于　羽俱　于虞合三平遇

35）4170　愉　羊朱　以虞合三平遇／于　羽俱　于虞合三平遇

36）6052　褕　羊朱　以虞合三平遇／于　羽俱　于虞合三平遇

37）9069　　璵　以諸　以魚合三平遇 / 于　羽俱　于虞合三平遇

38）9449　　瓹　羊朱　以虞合三平遇 / 于　羽俱　于虞合三平遇

39）9618　　楥　羊朱　以虞合三平遇 / 于　羽俱　于虞合三平遇

40）9619　　榆　羊朱　以虞合三平遇 / 同上（于）羽俱　于虞合三平遇

41）12262　羽　王矩　于麌合三上遇 / 與　余呂　以語合三上遇

42）12170　貐　以主　以麌合三上遇 / 羽　王矩　于麌合三上遇

43）11846　羭　羊朱　以虞合三平遇 / 于　羽俱　于虞合三平遇

44）11513　蝓　羊朱　以虞合三平遇 / 于　羽俱　于虞合三平遇

45）11511　蜍　以諸　以魚合三平遇 / 于　羽俱　于虞合三平遇

46）10097　芋　王遇　于遇合三去遇 / 預　羊洳　以御合三去遇

47）10098　萸　羊朱　以虞合三平遇 / 于　羽俱　于虞合三平遇

48）10415　芌　王遇　于遇合三去遇 / 預　羊洳　以御合三去遇

49）10872　餘　以諸　以魚合三平遇 / 于　羽俱　于虞合三平遇

50）13052、13720　昇　以諸　以魚合三平遇 / 于　羽俱　于虞合三平遇

51）13054　與　余呂　以語合三上遇 / 雨　王矩　于麌合三上遇

52）13248　旟　以諸　以魚合三平遇 / 于　羽俱　于虞合三平遇

53）13382　歟　以諸　以魚合三平遇 / 于　羽俱　于虞合三平遇

54）13404　歈　羊朱　以虞合三平遇 / 于　羽俱　于虞合三平遇

55）13573　與　余呂　以語合三上遇 / 羽　王矩　于麌合三上遇

56）13733、13734　舁　羊朱　以虞合三平遇 / 于　羽俱　于虞合三平遇

57）13751　牏　羊朱　以虞合三平遇 / 于　羽俱　于虞合三平遇

58）13780　俞　羊朱　以虞合三平遇 / 于　羽俱　于虞合三平遇

59）1580　　濰（濰）以諸　以魚合三平遇 / 于　羽俱　于虞合三平遇

60）2223　　郵　以周　以尤合三平流 / 尤　羽求　于尤合三平流

61）2341　　郵　以周　以尤合三平流 / 尤　羽求　于尤合三平流

62）2688　　卣　以周　以尤合三平流 / 尤　羽求　于尤合三平流

63）2801　　卣　　以周（玉）以尤合三平流 / 尤　羽求　于尤合三平流

64）3297　　偤　以周　以尤合三平流 / 尤　羽求　于尤合三平流

65）6785　　誘　與久　以有開三上流 / 有　云久　于有開三上流

66）7110　　遒　夷周（集）以尤開三平流 / 尤　羽求　于尤開三平流

67）7128　　蓫　以手（玉）以有開三上流 / 有　云久　于有開三上流

68）8594　　鰌　以周　以尤開三平流

與久　以有開三上流

弋照　以笑開三去效 / 宥　于救　于宥開三去流

鰌,《玉篇》字周、與九二切,它們與「宥」屬於異調互注,《廣韻》還有笑韻一讀,則與宥同調,效、流二攝互注在《玉篇直音》中時有體現。

69）8925　　鰌　以周　以尤開三平流 / 尤　羽求　于尤開三平流

70）9648　　柚　余救　以宥開三去流 / 又　于救　于宥開三去流

71）9907　　櫾　余救　以宥開三去流 / 又　于救　于宥開三去流

72）12195　　歈　余救　以宥開三去流 / 又　于救　于宥開三去流

73）12192　　鼬　余救　以宥開三去流 / 又　于救　于宥開三去流

74）12178　　狖　余救　以宥開三去流 / 又　于救　于宥開三去流

75）10939　　酉　與久　以有開三上流 / 有　云久　于有開三上流

76）10314　　羑　與久　以有開三上流 / 有　云久　于有開三上流

77）13357　　尤　羽求　于尤開三平流 / 由　以周　以尤開三平流

78）13758　　牖　與久　以有開三上流 / 右　云久　于有開三上流

79）6993　　趉　聿筆（玉）于質合三入臻 / 育　余六　以屋合三入通

80）2023　　域　雨逼　于職合三入曾 / 役　營隻　以昔合三入梗

81）8778　　棫　雨逼　于職合三入曾 / 役　營隻　以昔合三入梗

82）13858　　役　營隻　以昔合三入梗 / 域　雨逼　于職合三入曾

83）46　　曄　筠輒　于葉開三入咸 / 葉　與涉　以葉開三入咸

84）48　　曅　筠輒　于葉開三入咸 / 同上（葉）與涉　以葉開三入咸

85）643　　燁　筠輒　于葉開三入咸 / 葉　與涉　以葉開三入咸

86）644　　爗　筠輒　于葉開三入咸 / 同上（葉）與涉　以葉開三入咸

87）4906　　瞱　筠輒　于葉開三入咸 / 葉與涉　以葉開三入咸

88）12459　　皣　筠輒　于葉開三入咸 / 葉　與涉　以葉開三入咸

于母自注 119 例,與影互注有 41 例,佔于母總數的 25.6%,其中上聲字居多,看來,這些喻母上聲與影母上聲一樣,讀爲清上,不過于、影互注的並不限於上聲,于、影合併沒有問題。平聲互注例甚少,只有 4 例,注者強調的應該是平聲的陰陽之別。

平聲

1）1112 汙 羽俱 于虞合三平遇 / 污 邑俱（集）影虞合三平遇

2）13250a 於 央居 影魚合三平遇 / 于 羽俱 于虞合三平遇

3）6421 縈 於營 影清合三平梗 / 荣（榮）永兵 于庚合三平梗

4）6535 帠 於營 影清合三平梗 / 萤（螢）于平（集）于庚合三平梗

仄聲

5）1285 洼 嫗往（集）影養合三上宕 / 往 于兩 于養合三上宕

6）9806 枉 紆往 影養合三上宕 / 往 于兩 于養合三上宕

7）13853 往 于兩 于養合三上宕 / 枉 紆往 影養合三上宕

8）13946 巭 烏迥（集）影迥合四上梗 / 永 于憬 于梗合三上梗

9）2132 畹 於阮 影阮合三上山 / 遠 雲阮 于阮合三上山

10）7967 宛 於阮 影阮合三上山 / 遠 雲阮 于阮合三上山

11）10300 菀 於阮 影阮合三上山 / 遠 雲阮 于阮合三上山

12）2465 隭 韋委 于紙合三上止 / 委 於詭 影紙合三上止

13）2730 厉 王委（玉）于紙合三上止 / 委 於詭 影紙合三上止

14）3323 儀 韋委 于紙合三上止 / 委 於詭 影紙合三上止

15）3354 偉 于鬼 于尾合三上止 / 委 於詭 影紙合三上止

16）5650 蠤 于歲（集）于祭合三去蟹 / 恚 於避 影寘合三去止

17）7135 蘤 為委（玉）于紙合三上止 / 委 於詭 影紙合三上止

18）7277 騩 于鬼 于尾合三上止 / 委 於詭 影紙合三上止

19）7442 撱 于鬼 于尾合三上止 / 委 於詭 影紙合三上止

20）7688 閽 韋委 于紙合三上止 / 委 於詭 影紙合三上止

21）7904 瘒 羽鬼（集）于尾合三上止 / 委 於詭 影紙合三上止

22）10281 薳 韋委 于紙合三上止 / 委 於詭 影紙合三上止

23）10282 蓮 韋委 于紙合三上止 / 委 於詭 影紙合三上止

24）10285 葦 于鬼 于尾合三上止 / 同上（委）於詭 影紙合三上止

25）12081 鮪 榮美 于旨合三上止 / 委 於詭 影紙合三上止

26）13699 韡 于鬼 于尾合三上止 / 委 於詭 影紙合三上止

27）3167　　傴　於武　　影麌合三上遇 / 羽　　王矩　　于麌合三上遇

28）5872　　齲　於許　　影語合三上遇 / 禹　　王矩　　于麌合三上遇

29）323　　颱　於柳　　影有開三上流 / 有　　云久　　于有開三上流

30）2177　　呦　於糾（集）影黝開三上流 / 有　　云久　　于有開三上流

31）4112　　怮　於糾　　影黝開三上流 / 有　　云久　　于有開三上流

32）8138　　褒　於九（集）影有開三上流 / 有　　云久　　于有開三上流

33）1333　　䑏　于目（玉）于屋合三入通 / 郁　　於六　　影屋合三入通

34）13320　魊　雨逼　　于職合三入曾 / 郁　　於六　　影屋合三入通

35）10629　籰　王縛　　于藥合三入宕 / 約　　於略　　影藥開三入宕

36）12174　戄　王縛（集）于藥合三入宕 / 約　　於略　　影藥開三入宕

37）2835　　焎　于筆　　于質開三入臻 / 乙　　於筆　　影質開三入臻

38）603　　焆　娟悅（集）影薛合三入山 / 越　　王伐　　于月合三入山

39）3949　　懜　乙劣（集）影薛合三入山 / 越　　王伐　　于月合三入山

40）4654　　哨　娟悅（集）影薛合三入山 / 越　　王伐　　于月合三入山

41）4767　　暡　於決　　影屑合四入山 / 越　　王伐　　于月合三入山

　　以母自注 422 次，與影互注有 75 次，佔以母總數的 15.09%，較之於以、于影互注的數量都要少，其中平聲有 12 例，傳統上，影母是個清聲母，在平聲中，它與次濁聲母于、以有陰陽調的區別，這可能是影與喻母平聲互注例極少的原因之一吧？既然于以、于影已經分別合併，以影也應該合併。與于母一樣，仄聲已經與影相同。因此從音位歸納的角度出發，它們可以合一。下面是影、以互注的例子：

喻四（以）/ 影母互注

平聲

1）1633　　瀠　余傾　　以清合三平梗 / 雍　　於容　　影鍾合三平通

2）7340　　搈　餘封　　以鍾合三平通 / 雍　　於容　　影鍾合三平通

3）9534　橁　以荀（玉）以諄合三平臻／氲　於云　影文合三平臻

4）7960　佁　與之　以之開三平止／衣　於希　影微開三平止

5）10822　饌　盈之（集）以之開三平止／衣　於希　影微開三平止

6）6582　覦　羊朱　以虞合三平遇／紆　憶俱　影虞合三平遇

7）2708　慶　於求（集）影尤開三平流／攸　夷周　以尤開三平流

8）6621　書　以周　以尤開三平流／幽　於蚪　影幽開三平流

9）7060　邎　以周（玉）以尤開三平流／幽　於蚪　影幽開三平流

10）7061　邎　以周　以尤開三平流／同上（幽）於蚪　影幽開三平流

11）12146　麀　於求　影尤開三平流／攸　以周　以尤開三平流

12）8681　珧　餘昭　以宵開三平效／夭　於喬　影宵開三平效

仄聲

13）13747　用　余頌　以用合三去通／雍去　於用　影用合三去通

14）1601　濴　烏迴（玉）影迴合四上梗／勇　余隴　以腫合三上通

15）862　崾　於兩　影養開三上宕／養　餘兩　以養開三上宕

16）1095　穎　餘頃　以靜合三上梗／影　於丙　影梗開三上梗

17）2367　郢　以整　以靜開三上梗／影　於丙　影梗開三上梗

18）2368　邼　以井　以靜開三上梗／同上（影）於丙　影梗開三上梗

19）5134　穎　餘頃　以靜合三上梗／影　於丙　影梗開三上梗

20）9810　樗　以井　以靜開三上梗／影　於丙　影梗開三上梗

21）12938　影　於丙　影梗開三上梗／郢　以整　以靜開三上梗

22）1060　巘　於謹　影隱開三上臻／引　余忍　以軫開三上臻

23）1538　濱　羊晉　以震開三去臻／印　於刃　影震開三去臻

24）2506　隱　於謹　影隱開三上臻／引　余忍　以軫開三上臻

25）7127　迎　於忍（玉）影軫開三上臻／引　余忍　以軫開三上臻

《廣韻》《集韻》軫韻沒有影母字，迎，《廣韻》《集韻》均不收。

26）8296　鈏　羊晉　以震開三去臻 / 印　於刃　影震開三去臻

27）8911　暉　於粉　影吻合三上臻 / 允　余準　以準合三上臻

28）9025　轔　於謹　影隱開三上臻 / 引　余忍　以軫開三上臻

29）9144　弘　余忍　以軫開三上臻 / 隱　於謹　影隱開三上臻

30）9145　引　余忍　以軫開三上臻 / 隱　於謹　影隱開三上臻

31）9955　礥　於謹　影隱開三上臻 / 引　余忍　以軫開三上臻

32）13426　飲　於錦　影寢開三上深 / 引　余忍　以軫開三上臻

33）3157　偃　於幰　影阮開三上山 / 衍　以淺　以獮開三上山

34）4258　愝　於殄（集）影銑開四上山 / 衍　以淺　以獮開三上山

35）6939　衍　以淺　以獮開三上山 / 掩　衣儉　影琰開三上咸

36）8512　鰋　隱幰（集）影阮開三上山 / 衍　以淺　以獮開三上山

37）10099　苑　於阮　影阮合三上山 / 遠　雲阮　以阮合三上山

38）2784　扆　於豈　影尾開三上止 / 以　羊己　以止開三上止

39）3116　倚　於綺　影紙開三上止 / 以　羊己　以止開三上止

40）4386　呭　餘制　以祭開三去蟹 / 意　於記　影志開三去止

41）5418　胣　移爾　以紙開三上止 / 依　隱豈（集）影尾開三上止

42）5688　跇　餘制　以祭開三去蟹 / 意　於記　影志開三去止

43）6730　詍　餘制　以祭開三去蟹 / 意　於記　影志開三去止

44）6737　䛊　以制（集）以祭開三去蟹 / 意　於記　影志開三去止

45）6791　譖　以睡　以寘合三去止 / 飫　依據　影御合三去遇

46）7461　扡　移爾　以紙開三上止 / 掎　隱綺（集）影紙開三上止

47）7872　痾　於綺　影紙開三上止 / 以　羊己　以止開三上止

48）9874　栧　以制（集）以祭開三去蟹 / 意　於記　影志開三去止

49）13939　裔　餘制　以祭開三去蟹 / 意　於記　影志開三去止

50）4405a　唯　以水　以旨合三上止 / 委　於詭　影紙合三上止

51）10284　蘬　羊捶　以紙合三上止 / 委　於詭　影紙合三上止

52）3662　嫗　衣遇　影遇合三去遇 / 預　羊洳　以御合三去遇

53）8075　淤　歐許（集）影語合三上遇 / 庾　以主　以麌合三上遇

54）70　昱　余六　以屋合三入通 / 郁　於六　影屋合三入通
55）595　煜　余六　以屋合三入通 / 郁　於六　影屋合三入通
56）1160　汽　億姑（集）影質開三入臻 / 浴　余蜀　以燭合三入通
57）4264　㦞　乙六（集）影屋合三入通 / 育　余六　以屋合三入通
58）4605　噢　於六　影屋合三入通 / 欲　余蜀　以燭合三入通
59）8549　鎮　乙六　影屋合三入通 / 欲　余蜀　以燭合三入通
60）13389　欲　余蜀　以燭合三入通 / 郁　於六　影屋合三入通

61）5696　躍　以灼　以藥開三入宕 / 約　於略　影藥開三入宕
62）6976　趠　以灼　以藥開三入宕 / 約　於略　影藥開三入宕
63）8119　礿　以灼　以藥開三入宕 / 約　於略　影藥開三入宕
64）11294　鸙　以灼　以藥開三入宕 / 約　於略　影藥開三入宕
65）13084　龠　以灼　以藥開三入宕 / 約　於略　影藥開三入宕

66）1343　溢　夷質　以質開三入臻 / 一　於悉　影質開三入臻
67）1414　潪　乙力（集）影職開三入曾 / 亦　羊益　以昔開三入梗
68）1518　澺　於力　影職開三入曾 / 亦　羊益　以昔開三入梗
69）4346　薏　於力　影職開三入曾 / 弋　與職　以職開三入曾
70）5203　肴　與職　以職開三入曾 / 乙　於筆　影質開三入臻
71）7043　遹　餘律　以術合三入臻 / 意　乙力　影職開三入曾
72）7562　抑　於力　影職開三入曾 / 亦　羊益　以昔開三入梗
73）9986　鬱　紆物　影物合三入臻 / 役　營隻　以昔合三入梗
74）9987　欝　紆物　影物合三入臻 / 同上（役）營隻　以昔合三入梗

75）5623　擪　於葉　影葉開三入咸 / 葉　與涉　以葉開三入咸

《玉篇直音》的零聲母已經大爲擴大：

影、于以微部分、疑細、洪部分

第五節　齒音和舌上音

一、知二、莊、精

先看知二組與莊組自注及互注的統計數字：

	知	徹	澄	莊	初	崇	生	章
知	15		1					2
徹		2						
澄			17					
莊	16			80		9		
初		4			50			
崇		1	14			53		
生							136	

知章互注的例：

> 615　烢　陟駕　知禡開二去假 / 柘　之夜　章禡開三去假

> 6911　藷　陟加（集）知麻開二平假 / 蔗　之夜　章禡開三去假

此類例僅此二例，而且與音理也不合，未免教人生疑。作何解釋尚待研究。

首先我們看到，知二組自注 35 例，莊組自注（不計生母）192 例，知二與莊組互注 35 例，與知組自注的數量相當，佔總數的 13.7%，其中知母自注 15 次，與莊母互注 16 次，互注數量較自注數量還多；徹母自注 2 次，與初、崇互注 5 次，互注數量都比自注數量要多；澄母自注 17 次，與崇母互注 14 次，互注數量接近於自注數量，說明兩組合流。下列音注例：

知／莊互注

> 1）3959　戇　陟降　知絳開二去江 / 壯　側亮　莊漾開三去宕

> 2）9729　椿　株江（集）知江開二平江 / 莊　側羊　莊陽開三平宕

> 3）9179　錚　陟迸（玉）知耕開二平梗 / 爭　側莖　莊耕開二平梗

> 4）13714　䮬　猪孟　知映開二去梗 / 諍　側迸　莊諍開二去梗

> 5）6510　橕（欃）猪孟　知映開二去梗 / 爭（爭）側迸　莊諍開二去梗

> 6）4950　擊　側交　莊看開二平效 / 罩　陟教（集）知效開二去效

7）4442　吒　陟加（集）知麻開二平假 / 查　莊加（集）莊麻開二平假

8）5414　膌　陟駕　知禡開二去假 / 詐　側駕　莊禡開二去假

9）9715　樆　陟瓜　知麻合二平假 / 同上（查）側加　莊麻開二平假

10）9979　查　莊加（集）莊麻開二平假 / 撾　張瓜（集）知麻合二平假

11）4356　啄　竹角　知覺開二入江 / 捉　側角　莊覺開二入江

12）7334　捉　側角　莊覺開二入江 / 卓　竹角　知覺開二入江

13）2783　厇　陟革　知麥開二入梗 / 仄　阻力　莊職開三入曾

14）11354　鶜　陟革（集）知麥開二入梗 / 仄　阻力　莊職開三入曾

15）9369　笮　竹洽　知洽開二入咸 / 札　側八　莊黠開二入山

16）9836　札　側八　莊黠開二入山 / 剳　竹洽　知洽開二入咸

徹 / 初互注

1）4656　噌　楚耕　初耕開二平梗 / 撐（撐）丑庚（玉）徹庚開二平梗

2）8347　錚　楚耕　初耕開二平梗 / 撐（撐）丑庚（玉）徹庚開二平梗

3）7691　閦（閦）初六　初屋合三入通 / 畜　勑六　徹屋合三入通

4）5497　齟　楚革　初麥開二入梗 / 拆　恥格（集）徹陌開二入梗

澄 / 崇互注

1）3920　戅　丈降（集）澄絳開二去江 / 狀　鋤亮　崇漾開三去宕

2）6468　幢　宅江　澄江開二平江 / 牀　士莊　崇陽開三平宕

3）7564　撞　直絳　澄絳開二去江 / 狀　鋤亮　崇漾開三去宕

4）13774　狀　鋤亮　崇漾開三去宕 / 撞　直絳　澄絳開二去江

5）873　崝　士耕　崇耕開二平梗 / 根　直庚　澄庚開二平梗

6）9735　根　直庚　澄庚開二平梗 / 同上（崝）士耕　崇耕開二平梗

7）5614　摮　士減（集）崇豏開二上咸 / 湛　丈減（集）澄豏開二上咸

8）6391　綻　丈莧　澄襉開二去山 / 撰　雛鯇　崇潸合二上山

9）6392　組　丈莧　澄襇開二去山／撰　雛鯇　崇濟合二上山

10）9629　棧　士限　崇產開二上山／湛　丈減（集）澄豏開二上咸

11）12152　豸　宅買　澄蟹開二上蟹／柴去　士懈（集）崇卦開二去蟹

12）9597　楂　宅加　澄麻開二平假／槎　鉏加　崇麻開二平假

13）10214　茶　宅加　澄麻開二平假／查　鉏加　崇麻開二平假

14）10715　秅　宅加　澄麻開二平假／槎　鉏加　崇麻開二平假

其次我們看**濁聲母**：

澄二母出現很少，與清聲母混並的例子如下：

　　12389　戇　陟降　知絳開二去江／撞　直絳　澄絳開二去江

崇母自注 53 次，與莊互注 9 例，為仄聲字，與徹互注 1 例，崇與清聲母互注共 10 例。其音注例是：

崇／莊互注

1）5758　鉏　莊助（集）莊御合三去遇／助　床據　崇御合三去遇

2）11773　驟　鋤祐　崇宥開三去流／鄒去　側鳩　莊尤開三平流（去：宥）

3）12091　鮓　助駕（集）崇禡開二去假／詐　側駕　莊禡開二去假

4）12886　奓　仕下（集）崇馬開二上假／詐　側駕　莊禡開二去假

5）3462　孱　莊眷　莊線合三去山／巽　雛免（集）崇獮合三上山

6）1239　浞　士角　崇覺開二入江／捉　側角　莊覺開二入江

7）1172　迮　鋤陌　崇陌開二入梗／窄　側伯　莊陌開二入梗

8）5503a　齫　仕叱　崇質開三入臻／側　阻力　莊職開三入曾

9）13033　賾　士革　崇麥開二入梗／責　側革　莊麥開二入梗

崇／徹互注

1）874　崢　士耕　崇耕開二平梗／撐　抽庚（集）徹庚開二平梗

崇母與莊母互注的是仄聲字，與徹二母互注的是平聲字。

然後我們看莊組與精組自注及互注的統計情況：

	莊	初	崇	生	俟	精	清	從	心	邪
莊	80		9							
初		50								
崇			53		1					
生				136						
俟					0					
精	40		4			297	1	21		
清		10					266	10		
從	2		37		2			199		8
心				35	1				449	8
邪					3					139

莊組自注 329 次，精組自注 1398 次，莊組與精組互注 135 例，佔總數的 7.2%，比例不算高，但我們換個角度看，就會發現：莊母自注 80 次，與精、從互注 42 次，互注佔莊母總數的 34.4%；初母自注 50 次，與清互注 10 次，互注佔初母總數的 16.7%；崇母自注 53 次，與精、從母互注 42 次，互注數佔崇母總數的 40.4%；生母自注 136 次，與心母互注 35 次，互注數佔總數的 20.5%；俟母自注 0 次，與從、心、邪母互注共 6 次，因此可以說莊組與精組合流（遠遠多於張衛東 1984 所列的 67 個字）。

莊 / 精互注

1）1861　增　作滕　精登開一平曾 / 爭　側莖　莊耕開二平梗

2）2173　矰　子等（集）精等開一上曾 / 爭上　側莖　莊耕開二平梗（上：耿）

3）4013　憎　作滕　精登開一平曾 / 爭　側莖　莊耕開二平梗

4）9205　繒　作滕　精登開一平曾 / 爭　側莖　莊耕開二平梗

5）13155　贈　子孕　精證開三去曾 / 諍　側迸　莊諍開二去梗

6）7228　嶒　作滕　精登開一平曾 / 爭（手）側莖　莊耕開二平梗

7）6722　譖　莊蔭　莊沁開三去深 / 浸　子鴆　精沁開三去深

8）4803　睻　莊緣　莊仙合三平山 / 箋　則前　精先開四平山

9）6990　趲　子旱（集）精旱開一上山 / 盞　阻限　莊產開二上山

10）2111　甾　莊持（集）莊之開三平止 / 茲　子之　精之開三平止

11）2278　鄑　側持　莊之開三平止 / 茲　子之　精之開三平止

12）3267　倳　側吏　莊志開三去止 / 済（濟）子計　精霽開四去蟹

13）10008　菑　側持　莊之開三平止 / 茲　子之　精之開三平止

14）11362　鶅　側持　莊之開三平止 / 茲　子之　精之開三平止

15）5501　齜　側宜　莊支開三平止 / 資　即夷　精脂開三平止

16）6193　緇　側持　莊之開三平止 / 資　即夷　精脂開三平止

17）6194　紒　側持　莊之開三平止 / 同上（資）即夷　精脂開三平止

18）7837　痀　壯仕（集）莊止開三上止 / 姊　將几　精旨開三上止

19）8926　輜　側持　莊之開三平止 / 茲　子之　精之開三平止

20）9245　菑　側吏　莊志開三去止 / 恣　資四　精至開三去止

21）9588　椔　側持　莊之開三平止 / 咨　即夷　精脂開三平止

22）2601　阻　壯所　莊語合三上遇 / 祖　總古　精姥合一上遇

23）6693　諏　子于　精虞合三平遇 / 苴　莊俱　莊虞合三平遇

24）13188　且　子魚　精魚開三平遇 / 姐平　臻魚（集）莊魚開三平遇

25）13195　阻　側呂　莊語開三上遇 / 租上　則吾　精模合一平遇（上：姥）

26）13198　俎　側呂　莊語開三上遇 / 租上　則吾　精模合一平遇（上：姥）

27）2248　鄒　側界　莊怪開二去蟹 / 再　作代　精代開一去蟹

28）8220　齋　側皆　莊皆開二平蟹 / 栽　祖才　精咍開一平蟹

29）7387　撨　子小（集）精小開三上效 / 爪　側絞　莊巧開二上效

30）8762　瑵　側絞　莊巧開二上效 / 早　子皓　精皓開一上效

31）940　岞　側格（集）莊陌開二入梗 / 則　子德　精德開一入曾

32）2797　仄　阻力　莊職開三入曾 / 則　子德　精德開一入曾

33）2798　庆　阻力　莊職開三入曾 / 同上（則）子德　精德開一入曾

34）3518　嫧　側革　莊麥開二入梗 / 則　子德　精德開一入曾

35）4243　憤　側革（集）莊麥開二入梗 ／ 則　子德　精德開一入曾

36）4543　咋　側革　莊麥開二入梗 ／ 則　子德　精德開一入曾

37）9370　則　子德　精德開一入曾 ／ 仄　阻力　莊職開三入曾

38）12721　仄　阻力　莊職開三入曾 ／ 則　子德　精德開一入曾

39）13091　咠　阻立　莊緝開三入深 ／ 浸入　子鴆　精沁開三去深（入：緝）

40）7513　拶　姊末　精末合一入山 ／ 札　側八　莊黠開二入山

初 / 清互注

1）7913　瘡　初良　初陽開三平宕 ／ 倉　七岡　清唐開一平宕

2）5333　臁　初減　初鹽開二上咸 ／ 糸上　七感（集）清感開一上咸

3）10659　篡　初患　初諫合二去山 ／ 竄　七亂　清換合一去山

4）2658　廁　初吏　初志開三去止 ／ 次　七四　清至開三去止

5）8921　鮆　取私　清脂開三平止 ／ 差　楚宜　初支開三平止

6）2725　瘔　七侯（玉）清侯開一平流 ／ 篘　楚鳩　初尤開三平流

7）4545　噠　楚夬　初夬合二去蟹 ／ 采　倉代　清代開一去蟹

8）7583　抄　楚交　初肴開二平效 ／ 操　七刀　清豪開一平效

9）5663　齪　測角（集）初覺開二入江 ／ 錯　倉各　清鐸開一入宕

10）9266　戢　楚立（玉）初緝開三入深 ／ 七　親吉　清質開三入臻

參考例：

1）5480　齰　測革（集）初麥開二入梗 ／ 錯　倉各　清鐸開一入宕

崇 / 從互注

1）923　崇　鋤弓　崇東合三平通 ／ 叢　徂紅　從東合一平通

2）924　崈　鋤弓　崇東合三平通 ／ 同上（叢）徂紅　從東合一平通

3）1581　灇　徂聰（集）從東合一平通 ／ 崇　鋤弓　崇東合三平通

4）3984　悰　藏宗　從冬合一平通 / 崈　鋤弓　崇東合三平通

5）5578　鬉　藏宗　從冬合一平通 / 崈　鋤弓　崇東合三平通

6）197　昮　才用（玉）從用合三去通 / 崈　鋤弓　崇東合三平通

7）8423　鏳　士耕　崇耕開二平梗 / 層　昨棱　從登開一平曾

8）841　嶄　鋤銜　崇銜開二平咸 / 慚　昨甘　從談開一平咸

9）939　巉　鋤銜　崇銜開二平咸 / 慚　昨甘　從談開一平咸

10）1794　槧　鋤銜（集）崇銜開二平咸 / 憨　昨甘　從談開一平咸

11）2033　壍　士減（集）崇鹽開二上咸 / 憨　昨甘　從談開一平咸

12）2354　鄽　士咸　崇咸開二平咸 / 憨　昨甘　從談開一平咸

13）2598　隇　鋤銜（集）崇銜開二平咸 / 憨　昨甘　從談開一平咸

14）4400、13482　巉　鋤銜　崇銜開二平咸 / 慚　昨甘　從談開一平咸

15）6860　讒　士咸　崇咸開二平咸 / 憨　昨甘　從談開一平咸

16）7440　攙　士咸　崇咸開二平咸 / 憨　昨甘　從談開一平咸

17）8300　鑱　鋤銜　崇銜開二平咸 / 慚　昨甘　從談開一平咸

18）9333　劖　鋤銜　崇銜開二平咸 / 慚　昨甘　從談開一平咸

19）9532　欃　鋤銜　崇銜開二平咸 / 慚　昨甘　從談開一平咸

20）10077　薕　鋤咸（集）崇咸開二平咸 / 憨　昨甘　從談開一平咸

21）10909　饞　士咸　崇咸開二平咸 / 憨　昨甘　從談開一平咸

22）12257　毚　士咸　崇咸開二平咸 / 憨　昨甘　從談開一平咸

23）3896　憨　昨甘　從談開一平咸 / 谗（讒）士咸　崇咸開二平咸

24）1011　豺　士皆　崇皆開二平蟹 / 才　昨哉　從咍開一平蟹

25）3055　儕　士皆　崇皆開二平蟹 / 才　昨哉　從咍開一平蟹

26）2525　阼　昨誤　從暮合一去遇 / 助　牀據　崇御合三去遇

27）5266　胙　昨誤　從暮合一去遇 / 助　牀據　崇御合三去遇

28）5487　齟　狀所（集）崇語合三上遇 / 粗　徂古　從姥合一上遇

29）5950　助　牀據　崇御合三去遇 / 祚　昨誤　從暮合一去遇

30）7007　徂　昨胡　從模合一平遇 / 鉏　士魚　崇魚合三平遇

31）7008　遳　叢租（集）從模合一平遇 / 同上（鉏）士魚　崇魚合三平遇

32）8092　䴢　昨胡　從模合一平遇／鉏　士魚　崇魚合三平遇

33）13190　助　牀據　崇御開三去遇／坐　徂臥　從過合一去果

34）13822　祖　昨胡　從模合一平遇／鉏　士魚　崇魚合三平遇

35）8443　鎈　慈夜　從禡開三去假／乍　鋤駕　崇禡開二去假

36）7167　𡎰　士洽　崇洽開二入咸／雜　徂合　從合開一入咸

俟／從互注

1）2731　廄　牀史（集）崇（俟）止開三上止／自　疾二　從至開三去止

《集韻》「牀史切」小韻與「鉏里切」小韻對立，邵榮芬《切韻研究》認爲俟應獨立，不過他的《〈集韻〉音系簡論》將崇、俟兩母合併，因而把「牀史切」與「鉏里切」並列在崇母下。

2）7242　竢　牀史　崇（俟）止開三上止／自　疾二　從至開三去止

《玉篇直音》中的崇、俟二母也已合併。

崇／俟互注

1）7719　厑　鉏里　崇止開三上止／俟　牀史　俟止開三上止

生／心互注

1）1734　磉　蘇朗　心蕩開一上宕／爽　疎兩　生養開三上宕

2）7653　閷　所進（玉）生震開三去臻／信　息晉　心震開三去臻

3）3118　侁　所臻　生臻開三平臻 [註8]／辛　息鄰　心眞開三平臻

4）3732　娎　所臻　生臻開三平臻／辛　息鄰　心眞開三平臻

5）12052　䰠　所臻　生臻開三平臻／辛　息鄰　心眞開三平臻

6）12584　莘　所臻　生臻開三平臻／同上（心）息林　心侵開三平深

7）13338　䰼　所臻　生臻開三平臻／辛　息鄰　心眞開三平臻

8）795　山　所閒　生山開二平山／珊　蘇干　心寒開一平山

9）5785　珊　蘇干　心寒開一平山／山　所閒　生山開二平山

10）6723　訕　所晏　生諫開二去山／散　蘇旰　心翰開一去山

[註 8] 邵榮芬先生的眞 C 包括臻韻，在此我們採取將臻韻獨立出來的做法，擬音可參看潘悟雲（2000）。

11）8744　珊　蘇干　心寒開一平山 / 山　所閒　生山開二平山

12）12943　彡　蘇甘　心談開一平咸 / 衫　所銜　生銜開二平咸

13）5753　躧　所綺　生紙開三上止 / 洗　先禮　心薺開四上蟹

14）5754　躧　所綺　生紙開三上止 / 同上（洗）先禮　心薺開四上蟹

15）6307　縰　所綺　生紙開三上止 / 洗　先禮　心薺開四上蟹

16）8093　死　息姊　心旨開三上止 / 使　疎士　生止開三上止

17）7773　屣　所綺　生紙開三上止 / 徙　斯氏　心紙開三上止

18）13475　師　疏夷　生脂開三平止 / 司　息茲　心之開三平止

19）908　峻　疏士　生止開三上止 / 四　息利　心至開三去止

20）8094　夿（死）息姊　心旨開三上止 / 使　疎士　生止開三上止

21）195　曬　所賣　生卦開二去蟹 / 賽　先代　心代開一去蟹

22）169　暊　思主（玉）心麌合三上遇 / 數　所矩　生麌合三上遇

23）3257　俁　思主（玉）心麌合三上遇 / 所　疎舉　生語合三上遇

24）2738　穌　素姑　心模合一平遇 / 疏　所葅　生魚合三平遇

25）7897　穌　孫租（集）心模合一平遇 / 疏　所葅　生魚合三平遇

26）10209　蓑　蘇禾　心戈合一平果 / 疏　所葅　生魚合三平遇

27）12812　數　色句　生遇合三去遇 / 素　桑故　心暮合一去遇

28）13280　所　疎舉　生語合三上遇 / 瑣　蘇果　心果合一上果

29）619　燥　先到（集）心號開一去效 / 哨　所教（集）生效開二去效

30）6271　繰　蘇遭　心豪開一平效 / 稍　師交（集）生肴開二平效

31）6770　謖　所六　生屋合三入通 / 粟　相玉　心燭合三入通

32）231　朔　所角　生覺開二入江 / 索　蘇各　心鐸開一入宕

33）2878　窣　蘇骨　心沒合一入臻 / 率　所律　生術合三入臻

34）11400　鶻　蘇骨　心沒合一入臻 / 率　所律　生術合三入臻

35）13476b　帥　所律　生術合三入臻 / 塞　蘇則　心德開一入曾

參考例：

1）9166　弰　所交　生肴開二平效／消　相邀　心宵開三平效
2）13253　旓　所交　生肴開二平效／消　相邀　心宵開三平效

俟／邪互注

1）1255　涘　牀史　俟止開三上止／似　祥里　邪止開三上止
2）3006　俟　牀史　俟止開三上止／似　祥里　邪止開三上止
3）13925　竢　牀史　俟止開三上止／似　祥里　邪止開三上止

現在看看濁聲母的清化情況：

崇母

崇／精互注

1）9022　轏　士限　崇產開二上山／淺　則旰（集）精翰開一去山

2）832　崱　士力　崇職開三入曾／則　子德　精德開一入曾
3）1013　岝　仕革（玉）崇麥開二入梗／則　子德　精德開一入曾

4）4175　怚　將預　精御合三去遇／助　床據　崇御合三去遇

在《玉篇直音》中，精組與莊組相混，所以此處出現了崇母與精母混同的現象，很整齊地，都是仄聲。

俟母

俟／心互注

1）7602　伺　相吏　心志開三去止／俟　牀史　俟止開三上止

精組的從母自注199次，與精母互注的有21個，與莊母互注的有2次，與清母互注10次，與清聲母互注共33次，互注的數量佔從母總數的12.1%；邪母自注139次，與心母互注8次，與清聲母互注數佔邪母總數的5.1%，比例較低。

從母

從／精互注

仄聲

1）12880　奘　徂朗　從蕩開一上宕／臧　子朗（集）精蕩開一上宕

2）9470　甑　子孕　精證開三去曾 / 贈　昨亙　從嶝開一去曾

3）3206　僔　粗本（集）從混合一上臻 / 尊去　祖昆　精魂合一平臻（去：
　　　　　慁）

4）10443　荐　在甸　從霰開四去山 / 箭　子賤　精線開三去山

5）8682　瓚　藏旱　從旱開一上山 / 贊　則旰　精翰開一去山

6）13792　餞　在甸　從霰開四去山 / 薦　作甸　精霰開四去山

7）8163　晬　子對　精隊合一去蟹 / 悴　秦醉　從至合三去止

8）10369　蕞　才外　從泰合一去蟹 / 醉　將遂　精至合三去止

9）9768　珇　在呂（集）從語合三上遇 / 子　即里　精止開三上止

10）9306　劑　在詣　從霽開四去蟹 / 祭　子例　精祭開三去蟹

11）12024　薺　在禮（集）從薺開四上蟹 / 即　子力　精職開三入曾

此例是陰、入互注，《玉篇直音》的入聲仍然存在，此類例屬於鳳毛麟角。

12）5471　鹺　才可（集）從哿開一上果 / 佐　則箇　精箇開一去果

13）6995　趀（踤）慈卹　從術合三入臻 / 足　即玉　精燭合三入通

14）6963　越　資昔　精昔開三入梗 / 寂　前歷　從錫開四入梗

15）1007　濈　子入　精緝開三入深 / 集　秦入　從緝開三入深

16）5449　睫　即涉（集）精葉開三入咸 / 捷　疾葉　從葉開三入咸

平聲

17）4262　揫　字秋（集）從尤開三平流 / 酒平　子酉　精有開三上流（平：
　　　　　尤）

18）4080　懆　臧曹（集）精豪開一平效 / 曹　昨勞　從豪開一平效

19）8670　琮　藏宗　從冬合一平通 / 宗　作冬　精冬合一平通

平仄互注

20）13194　咀　慈呂　從語開三上遇／祖平　則古　精姥合一上遇（平：模）

21）13197　徂　昨胡　從模合一平遇／租上　則吾　精模合一平遇（上：姥）

從／莊互注

1）8237　鏨　才敢　從敢開一上咸／斬上　側減　莊鹻開二上咸

2）1319　滓　阻史　莊止開三上止／漬　疾智　從寘開三去止

從母與莊母互注的均是仄聲字。

參考例：

1）5822　蹭　慈陵（集）從蒸開三平曾／諍　甾莖（集）莊耕開二平梗

從音理推，「蹭」該讀送氣音，此處與莊母字互注，不知有無偏旁的影響，因爲與「蹭」同聲旁的「曾、增、罾」《集韻》音咨騰切（精登開一平曾），聲母是不送氣的精母。

從／清互注

平聲

1）2044　埁　才淫（集）從侵開三平深／寢平　七稔　清寢開三上深
　　　　　（平：侵）

2）10712　欑　在丸　從桓合一平山／攛　七丸（集）清桓合一平山

3）6562　親　取私　清脂開三平止／茲　疾之　從之開三平止

4）9211　矬　昨禾　從戈合一平果／磋　七何　清歌開一平果

5）5469　蔖　昨何　從歌開一平果／磋　七何　清歌開一平果

6）5548　髿　昨何　從歌開一平果／磋　七何　清歌開一平果

7）13688　齹　昨何　從歌開一平果／磋　七何　清歌開一平果

8）4988　緅　自秋　從尤開三平流／秋　七由　清尤開三平流

仄聲

9）4024　悄　親小　清小開三上效／憔上　昨焦　從宵開三平效（上：小）

10）6584　覡　前歷　從錫開四入梗 / 戚　倉歷　清錫開四入梗

從母與清母互注的以平聲居多（8：2）。

參考例：

1）2971　清　七政　清勁開三去梗 / 靖　疾郢　從靜開三上梗

邪母

邪 / 心互注

平聲

1）3041　恂　松倫　邪諄合三平臻 / 荀　相倫　心諄合三平臻

2）762　㦎　徐鹽　邪鹽開三平咸 / 纖　息廉　心鹽開三平咸

仄聲

3）237　㬵　隨戀（集）邪線合三去山 / 選　息絹　心線合三去山

4）9878　柶　斯義　心寘開三去止 / 寺　詳吏　邪志開三去止

5）10648　笥　相吏　心志開三去止 / 似　詳里　邪止開三上止

6）2892　邃　雖遂　心至合三去止 / 遂　徐醉　邪至合三去止

7）627　灺　徐野　邪馬開三上假 / 寫　四夜（集）心禡開三去假

8）5667　踖　祥亦（集）邪昔開三入梗 / 昔　思積　心昔開三入梗

《玉篇直音》出現了從 / 邪互注（8）的例子：

從 / 邪互注

1）10785　秦　匠鄰　從眞開三平臻 / 循　詳遵　邪諄合三平臻

2）13667　盡　疾引（玉）從軫開三上臻 / 燼　徐刃　邪震開三去臻

3）12974　聚　慈庾　從麌合三上遇 / 序　徐呂　邪語開三上遇

4）10389　藉　慈夜　從禡開三去假 / 謝　辝夜　邪禡開三去假

5）11569　蝤　自秋　從尤開三平流／囚　似由　邪尤開三平流

6）13259　族　昨木　從屋合一入通／俗　似足　邪燭合三入通

7）9969　集　秦入　從緝開三入深／習　似入　邪緝開三入深

8）屬於俟母的「竢」字作爲被注字，共出現 2 次，兩個注字分別是從、邪母字，因此我們可以說這是一例從、邪的混併，雖然它們不是直接的互注：

　　7242　竢　牀史　俟止開三上止／自　疾二　從至開三去止
　　13925　竢　牀史　俟止開三上止／似　詳里　邪止開三上止

除了前面提到的知二莊、莊精互注外，還有**知組**／**精組**互注的音注，其例如下（14）：

知／精互注（9）

1）5510a　鯗　卓皆　知皆開二平蟹／哉　祖才　精咍開一平蟹

2）3085　倬　竹角　知覺開二入江／作　則落　精鐸開一入宕
3）4912　晫　竹角（集）知覺開二入江／作　則落　精鐸開一入宕
4）7492　琢　竹角　知覺開二入江／作　則落　精鐸開一入宕
5）13060　斲　竹角（集）知覺開二入江／作　則落　精鐸開一入宕
6）13284　斱　竹角（集）知覺開二入江／作　則落　精鐸開一入宕

7）6818　謫　陟革　知麥開二入梗／則　子德　精德開一入曾
8）7378　摘　陟革　知麥開二入梗／卒　臧沒　精沒合一入臻
9）11786　舴　陟格（集）知陌開二入梗／則　子德　精德開一入曾

徹／清互注（1）

1）11668　蠆　丑犗　徹夬開二去蟹／蔡　倉大　清泰開一去蟹

澄／從互注（2）

1）5571　醔　字秋（集）從尤開三平流／酬　陳留（集）澄尤開三平流
酬，《廣韻》市流切，屬禪母。
2）9505　橙　宅耕　澄耕開二平梗／層　昨棱　從登開一平曾

澄／邪互注（1）

　　1）7209　　峙　直里　澄止開三上止／寺　祥吏　邪志開三去止

5571、7209 二例是澄ᷱ與精組互注，其餘都是二等知組與精組互注。

澄／精互注（1）

　　1）10812　屢　則旰　精翰開一去山／邅　持碾　澄線開三去山

此外，還有章組／**精組互注**（13）這樣一些例子：

章／精互注（2）

　　1）8837　　贅　之芮　章祭合三去蟹／最　祖外　精泰合一去蟹

　　2）4946　　聮　征例（集）章祭開三去蟹／祭　子例　精祭開三去蟹

書／心互注（3）

　　1）1189　　洬　先篤　心沃合一入通／束　書玉　書燭合三入通

　　2）6667　　諫　蘇谷（集）心屋合一入通／束　書玉　書燭合三入通

　　3）4201　　懊　式撰（集）書獼合三上山／線　私箭　心線開三去山

禪／從互注（2）

　　1）10432　萃　秦醉　從至合三去止／瑞　是為　禪寘合三去止

　　2）1061　　崷　自秋　從尤開三平流／醻（酬）市流　禪尤開三平流

禪／心互注（1）

　　1）7040　　邃　雖遂　心至合三去止／睡　是偽　禪寘合三去止

禪／邪互注（5）

　　1）2523　　隋　旬為　邪支合三平止／誰　視隹　禪脂合三平止

　　2）7039　　遂　徐醉　邪至合三去止／睡　是偽　禪寘合三去止

　　3）6526　　市　時止　禪止開三上止／寺　祥吏　邪志開三去止

　　4）12657　巳　詳里　邪止開三上止／市　時止　禪止開三上止

　　5）13625、13896　署　常恕　禪御合三去遇／序　徐呂　邪語合三上遇

《玉篇直音》還有一些知≡章與知≡莊互注的例子：

莊、章二組互注（16）

莊／章互注（6）

1）9372　剚　側吏　莊志開三去止／志　職吏　章志開三去止

2）10576　第　爭義（集）莊眞開三去止／賔　支義　章眞開三去止

3）13956　甾　側持　莊之開三平止／支　章移　章支開三平止

4）7272　岁（夋）爭義　莊眞開三去止／志　職吏　章志開三去止

5）13276　斮　側略　莊藥開三入宕／勺　之若　章藥開三入宕

6）10746　稤　阻瑟　莊櫛開三入臻／質　之日　章質開三入臻

初／昌互注（3）

1）570　趒　楚絞（集）初巧開二上效／鈔　齒紹（集）昌小開三上效

2）571　炒　初爪　初巧開二上效／同上（鈔）齒紹（集）昌小開三上效

3）2121　塦　初力　初職開三入曾／尺　昌石　昌昔開三入梗

參考例：

1）10633　箈　測戟　初陌開二入梗／綽　昌約　昌藥開三入宕

生／書互注（5）

1）6056　襹　所宜　生支開三平止／詩　書之　書之開三平止

2）10062　蒒　疏夷　生脂開三平止／詩　書之　書之開三平止

3）6475　輸　山芻　生虞合三平遇／舒　傷魚　書魚合三平遇

4）439　霅　色立　生緝開三入深／濕　失入　書緝開三入深

5）9370　刷　所劣　生薛合三入山／設　識列　書薛開三入山

崇／禪互注（1）

1）1402　澍　士止　崇止開三上止／侍　時吏　禪志開三去止

章 / 崇互注（1）

　　1）742　　斨　主倦（玉）章線合三去山 / 饌　士戀　崇線合三去山

知₂組與知₃組互注（5）：

　　1）8530　　鋥　除更　澄映開二去梗 / 鄭　直正　澄勁開三去梗

　　2）13269　斲　竹角　知覺開二入江 / 築　張六　知屋合三入通
　　3）7045　　逐　直六　澄屋合三入通 / 濁　直角　澄覺開二入江
　　4）7337　　擢　直角　澄覺開二入江 / 逐　直六　澄屋合三入通

　　5）3512　　輟　張骨（集）知黠合二入山 / 掇　陟劣　知薛合三入山

知₃ / 莊互注（3）：

　　1）2030　　埾　側六　莊屋合三入通 / 竹　張六　知屋合三入通
　　2）7626　　閦　初六　初屋合三入通 / 畜　丑六　徹屋合三入通

　　3）10565　篘　楚鳩　初尤開三平流 / 抽　丑鳩　徹尤開三平流

　　《玉篇直音》中的莊組三等韻字已經變成洪音，知₃與知₂、莊互注，看來，《玉篇直音》知₃組字已經開始有一部分失去 i 介音。

　　現代吳語從、邪相混，其音讀在各地的表現並不一致，《漢語方音字彙》描寫的蘇州話齒音沒有濁塞擦音，《海鹽方言志》描寫的海鹽話齒音也沒有濁塞擦音，上面所列又有從 / 邪、從 / 澄甚至禪 / 邪互注的現象，因此上我們傾向於《玉篇直音》的齒音也沒有濁塞擦音。

　　莊、章互注的例子比較少，王力先生說過，例不十則法不立，我們還是先不貿然說莊、章已經合流，但不妨說在注音人的語言裏有莊、章相混的現象，莊、章趨於合流。至於它們的音值，我們未嘗不可以說是卷舌音，但結合《玉篇直音》的特點，我們認爲還是將它們歸入精組爲好。

　　綜上所說，《玉篇直音》的知₂、莊、精完全合流，還有章組一些字也變入精組：

知₂莊精、澄崇從仄部分

徹₂初清、澄崇從平部分

生書心、邪俟部分

澄₂崇從邪俟

二、知₃、章

我們看知₃與章組自注及互注的統計情況：

	知	徹	澄	章	昌	禪	書	船	日
知	49		13						
徹		42	3						2
澄			170						
章	109		4	313		2			
昌		70	1		100				1
禪	1		12			165	11	24	10
書							153	3	1
船			3					18	

　　知₃與章組互注的有 200 例，其中知母自注 49 次，與章母互注 109 例，互注較自注還多；徹母自注 42 次，與昌互注 70 次，也是互注數比自注數要多，知章、徹昌的合併沒問題，根據語言演變的系統性、平行性原則，我們說知₃與章組已經合併。與章組互注的 200 例如下：

　　知 / 章互注

　　　　1）752　　煄　之隴（玉）章腫合三上通 / 冢　知隴　知腫合三上通

　　　　2）5264　腫　之隴　章腫合三上通 / 中上　陟弓　知東合三平通（上：董）

　　　　3）5706　踵　之隴　章腫合三上通 / 中上　陟弓　知東合三平通（上：董）

　　　　4）5796　蹱　職容　章鍾合三平通 / 中　陟弓　知東合三平通

　　　　5）6190　終　職戎　章東合三平通 / 中　陟弓　知東合三平通

　　　　6）7208　種　之隴　章腫合三上通 / 中上　陟弓　知東合三平通（上：董）

　　　　7）8286　鍾　職容　章鍾合三平通 / 中　陟弓　知東合三平通

　　　　8）8287　鍾　職容　章鍾合三平通 / 同上（中）陟弓　知東合三平通

　　　　9）8572　鉁　職容　章鍾合三平通 / 中　陟弓　知東合三平通

　　　10）12972　眾　之仲　章送合三去通 / 中去　陟仲　知送合三去通

　　　11）13545　中　陟弓　知東合三平通 / 終　職戎　章東合三平通

　　　12）13829　伀　職容　章鍾合三平通 / 中　陟弓　知東合三平通

　　　13）1464　浉　展兩（集）知養開三上宕 / 掌　諸兩　章養開三上宕

14）5610　　掌　諸兩　章養開三上宕／張　陟良　知陽開三平宕

15）5642　　掌　諸兩　章養開三上宕／長　知丈　知養開三上宕

16）6504　　帳　知亮　知漾開三去宕／障　之亮　章漾開三去宕

17）7911　　瘴　之亮　章漾開三去宕／漲　知亮　知漾開三去宕

18）9149　　張　陟良　知陽開三平宕／章　諸良　章陽開三平宕

19）11043　粻　陟良　知陽開三平宕／章　諸良　章陽開三平宕

20）12386　章　諸良　章陽開三平宕／張　陟良　知陽開三平宕

21）2340　　徵　陟陵　知蒸開三平曾／征　諸盈　章清開三平梗

22）2431　　郎　陟盈　知清開三平梗／征　諸盈　章清開三平梗

23）2483　　陣　陟盈　知清開三平梗／征　諸盈　章清開三平梗

24）7952　　征　諸盈　章清開三平梗／徵　陟陵　知蒸開三平曾

25）8826、13288　貞　陟盈　知清開三平梗／征　諸盈　章清開三平梗

26）9529　　槙　陟盈　知清開三平梗／征　諸盈　章清開三平梗

27）12612　徵　陟陵　知蒸開三平曾／征　諸盈　章清開三平梗

28）13845　征　諸盈　章清開三平梗／貞　陟盈　知清開三平梗

29）1711　　碪　知林　知侵開三平深／針　職深　章侵開三平深

30）6655　　訰　章倫　章諄合三平臻／迍　陟倫　知諄合三平臻

31）7116　　迍　陟綸　知諄合三平臻／諄　章倫　章諄合三平臻

32）8311　　鎮　陟刃　知震開三去臻／振　章刃　章震開三去臻

33）8741　　珍　陟鄰　知眞開三平臻／眞　職鄰　章眞開三平臻

34）8742　　珎　陟鄰　知眞開三平臻／同上（眞）職鄰　章眞開三平臻

35）12648　振　章刃　章震開三去臻／鎮　陟刃　知震開三去臻

36）4693　　囀　知戀　知線合三去山／專去　職緣　章仙合三平山（去：線）

37）6965　　趥　張連　知仙開三平山／專　職緣　章仙合三平山

38）7162　　邅　張連　知仙開三平山／專　職緣　章仙合三平山

39）7737　　展　知演　知獮開三上山／專上　職緣　章仙合三平山（上：獮）

40）8964　　轉　陟兗　知獮合三上山／占上　職廉　章鹽開三平咸（上：琰）

41）9267　　戰　之膳　章線開三去山 ／ 展去　陟扇（集）知線開三去山

42）10828　　饘　諸延　章仙開三平山 ／ 邅　張連　知仙開三平山

43）13286　　占　章豔　章豔開三去咸 ／ 佔　陟陷（集）知陷開二去咸

44）2778　　厎　陟利（集）知至開三去止 ／ 志　職吏　章志開三去止

45）5801　　躓　陟利　知至開三去止 ／ 至　脂利　章至開三去止

46）6538　　橥　豬几　知旨開三上止 ／ 止　諸市　章止開三上止

47）8920　　輊　陟利　知至開三去止 ／ 志　職吏　章志開三去止

48）9001　　輊　陟利　知至開三去止 ／ 志　職吏　章志開三去止

49）9182　　騺　陟吏　知志開三去止 ／ 志　職吏　章志開三去止

50）9210　　知　陟離　知支開三平止 ／ 之　止而　章之開三平止

51）11702　　鷙　陟利　知至開三去止 ／ 至　脂利　章至開三去止

52）12826、13790　致　陟利　知至開三去止 ／ 至　脂利　章至開三去止

53）13378　　寘　陟利　知至開三去止 ／ 志　職吏　章志開三去止

54）4031　　惴　之睡　章寘合三去止 ／ 綴　陟衛　知祭合三去蟹

55）8313　　錐　職追　章脂合三平止 ／ 追　陟佳　知脂合三平止

56）11790　　騅　職追　章脂合三平止 ／ 追　陟佳　知脂合三平止

57）10140　　萑　職追　章脂合三平止 ／ 追　陟佳　知脂合三平止

58）12222　　隹　職追　章脂合三平止 ／ 追　陟佳　知脂合三平止

59）1400　　澍　之戍　章遇合三去遇 ／ 住　中句　知遇合三去遇

60）4280　　佇　展呂（集）知語合三上遇 ／ 蠹　章與　章語合三上遇

61）6834　　誅　陟輸　知虞合三平遇 ／ 朱　章俱　章虞合三平遇

62）7508　　拄　知庾　知麌合三上遇 ／ 主　之庾　章麌合三上遇

63）8877　　貯　知呂　知語合三上遇 ／ 蛀　之戍　章遇合三去遇

64）9778　　柱　知麌　知麌合三上遇 ／ 主　之庾　章麌合三上遇

65）9930　　藸　陟魚　知魚合三平遇 ／ 諸　章魚　章魚合三平遇

66）11517　　蛛　陟輸　知虞合三平遇 ／ 朱　章俱　章虞合三平遇

67）11791　　騹　音誅（玉）誅　陟輸　知虞合三平遇 ／ 朱　章俱　章虞合三平遇

68）11882、13906　猪　陟魚　知魚合三平遇 ／ 朱　章俱　章虞合三平遇

69）11883、11966、13907　　豬　陟魚　知魚合三平遇／朱　章俱　章虞
　　　合三平遇

70）12213　　鼄　陟輸　知虞合三平遇／朱　章俱　章虞合三平遇

71）12283　　霔　章恕　章御合三去遇／註　中句　知遇合三去遇

72）12482　　黈　知庾　知麌合三上遇／主　之庾　章麌合三上遇

73）13900　　著　陟慮　知御合三去遇／注　之戍　章遇合三去遇

74）7932　　翥（翥）章恕　章御合三去遇／住　中句　知遇合三去遇

75）7321　　招　止遙　章宵開三平效／朝　陟遙　知宵開三平效

76）3368　　伷　張流　知尤開三平流／舟　職流　章尤開三平流

77）4471　　咒　職救　章宥開三去流／晝　陟救　知宥開三去流

78）5234、12775　　肘　陟柳　知有開三上流／帚　之九　章有開三上流

79）5235　　肚　陟柳　知有開三上流／同上（帚）之九　章有開三上流

80）6521　　帚　之九　章有開三上流／肘　陟柳　知有開三上流

81）6796　　譸　張流　知尤開三平流／舟　職流　章尤開三平流

82）11799　　騆　張流　知尤開三平流／舟　職流　章尤開三平流

83）12378　　晝　陟救　知宥開三去流／呪　職救　章宥開三去流

84）13104　　鼀　張流　知尤開三平流／舟　職流　章尤開三平流

85）3763　　繘　竹律　知術合三入臻／祝　之六　章屋合三入通

86）3764　　籗　竹律　知術合三入臻／同上（祝）之六　章屋合三入通

87）4686　　味　之六　章屋合三入通／竹　張六　知屋合三入通

88）9818　　欘　陟玉　知燭合三入通／祝　之六　章屋合三入通

89）10469　　竹　張六　知屋合三入通／祝　之六　章屋合三入通

90）10470　　竺　張六　知屋合三入通／同上（祝）之六　章屋合三入通

91）11295　　鸀　朱欲（集）章燭合三入通／竹　張六　知屋合三入通

92）13166a　　鬻　之六　章屋合三入通／竹　張六　知屋合三入通

93）6435　　縶　陟立　知緝開三入深／執　之入　章緝開三入深

94）11800　　䌤　陟立　知緝開三入深／執　之入　章緝開三入深

95）4330　哲　陟列　知薛開三入山／折　旨熱　章薛開三入山
96）5075　䫲　職悅　章薛合三入山／哲　陟列　知薛開三入山
97）7499　折　旨熱　章薛開三入山／哲　陟列　知薛開三入山
98）9352　㔍　陟劣　知薛合三入山／拙　職悅　章薛合三入山
99）10991　醊　陟劣　知薛合三入山／拙　職悅　章薛合三入山
100）11614　蛥　之列（集）章薛開三入山／哲　陟列　知薛開三入山
101）11685　蜇　陟列　知薛開三入山／折　旨熱　章薛開三入山
102）13615　罬　陟劣　知薛合三入山／拙　職悅　章薛合三入山
103）4684　喆（哳）陟鎋　知鎋開二入山／折　旨熱　章薛開三入山

參考例：

1）2864　窋　竹律　知術合三入臻／拙　職悅　章薛合三入山

2）12719　丆　竹瓦（玉）知馬合二上假／者　章也　章馬開三上假

徹／昌互注

1）8016　寵　丑隴　徹腫合三上通／充上　昌終　昌東合三平通（上：董）
2）4108　忡　敕中　徹東合三平通／沖（衝）尺容　昌鍾合三平通

3）3168　倀　褚羊　徹陽開三平宕／昌　尺良　昌陽開三平宕
4）4110　悵　丑亮　徹漾開三去宕／唱　尺亮　昌漾開三去宕
5）4408　唱　尺亮　昌漾開三去宕／暢　丑亮　徹漾開三去宕
6）10452　蘬　丑亮　徹漾開三去宕／唱　尺亮　昌漾開三去宕
7）10775　韔　丑亮　徹漾開三去宕／唱　尺亮　昌漾開三去宕
8）12684　暢　丑亮　徹漾開三去宕／唱　尺亮　昌漾開三去宕
9）13713　韔　丑亮　徹漾開三去宕／唱　尺亮　昌漾開三去宕
10）13951　鬯　丑亮　徹漾開三去宕／唱　尺亮　昌漾開三去宕
11）176　昶　丑兩　徹養開三上宕／敞（廠）昌兩　昌養開三上宕

12）3225　偵　丑貞　徹清開三平梗／稱　處陵　昌蒸開三平曾
13）7139　遉　丑鄭　徹勁開三去梗／稱　昌孕　昌證開三去曾
14）9743　檉　丑貞　徹清開三平梗／稱　處陵　昌蒸開三平曾
15）11564　蟶　丑貞　徹清開三平梗／稱　處陵　昌蒸開三平曾
16）2562　阷　癡貞（集）徹清開三平梗／称（稱）處陵　昌蒸開三平曾

17）12428　賴　丑貞　徹清開三平梗 / 稱（稱）處陵　昌蒸開三平曾

18）149　春　昌脣　昌諄合三平臻 / 椿　丑倫　徹諄合三平臻

19）7185　趁　丑忍（集）徹軫開三上臻 / 脤上　昌眞　昌眞開三平臻
　　　　（上：軫）

20）9557　椿　丑倫　徹諄合三平臻 / 春　昌脣　昌諄合三平臻

21）9558　標　丑倫　徹諄合三平臻 / 同上（春）昌脣　昌諄合三平臻

22）9559　杶　丑倫　徹諄合三平臻 / 同上（春）昌脣　昌諄合三平臻

23）9675　橁　敕倫（集）徹諄合三平臻 / 春　昌脣　昌諄合三平臻

24）11363　鶞　丑倫　徹諄合三平臻 / 春　昌脣　昌諄合三平臻

25）7839　疢　丑刃　徹震開三去臻 / 稱（稱）昌孕　昌證開三去曾

26）3926　怗　癡廉（集）徹鹽開三平咸 / 襜　處占　昌鹽開三平咸

27）6848　諂　丑琰　徹琰開三上咸 / 喘　昌兗　昌獮合三上山

28）7181　脠　丑延　徹仙開三平山 / 穿　昌緣　昌仙合三平山

29）7186　遄　抽延（集）徹仙開三平山 / 闡平　稱延（集）昌仙開三平山

30）7680　闡　昌善　昌獮開三上山 / 諂　丑琰　徹琰開三上咸

31）7812　痒　昌豔（集）昌豔開三去咸 / 諂去　丑琰　徹琰開三上咸（去：
　　　　豔）

32）9402　剶　丑緣　徹仙合三平山 / 穿　昌緣　昌仙合三平山

33）10296　菚　丑善　徹獮開三上山 / 闡　昌善　昌獮開三上山

34）733　毳　丑水（玉）徹旨合三上止 / 吹上　昌垂　昌支合三平止
　　　　（上：紙）

35）3744　姕　赤之　昌之開三平止 / 痴　丑之　徹之開三平止

36）4552　嗤　赤之　昌之開三平止 / 痴　丑之　徹之開三平止

37）4783　眵　叱之　昌支開三平止 / 痴　丑之　徹之開三平止

38）4991　恥　敕里　徹止開三上止 / 齒　昌里　昌止開三上止

39）5468　齒　昌里　昌止開三上止 / 恥　敕里　徹止開三上止

40）6189　絺　丑飢　徹脂開三平止 / 蚩　赤之　昌之開三平止

41）9446　瓻　丑飢　徹脂開三平止 / 蚩　赤之　昌之開三平止

42）10485　笞　丑之　徹之開三平止 / 蚩　赤之　昌之開三平止

43）11322　鴟　處脂　昌脂開三平止 / 笞　丑之　徹之開三平止

44）11323　鵄　處脂　昌脂開三平止 / 同上（笞）丑之　徹之開三平止

45）11500b　螭　丑知　徹支開三平止 / 蚩　赤之　昌之開三平止

46）11655　蚩　赤之　昌之開三平止 / 笞　丑之　徹之開三平止

47）12329　嗤　赤之　昌之開三平止 / 痴　丑之　徹之開三平止

48）12929　麵　丑知　徹支開三平止 / 蚩　赤之　昌之開三平止

49）5102　頾　昌旨（玉）昌旨開三上止 / 耻（恥）敕里　徹止開三上止

50）9555　楮　丑呂　徹語合三上遇 / 杵　昌與　昌語合三上遇

51）12156　貙　敕俱　徹虞合三平遇 / 樞　昌朱　昌虞合三平遇

52）9136　弨　尺招　昌宵開三平效 / 超　敕宵　徹宵開三平效

53）11868　臭　尺救　昌宥開三去流 / 抽去　丑鳩　徹尤開三平流（去：宥）

54）12621　丑　敕久　徹有開三上流 / 醜　昌九　昌有開三上流

55）13332　醜　昌九　昌有開三上流 / 丑　敕久　徹有開三上流

56）6997　龺　丑略　徹藥開三入宕 / 綽　昌約　昌藥開三入宕

57）6362　綽　昌約　昌藥開三入宕 / 逴　丑略　徹藥開三入宕

58）7104　逴　丑略　徹藥開三入宕 / 綽　昌約　昌藥開三入宕

59）11866　奠　丑略　徹藥開三入宕 / 綽　昌約　昌藥開三入宕

60）2123　甼　恥力（玉）徹職開三入曾 / 尺　昌石　昌昔開三入梗

61）3053　弒　恥力　徹職開三入曾 / 尺　昌石　昌昔開三入梗

62）3922　憨　恥力　徹職開三入曾 / 尺　昌石　昌昔開三入梗

63）5441　肶　丑一（玉）徹質開三入臻 / 叱　昌栗　昌質開三入臻

64）5955　勑　蓄力（集）徹職開三入曾 / 尺　昌石　昌昔開三入梗

65）7075　遬　恥力　徹職開三入曾 / 尺　昌石　昌昔開三入梗

66）11480　魊　丑力（玉）徹職開三入曾 / 尺　昌石　昌昔開三入梗

67）12814　敕　恥力　徹職開三入曾 / 尺　昌石　昌昔開三入梗

68）13817　彳　丑亦　徹昔開三入梗 iæ / 斥　昌石　昌昔開三入梗

69）5617　　掣　昌列　昌薛開三入山／撤　丑列　徹薛開三入山

70）7158　　跕　叱涉（玉）昌葉開三入咸／徹　丑列　徹薛開三入山

參考例：

1）6134　　㤢　許六（集）曉屋合三入通／祝　昌六　昌屋合三入通

「㤢」是曉母字，與「祝」的讀音相差很遠，我們懷疑注音者是否受了偏旁「畜」（勑六切，徹屋合三入通）的影響。

澄／船互注

1）4862　　暷　食川（集）船仙合三平山／傳　直攣　澄仙合三平山

2）9074　　船　食川　船仙合三平山／椽　直攣　澄仙合三平山

3）10748　　秩　直一　澄質開三入臻／同上（述）食聿　船術合三入臻

澄／禪互注

1）4318、12602　呈　直貞　澄清開三平梗／成　是征　禪清開三平梗

2）10688　　程　直貞　澄清開三平梗／成　是征　禪清開三平梗

3）10977　　酲　直貞　澄清開三平梗／成　是征　禪清開三平梗

4）12479　　趻　直稔（集）澄寑開三上深／甚　常枕　禪寑開三上深

5）10535　　篅　市緣　禪仙合三平山／椽　直攣　澄仙合三平山

6）11492　　蟬　市連　禪仙開三平山／傳　直攣　澄仙合三平山

7）11493　　蟾　視占　禪鹽開三平咸／同上（傳）直攣　澄仙合三平山

8）13225　　篆　市兗　禪獮合三上山／傳　直戀　澄線合三去山

9）9668　　椎　直追　澄脂合三平止／垂　是為　禪支合三平止

10）10979　　醻　市流　禪尤開三平流／稠　直由　澄尤開三平流

11）12803　　譸　市流　禪尤開三平流／稠　直由　澄尤開三平流

上述大量例子，充分說明知₃、章組的合流毫無疑問。

濁聲母

澄₃自注 170 次，與清聲母互注共 21 次，其中與知母互注 13 次，與章母

互注 4 次，與徹母互注 3 次，與昌母互注 1 次，清化比例約爲 10%；船母自注 18 次，與書母互注 3 次，清化比例約爲 6.7%；禪母自注 165 次，與章母互注 2 次，與書母互注 11 次，與知母互注 1 次，清化比例比較低，約爲 6.5%，因此還不能說它們已經完全清化。

下面是它們與清聲母互注的例子：

澄母

澄／知互注

1）2586　䖎　丈爾（集）澄紙開三上止／致　陟利　知至開三去止
2）8252　㓳　直例　澄祭開三去蟹／智　知義　知寘開三去止
3）6382　緻　直利　澄至開三去止／致　陟利　知至開三去止

4）6359　綴　陟衛　知祭合三去蟹／墜　直類　澄至合三去止
5）6397　縋　馳僞　澄寘合三去止／追去　追萃（集）知至合三去止

6）10272　苧　直呂　澄語合三上遇／柱上　展呂（集）知語合三上遇
7）11852　羜　直呂　澄語合三上遇／柱　株遇（集）知遇合三去遇

8）11963　豖　珠玉（集）知燭合三入通／逐　直六　澄屋合三入通

9）10754　稙　竹力　知職開三入曾／直　除力　澄職開三入曾

10）1516　澈　直列（集）澄薛開三入山／輒　陟涉（集）知葉開三入咸
11）5938　㢙　直列（集）澄薛開三入山／哲　陟列　知薛開三入山
12）8943　輒　陟葉　知葉開三入咸／徹　直列　澄薛開三入山
13）8972　輟　陟劣　知薛合三入山／轍　直列　澄薛開三入山

上面的例子全是仄聲。

澄／徹互注

平聲

1）7141　遂　椿全　徹仙合三平山／椽　直攣　澄仙合三平山

仄聲

2）7989　　冡　丑院　徹線合三去山／篆　持兗　澄獮合三上山

3）12008　　蠥　雉栗（玉）澄質開三入臻／敕　恥力　徹職開三入曾

澄／章互注

1）6055　　褫　池爾　澄紙開三上止／至　脂利　章至開三去止

2）6291　　紩　直一　澄質開三入臻／執　之入　章緝開三入深

3）11704　　鴜　之日　章質開三入臻／直　除力　澄職開三入曾

4）5326　　牐　直涉　澄葉開三入咸／摺　之涉　章葉開三入咸

澄／章互注的都是仄聲。

澄／昌互注

1）11085　　犨　赤周　昌尤開三平流／稠　直由　澄尤開三平流

澄母與送氣清音昌母互注的是平聲字。

船母

船／書互注

1）7429　　抒　神與　船語合三上遇／暑　舒呂　書語合三上遇 」

抒，《集韻》上與切，禪母，《大廣益會玉篇》神旅切，同《廣韻》。

2）12770　　射　神夜　船禡開三去假／舍　始夜　書禡開三去假

3）13710　　韘　書涉　書葉開三入咸／聶　實攝（集）船葉開三入咸

這裏也是仄聲的濁母與全清音混。

禪母

禪／書互注

1）542　　煁　氏任　禪侵開三平深／琛　式針（集）書侵開三平深

2）2554　　阠　試刃（集）書震開三去臻／愼　時刃（集）禪震開三去臻

3）7861　　瘎　氏任　禪侵開三平深／審　式荏　書寢開三上深

4）1534　澨　時制（集）禪祭開三去蟹 / 世　始制（集）書祭開三去蟹
5）6627　誓　時制　禪祭開三去蟹 / 世　舒制　書祭開三去蟹
6）8239　銴　時制　禪祭開三去蟹 / 世　舒制　書祭開三去蟹
7）12839　翅　施智　書寘開三去止 / 市　時止　禪止開三上止
8）13740　掣　時制　禪祭開三去蟹 / 世　舒制　書祭開三去蟹

9）1544　濕　失入　書緝開三入深 / 拾　是執　禪緝開三入深

10）747　爍　書藥　書藥開三入宕 / 芍　市若　禪藥開三入宕
芍，《集韻》還有實若（船藥開三入宕）切一讀。

11）1272　涉　時攝　禪葉開三入咸 / 攝　書涉　書葉開三入咸

禪 / 章互注

1）243　腄　樹僞（集）禪寘合三去止 / 揣　之瑞（集）章寘合三去止
2）10584　箠　之累　章紙合三上止 / 垂上 是爲 禪支合三平止（上：紙）

禪 / 知互注

1）7425　捶　是棰（集）禪紙合三上止 / 追去　陟隹　知脂合三平止

《玉篇直音》中船母自注 18 次，與禪母互注 24 次，**船 / 禪互注**例子如下：

1）1882　堘　食陵　船蒸開三平曾 / 成　是征　禪清開三平曾
2）6231　繩　食陵　船蒸開三平曾 / 成　是征　禪清開三平曾
3）9187　剩　實證　船證開三去曾 / 盛　承政　禪勁開三去梗
4）12112　䮳　實證　船證開三去曾 / 盛去　承政　禪勁開三去梗

5）3985　慎　時刃　禪震開三去臻 / 順　食閏　船稕合三去臻
6）12642　唇　船倫（集）船諄合三平臻 / 同上（晨）植鄰　禪眞開三平臻
7）12643　脣　食倫　船諄合三平臻 / 同上（晨）植鄰　禪眞開三平臻
8）12689　神　食鄰　船眞開三平臻 / 晨　植鄰　禪眞開三平臻

9）9005　輇　市緣　禪仙合三平山 / 船　食川　船仙合三平山
10）9006　輲　市緣　禪仙合三平山 / 同上（船）食川　船仙合三平山

11）4438　　　嗜　常利　禪至開三去止 / 示　神至　船至開三去止

12）5591　　　舓　神氏　船紙開三上止 / 是　承紙　禪紙開三上止

13）5592　　　舓　神氏　船紙開三上止 / 同上（是）承紙　禪紙開三上止

14）5593　　　舓　神氏　船紙開三上止 / 同上（是）承紙　禪紙開三上止

15）6908　　　諡　神至　船至開三去止 / 是　承紙　禪紙開三上止

16）6909　　　諡　神至　船至開三去止 / 同上（是）承紙　禪紙開三上止

17）8103、13351　示　神至　船至開三去止 / 是　承紙　禪紙開三上止

18）8201　　　視　常利　禪至開三去止 / 示　神至　船至開三去止

19）1521　　　漷　食亦（集）船昔開三入梗 / 石　常隻　禪昔開三入梗

20）1655　　　石　常隻　禪昔開三入梗 / 食　乘力　船職開三入曾

21）7154　　　埴　常職　禪職開三入曾 / 食　乘力　船職開三入曾

22）7975　　　寔　常職　禪職開三入曾 / 實　神質　船質開三入臻

23）10799　　食　乘力　船職開三入曾 / 石　常隻　禪昔開三入梗

可見，《玉篇直音》的船、禪二母合一。

《玉篇直音》中有一些禪／日合流的例子：

1）4130　　　慵　蜀庸　禪鍾合三平通 / 戎　如融　日東合三平通

2）6822　　　讓　人樣　日漾開三去宕 / 尙　時亮　禪漾開三去宕

3）5180　　　腎　時忍　禪軫開三上臻 / 人　而振　日震開三去臻

4）7668　　　閏　如順　日稕合三去臻 / 順　殊閏　禪稕合三去臻

5）581　　　　燒　人善　日獮開三上山 / 善　常演　禪獮開三上山

6）8026　　　殊　市朱　禪虞合三平遇 / 如　人諸　日魚合三平遇

7）13074　　韶　市昭　禪宵開三平效 / 饒　如招　日宵開三平效

8）3904　　　惹　人奢（集）日麻開三平假 / 社平　常者　禪馬開三上假
　　　　　　　　（平：麻）

9) 12651　辱　而蜀　日燭合三入通／孰　殊六　禪屋合三入通

10) 12766b　什　是執　禪緝開三入深／二　而至　日至開三去止

11) 6686　諗　式禁（集）書沁開三去深／刃　而振　日震開三去臻

12) 6233　緌　儒隹　日脂合三平止／雖　息遺　心脂合三平止

最後二例，是書日、心日互注，也置於此處。

《玉篇直音》的知₃組與章組合併：

知₃章、澄₃船禪仄部分

徹₃昌、澄₃平部分、

書、船禪部分、

澄₃船禪、日部分

《玉篇直音》的齒音大致可分為兩類：知₂莊精為一組，知₃章為一組，有些字有交叉現象。

第六節　半舌、半齒音

最後，我們看一下來、日兩母的注音情況：

	來	日	禪	心
來	881			
日		203	11	1

日母與禪母、心母的互注已見前幾節，此不贅。

有這麼一例：

　　5153　䍥　來可　來哿開一上果／惹　人者　日馬開三上假

除此以外，來、日兩母全是自注，因此二母獨立。

來

日

第七節　特殊讀音

一、全清與次清互注（35）

1. 幫／滂（9）

1）5900　髒　匹朗　滂蕩一上宕／榜　北朗　幫蕩一上宕

2）6604　覒　普朗（集）滂蕩一上宕／傍　補朗（集）幫蕩一上宕

3）2014　埲　逋鄧（集）幫隥一去曾／烹去　撫庚　滂庚二平梗（去：映）

4）6498　帔　披義　滂寘三去止／彎　兵媚　幫至三去止

《現代漢語詞典》二者也同讀送氣音，與此例一致。

5）1919　坯　芳杯　滂灰一平蟹／杯　布回　幫灰一平蟹

6）4039　怖　普故　滂暮一去遇／布　博故　幫暮一去遇

7）12977　皕　芳逼　滂職三入曾／壁　北激　幫錫四入梗

8）13328　魄　普伯　滂陌二入梗／迫　博陌　幫陌二入梗

9）10212　葩　普巴　滂麻二平假／巴　伯加　幫麻二平假

2. 端／透（5）

1）3358　倘　坦朗（集）透蕩開一上宕／党　底朗（集）端蕩開一上宕

2）88　曭　他朗　透蕩開一上宕／黨　多朗　端蕩開一上宕

3）13879　鼟　他登（集）透登開一平曾／登　都縢　端登開一平曾

4）6354　紞　都敢　端敢開一上咸／湍　他端　透桓合一平山

5）13962　觰　丁可　端哿開一上果／妥　他果　透果合一上果

3. 見／溪（14）

1）29　曠　苦謗（集）溪宕合一去宕／廣去　古曠（集）見宕合一去宕

2）1808、12690　坤　苦昆　溪魂合一平臻／昆　古渾　見魂合一平臻

現代漢語普通話中「昆」也讀送氣音。

3）788　　幹　古案　見翰開一去山 / 看　苦旰　溪翰開一去山

4）2141　　甽　古泫（集）見銑合四上山 / 犬　苦泫　溪銑合四上山

5）2183　　畎　姑泫　見銑合四上山 / 犬　苦泫　溪銑合四上山

「畎」有古泫、苦泫兩切，不知此兩例與此是否有關。

6）13526　嶊　去委　溪紙合三上止 / 愧　俱位　見至合三去止

7）681　　㾇　丘哀（集）溪咍開一平蟹 / 咳　柯開（集）見咍開一平蟹

8）3176　　摡　古代　見代開一去蟹 / 慨　苦蓋　溪代開一去蟹

9）13824　偕　口皆　溪皆開二平蟹 / 偕　古諧　見皆開二平蟹

10）10425　蒯　古壞　見怪合二去蟹 / 快　苦夬　溪夬合二去蟹

11）4489　　嘺　丘祅　溪宵開三平效 / 交　古肴　見肴開二平效

12）10895　鎬　苦到　溪號開一去效

　　　　　　居勞（集）見豪開一平效 / 考平　苦浩　溪皓開一上效

　　　　　（平：豪）

《玉篇》苦到切。若此例是溪母互注，則是「鎬」的聲調讀爲平聲；若是取其平聲，則爲見、溪互注。

13）13062　哿　古我　見哿開一上果 / 軻　枯我　溪哿開一上果

14）13066　軻　枯我　溪哿開一上果 / 哿　古我　見哿開一上果

4. 精 / 清互注（4）

1）413　　孅　子廉（集）精鹽開三平咸 / 千　蒼先（集）清先開四平山

此例不敢肯定是否受偏旁「僉」（千廉切，清鹽開三平咸）的影響。

2）1659　磧　七迹　清昔開三入梗 / 即　子悉　精質開三入臻

「即」還有節力（精職開三入曾）一切，職、質二韻的主元音都可以與昔韻相通。

3）6897　誣　祖臥（集）精過合一去果 / 磋　千个（集）清箇開一去果

4）11382　鵲　七雀　清藥開三入宕 / 雀　即略　精藥開三入宕

5. 莊／初互注（1）

1）4206　恠　初訝（玉）初禡開二去假 / 詐　側駕　莊禡開二去假

6. 章／昌互注（2）

1）13413　歜　尺玉　昌燭合三入通 / 祝　之六　章屋合三入通

2）6174　襝　處占（集）昌鹽開三平咸 / 占　職廉　章鹽開三平咸

二、有幾例是輕重唇音的混切：

（一）

1）2656　龐　薄江　並江二平江 / 防　符方　奉陽三平宕

王力《漢語史稿》特別提到「防」字，他說：「吳方言也有個別字保留古讀，例如『防』字念 b'。」那麼此例就是「防」仍讀重唇。

2）1431　湴　蒲鑑　並鑑二去咸 / 范　防錽　奉范三上咸

3）4165　㟻　四九（集）滂有三上流 / 否　方久　非有三上流

邵榮芬《〈集韻〉音系簡論》[註9]認為「㟻」是從黝韻變入有韻，因為《集韻》輕重唇已經分化，部分幽韻唇音字混入尤韻卻還保留重唇讀法。此例是否反映了「㟻」在《玉篇直音》音系中後來的輕唇字保留重唇的一點痕跡呢？

4）13285　卜　博木　幫屋一入通 / 不　分勿　非物三入臻

5）13578　不　分勿　非物三入臻 / 卜　博木　幫屋一入通

《切韻指掌圖》十九圖，「不」在幫母下。

6）10010　琫　邊孔　幫董一上通 / 捧　敷奉　敷腫三上通

（二）微母也有兩例與明母互注：

1）119　莽　母朗（集）明蕩一上宕 / 網　文兩（集）微養三上宕

〔註9〕《邵榮芬音韻學論集》。

2）2222　邙　武方（集）微陽三平宕 / 忙　謨郎（集）明唐一平宕

（三）9234、12552　戊　莫候　明候一去流 / 父　扶雨　奉麌三上遇

三、邪 / 以互注

1437、13098　次　夕連　邪仙開三平山 / 延　以然　以仙開三平山

四、

（一）見 / 曉互注

1）12320　翽　呼會　曉泰合一去蟹 / 貴　居胃　見未合三去止

2）5078　頹　許幺　曉蕭開四平效 / 梟　古堯　見蕭開四平效

10195　藃　許嬌　曉宵開三平效 / 梟　古堯　見蕭開四平效

13093　嚣　許嬌　曉宵開三平效 / 梟　古堯　見蕭開四平效

13388　歊　許嬌　曉宵開三平效 / 梟　古堯　見蕭開四平效

「梟」在《玉篇直音》中的讀音與現代漢語普通話相同。

13410　歊　虛嬌（集）曉宵開三平效 / 鳩　居求　見尤開三平流

13826　徼　古堯　見蕭開四平效 / 休　許尤　曉尤開三平流

（二）溪見 / 曉匣互注

1）12432　欯　許激　曉錫開四入梗 / 隙　綺戟　溪陌開三入梗

12767　肸　許訖　曉迄開三入臻 / 隙　綺戟　溪陌開三入梗

「隙」在《玉篇直音》中的讀音與現代漢語普通話相同。

2）11059　糗　去久　溪有開三上流 / 休上　許尤　曉尤開三平流（上：有）

3）10462　蔻　呼漏　曉候開一去流 / 扣　苦候　溪候開一去流

「蔻」在《玉篇直音》中的讀音與現代漢語普通話相同。

4）6805　譆　許其　曉之開三平止 / 欺　去其　溪之開三平止

5）10030　巋　丘追　溪脂合三平止 / 灰　呼恢　曉灰合一平蟹

10031　葵　丘追（集）溪脂合三平止 / 同上（灰）呼恢　曉灰合一平蟹

13370　虺　呼恢　曉灰合一平蟹 / 恢　苦回　溪灰合一平蟹

6）12517　乞　去訖　溪迄開三入臻 / 迄　許訖　曉迄開三入臻

7）1988　蟹　下買（集）匣蟹開二上蟹／懈　古隘　見卦開二去蟹

　　2518　獬　胡買　匣蟹開二上蟹／懈　古隘　見卦開二去蟹

　　4071　懈　古隘　見卦開二去蟹／械　胡介　匣怪開二去蟹

「懈」與匣母字互注，說明它產生了新的讀音。

8）2167　暌　弦雞（集）匣齊開四平蟹／溪　苦奚　溪齊開四平蟹

　　3694　嫛　胡雞　匣齊開四平蟹／溪　苦奚　溪齊開四平蟹

　　5723　蹊　胡雞　匣齊開四平蟹／溪　苦奚　溪齊開四平蟹

「溪」注匣母字，說明它已經不讀溪母。

五、

9993　䇅　市由（玉）禪尤開三平流／仇　巨鳩　群尤開三平流

12246　雔　市流　禪尤開三平流／仇　巨鳩　群尤開三平流

12250　讎　市流　禪尤開三平流／仇　巨鳩　群尤開三平流

13330　讐　市流　禪尤開三平流／仇　巨鳩　群尤開三平流

12251　讐（讎）市流　禪尤開三平流／仇　巨鳩　群尤開三平流

這個「仇」應該是復仇的「仇」。

六、塞擦音／擦音互注

1）13548　剷　楚限（集）初產開二上山／產　所簡　生產開二上山

　　9338　剗（鏟）初限　初產開二上山／產　所簡　生產開二上山

這兩例表明「產」的讀音已經由擦音變同送氣的塞擦音。

　　10664　籔　初救　初宥開三去流／瘦　所祐　生宥開三去流

2）4557　噪　蘇到　心號開一去效／造　則到（集）精號開一去效

3）4206　蚳　赤之　昌之開三平止／尸　式之　書之開三平止

昌母與書母互注，很少見，不知此例該如何解釋。

與此類似的有：

　　2957　洗　色拯（集）生拯開三上曾／稱上（稱）處陵　昌蒸開三平曾

　　　　（上：拯）

《玉篇直音》還有這樣的例子：

1）9625　柩　昌朱　昌虞合三平遇／茹　人諸　日魚合三平遇

2）9626　樗　抽居（集）徹魚合三平遇／同上（茹）人諸　日魚合三平遇

3）9627　樗　丑居　徹魚合三平遇／同上（茹）人諸　日魚合三平遇

七、保存古讀

1）13412　欲　胡感　匣感開一上咸／淡上　杜覽（集）定敢開一上咸

欲，《左傳》杜注：大感切。

2）13564　覃　徒含　定覃開一平咸／尋　徐林　邪侵開三平深

按照王力先生的上古音體系，中古的覃韻在上古屬於侵部（《漢語史稿》），現在廣東覃姓人讀己姓為：qin，陽平。

3）13003　宓　莫筆（集）明質三入臻／伏　房六　奉屋合三入通

《顏氏家訓·書證》列舉了張揖和孟康的論述，並經過考證認為：「虙」（房六切）與「伏」字自古以來就是通用的，後人錯誤地將「虙」寫成「宓」，是顯而易見了。

八、訛讀

13199　匚　府良　非陽三平宕／匡　去王　溪陽合三平宕

13201　匡　去王　溪陽合三平宕／匚　府良　非陽三平宕

《正字通》解釋「匚」讀「曲王切」是時人的訛讀。

九、記錄後起讀音

1）11158　鳥　都了　端篠開四上效／堯上　五聊　疑蕭開四平效（上：篠）

2）11554　蝸　古華　見麻合二平假／哇　烏瓜　影麻合二平假

十、

12318　翅　施智　書寘開三去止／之去　止而　章之開三平止（去：志）

十一、

11869　臭　呼昊　曉錫合四入梗／恤　辛聿　心術合三入臻

在見組和精組都沒有齶化的前提下，**曉母和心母字互注**，根據歷史語言學的音變規則，應該是 s > h。

十二、還有一例透與溪互注的是：

2876　窒　牽繭　溪銑開四上山／歉　他玷　透忝開四上咸

第八節　聲母表

根據上文的討論，《玉篇直音》的聲母共有 27 個

幫、並仄部分

滂並部分

並

明

非敷、奉曉匣部分

奉、匣微部分

端、定仄部分

透、定部分

泥娘定

來

見、群仄部分

溪、群部分

群

疑細

知三章、澄三船禪仄部分

徹三昌、澄三平部分、

澄三船禪、日部分

日

書、船禪部分、

知二莊精、澄崇從仄部分

徹二初清、澄崇從平部分

澄二俟邪崇從

生書心、邪俟部分

影、喻微疑部分

匣、喻疑部分

曉、匣部分

第三章　韻　母

本章我們按陽聲韻、陰聲韻、入聲韻的順序敘述，描寫陽聲韻和陰聲韻時，為稱述方便，舉平以賅上去。

第一節　陽聲韻

一、東同部（一）

我們先看通攝各韻自注及互注的情況：

	東₋	冬	東₌	鍾
東₋	169	43		
冬		18		
東₌	8	3	45	71
鍾	20	5		137

重韻合併

東₋韻與冬韻互注 43 次，較冬韻自注 18 次還要多，東₌韻與鍾韻互注 71 次，較東₌韻自注 45 次還要多，一等重韻、三等重韻分別合流。例子如下：

東₋／冬

1）2938　冬　都宗　端冬合一平通／東　德紅　端東合一平通

2）9916　東　德紅　端東合一平通／冬　都宗　端冬合一平通
3）9768　桶　他孔　透董合一上通／統　他綜　透宋合一去通
4）583　炵　徒冬　定冬合一平通／同　徒紅　定東合一平通
5）2307　部　徒冬　定冬合一平通／同　徒紅　定東合一平通
6）2804　疼　徒冬　定冬合一平通／同　徒紅　定東合一平通
7）3183　佟　徒冬　定冬合一平通／同　徒紅　定東合一平通
8）4036　㣚　徒冬　定冬合一平通／同　徒紅　定東合一平通
9）7840　痋　徒冬　定冬合一平通／同　徒紅　定東合一平通
10）11308　鴤　徒冬　定冬合一平通／同　徒紅　定東合一平通
11）12503　彤　徒冬　定冬合一平通／同　徒紅　定東合一平通

12）449　䨾　盧冬（玉）來冬合一平通／籠　盧紅　來東合一平通

13）811　嵏　子紅　精東合一平通／宗　作冬　精冬合一平通
14）812　𡨄　子紅　精東合一平通／同上（宗）作冬　精冬合一平通
15）1982　堫　子紅　精東合一平通／宗　作冬　精冬合一平通
16）2557　陖　祖叢（集）精東合一平通／宗　作冬　精冬合一平通
17）3338　惾　作弄　精送合一去通／宗去　作冬　精冬合一平通(去:宋)
18）4829　朡　祖叢（集）精東合一平通／宗　作冬　精冬合一平通
19）5580　鬉　子紅　精東合一平通／宗　作冬　精冬合一平通
20）6182　緵　子紅　精東合一平通／宗　作冬　精冬合一平通
21）6184　總　作孔　精董合一上通／宗上　作冬　精冬合一平通（冬上）
22）6377　綜　子宋　精宋合一去通／粽　作弄　精送合一去通
23）7482　捘　祖叢（集）精東合一平通／宗　作冬　精冬合一平通
24）9079　艐　子紅　精東合一平通／宗　作冬　精冬合一平通
25）9578　椶　子紅　精東合一平通／宗　作冬　精冬合一平通
26）10018　葼　子紅　精東合一平通／宗　作冬　精冬合一平通
27）10672　稯　子紅　精東合一平通／宗　作冬　精冬合一平通
28）11065　粽　作弄　精送合一去通／宗去　作冬　精冬合一平通（去：宋）
29）11066　糉　作弄　精送合一去通／宗去　作冬　精冬合一平通(去:宋)
30）11748　騣　子紅　精東合一平通／宗　作冬　精冬合一平通
31）11875　猣　子紅　精東合一平通／宗　作冬　精冬合一平通

32）11964　猣　子紅　精東合一平通／宗　作冬　精冬合一平通

33）12288　瘲　子紅　精東合一平通／宗　作冬　精冬合一平通

34）13008、13128　嵏　子紅　精東合一平通／宗　作冬　精冬合一平通

35）13154　豵　子紅　精東合一平通／宗　作冬　精冬合一平通

36）13867　椶　子紅　精東合一平通／宗　作冬　精冬合一平通

37）1450　淙　藏宗　從冬合一平通／叢　徂紅　從東合一平通

38）8849　賨　藏宗　從冬合一平通／叢　徂紅　從東合一平通

39）7031　送　蘇弄　心送合一去通／宋　蘇統　心宋合一去通

40）333　颱　戶冬　匣冬合一平通／洪　戶公　匣東合一平通

41）1661　碻　戶冬　匣冬合一平通／洪　戶公　匣東合一平通

42）4592　嘍　戶冬　匣冬合一平通／洪　戶公　匣東合一平通

東三／鍾

1）285　風　方戎　非東三平通／峰　敷容　敷鍾三平通

2）286　颪　方戎　非東三平通／同上（峰）敷容　敷鍾三平通

3）287　颭　方馮（集）非東三平通／同上（峰）敷容 敷鍾三平通

4）580　燹　敷容　敷鍾三平通／風　方戎　非東三平通

5）666　颮　非鳳　非送三去通／捧　父勇（集）奉腫三上通

6）693　烽　敷容　敷鍾三平通／風　方戎　非東三平通

7）3369　偑　方戎　非東三平通／封　府容　非鍾三平通

8）7972　豐　敷空　敷東三平通／封　府容　非鍾三平通

9）8887　賵　撫鳳　敷送三去通／俸　扶用　奉用三去通

10）3263　俸　扶用　奉用三去通／風去　方鳳　非送三去通

11）11107　豐　敷空　敷東三平通／豐　敷容　敷鍾三平通

12）12927、13109　丰　敷容　敷鍾三平通／風　方戎　非東三平通

13）13864　俸　敷容　敷鍾三平通／風　方戎　非東三平通

14）1468　渢　房戎　奉東三平通／逢　符容　奉鍾三平通

15）2939　馮　房戎　奉東三平通／逢　符容　奉鍾三平通

16）7052　逢　符容　奉鍾三平通／馮　房戎　奉東三平通

17）13746　奉　扶隴　奉腫三上通／鳳　馮貢　奉送三去通

18）484　靇　力中　來東合三平通／龍　力鍾　來鍾合三平通

19）2560　隆　力中　來東合三平通 / 龍　力鍾　來鍾合三平通
20）5795　躘　力鍾　來鍾合三平通 / 隆　力中　來東合三平通
21）11982　龍　力鍾　來鍾合三平通 / 隆　力中　來東合三平通
22）11983　蠬　力鍾　來鍾合三平通 / 同上（隆）力中　來東合三平通

23）11984　龔　九容　見鍾合三平通 / 弓　居戎　見東合三平通
24）13575　共　九容　見鍾合三平通 / 弓　居戎　見東合三平通
25）8234　銎　曲恭　溪鍾合三平通 / 窮　渠弓　群東合三平通
26）9078　舼　渠容　群鍾合三平通 / 穹　去宮　溪東合三平通
27）9103　郱　渠容　群鍾合三平通 / 穹　去宮　溪東合三平通
28）10480　筇　渠容　群鍾合三平通 / 同上（穹）去宮　溪東合三平通
29）2395　邛　渠容　群鍾合三平通 / 窮　渠弓　群東合三平通
30）10046　藭　渠弓　群東合三平通 / 蛩　渠容　群鍾合三平通
31）11653　蛩　渠容　群鍾合三平通 / 窮　渠弓　群東合三平通
32）1083　岍　牛仲（玉）疑送合三去通 / 顒　魚容　疑鍾合三平通

33）279、5458　肜　以戎　以東合三平通 / 容　餘封　以鍾合三平通
34）9254　戫　餘封　以鍾合三平通 / 融　以戎　以東合三平通
35）12035　鏞　餘封　以鍾合三平通 / 戎　如融　日東合三平通
36）13157　融　以戎　以東合三平通 / 容　餘封　以鍾合三平通
37）13162　鬛　余中（集）以東合三平通 / 容　餘封　以鍾合三平通

38）3014　伀　職容　章鍾合三平通 / 終　職戎　章東合三平通
39）3679　妐　職容　章鍾合三平通 / 終　職戎　章東合三平通
40）4581　吺　職容　章鍾合三平通 / 終　職戎　章東合三平通
41）5264　腫　之隴　章腫合三上通 / 中上　陟弓　知東合三平通(上:董)
42）5706　踵　之隴　章腫合三上通 / 中上　陟弓　知東合三平通（上：董）
43）5796　蹱　職容　章鍾合三平通 / 中　陟弓　知東合三平通
44）7208　踵　之隴　章腫合三上通 / 中上　陟弓　知東合三平通（上：董）
45）8286　鍾　職容　章鍾合三平通 / 中　陟弓　知東合三平通
46）8287　鐘　職容　章鍾合三平通 / 同上（中）陟弓　知東合三平通
47）8572　鈆　職容　章鍾合三平通 / 中　陟弓　知東合三平通

48）10675　種　之用　章用合三去通／眾　之仲　章送合三去通

49）13829　枀　職容　章鍾合三平通／中　陟弓　知東合三平通

50）2914　蜙　昌容　昌鍾合三平通／充　昌終　昌東合三平通

51）6922　衝　尺容　昌鍾合三平通／充　昌終　昌東合三平通

52）8016　寵　醜隴　徹腫合三上通／充上　昌終　昌東合三平通（上：董）

53）13869　徸　昌容（集）昌鍾合三平通／充　昌終　昌東合三平通

54）2942　冲（衝）尺容　昌鍾合三平通／充　昌終　昌東合三平通

55）3435　充　昌終　昌東合三平通／冲（衝）尺容　昌鍾合三平通

56）4062　忡　昌終　昌東合三平通／冲（衝）尺容　昌鍾合三平通

57）4108　忡　敕中　徹東合三平通／冲（衝）尺容　昌鍾合三平通

58）11483　蟲　直弓　澄東合三平通／重平　直容　澄鍾合三平通

59）4130　慵　蜀庸　禪鍾合三平通／戎　如融　日東合三平通

60）6051　襛　而容　日鍾合三平通／戎　如融　日東合三平通

61）9217　㲸　而容　日鍾合三平通／戎　如融　日東合三平通

62）197　昮　才用（玉）從用合三去通／崇　鋤弓　崇東合三平通

63）838　崧　息弓　心東合三平通／松　思恭（集）心鍾合三平通

64）840　嵩　息弓　心東合三平通／松　思恭（集）心鍾合三平通

65）3502　娀　息弓　心東合三平通／松　思恭（集）心鍾合三平通

66）5574　鬆　息弓　心東合三平通／松　思恭（集）心鍾合三平通

67）9567　松　思恭（集）心鍾合三平通／嵩　息弓　心東合三平通

68）10036　菘　息弓　心東合三平通／松　思恭（集）心鍾合三平通

69）11201　鷪　思融（集）心東合三平通／松　思恭（集）心鍾合三平通

通攝的一等韻與三等韻互注達到 35 次：

東₁／東₃

1）7934　宮　居戎　見東合三平通／公　古紅　見東合一平通

2）4893　瞢　謨中（集）明東三平通／蒙　莫紅　明東一平通

3）2091　颮　房戎　奉東三平通／洪　戶公　匣東合一平通

4）2292　鄤　房戎　奉東三平通／洪　戶公　匣東合一平通

5）4612　夆（夆）胡公　匣東合一平通／逢　符容　奉鍾三平通

6）923　　崇　鋤弓　崇東合三平通 / 叢　徂紅　從東合一平通

7）924　　崈　鋤弓　崇東合三平通 / 同上（叢）徂紅　從東合一平通

8）1581　灇　徂聰（集）從東合一平通 / 崇　鋤弓　崇東合三平通

東一 / 鍾

1）10010　菶　邊孔　幫董一上通 / 捧　敷奉　敷腫三上通

2）3842　恐　丘隴　溪腫合三上通 / 孔　康董　溪董合一上通

3）3843　恐　丘隴　溪腫合三上通 / 同上（孔）康董　溪董合一上通

4）5660　銎　丘恭（集）溪鍾合三平通 / 空　苦紅　溪東合一平通

5）12523　孔　康董　溪董合一上通 / 恐　丘隴　溪腫合三上通

6）240、5318 朧　盧紅　來東合一平通 / 龍　力鍾　來鍾合三平通

7）689　　爖　魯紅　來東合一平通 / 龍　力鍾　來鍾合三平通

8）4352　嚨　盧紅　來東合一平通 / 龍　力鍾　來鍾合三平通

9）4921　聾　盧紅　來東合一平通 / 龍　力鍾　來鍾合三平通

10）6050　襱　盧紅　來東合一平通 / 龍　力鍾　來鍾合三平通

11）7481　矓　盧東（集）來東合一平通 / 龍　力鍾　來鍾合三平通

12）9024　轆　盧紅　來東合一平通 / 龍　力鍾　來鍾合三平通

13）9576　櫳　盧紅　來東合一平通 / 龍　力鍾　來鍾合三平通

14）10671　龓　盧紅　來東合一平通 / 龍　力鍾　來鍾合三平通

15）11988　蘢　盧紅　來東合一平通 / 龍　力鍾　來鍾合三平通

16）1271　漨　符容　奉鍾三平通 / 洪　戶公　匣東合一平通

17）8183　襟　符容　奉鍾三平通 / 洪　戶公　匣東合一平通

18）4584　叿　呼東　曉東合一平通 / 峯　敷容　敷鍾三平通

19）1044　岂　倉龍（玉）清鍾合三平通 / 悤　倉紅　清東合一平通

冬 / 東二

1）13878　鼕　盧多（集）來多合一平通 / 隆　力中　來東合三平通

2）3984　悰　藏宗　從多合一平通 / 崇　鋤弓　崇東合三平通

3）5578　鬆　藏宗　從多合一平通／崇　鋤弓　崇東合三平通

冬 / 鍾

1）5763　蹤　即容　精鍾合三平通／宗　作多　精多合一平通

2）6183　縱　即容　精鍾合三平通／同上（宗）作多　精多合一平通

3）8168　襛　尼龍（玉）娘鍾合三平通／農　奴多　泥多合一平通

4）10673　穠　女容　娘鍾合三平通／農　奴多　泥多合一平通

5）10943　醲　女容　娘鍾合三平通／農　奴多　泥多合一平通

上面這些例子，為齒音莊精組、脣音、來母和部分牙喉音。通攝的主元音是後高元音，其 i 介音容易丟失，《中原音韻》就有通攝脣音和牙音三等讀為洪音的[註1]：捧夢豐封葑峯鋒烽丰蜂馮逢縫唪鳳奉諷；弓躬宮恭龔供拱鞏珙共恐；廱癰雍。相比較，《玉篇直音》此類字的範圍擴大了，還有娘、來母字及齒音字，通攝三等部分字 i 介音消失，「明代官話各音系也都程度不同的顯示了這種音變」[註2]，《玉篇直音》這些與一等字互注的三等字讀為洪音。

除了通攝三韻系合併外，還有一些梗攝字併入本韻：

	耕	庚二	清	青	庚三
東一	2	2			
東三			1	1	
鍾			1	1	9

東一 / 耕

1）10231　萌　莫耕　明耕二平梗／蒙　莫紅　明東一平通

2）1162　泓　烏宏　影耕合二平梗／翁　烏紅　影東合一平通

東一 / 庚二

1）11923　猛　莫杏　明梗二上梗／蒙上　母揔（集）明董一上通

2）12417　甍　戶盲　匣庚合二平梗／洪　戶公　匣東合一平通

〔註1〕寧忌浮 1985。

〔註2〕丁鋒 1995，P60。

東三 / 清

1）8630　瓊　渠營　群清合三平梗 / 穹　去宮　溪東合三平通

東三 / 青

1）1588　濴　玄扃（集）匣青合四平梗 / 雄　胡弓（集）匣東合三平通

鍾 / 庚三

1）1092　永　于憬　于梗合三上梗 / 勇　余隴　以腫合三上通
2）1177　泳　爲命　于映合三去梗 / 用　余頌　以用合三去通
3）1454　湧　尹竦（集）以腫合三上通 / 永　于憬　于梗合三上梗
4）2066　塎　余隴　以腫合三上通 / 永　于憬　于梗合三上梗
5）3187　傛　余隴　以腫合三上通 / 永　于憬　于梗合三上梗
6）5695　踴　余隴　以腫合三上通 / 永　于憬　于梗合三上梗
7）5946、13748　勇　余隴　以腫合三上通 / 永　于憬　于梗合三上梗

8）3411　兄　許榮　曉庚合三平梗 / 凶　許容　曉鍾合三平通

鍾 / 清

1）1633　濚　余傾　以清合三平梗 / 雍　於容　影鍾合三平通

鍾 / 青

1）1601　濴　烏迥（玉）影迥合四上梗 / 勇　余隴　疑腫合三上通

上面的例子是唇音字及梗攝合口的牙喉音字。《中原音韻》中，一些梗、曾攝牙喉音合口類和唇音字兼收於東鍾、庚青兩部，這些字兼有新、老兩種讀音，據丁鋒（1995）研究，到了明代，一些官話系韻書已經消失 uəŋ、iuəŋ 等韻讀；陸志韋《金尼閣〈西儒耳目資〉所記的音》說金書的「um 含東多鍾跟登耕庚三的合口」，即通攝與梗曾攝的合口已經合併。《玉篇直音》既然有這些互注的例子，可見它們的讀音已經一致。考慮到現代吳語的情況，我們可以將其音值擬爲 uᵊŋ、iuᵊŋ，中間的 ə 爲過渡音。

《玉篇直音》還有通 / 臻兩攝互注的例子：
1）8939　輑　區倫（集）溪諄合三平臻 / 穹　去宮　溪東合三平通

2）112　曛　許云（集）曉文合三平臻 / 凶　許容　曉鍾合三平通

3）11266　鵕　戎用（集）日用合三去通 / 尹　余準　以準合三上臻

4）12945　用　餘封　以鍾合三平通 / 云　王分　于文合三平臻

與梗攝併入通攝的字一樣，臻攝與通攝互注的這幾例也是合口的牙喉音字。

綜上所述，《玉篇直音》的通攝與梗攝舒聲合併，本文稱它們的舒聲韻爲東同部：

東_一_冬、東_三_鍾_唇、牙部分、莊精組_、庚_二_耕登_合_

東_三_、鍾、庚_三_清青_合_

二、東同部（二）

本小節討論梗、曾兩攝，下面是它們自注及互注的情況：

	庚_二_	耕	登	庚_三_	清	青	蒸
庚_二_	47	37		1	1	1	
耕		48				1	
登	27	22	52				
庚_三_				85	29	31	
清					110	9	
青						147	
蒸		2	1	15	30	35	47

首先我們看一、二等韻，庚_二_韻、耕韻互注 37 次，接近庚_二_韻自注 47 次；登韻與庚_二_韻、耕韻互注 49 次，與自注 52 次相當，這三個韻應該是合流了。其音注例是：

庚_二_ / 耕互注

唇音及開口

1）7316　拼　披耕（集）滂耕二平梗 / 烹　撫庚　滂庚二平梗

2）12989　匉　普耕　滂耕二平梗 / 烹　撫庚　滂庚二平梗

3）4701　盲　武庚　明庚二平梗 / 萌　莫耕　明耕二平梗

4）8504　鋂　眉耕（集）明庚二平梗 / 萌　莫耕　明耕二平梗

5）10067　苗　武庚　明庚二平梗 / 萌　莫耕　明耕二平梗

6）11642　蝱　武庚　明庚二平梗 / 萌　莫耕　明耕二平梗

7）513　　　耿　古幸　　見耿開二上梗 / 梗　古杏　　見梗開二上梗

8）2978　　　埂　古杏　　見梗開二上梗 / 同上（耿）古幸　見耿開二上梗

9）2979　　　梗　古杏　　見梗開二上梗 / 耿　古幸　　見耿開二上梗

10）12580　　庚　古行　　見庚開二平梗 / 耕　古莖　　見耕開二平梗

11）12581　　賡　古行　　見庚開二平梗 / 同上（耕）古莖　　見耕開二平梗

12）12582　　鶊　古行　　見庚開二平梗 / 同上（耕）古莖　　見耕開二平梗

13）13680　　耕　古莖　　見耕開二平梗 / 庚　古行　　見庚開二平梗

14）826　　　硜　口莖　　溪耕開二平梗 / 坑　客庚　　溪庚開二平梗

15）1706　　　硻　口莖　　溪耕開二平梗 / 坑　客庚　　溪庚開二平梗

16）1707　　　硜　口萌　　溪耕開二平梗 / 阬　客庚　　溪庚開二平梗

　　硜，《廣韻》和《集韻》甚至《玉篇》都不收，這裏的反切是根據《漢語大字典》（P1025）所說的採自《晉書音義》，據邵榮芬《〈晉書音義〉反切的語音系統》〔註3〕研究，《晉書音義》和《切韻》確實具有共同的語音基礎，所以我們採用它的反切。

17）2033　　　坑　客庚　　溪庚開二平梗 / 鏗　口莖　　溪耕開二平梗

18）6855　　　誙　口莖　　溪耕開二平梗 / 坑　客庚　　溪庚開二平梗

19）7392　　　摼　口莖　　溪耕開二平梗 / 坑　客庚　　溪庚開二平梗

20）8377　　　鏗　口莖　　溪耕開二平梗 / 坑　客庚　　溪庚開二平梗

21）9982　　　杏　何梗　　匣梗開二上梗 / 幸　胡耿　　匣耿開二上梗

22）11824　　輕　戶耕　　匣耕開二平梗 / 行　戶庚　　匣庚開二平梗

23）12765、13436　幸　胡耿　　匣耿開二上梗 / 杏　何梗　　匣梗開二上梗

24）13714　　鏳　猪孟　　知映開二去梗 / 諍　側迸　　莊諍開二去梗

25）6510　　　橙（橕）猪孟　知映開二去梗 / 爭（爭）側迸　莊諍開二去梗

26）4656　　　噌　楚耕　　初耕開二平梗 / 撐（撑）丑庚（玉）徹庚開二平梗

27）8347　　　錚　楚耕　　初耕開二平梗 / 撐（撑）丑庚（玉）徹庚開二平梗

28）873　　　崝　士耕　　崇耕開二平梗 / 棖　直庚　　澄庚開二平梗

29）9735　　　棖　直庚　　澄庚開二平梗 / 同上（崝）士耕　崇耕開二平梗

〔註 3〕《邵榮芬音韻學論集》

30）874　　崢　士耕　崇耕開二平梗／撐　抽庚（集）徹庚開二平梗
31）2881　　宖　宅耕　澄耕開二平梗／棖　直庚　澄庚開二平梗

合口

32）4253　　愉　呼宏　曉耕合二平梗／横　戶盲　匣庚合二平梗
33）4513　　嚝　虎横　曉庚合二平梗／轟　呼宏　曉耕合二平梗
34）6776　　諻　胡盲（集）匣庚合二平梗／宏　戶萌　匣耕合二平梗
35）8498　　鐄　戶盲　匣庚合二平梗／宏　戶萌　匣耕合二平梗
36）12420　　鷬　戶盲　匣庚合二平梗／宏　戶萌　匣耕合二平梗

庚二／登互注

脣音及開口

1）1277　　浜　晡横（集）幫庚二平梗／崩　北滕　幫登一平曾
2）969　　嵭　布庚（玉）幫庚二平梗／崩　北滕　幫登一平曾
3）7697　　閍　甫盲　幫庚二平梗／崩　北滕　幫登一平曾
4）8122　　祊　甫盲　幫庚二平梗／崩　北滕　幫登一平曾
5）2014　　堋　方鄧　幫嶝一去曾／烹去　撫庚　滂庚二平梗（去：映）
6）2092　　埲　晡横（集）幫庚二平梗／崩　北滕　幫登一平曾
7）3309　　倗　普等　滂等一上曾／烹上　撫庚　滂庚二平梗（上：梗）
8）248　　朋　步崩　並登一平曾／彭　薄庚　並庚二平梗
9）8067　　殍　蒲行（玉）並庚二平梗／朋　步崩　並登一平曾
10）8068　　殦　蒲盲（玉）並庚二平梗／朋　步崩　並登一平曾
11）12932、13139　彭　薄庚　並庚二平梗／朋　步崩　並登一平曾
12）2127　　甿　母亙（集）明嶝一去曾／孟　莫更　明映二去梗
13）8429　　鏰　武亙　明嶝一去曾／孟　莫更　明映二去梗
14）10460　　蘉　武亙　明嶝一去曾／孟　莫更　明映二去梗

蘉，《大廣益會玉篇》不收，《集韻》郎鄧切，注者從《廣韻》。

15）12044　　鱛　武亙　明嶝一去曾／孟　莫更　明映二去梗

16）97　　晅　古鄧　見嶝開一去曾／更　古孟　見映開二去梗
17）1918　　埂　古鄧　見嶝開一去曾／更　古孟　見映開二去梗
18）4899　　暅　居鄧（集）見嶝開一去曾／更　古孟　見映開二去梗

19）4237　恆　胡登　匣登開一平曾 / 衡　戶庚　匣庚開二平梗

20）10236　衡　戶庚　匣庚開二平梗 / 恆　胡登　匣登開一平曾

21）2952　冷　魯打　來梗開二上梗 / 楞上　魯登　來登開一平曾（上：等）

合口

22）311　魌　胡盲　匣庚合二平梗 / 同上（弘）胡肱　匣登合一平曾

23）8349　鍠　戶盲　匣庚合二平梗 / 弘　胡肱　匣登合一平曾

24）8519　鐄　胡盲（集）匣庚合二平梗 / 弘　胡肱　匣登合一平曾

25）9607　橫　戶盲　匣庚合二平梗 / 弘　胡肱　匣登合一平曾

26）5416　膖　姑橫（集）見庚合二平梗 / 肱　古弘　見登合一平曾

耕 / 登互注

唇音及開口

1）1004　崩　北縢　幫登一平曾 / 絣　北萌　幫耕二平梗

2）6285　絣　北萌　幫耕二平梗 / 崩　北縢　幫登一平曾

3）479　䋽　北朋（玉）幫登一平曾 / 併　蒲幸　並耿二上梗

4）4252　棚　薄萌　並耕二平梗 / 朋　步萌　並登一平曾

5）234　䐭　古鄧（玉）見鄧開一去曾 / 耿　古幸　見耿開二上梗

6）11912　獰　尼耕（集）娘耕開二平梗 / 能　奴登　泥登開一平曾

7）13940　能　奴登　泥登開一平曾 / 嚀　女耕　娘耕開二平梗

8）1861　增　作縢　精登開一平曾 / 爭　側莖　莊耕開二平梗

9）2173　矰　子等（集）精等開一上曾 / 爭上　側莖　莊耕開二平梗（上：耿）

10）4013　憎　作縢　精登開一平曾 / 爭　側莖　莊耕開二平梗

11）9205　繒　作縢　精登開一平曾 / 爭　側莖　莊耕開二平梗

12）7228　蹭　作縢　精登開一平曾 / 爭（爭）側莖　莊耕開二平梗

13）8423　鋥　士耕　崇耕開二平梗 / 曾　昨棱　從登開一平曾

14）9505　橙　宅耕　澄耕開二平梗 / 層　昨棱　從登開一平曾

參考例：

　　5822　蹭　千鄧　清嶝開一去曾 / 諍　側迸　莊諍開二去梗

清與莊距離較遠，會不會是注音者將「蹭」看作了「贈、繪（昨互切，從嶝開一去曾）」之類？

合口

　　15）879　嶸　戶萌　匣耕合二平梗 / 弘　胡肱　匣登合一平曾

　　16）880　嵤　戶萌　匣耕合二平梗 / 弘　胡肱　匣登合一平曾

　　17）6221　紘　戶萌　匣耕合二平梗 / 弘　胡肱　匣登合一平曾

　　18）7238　竑　戶萌　匣耕合二平梗 / 弘　胡肱　匣登合一平曾

　　19）7958　弦　戶萌　匣耕合二平梗 / 弘　胡肱　匣登合一平曾

　　20）7971　宏　戶萌　匣耕合二平梗 / 弘　胡肱　匣登合一平曾

　　21）9152　弘　胡肱　匣登合一平曾 / 宏　戶萌　匣耕合二平梗

　　22）12314　翃　戶萌　匣耕合二平梗 / 弘　胡肱　匣登合一平曾

有幾例洪、細互注的例子：

蒸 / 登

　　9470　甑　子孕　精證開三去曾 / 贈　昨互　從嶝開一去曾

庚₂ / 清

　　8530　鋥　除更　澄映開二去梗 / 鄭　直正　澄勁開三去梗 /

耕 / 蒸互注

　　13155　䲘　子孕　精證開三去曾 / 諍　側迸　莊諍開二去梗

這幾例是齒音字，說明一部分清、蒸韻的齒音字後面的 i 介音失去，從而變入洪音。

現在看三、四等韻，這兩攝的三四等韻互注達 149 例，佔總數（538）的 27.7%，尤其是蒸韻，自注 47 次，與庚₂韻互注 15 次，與清韻互注 30 次，與青韻互注 35 次，說明這兩個攝的三、四等韻已經合流。其音注例：

庚₂ / 清互注

　　1）2662　屏　必郢（集）幫靜三上梗 / 丙　兵永　幫梗三上梗

　　2）7528　摒　畀正　幫勁三去梗 / 柄　陂病　幫映三去梗

　　3）10500　箳　必郢（集）幫靜三上梗 / 丙　兵永　幫梗三上梗

4）10846　餅　必郢　幫靜三上梗／丙　兵永　幫梗三上梗

5）11094　麨　必郢　幫靜三上梗／丙　兵永　幫梗三上梗

6）12535　柄　陂病　幫映三去梗／并去　畀政　幫勁三去梗

7）4869　聘　匹正　滂勁三去梗／平去　皮命（集）並映三去梗

8）4934　聘　匹正　滂勁三去梗／平去　皮命（集）並映三去梗畀

9）778　明　武兵　明庚三平梗／名　武并　明清三平梗

10）4320　名　武并　明清三平梗／明　武兵　明庚三平梗

11）2187　景　居影　見梗開三上梗／頸　居郢　見靜開三上梗

12）2446　卿　去京　溪庚開三平梗／輕　去盈　溪清開三平梗

13）5661　謦　牽正（集）溪勁開三去梗／慶　丘敬　溪映開三去梗

14）8924　輕　去盈　溪清開三平梗／卿　去京　溪庚開三平梗

15）7835　痙　巨郢　群靜開三上梗／競　渠敬　群映開三去梗

16）2300　鸎　於盈　影清開三平梗／英　於驚　影庚開三平梗

17）2655　慶　於郢　影靜開三上梗／影　於丙　影梗開三上梗

18）6284　纓　於盈　影清開三平梗／英　於驚　影庚開三平梗

19）7416　攖　於盈　影清開三平梗／英　於驚　影庚開三平梗

20）7805　瘦　於郢　影靜開三上梗／影　於丙　影梗開三上梗

21）1095　穎　餘頃　以靜合三上梗／影　於丙　影梗開三上梗

22）2367　郢　以整　以靜開三上梗／影　於丙　影梗開三上梗

23）2368　邱　以井（集）以靜開三上梗／影　於丙　影梗開三上梗

24）9810　梬　以井（集）以靜開三上梗／影　於丙　影梗開三上梗

25）5134　穎　餘頃　以靜合三上梗／影　於丙　影梗開三上梗

26）12938　影　於丙　影梗開三上梗／郢　以整　以靜開三上梗

27）4576　檉　于兄（玉）于庚合三平梗／盈　以成　以清開三平梗

28）6421　縈　於營　影清合三平梗／荣（榮）永兵　于庚合三平梗

29）6535　蔕　於營　影清合三平梗／萤（螢）于平（集）于庚合三平梗

參考例：

177　昡　母迥（集）明迥開四上梗／明　武兵　明庚開三平梗

「昡」是上聲字，「明」讀平聲，會否注音者受偏旁「名」（武并切，明清開三平梗）的影響？暫存疑。

庚三／青互注

1）13540　甹　普丁　滂青四平梗／平　符兵　並庚三平梗

2）13844　竮　匹丁（玉）滂青四平梗／平　符兵　並庚三平梗

3）2184　胼　薄經　並青四平梗／平　符兵　並庚三平梗

4）2286　郱　薄經　並青四平梗／平　符兵　並庚三平梗

5）7777、12536　病　皮命　並映三去梗／並　蒲迴　並迴四上梗

6）8634　玶　旁經（集）並青四平梗／平　符兵　並庚三平梗

7）9458　瓶　薄經　並青四平梗／平　符兵　並庚三平梗

8）9480　缾　薄經　並青四平梗／平　符兵　並庚三平梗

9）11232　鵧　旁經（集）並青四平梗／平　符兵　並庚三平梗

10）11631　蚲　薄經　並青四平梗／平　符兵　並庚三平梗

11）13958　䮨　旁經（集）並青四平梗／平　符兵　並庚三平梗

12）8928　軿　蒲經　並青四平梗／平上　符兵　並庚三平梗（上：梗）

13）2898　鮱　武永　明梗三上梗／茗　莫迴　明迴四上梗

14）5936　艍　莫定　明徑四去梗／命　眉病　明映三去梗

15）10072　莫　莫經　明青四平梗／明　武兵　明庚三平梗

16）11630　螟　莫經　明青四平梗／明　武兵　明庚三平梗

17）13651　盟　眉永（集）明梗三上梗／茗　莫迴　明迴四上梗

18）6229　經　古靈　見青開四平梗／京　舉卿　見庚開三平梗

19）9344　剄　古挺　見迴開四上梗／景　居影　見梗開三上梗

20）9903　經　古定　見徑開四去梗／敬　居慶　見映開三去梗

21）12828　敬　居慶　見映開三去梗／徑　古定　見徑開四去梗

22）13859　徑　古定　見徑開四去梗／敬　居慶　見映開三去梗

23）652　烴　古頂　見迴開四上梗／敬　居慶　見映開三去梗

24）9500、13877　罄　苦定　溪徑開四去梗／慶　丘敬　溪映開三去梗

25）13874　殸　苦定　溪徑開四去梗／慶　丘敬　溪映開三去梗

26）13881　磬　苦定　溪徑開四去梗／慶　丘敬　溪映開三去梗

27）4830　睚　五到　疑迴開四上梗／迎　魚敬　疑映開三去梗
　　　　　　　　　　　　　　　　語京　疑庚開三平梗

「迎」有兩讀，一併列出。

28）4577　　啨　伊青（玉）影青開四平梗／英　於驚　影庚開三平梗

29）13946　　箏　烏迥（集）影迥合四上梗／永　于憬　于梗合三上梗

清／青互注

1）7107　　迸　璧暝（集）幫徑四去梗／併　畀政　幫勁三去梗

2）5959　　勁　居正　見勁開三去梗／徑　古定　見徑開四去梗

3）478　　霄　親盈（集）清清開三平梗／青　倉經　清青開四平梗

4）1978　　埥　七盈（玉）清清開三平梗／青　倉經　清青開四平梗

5）2973　　濪　千定（集）清徑開四去梗／清　七政　清勁開三去梗

6）5935　　靘　千定　清徑開四去梗／倩　七政　清勁開三去梗

7）6653　　請　七靜　清靜開三上梗／青上　倉經　清青開四平梗（上：迥）

8）12408　　青　倉經　清青開四平梗／清　七情　清清開三平梗

9）4703　　省　息井　心靜開三上梗／醒　蘇挺　心迥開四上梗

庚₃／蒸互注

1）1085、2941　　冰　筆陵　幫蒸三平曾／兵　甫明　幫庚三平梗

2）9904　　柄　陂病　幫映三去梗／冰去　逋孕　幫證三去曾

3）13572　　兵　甫明　幫庚三平梗／冰　筆陵　幫蒸三平曾

4）1101　　淜　扶冰　並蒸三平曾／平　符兵　並庚三平梗

5）1496　　溯　扶冰　並蒸三平曾／平　符兵　並庚三平梗

6）2951　　馮　扶冰　並蒸三平曾／平　符兵　並庚三平梗

7）3865　　憑　扶冰　並蒸三平曾／平　符兵　並庚三平梗

8）2958　　浤　其拯（集）群拯開三上曾／敬　居慶　見映開三去梗

9）2944　　凝　魚陵　疑蒸開三平曾／迎　語京　疑庚開三平梗

10）35　　映　於敬　影映開三去梗／應　於證　影證開三去曾

11）3895　　應　於證　影證開三去曾／映　於敬　影映開三去梗

12）5461　　膺　於陵　影蒸開三平曾／英　於驚　影庚開三平梗

13）11187　鷹　於陵　影蒸開三平曾 / 英　於驚　影庚開三平梗
14）11562　蠅　於陵　影蒸開三平曾 / 英　於驚　影庚開三平梗

清 / 蒸互注

1）9160　弸　悲陵（集）幫蒸三平曾 / 并　卑盈（集）幫清三平梗

2）587　烝　煑仍　章蒸開三平曾 / 征　諸盈　章清開三平梗
3）5356　脀　諸仍（集）章蒸開三平曾 / 征　諸盈　章清開三平梗
4）5459　脅　煑仍　章蒸開三平曾 / 征　諸盈　章清開三平梗
5）6823　證　諸應　章證開三去曾 / 正　之盛　章勁開三去梗
6）7396　拯　蒸上聲　章拯開三上曾 / 整　之郢　章靜開三上梗
7）2340　徵　陟陵　知蒸開三平曾 / 征　諸盈　章清開三平梗
8）7952　征　諸盈　章清開三平梗 / 徵　陟陵　知蒸開三平曾
9）10073　蒸　煑仍　章蒸開三平曾 / 征　諸盈　章清開三平梗
10）12612、13834　徵　陟陵　知蒸開三平曾 / 征　諸盈　章清開三平梗
11）13866　烝　諸膺（玉）章蒸開三平曾 / 征　諸盈　章清開三平梗
12）7914　症（證）諸應　章證開三去曾 / 正　之盛　章勁開三去梗
13）3225　偵　丑貞　徹清開三平梗 / 稱　處陵　昌蒸開三平曾
14）7139　遉　丑鄭　徹勁開三去梗 / 稱　處陵　昌蒸開三平曾
15）9743　檉　丑貞　徹清開三平梗 / 稱　處陵　昌蒸開三平曾
16）11564　蟶　丑貞　徹清開三平梗 / 稱　處陵　昌蒸開三平曾
17）2562　阷　痴貞（集）徹清開三平梗 / 称（稱）處陵　昌蒸開三平曾
18）12428　赬　丑貞　徹清開三平梗 / 称（稱）處陵　昌蒸開三平曾
19）4918、13882　聲　書盈　書清開三平梗 / 升　識蒸　書蒸開三平曾
20）12606　聖　式正　書勁開三去梗 / 勝　詩證　書證開三去曾
21）1557　澄　直陵　澄蒸開三平曾 / 程　直貞　澄清開三平梗
22）1882　塖　食陵　船蒸開三平曾 / 成　是征　禪清開三平曾
23）6231　繩　食陵　船蒸開三平曾 / 成　是征　禪清開三平曾
24）9387　剩　實證　船證開三去曾 / 盛　承政　禪勁開三去梗
25）12112　䲼　實證　船證開三去曾 / 盛去　承政　禪勁開三去梗
26）9229、12554　成　是征　禪清開三平梗 / 承　署陵　禪蒸開三平曾

27）5799　跉　呂貞　來清開三平梗 / 淩　力膺　來蒸開三平曾

參考例：

6780 䚥 食陵 船蒸開三平曾／盈 以成 以清開三平梗

䚥，《集韻》神陵切，音韻地位與《廣韻》同，禪、以相混令人費解，這裏是否有「蠅」（余陵切，以蒸開三平曾）的影響呢？

青／蒸互注

1）3412 兢 居陵 見蒸開三平曾／經 古靈 見青開四平梗

2）3414 競 居陵（集）見蒸開三平曾／經 古靈 見青開四平梗

3）12493 䚥 以證 以證開三去曾／形去 戶經 匣青開四平梗（去：徑）

4）241 胘 郎丁 來青開四平梗／淩 力膺 來蒸開三平曾

5）349 飂 郎丁（集）來青開四平梗／淩 力膺 來蒸開三平曾

6）404 靁 郎丁 來青開四平梗／淩 力膺 來蒸開三平曾

7）405 零 郎丁 來青開四平梗／同上（淩）力膺 來蒸開三平曾

8）406 靈 郎丁 來青開四平梗／同上（淩）力膺 來蒸開三平曾

9）935 岭 郎丁 來青開四平梗／淩 力膺 來蒸開三平曾

10）2550 阾 郎丁 來青開四平梗／陵 力膺 來蒸開三平曾

11）2953 淩 力膺 來蒸開三平曾／苓 郎丁 來青開四平梗

12）4129 怜 郎丁 來青開四平梗／淩 力膺 來蒸開三平曾

13）4932 聆 郎丁 來青開四平梗／淩 力膺 來蒸開三平曾

14）5096 顲 郎丁 來青開四平梗／淩 力膺 來蒸開三平曾

15）5507 齡 郎丁 來青開四平梗／淩 力膺 來蒸開三平曾

16）6777 詅 郎丁 來青開四平梗／淩 力膺 來蒸開三平曾

17）6287 綾 力膺 來蒸開三平曾／苓 郎丁 來青開四平梗

18）7265 砱 郎丁 來青開四平梗／淩 力膺 來蒸開三平曾

19）9100 舲 郎丁 來青開四平梗／淩 力膺 來蒸開三平曾

20）9460 瓴 郎丁 來青開四平梗／淩 力膺 來蒸開三平曾

21）9489 鑃 郎丁 來青開四平梗／淩 力膺 來蒸開三平曾

22）10177 苓 郎丁 來青開四平梗／淩 力膺 來蒸開三平曾

23）10243 淩 力膺 來蒸開三平曾／苓 郎丁 來青開四平梗

24）10244 陵 力膺 來蒸開三平曾／同上（苓）郎丁 來青開四平梗

25）10560 笒 郎丁 來青開四平梗／淩 力膺 來蒸開三平曾

26）10876　鈴　郎丁　來青開四平梗 ／ 凌　力膺　來蒸開三平曾

27）11293　鴒　郎丁　來青開四平梗 ／ 凌　力膺　來蒸開三平曾

28）11412　鴒　郎丁　來青開四平梗 ／ 凌　力膺　來蒸開三平曾

29）11563　蠕　郎丁　來青開四平梗 ／ 凌　力膺　來蒸開三平曾

30）11787　駖　郎丁　來青開四平梗 ／ 凌　力膺　來蒸開三平曾

31）11850　羚　郎丁　來青開四平梗 ／ 凌　力膺　來蒸開三平曾

32）12072　鯪　力膺　來蒸開三平曾 ／ 苓　郎丁　來青開四平梗

33）12145　麢　郎丁　來青開四平梗 ／ 凌　力膺　來蒸開三平曾

34）12908　囹　郎丁　來青開四平梗 ／ 凌　力膺　來蒸開三平曾

35）13311　朎　郎丁（集）來青開四平梗 ／ 凌　力膺　來蒸開三平曾

　　這幾韻互注主要是開口例，究其原因，蒸韻舒聲沒有合口，庚三韻、清韻、青韻合口字極少，既然它們的開口字同音了，那麼合口也應該合流才是。

　　還有下面幾個洪、細互注的例子：

庚二／庚三

　　1486　泂　烏猛　影梗合二上梗 ／ 影　於丙　影梗開三上梗

耕／蒸互注

　　6625　甖　烏莖　影耕開二平梗 ／ 膺　於陵　影蒸開三平曾

庚二／青

　　6917b　行　戶庚　匣庚開二平梗 ／ 刑　戶經　匣青開四平梗

耕／青互注

　　1461　涬　胡頂　匣迥開四上梗 ／ 幸　胡耿　匣耿開二上梗

　　這幾例是影和匣母的開口字，說明《玉篇直音》一部分二等的開口喉音字已經產生 i 介音，讀同細音。

臻、深攝有一部分字（39）與梗、曾攝互注：

	真	諄	欣	文	侵	魂	痕
蒸	7	1	2	1			
庚₃	10				3		
清	5				1		
青	2		1		1		
登						1	2
庚₂						4	
耕						1	

我們先看一、二等韻互注例：

魂／庚₂互注

　1）13408　歠　普魂　滂魂一平臻／烹　撫庚　滂庚二平梗
　2）13665　孟　莫更　明映二去梗／悶　莫困　明慁一去臻

　3）1735　礦　古猛　見梗合二上梗／昆上　古渾　見魂合一平臻（上：混）
　4）11927　獷　古猛　見梗合二上梗／昆上　古渾　見魂合一平臻（上：混）

魂／耕互注

　1）12990　訇　呼宏　曉耕合二平梗／昏　呼昆　曉魂合一平臻

魂／登互注

　1）5321　肱　古弘　見登合一平曾／昆　古渾　見魂合一平臻

痕／登互注

　1）220　亙　古鄧　見嶝開一去曾／艮　古恨　見恨開一去臻
　2）13447　艮　古恨　見恨開一去臻／亙　古鄧　見嶝開一去曾

與魂韻互注的庚₂韻、登韻有兩例是唇音字，其餘為見母合口字，與痕韻互注的是登韻見母開口字。

下面我們看三、四等韻互注例：

真／庚₃互注

　1）483　霦　府巾　幫眞三平臻／兵　甫明　幫庚三平梗
　2）7997　賔　必鄰　幫眞三平臻／兵　甫明　幫庚三平梗

3）12794 攽 府巾 幫眞三平臻／兵 甫明 幫庚三平梗

4）5121、13020 頻 符眞 並眞三平臻／平 符兵 並庚三平梗

5）10144 蠙 符眞 並眞三平臻／平 符兵 並庚三平梗

6）10145 蘋 符眞 並眞三平臻／同上（平）符兵 並庚三平梗

7）13021 顰 符眞 並眞三平臻／同上（平）符兵 並庚三平梗

8）780 盟 武兵 明庚三平梗／民 彌鄰 明眞三平臻

9）13630 皿 武永 明梗三上梗／敏 眉殞 明軫三上臻

真／清互注

1）3398 民 彌鄰 明眞三平臻／名 武幷 明清三平梗

「名」在《集韻》中有兩讀，一同《廣韻》，一屬四等，忙經（明青開四平梗）切。

2）1240 津 將鄰 精眞開三平臻／精 子盈 精清開三平梗

3）1813 埩 息營 心清開三平梗／辛 息鄰 心眞開三平臻

4）11745 驛 息營 心清開三平梗／辛 息鄰 心眞開三平臻

5）4337 吝 良刃 來震開三去臻／令 力政 來勁開三去梗

真／青互注

1）199 暝 莫經 明青四平梗／民 彌鄰 明眞三平臻

2）2882 窘 渠殞 群軫合三上臻／局 畎迥（集）見迥合四上梗

真／蒸互注

1）2451 印 於刃 影震開三去臻／應 於證 影證開三去曾

2）11004 酳 羊晉 以震開三去臻／孕 以證 以證開三去曾

3）12682 練 羊進（集）以震開三去臻／孕 以證 以證開三去曾

4）6315 紖 以忍（集）以軫開三上臻／孕 以證 以證開三去曾

5）3349 胤（亂）羊晉 以震開三去臻／孕 以證 以證開三去曾

6）7839 疢 丑刃 徹震開三去臻／稱（穪）昌孕 昌證開三去曾

7）12687 抻 試刃 書震開三去臻／升 識蒸 書蒸開三平曾

諄／蒸互注

　　1）8981　輪　力迍　來諄合三平臻／淩　力膺　來蒸開三平曾

侵／庚三互注

　　1）8213、10787　稟　筆錦　幫寢三上深／丙　兵永　幫梗三上梗

　　2）10893　饐　於丙　影梗開三上梗／飲　於錦　影寢開三上深

侵／清互注

　　1）13380　欽　去金　溪侵開三平深／輕　去盈　溪清開三平梗

侵／青互注

　　1）9209　妖　五剄　疑迥開四上梗／吟　牛錦　疑寢開三上深

欣／青互注

　　1）13883　馨　呼刑　曉青開四平梗／欣　許斤　曉欣開三平臻

欣／蒸互注

　　1）13053、13574　興　許陵　曉蒸開三平曾／欣　許斤　曉欣開三平臻

文／蒸互注

　　1）3454　孕　以證　以證開三去曾／運　王問　于問合三去臻

　　現代吳方言-i、-ə後面的-n、-ŋ尾相混，-n、-ŋ沒有區別音位的價值，《玉篇直音》即有如此現象，本文將這些相混的-n、-ŋ尾字歸入相應的-ŋ尾韻。臻攝化入梗、曾攝的字數量不多，說明主流仍是分的，只是有少部分字相混而已。

　　《玉篇直音》的梗、曾攝合併，同屬東同部：

　　開口：庚二耕登開、通攝唇、魂唇痕少數

　　齊齒：庚三清青開、蒸、真侵欣少數　　iəŋ

三、江陽部

《玉篇直音》中《廣韻》的江、陽、唐三韻的自注互注情況：

	江	陽	唐
江	19		
陽	16	330	9
唐	24		243

江韻自注 19 次，與陽韻、唐韻互注 40 次，互注數量比自注的還要多，因此可以判斷江攝與宕攝合流，我們看例子：

江／陽互注

（一）

1）1457　湮　苦江　溪江開二平江／羌　去羊　溪陽開三平宕

2）1701　矼　枯江（集）溪江開二平江／羌　去羊　溪陽開三平宕

3）5396　腔　苦江　溪江開二平江／羌　去羊　溪陽開三平宕

4）11557　蜣　去羊　溪陽開三平宕／腔　苦江　溪江開二平江

5）11851　羥　苦江　溪江開二平江／羌　去羊　溪陽開三平宕

溪母的江韻字讀同陽韻的溪母開口字，說明《玉篇直音》有少部分江韻牙音字已產生 i 介音。

（二）

6）3959　戇　陟降　知絳開二去江／壯　側亮　莊漾開三去宕

7）9729　椿　株江　知江開二平江／莊　側羊　莊陽開三平宕

8）4113　愴　初亮　初漾開三去宕／窻去　楚江　初江開二平江（去：絳）

9）1733　磢　初兩　初養開三上宕／窻　楚江　初江開二平江

10）3920　戇　丈降（集）澄絳開二去江／狀　鋤亮　崇漾開三去宕

11）6468　幢　宅江　澄江開二平江／牀　士莊　崇陽開三平宕

12）7564　撞　直絳　澄絳開二去江／狀　鋤亮　崇漾開三去宕

13）13774　狀　鋤亮　崇漾開三去宕／撞　直絳　澄絳開二去江

14）422　霜　色莊　生陽開三平宕／雙　所江　生江開二平宕

15）12961　雙　所江　生江開二平宕／霜　色莊　生陽開三平宕

這幾例都是齒音知₂莊組字。

（三）

16）2656　龐　薄江　並江二平江／防　符方　奉陽三平宕

江／唐互注

1）2429　邦　博江　幫江二平江／榜平　北朗　幫蕩一上宕（平：唐）

2）5644　榜　博旁　幫唐一平宕／邦　博江　幫江二平江

3）6283　縍　博旁　幫唐一平宕／邦　博江　幫江二平江

4）6759　謗　補曠　幫宕一去宕／邦去　博江　幫江二平江（去：絳）

5）5341　胖　匹絳　滂絳二去江／旁去　舖郎（集）滂唐一平宕（去：宕）

6）1067　牻　莫江　明江二平江／忙　莫郎　明唐一平宕

7）2779　厖　莫江　明江二平江／忙　莫郎　明唐一平宕

8）3321　佅　莫江　明江二平江／忙　莫郎　明唐一平宕

9）4403　哤　莫江　明江二平江／忙　莫郎　明唐一平宕

10）4864　胧　莫江　明江二平江／忙　莫郎　明唐一平宕

11）7920　痝　莫江　明江二平江／忙　莫郎　明唐一平宕

12）11316　鷨　莫江（集）明江二平江／忙　莫郎　明唐一平宕

13）11820　牻　莫江　明江二平江／忙　莫郎　明唐一平宕

14）12936　尨　莫江　明江二平江／忙　莫郎　明唐一平宕

15）661　焵　古浪　見宕開一去宕／絳　古巷　見絳開二去江

16）830　岡　古郎　見唐開一平宕／江　古雙　見江開二平江

17）2079　堽　古郎　見唐開一平宕／江　古雙　見江開二平江

18）3184　仃　古唐（玉）見唐開一平宕／江　古雙　見江開二平江

19）5742　跭　各朗　見蕩開一上宕／講　古項　見講開二上江

20）8618　玒　古雙　見江開二平江／岡　古郎　見唐開一平宕

21）9602　槓　古雙　見江開二平江／岡　古郎　見唐開一平宕

22）9076　舡　許江　曉江開二平江／同上（杭）胡郎　匣唐開一平宕

23）2463　降　下江　匣江開二平江／杭　胡郎　匣唐開一平宕

24）3244　翁　鄔項（集）影講開二上江／盎　烏朗　影蕩開一上宕

江韻與唐韻互注的都是唇牙喉音，說明它們仍然讀洪音。由此看來，《玉篇直音》江韻牙喉音一部分歸唐，讀洪音，其中有些現代漢語普通話已經齶化的字在《玉篇直音》仍讀洪音，如「江」字；一部分歸陽，讀細音。

陽／唐互注

1）119　蟒　模朗　明蕩一上宕／網　文兩　微養三上宕

2）2222　邙　武方　微陽三平宕／忙　謨郎　明唐一平宕

3）23　晃　胡廣　匣蕩合一上宕／紡　妃兩　敷養三上宕

4）24　晄　胡廣　匣蕩合一上宕／同上（紡）妃兩　敷養三上宕

5）2171　衁　呼朗　曉蕩開一上宕 / 訪　敷亮　敷漾三去宕

6）2432　䀄　呼光　曉唐合一平宕 / 方　府良　非陽三平宕

7）6718　誑　居況　見漾合三去宕 / 光去　古曠　見宕合一去宕

8）7913　瘡　初良　初陽開三平宕 / 倉　七岡　清唐開一平宕

9）1734　磉　蘇朗　心蕩開一上宕 / 爽　踈兩　生養開三上宕

　　陽韻與唐韻互注例較少，主要原因恐怕是洪、細的不同，它們的主元音相同，互注的都是合口字，其中二例是莊組字，其餘皆爲脣牙喉音字，說明《玉篇直音》陽韻脣音和部分牙喉音的合口字已經失去 i 介音，變入唐韻。

　　耿振生對吳語代表作《聲韻會通》進行研究後的結論是：「宕攝字分化爲兩韻：三等開口字自成一類……一等字和三等合口字爲一類，並與江攝字合流。」[註4] 寧忌浮所列《洪武正韻》與中古 206 韻的分併關係表 [註5] 表明，《洪武正韻》的陽養漾包括 206 韻的江講絳陽養漾唐蕩宕，在這點上，《玉篇直音》與《洪武正韻》一致而與《聲韻會通》有異。因此，《玉篇直音》的江、宕攝合流，併爲一韻，本文稱之爲江陽部：

　　　開口：江、陽莊、唐開

　　　合口：陽唐合

　　　齊齒：江牙喉部分、陽開

四、眞尋部

本節討論臻、深攝，首先我們看眞、臻、欣、侵韻的自注及互注情況：

	真	侵
真	295	30
臻		2
欣		1
侵		129

　　侵韻與眞韻、臻韻、欣韻互注達 33 例，例子不多，但都是常用字，佔侵韻

〔註4〕1992，P158

〔註5〕2003，P28

總數的 20.4%，而且，前面我們看到，侵韻與收-ŋ尾的梗攝的庚三韻、清韻、青韻有 4 次互注，因此，歸納音位時，我們傾向於侵的-m 尾已經消失，真、侵韻合併。耿振生〔註6〕對吳方言的音學著作進行了考察，發現一些吳方言音韻著作有收-m 的韻部，而另一些沒有閉口韻的著作，連[ən]：[əŋ]的對立也消失了，所以他得出結論：「本方言區的韻書沒有哪一種是既保持[ən]：[əŋ]的對立，又沒有閉口韻這樣一種格局的。」《玉篇直音》的情況卻與此不同：-m 尾韻消失，[ən]：[əŋ]仍有對立。

真／侵互注的例子：

1）11827、13954　牝　毗忍　並軫三上臻／品　丕飲　滂寢三上深

2）380　　黔　於金　影侵開三平深／因　於眞　影眞開三平臻
3）469　　霠　於金　影侵開三平深／因　於眞　影眞開三平臻
4）11115　暗　於金　影侵開三平深／因　於眞　影眞開三平臻
5）1295　　淫　餘針　以侵開三平深／寅　翼眞　以眞開三平臻
6）13426　飲　於錦　影寢開三上深／引　余忍　以軫開三上臻

7）8319　　鍼　職深　章侵開三平深／眞　職鄰　章眞開三平臻
8）8320　　針　職深　章侵開三平深／同上（眞）職鄰　章眞開三平臻
9）13449　眞　職鄰　章眞開三平臻／針　職深　章侵開三平深
10）13450　眞　職鄰　章眞開三平臻／同上（針）職深　章侵開三平深
11）7613　　闖　丑禁　徹沁開三去深／趁　丑刃　徹震開三去臻
12）4535　　哂　式忍　書軫開三上臻／審　式荏　書寢開三上深
13）9195　　弞　式忍　書軫開三上臻／沈　式荏　書寢開三上深
14）9206　　矤　式忍　書軫開三上臻／沈去　式荏　書寢開三上深（去：沁）
15）6711　　諶　氏任　禪侵開三平深／辰　植鄰　禪眞開三平臻
16）12645　腎　時忍　禪軫開三上臻／甚　常枕　禪寢開三上深
17）6686　　讅　式禁（集）書沁開三去深／刃　而振　日震開三去臻

18）3711　　妊　汝鴆　日沁開三去深／人　而振　日震開三去臻

〔註6〕1992，P158

· 108 ·

19）10742　稔　如甚　日寢開三上深／忍　而軫　日軫開三上臻
20）12601　壬　如林　日侵開三平深／仁　如鄰　日眞開三平臻

21）3127　侵　七林　清侵開三平深／親　七人　清眞開三平臻
22）6585　親　七人　清眞開三平臻／侵　七林　清侵開三平深
23）2827　蕁（薺）昨淫　從侵開三平深／秦　匠鄰　從眞開三平臻
24）1150　沁　思林（集）心侵開三平深／信　斯人（集）心眞開三平臻
25）3818　心　息林　心侵開三平深／新　息鄰　心眞開三平臻
26）12583　辛　息鄰　心眞開三平臻／心　息林　心侵開三平深
27）13281　新　息鄰　心眞開三平臻／心　息林　心侵開三平深

28）1688　磷　力珍　來眞開三平臻／林　力尋　來侵開三平深
29）9983　林　力尋　來侵開三平深／鄰　力珍　來眞開三平臻

欣／侵互注

1）13406　歆　許金　曉侵開三平深／欣　許斤　曉欣開三平臻

臻／侵互注

1）6656　詵　所臻　生臻開三平臻／參　所今　生侵開三平深
2）12584　莘　所臻　生臻開三平臻／同上（心）息林　心侵開三平深

下面我們看一下臻攝各韻自注及互注情況：

	真	諄	臻	欣	文	魂	痕
真	295	21	4	18	2		
諄		76			10		
臻			9				
欣				29			
文					112		
魂		1			5	156	3
痕							11

先討論一等韻，魂韻、痕韻相注的兩例是透母字：

1）3、4321　吞　吐根　透痕開一平臻／啍　他昆　透魂合一平臻
2）12423　𦧑　他昆　透魂合一平臻／吞　吐根　透痕開一平臻

現代漢語普通話「吞」讀合口，現代吳方言的合口呼一般只限於牙喉音，海鹽方言端組沒有合口。除此兩例，魂、痕二韻的界限非常清楚。

現在看三等韻與一等韻互注的情況：

諄／魂互注的一例是心母字：

1）2615　賰　須閏（集）心稕合三去臻／遜　蘇困　心慁合一去臻

文韻與魂韻互注的限於唇喉音。

1）737　焝　呼困（集）曉慁合一去臻／僨　方問（集）非問合三去臻

2）4440　唒　武粉（玉）微吻合三上臻／穩　烏本　影混合一上臻

3）4441　吻　武粉　微吻合三上臻／同上（穩）烏本　影混合一上臻

4）5481　齳　魚吻　疑吻合三上臻／混　胡本　匣混合一上臻

5）5482　齫　牛吻（集）疑吻合三上臻／同上（混）胡本　匣混合一上臻

諄韻自注 76 例，與眞韻、文韻互注達 31 例；臻韻自注 9 次，與眞韻互注 4 次；欣韻自注 29 次，與眞韻互注 18 次，互注數量之多說明這幾個三等重韻已經合併。下面是互注例：

眞／諄互注

1）12137　麏　居筠　見眞合三平臻／均　居勻　見諄合三平臻

2）401　霣　于敏　于軫合三上臻／尹　余準　以準合三上臻

3）1762　磒　于敏　于軫合三上臻／允　余準　以準合三上臻

4）3434　允　余準　以準合三上臻／殞　于敏　于軫合三上臻

5）8064　殞　于敏　于軫合三上臻／允　余準　以準合三上臻

6）12634　戭　余忍　以軫開三上臻／尹　余準　以準合三上臻

7）8933　軫　章忍　章軫開三上臻／準　之尹　章準合三上臻

8）8522　鷷　殊倫（集）禪諄合三平臻／辰　植鄰　禪眞開三平臻

9）3985　愼　時刃　禪震開三去臻／順　食閏　船稕合三去臻

10）12642　唇　食倫　船諄合三平臻／同上（晨）植鄰　禪眞開三平臻

11）12643　脣　食倫　船諄合三平臻／同上（晨）植鄰　禪眞開三平臻

12）3026　俊　子峻　精稕合三去臻／進　即刃　精震開三去臻

13）3027　儁　子峻　精稕合三去臻／同上（進）即刃　精震開三去臻

14）4858　畯　祖峻　精稕合三去臻／進　即刃　精震開三去臻

15）7017　進　即刃　精震開三去臻／俊　子峻　精稕合三去臻

16）10785　秦　匠鄰　從眞開三平臻／循　詳遵　邪諄合三平臻

17）2485　陖　私閏　心稕合三去臻／信　息晉　心震開三去臻

18）3995　恂　相倫　心諄合三平臻／辛　息鄰　心眞開三平臻

19）9556　楯　相倫　心諄合三平臻／辛　息鄰　心眞開三平臻

楯，余廼永校注：應爲「楯」。《玉篇》沒有「楯」，但有「楯」，須倫切，與《廣韻》音切吻合。

20）11473　駿　須閏（集）心稕合三去臻／信　息晉　心震開三去臻

21）2170　輪　縷尹（集）來準合三上臻／憐上　離珍（集）來眞開三平臻
（上：軫）

與諄韻互注的眞韻的牙喉音字是合口字。開口的眞韻齒音字與諄韻合併，齒音開合口互注是《玉篇直音》的特色之一。

真／文互注

1）8622　瑾　渠殞　群軫合三上臻／郡　渠運　群問合三去臻

2）10156　菌　渠殞　群軫合三上臻／郡　渠運　群問合三去臻

諄／文互注

1）8248　㘧　古純（玉）見諄合三平臻／君　舉云　見文合三平臻

2）4518　呁　九峻　見稕合三去臻／郡　渠運　群問合三去臻

3）12333　鞎　舉云　見文合三平臻／均　居勻　見諄合三平臻

4）5359　囷　巨殞（集）群準合三上臻／郡　渠運　群問合三去臻

5）12862　奫　紆倫（集）影諄合三平臻／蒀　於云　影文合三平臻

6）8911　膥　於粉　影吻合三上臻／允　余準　以準合三上臻

7）9534　橁　以荀（玉）以諄合三平臻／蒀　於云　影文合三平臻

8）10149　筠　于倫（集）于諄合三平臻／云　王分　于文合三平臻

筠，《廣韻》爲贇切，眞韻合口。

9）10519　筠　于倫（集）于諄合三平臻 / 云　王分　于文合三平臻

筠，《廣韻》爲贇切，眞韻合口。

10）12983　匀　羊倫　以諄合三平臻 / 云　王分　于文合三平臻

真 / 臻互注

1）3118　侁　所臻　生臻開三平臻 / 辛　息鄰　心眞開三平臻

2）3732　莘　所臻　生臻開三平臻 / 辛　息鄰　心眞開三平臻

3）12052　鱻　所臻　生臻開三平臻 / 辛　息鄰　心眞開三平臻

4）13338　侁　疏臻（集）生臻開三平臻 / 辛　息鄰　心眞開三平臻

真 / 欣互注

1）6426　緊　居忍　見軫開三上臻 / 謹　居隱　見隱開三上臻

2）6670　謹　居隱　見隱開三上臻 / 緊　居忍　見軫開三上臻

3）13268　斤　舉欣　見欣開三平臻 / 巾　居銀　見眞開三平臻

4）3271　僅　渠遴　群震開三去臻 / 近　巨靳　群焮開三去臻

5）7072　近　巨靳　群焮開三去臻 / 覲　渠遴　群震開三去臻

6）10861　饉　渠遴　群震開三去臻 / 近　巨靳　群焮開三去臻

7）5479　齗　語斤　疑欣開三平臻 / 銀　語巾　疑眞開三平臻

8）1689　磤　於斤（集）影欣開三平臻 / 因　於眞　影眞開三平臻

9）3946　慭　於靳　影焮開三去臻 / 印　於刃　影震開三去臻

10）7524　撚　於靳　影焮開三去臻 / 因去　於眞　影眞開三平臻（去：震）

11）9429　殷　於斤　影欣開三平臻 / 因　於眞　影眞開三平臻

12）10147　蒑　於斤（集）影欣開三平臻 / 同上（因）於眞　影眞開三平臻

13）1060　嶾　於謹　影隱開三上臻 / 引　余忍　以軫開三上臻

14）2506　隱　於謹　影隱開三上臻 / 引　余忍　以軫開三上臻

15）9025　轀　於謹　影隱開三上臻 / 引　余忍　以軫開三上臻

16）9144　弘　余忍　以軫開三上臻 / 隱　於謹　影隱開三上臻

17）9145　引　余忍　以軫開三上臻 / 同上（隱）於謹　影隱開三上臻

18）9955　檃　於謹　影隱開三上臻 / 引　余忍　以軫開三上臻

《玉篇直音》的臻、深攝合併，本文稱爲眞尋部：

開口：痕、魂文唇、　　（可以擬爲 ən）

合口：魂、文　　　　（可以擬爲 uən）

齊齒：眞開、臻欣侵　　（可以擬爲 i°n）

撮口：眞合、諄文　　　（可以擬爲 iu°n）

五、寒桓部和山咸部

本小節討論山、咸兩攝一、二等韻的情況：

	寒	桓	刪	山	覃	談	咸	銜
寒	126	4						
桓		184						
刪	5	7	57	17				
山	7	2		32				
覃	10	5			83	35		
談	11	1				48		
咸			1	8	5	11	20	8
銜		1			1	9		21
仙	1						3	
鹽		1					1	
先			2	1				
元			2					
凡								1

我們先看重韻，寒韻、桓韻傳統上人們認爲是開合關係，不該互注，它們互注的幾例是端組與精組字，現代吳方言端組、精組沒有合口。

寒／桓互注

　　1）1492　　灘　他端　透桓合一平山／灘　他幹　透寒開一平山

　　2）9932　　欒　落官　來桓合一平山／蘭　落干　來寒開一平山

　　3）10804　屬　則旰　精翰開一去山／鑽　子筭　精換合一去山

　　4）5366　　刪　蘇干　心寒開一平山／酸　素官　心桓合一平山

刪韻自注 57 例，山韻自注 32 例，二韻互注 17 例，互注數佔二韻總數的 16%，可見二韻基本合流。

山 / 刪互注

　1）4714　　盼　匹莧　滂襇二去山 / 扳去　普患（集）滂諫二去山

開口

　2）3617　　奸　居顏（集）見刪開二平山 / 閒　古閑　見山開二平山

　3）6588　　覸　古莧　見襇開二去山 / 諫　古晏　見諫開二去山

　4）4496　　嗣　五閑　疑山開二平山 / 顏　五姦　疑刪開二平山

　5）3005　　僩　下報　匣濟開二上山 / 閑上　戶閒　匣山開二平山（上：產）

合口

　6）12057　鰥　古頑　見山合二平山 / 關　古還　見刪合二平山

　7）7021　　還　戶關　匣刪合二平山 / 頑　五鰥　疑山合二平山

　8）3892　　慣　胡慣（集）匣諫合二去山 / 幻　胡辨　匣襇合二去山

　9）3893、13549　患　胡慣　匣諫合二去山 / 同上（幻）胡辨　匣襇合二去山

　10）12293　羼　側板　莊濟開二上山 / 盞　阻限　莊產開二上山

　11）6391　綻　丈莧　澄襇開二去山 / 撰　雛鯀　崇濟合二上山

　12）6392　組　丈莧　澄襇開二去山 / 同上（撰）雛鯀　崇濟合二上山

　13）1216　潸　所姦　生刪開二平山 / 山　所閒　生山開二平山

　14）2345　鄯　所姦（集）生刪開二平山 / 山　所閒　生山開二平山

　15）3570　姍　所姦（集）生刪開二平山 / 山　所閒　生山開二平山

　16）9326　刪　所姦　生刪開二平山 / 山　所閒　生山開二平山

談韻自注 48 次，覃韻、談韻互注 35 例，這組重韻也應該是合流了，互注的 35 例，是見母、匣母、端組、來母及 1 例精母字。

覃 / 談互注

　1）12557　感　古襌　見感開一上咸 / 敢　古覽　見敢開一上咸

　2）12817　敢　古覽　見敢開一上咸 / 感　古襌　見感開一上咸

　3）761　　紺　胡甘（集）匣談開一平咸 / 含　胡男　匣覃開一平咸

　4）2336　邯　胡甘　匣談開一平咸 / 含　胡男　匣覃開一平咸

5）13423　㪱　胡甘（集）匣談開一平咸 / 含　胡男　匣覃開一平咸

6）3796　軸　丁含（玉）端覃開一平咸 / 擔　都甘　端談開一平咸

7）4737　眈　丁含　端覃開一平咸 / 擔　都甘　端談開一平咸

8）4930　耽　丁含　端覃開一平咸 / 擔　都甘　端談開一平咸

9）4940　聃　都甘　端談開一平咸 / 眈　丁含　端覃開一平咸

10）4941　䏙　都甘　端談開一平咸 / 同上（眈）丁含　端覃開一平咸

11）7483　擔　都甘　端談開一平咸 / 眈　丁含　端覃開一平咸

12）5307　肬　丁紺（集）端勘開一去咸 / 啖　徒敢　定敢開一上咸

13）2095　坍　他酣　透談開一平咸 / 貪　他含　透覃開一平咸

14）2911　竷　他酣　透談開一平咸 / 貪　他含　透覃開一平咸

15）5599　舚　他酣　透談開一平咸 / 貪　他含　透覃開一平咸

16）10988　醓　他感　透感開一上咸 / 毯　吐敢　透敢開一上咸

17）1169　沊　他甘（集）透談開一平咸 / 貪　他含　透覃開一平咸

18）117　曇　徒含　定覃開一平咸 / 談　徒甘　定談開一平咸

19）498　霮　徒紺（集）定勘開一去咸 / 談　徒甘　定談開一平咸

20）1308　湛　徒感（集）定感開一上咸 / 淡　徒敢　定敢開一上咸

21）1560　潭　徒紺（集）定勘開一去咸 / 淡　徒敢　定敢開一上咸

22）4435　嘾　徒南（集）定覃開一平咸 / 談　徒甘　定談開一平咸

23）5383　膌　徒南（集）定覃開一平咸 / 談　徒甘　定談開一平咸

24）6651　談　徒甘　定談開一平咸 / 潭　徒含　定覃開一平咸

25）8363　錟　徒甘　定談開一平咸 / 潭　徒含　定覃開一平咸

26）9492　罎　徒南（集）定覃開一平咸 / 談　徒甘　定談開一平咸

27）2166　枏　奴甘（玉）泥談開一平咸 / 南　那含　泥覃開一平咸

28）632　燣　盧感　來感開一上咸 / 覽　盧敢　來敢開一上咸

29）836　嵐　盧含　來覃開一平咸 / 藍　魯甘　來談開一平咸

30）3745　娑　盧含　來覃開一平咸 / 藍　魯甘　來談開一平咸

31）4002　惏　盧含　來覃開一平咸 / 藍　魯甘　來談開一平咸

32）4562　啉　盧含　來覃開一平咸 / 藍　魯甘　來談開一平咸

33）5789　躝　盧含（集）來覃開一平咸 / 藍　魯甘　來談開一平咸

34）9023　　欖　盧感　來感開一上咸 / 覽　盧敢　來敢開一上咸

35）10814　　礛　子敢　精敢開一上咸 / 篸上　子感（集）精感開一上咸

咸韻自注 20 次，銜韻自注 21 次，兩韻互注 8 次，互注佔總數的 16.3%，根據刪、山兩韻合流的情況，我們認爲這兩韻也基本合併。

咸／銜互注

1）6305　　緘　古咸　見咸開二平咸 / 監　古銜　見銜開二平咸

2）9766　　械　居咸（集）見咸開二平咸 / 監平　古銜　見銜開二平咸

3）860　　嵒　五咸　疑咸開二平咸 / 同上（岩）（巖）五銜　疑銜開二平咸

4）1053　　嵓（嵒）五咸　疑咸開二平咸 / 岩（巖）五銜　疑銜開二平咸

5）5076　　顉　五咸　疑咸開二平咸 / 岩（巖）五銜　疑銜開二平咸

巖，又音「吾含切」，疑覃開一平咸。在此，我們取它的二等讀音。

6）6942　　銜　戶監　匣銜開二平咸 / 咸　胡讒　匣咸開二平咸

7）4711　　彡　所咸　生咸開二平咸 / 衫　所銜　生銜開二平咸

8）5012　　巉　士咸　崇咸開二平咸 / 巉　鋤銜　崇銜開二平咸

因此，山、咸兩攝的重韻已經分別合流是沒有問題的。

下面我們看看異攝之間的合併情況，山、咸兩攝互注有 37 例，僅佔總數的 5.4%，佔咸攝字數的 13.3%，說 -m 尾完全消失併入 -n 尾似乎有點勉強，但我們注意到注音字多爲常用字，而且前面說過臻、深兩攝已經處理爲合併，那咸攝也傾向於併入山攝。

一等互注

寒／覃互注

1）6408　　紺　古暗　見勘開一去咸 / 幹　古案　見翰開一去山

2）1973　　堪　口含　溪覃開一平咸 / 看平　苦寒　溪寒開一平山

3）3177　　侃　空旱　溪旱開一上山 / 坎　苦感　溪感開一上咸

4）5978　　勘　苦紺　溪勘開一去咸 / 看　苦旰　溪翰開一去山

5）9318　　刊　苦寒　溪寒開一平山 / 堪　口含　溪覃開一平咸

6）2989　含　胡南　匣覃開一平咸／寒　胡安　匣寒開一平山

7）7364　捍　侯旰　匣翰開一去山／同上（感）胡紺　匣勘開一去咸

8）8838　貪　他含　透覃開一平咸／攤平　他干　透寒開一平山

9）10324　萏　徒感　定感開一上咸／弹（彈）徒案　定翰開一去山

10）10802　餐　七安　清寒開一平山／參　倉含　清覃開一平咸

寒／談互注

1）11139　甘　古三　見談開一平咸／干　古寒　見寒開一平山

2）12010　魝　胡甘　匣談開一平咸／寒　胡安　匣寒開一平山

3）5266　膽　都敢　端敢開一上咸／担上　多旱　端旱開一上山

4）9444　甔　都甘　端談開一平咸／丹　都寒　端寒開一平山

5）1966　坍　他甘（集）透談開一平咸／灘　他干　透寒開一平山

6）5862　毯　吐敢　透敢開一上咸／坦　他但　透旱開一上山

7）1287　淡　徒濫　定闞開一去咸／但　徒案　定翰開一去山

8）1405　澶　徒案　定翰開一去山／談　徒甘　定談開一平咸

「澶」的去聲與「談」的平聲未免相差較遠，我們知道「檀、壇」都讀唐干（定寒開一平山）切，會不會是偏旁的影響也未可知。

9）1599　濫　盧瞰　來闞開一去咸／爛　郎旰　來翰開一去山

10）7633　闌　落干　來寒開一平山／藍　魯甘　來談開一平咸

11）10260　藍　魯甘　來談開一平咸／闌　落干　來寒開一平山

寒韻與覃韻、談韻互注的不僅有見係字，還有端組字，可見寒韻與覃韻、談韻是全部合併了。

桓／覃互注

1）13481　湍　他端　透桓合一平山／貪　他含　透覃開一平咸

2）10595　纂　祖管（集）精緩合一上山／昝　子感　精感開一上咸

3）10596　纂　作管　精緩合一上山／同上（昝）子感　精感開一上咸

4）2919　竄　七亂　清換合一去山／參去　七紺　清勘開一去咸

5）11671　蚕　昨含　從覃開一平咸／攢　在丸　從桓合一平山

桓／談互注

1）6354　紞　都敢　端敢開一上咸／湍　他端　透桓合一平山

二等互注

山／咸互注

1）10171　菅　古閑　見山開二平山／減　古斬　見豏開二上咸

2）11104　嗛　下斬　匣豏開二上咸／限　胡簡　匣產開二上山

3）10466　蘸　莊陷　莊陷開二去咸／盞去　阻限　莊產開二上山（去：襇）

4）13278　斬　側減　莊豏開二上咸／盞　阻限　莊產開二上山

5）1556　潺　士山　崇山開二平山／讒　士咸　崇咸開二平咸

6）3077　孱　士山　崇山開二平山／讒　士咸　崇咸開二平咸

7）9629　棧　士諫　崇產開二上山／湛　丈減（集）澄豏開二上咸

8）9538　杉　所咸　生咸開二平咸／山　所閒　生山開二平山

杉，《廣韻》歸銜韻。

刪／咸互注

1）5165　醆　側板　莊潸開二上山／斬　側減　莊豏開二上咸

　　兩攝一、二等韻互注 48 例，佔總數的 6.6%，其互注的有 2 例是唇音字，15 例是牙喉音，其中 6 例是合口，開口的 3612 例有偏旁類推的嫌疑，其餘都是齒音字，結合明代南系官話和吳語的一般情況，我們認爲《玉篇直音》山咸攝的一、二等舌齒音已經合併，牙喉音雖有少數混併，一等見系仍基本獨立，桓歡獨立的特點也基本保存；但是《玉篇直音》中，《中原音韻》的寒山合口和桓歡韻互注的不僅有齒音字，也有唇音字及牙喉音字，如何解釋這些現象，可能要聯繫當時的大環境來考慮，當時的北方話寒山、桓歡不分，這不能不對讀書人產生一定的影響。這正如《洪武正韻》雖有 62 組清濁混併例，但它仍有全濁音一樣〔註7〕。

〔註 7〕寧忌浮 2003。

寒／刪互注

1）75　　　　暴　乃諫（集）泥諫開二去山／難　奴案　泥翰開一去山

2）3618　　　姏　奴還　泥刪合二平山／難　那干　泥寒開一平山

3）3846　　　戁　乃版（集）泥潸開二上山／難上　那干　泥寒開一平山

（上：旱）

4）12434　　赧　奴板　泥潸開二上山／難上　那干　泥寒開一平山（上：

旱）

這4例皆是泥娘母字。

5）3612　　　僴　下晏　匣諫開二去山／旱　侯旰　匣翰開一去山

寒／山互注

1）12472　　黫　烏閑　影山開二平山／安　烏寒　影寒開一平山

2）6990　　　趲　子旱　精旱開一上山／醆　阻限　莊產開二上山

3）9022　　　轏　士限　崇產開二上山／淺　則旰（集）精翰開一去山

4）795　　　　山　所閒　生山開二平山／珊　蘇干　心寒開一平山

5）5785　　　珊　蘇干　心寒開一平山／山　所閒　生山開二平山

6）6723　　　訕　所晏　生諫開二去山／散　蘇旰　心翰開一去山

7）8744　　　珊　蘇干　心寒開一平山／山　所閒　生山開二平山

這7例中，1例是影母字，其餘全是非見系的莊精組字。

覃／咸互注

1）1040　　　崟　姑南（集）見覃開一平咸／緘　古咸　見咸開二平咸

2）446　　　　霝　胡男　匣覃開一平咸／咸　胡讒　匣咸開二平咸

3）1325　　　函　胡男　匣覃開一平咸／咸　胡讒　匣咸開二平咸

4）13535　　涵　胡男　匣覃開一平咸／咸　胡讒　匣咸開二平咸

5）5333　　　臢　初減　初鹹開二上咸／糝上　七感（集）清感開一上咸

覃／銜互注

1）355　　　　颫　姑南（集）見覃開一平咸／監　居銜　見銜開二平咸

談／咸互注

1）3862　憨　呼談　曉談開一平咸／鹼平　下斬　匣鹽開二上咸（平：咸）

2）8237　巀　才敢　從敢開一上咸／斬上　側減　莊鹽開二上咸

3）2033　壈　士減（集）崇鹽開二上咸／慙　昨甘　從談開一平咸

4）2354　鄸　士咸　崇咸開二平咸／慙　昨甘　從談開一平咸

5）4400　囐　鋤咸（集）崇咸開二平咸／慚　昨甘　從談開一平咸

6）6860　讒　士咸　崇咸開二平咸／慙　昨甘　從談開一平咸

7）7440　攙　士咸　崇咸開二平咸／慙　昨甘　從談開一平咸

8）10077　薪　鋤咸（集）崇咸開二平咸／慙　昨甘　從談開一平咸

9）10909　饞　士咸　崇咸開二平咸／慚　昨甘　從談開一平咸

10）12257　毚　鋤咸（集）崇咸開二平咸／慙　昨甘　從談開一平咸

11）3896　慙　昨甘　從談開一平咸／谗（讒）士咸　崇咸開二平咸

談／銜互注

1）841　嶄　鋤銜　崇銜開二平咸／慙　昨甘　從談開一平咸

2）939　巉　鋤銜　崇銜開二平咸／慙　昨甘　從談開一平咸

3）1794　礹　鋤銜（集）崇銜開二平咸／慙　昨甘　從談開一平咸

4）2598　隁　鋤銜（集）崇銜開二平咸／慙　昨甘　從談開一平咸

5）4400　囐　鋤銜　崇銜開二平咸／慚　昨甘　從談開一平咸

6）8300　鑱　鋤銜　崇銜開二平咸／慚　昨甘　從談開一平咸

7）9333　劖　鋤銜　崇銜開二平咸／慚　昨甘　從談開一平咸

8）9532　欃　士咸　崇咸開二平咸／慚　昨甘　從談開一平咸

9）12943　衫　蘇甘　心談開一平咸／衫　所銜　生銜開二平咸

桓／刪互注

1）6503　幔　莫牟　明換一去山／慢　謨晏　明諫二去山

2）4631　睆　戶版（集）匣濟合二上山／緩　胡管　匣緩合一上山

3）4771　睆　戶板　匣濟合二上山／緩　胡管　匣緩合一上山

4）95　睆　戶版（集）匣濟合二上山／歡　呼官　曉桓合一平山

5）6321　綰　烏板　影濟合二上山／椀　烏管　影緩合一上山

6）9320　剜　一丸　影桓合一平山 / 弯（彎）烏關　影刪合二平山

7）10659　篹　初患　初諫合二去山 / 竄　七亂　清換合一去山

桓 / 刪互注的這 7 例，1 例是唇音字，1 例是齒音字，其餘 5 個是喉音字。

桓 / 山互注

1）69　昄　博漫（集）幫換一去山 / 辦　蒲莧（集）並襉二去山

2）10888　岏　五丸　疑桓合一平山 / 頑　五鰥（集）疑山合二平山

桓 / 銜互注

1）5913　岏　五丸　疑桓合一平山 / 岩（巖）五銜　疑銜開二平咸

還有幾例洪、細互注的例子：

寒 / 仙互注

1）10812　屧　則旰　精翰開一去山 / 邅　持碾　澄線開三去山

咸 / 鹽互注

1）13286　占　章豔　章豔開三去咸 / 佔　陟陷　知陷開二去咸

銜 / 凡互注

1）1431　湴　蒲鑑　並鑑二去咸 / 范　防錽　奉范三上咸

10812、13286 是齒音字，三等韻的 i 介音受聲母的影響失去，從而變同洪音。1431 是唇音字，「范」的 i 介音也脫落了。

因此《玉篇直音》的山、咸攝的一、二等韻合併為如下韻部：

寒桓：寒覃談見系　　　（可擬為 ɔn）

　　　桓　　　　　　　（可擬為 uɔn）

山咸：刪山開、咸銜、元凡唇　（可擬為 an）

　　　刪山合　　　　　（可擬為 uan）

六、先鹽部

本小節討論山、咸攝的三、四等韻，下面是各韻自注互注情況：

	元	仙	先	嚴	鹽	凡	添
元	82	26	25				
仙		282	97				
先			179				
嚴	2	1	4	9	1	1	4
鹽	3	18	22		124		2
凡	3					16	
添	1	2	16				22

　　元韻自注 82 次，與仙韻互注 26 次，兩韻應該是合流了；嚴韻、鹽韻、凡韻雖然只有 2 例互注，可嚴韻、鹽韻、凡韻與元韻、仙韻互注達 27 次，尤其是仙韻與鹽韻互注的既有齒音、來母，也有疑母字，所以我們認為這兩攝的重韻合流。

山攝

元 / 仙互注

　　1）9698　　棬　丘圓　溪仙合三平山 / 圈　去爰　溪元合三平山
　　2）5322　　腱　渠言（集）群元開三平山 / 乾　渠焉　群仙開三平山

　　3）1065　　忚　許延　曉仙開三平山 / 軒　虛言　曉元開三平山
　　4）3020　　儇　許緣　曉仙合三平山 / 宣　許元　曉元合三平山
　　5）4490　　嗎　許延　曉仙開三平山 / 軒　虛言　曉元開三平山
　　6）11540　螨　香充　曉獮合三上山 / 暄上　況袁　曉元合三平山（上：阮）
　　7）11901　猨　隳緣（集）曉仙合三平山 / 暄　況袁　曉元合三平山
　　8）12303　翾　許緣　曉仙合三平山 / 暄　況袁　曉元合三平山
　　9）12367　儇　虛延（集）曉仙開三平山 / 暄　況袁　曉元合三平山
　　10）4742　睘　馨充（集）曉獮合三上山 / 楦　虛願　曉願合三去山

　　11）4014　悁　於緣　影仙合三平山 / 宛　於袁　影元合三平山
　　12）3157　偃　於憲　影阮開三上山 / 衍　以淺　以獮開三上山

13）4258　悁　於偡　影阮開三上山／衍　以淺　以獮開三上山

14）8512　鰋　隱偡（集）影阮開三上山／衍　以淺　以獮開三上山

15）10534　甐　語軒　疑元開三平山／延　以然　以仙開三平山

16）11643　曮　愚袁　疑元合三平山／員　王權　于仙合三平山

17）6037　袁　雨元　于元合三平山／員　王權　于仙合三平山

18）6038　表　雨元　于元合三平山／同上（員）王權　于仙合三平山

19）7042　遠　雲阮　于阮合三上山／員上　王權　于仙合三平山（上：獮）

20）9697　楥　于元　于元合三平山／員　王權　于仙合三平山

21）11902　猨　雨元　于元合三平山／員　王權　于仙合三平山

22）11903　獂　雨元　于元合三平山／同上（員）王權　于仙合三平山

23）12345　爰　雨元　于元合三平山／員　王權　于仙合三平山

24）7402　捐　與專　以仙合三平山／袁　雨元　于元合三平山

25）12902　園　雨元　于元合三平山／員　王權　于仙合三平山

26）4345　凸　以轉　以獮合三上山／袁　雨元　于元合三平山

咸攝

嚴／凡互注

1）2624　凵　丘犯　溪范合三上咸／欠　去劍（集）溪驗開三去咸

欠，《廣韻》去劍反，在梵韻，丁聲樹﹝註8﹞根據《王仁昫刊謬補缺切韻》將「欠」歸釅韻，《集韻》「欠」在驗韻，去劍切。凵，周法高先生﹝註9﹞提及此字《切三》不收，敦煌王韻和故宮王韻有這個字，所以它是後增字，應該讀開口。

鹽／嚴互注

1）10575　籤　語轞　疑嚴開三平咸／炎　于廉　于鹽開三平咸

至於三、四等字，先韻自注 179 次，與元韻、仙韻互注 122 次，與咸攝的嚴韻、鹽韻互注 26 次；添韻自注 22 次，與嚴韻、鹽韻互注 6 次，與山攝的仙韻、元韻互注 3 次，148：179、9：22 的比例應該是能證明三、四等韻的合併的。

﹝註8﹞《古今字音對照手冊》。

﹝註9﹞《古音中的三等韻兼論古音的寫法》。

山攝

元 / 先互注

1) 4898　睷　居言（集）見元開三平山 / 堅　古賢　見先開四平山
2) 7182　建　居萬　見願開三去山 / 見　古電　見霰開四去山
3) 9061　睠　居援（玉）見元合三平山 / 涓　古玄　見先合四平山
4) 6324　綣　去阮　溪阮合三上山 / 犬　苦泫　溪銑合四上山
5) 6992　攐　丘言　溪元開三平山 / 牽　苦堅　溪先開四平山
6) 8173　攑　丘言　溪元開三平山 / 牽　苦堅　溪先開四平山
7) 10295　薲　去阮　溪阮合三上山 / 犬　苦泫　溪銑合四上山
8) 3515　妍　五堅　疑先開四平山 / 言　語軒　疑元開三平山
9) 6617　言　語軒　疑元開三平山 / 研　五堅　疑先開四平山

10) 1174　泫　熒絹（集）匣霰合四去山 / 楦　虛願　曉願合三去山
11) 6480　幰　虛偃　曉阮開三上山 / 顯　呼典　曉銑開四上山
12) 7744　屑　火天（玉）曉先合四平山 / 軒　虛言　曉元開三平山
13) 8115　祅　呼煙　曉先開四平山 / 軒　虛言　曉元開三平山
14) 9135　弲　火玄（集）曉先合四平山 / 喧　況袁　曉元合三平山
15) 9897　楦　虛願　曉願合三去山 / 絢　許縣　曉霰合四去山
16) 11586　蠆　虛偃　曉阮開三上山 / 憲　呼典（集）曉銑開四上山
17) 11634　蜆　形旬（集）匣霰開四去山 / 憲　許建　曉願開三去山
18) 6401　絢　許縣　曉霰合四去山 / 喧　況袁　曉元合三平山

19) 1286　淵　烏玄　影先合四平山 / 冤　於袁　影元合三平山
20) 2519　堰　於建（集）影願開三去山 / 宴　於旬　影霰開四去山
21) 3169　傿　於建　影願開三去山 / 宴　於旬　影霰開四去山
22) 6519　帣　於袁　影元合三平山 / 淵　烏玄　影先合四平山
23) 10843　餰　烏縣　影霰合四去山 / 怨　於願　影願合三去山
24) 11218　鷽　於幰　影阮開三上山 / 宴　於殄　影銑開四上山
25) 12258　覓（冤）於袁　影元合三平山 / 淵　烏玄　影先合四平山

仙 / 先互注

1) 6112　褊　方緬　幫獮三上山 / 區　方典　幫銑四上山

2）7150　　邊　布玄　幫先四平山 / 鞭　卑連　幫仙三平山

3）12105　鯿　卑連　幫仙三平山 / 邊　布玄　幫先四平山

4）6546　　驨　卑眠（集）幫先四平山 / 同上（便）婢面　並線三去山

5）13860　徧　卑見　幫霰四去山 / 変（變）彼眷　幫線三去山

6）11758　騗　匹羨（集）滂線三去山 / 片　普麵　滂霰四去山

7）13750　片　普麵　滂霰四去山 / 騗　匹羨（集）滂線三去山

8）5693　　蹁　部田　並先四平山 / 便平　房連　並仙三平山

9）6545　　艑　婢典（集）並銑四上山 / 便　婢面　並線三去山

10）9081　　艑　薄泫　並銑四上山 / 卞　皮變　並線三去山

11）3400、4759　　眠　莫賢　明先四平山 / 綿　武延　明仙三平山

12）4758　　瞑　莫賢　明先四平山 / 綿　武延　明仙三平山

13）4793　　眄　莫甸　明霰四去山 / 面　彌箭　明線三去山

14）4943　　瞑　莫賢　明先四平山 / 綿　武延　明仙三平山

15）5138　　面　彌箭　明線三去山 / 麵　莫甸　明霰四去山

16）6207　　綿　武延　明仙三平山 / 眠　莫賢　明先四平山

17）6440　　緜　武延　明仙三平山 / 眠　莫賢　明先四平山

18）7959　　寪　莫賢　明先四平山 / 綿　武延　明仙三平山

19）7980　　宀　莫甸　明霰四去山 / 面　彌箭　明線三去山

20）9692　　棉　武延　明仙三平山 / 同上（眠）莫賢　明先四平山

21）11092　麵　莫甸　明霰四去山 / 面　彌箭　明線三去山

22）11093　麵　莫甸　明霰四去山 / 同上（面）彌箭　明線三去山

23）12723、13542　丏　彌殄　明銑四上山 / 免　亡辨　明獮三上山

24）13042　　臱　莫賢　明先四平山 / 綿　武延　明仙三平山

25）1896　　垷　古典　見銑開四上山 / 蹇　九輦　見獮開三上山
「蹇」還有紀偃一切（見阮開三上山）。

26）4766　　睊　古縣　見霰合四去山 / 絹　吉掾　見線合三去山

27）5980　　勬　居員　見仙合三平山 / 涓　古玄　見先合四平山

28）5989　　勬　拘員（集）見仙合三平山 / 涓　古玄　見先合四平山

29）6608　　甄　稽延（集）見仙開三平山 / 堅　古賢　見先開四平山

30）6879　　詃　姑泫　見銑合四上山 / 捲　居轉　見獮合三上山

31）7453　　捐　古典　見銑開四上山 / 蹇　九輦　見獮開三上山

32）7454　挸　古典　見銑開四上山｜同上（蹇）九輦　見獮開三上山

33）9837　梘　吉典（集）見銑開四上山／蹇　九輦　見獮開三上山

34）10661　筧　古典　見銑開四上山／蹇　九輦　見獮開三上山

35）13610　睊　古縣　見霰合四去山／絹　吉掾　見線合三去山

36）3133　俔　苦甸　溪霰開四去山／遣　去戰　溪線開三去山

37）3888　惓　去乾　溪仙開三平山／牽　苦堅　溪先開四平山

38）6010　襆　去乾　溪仙開三平山／牽　苦堅　溪先開四平山

39）6083　褰　去乾　溪仙開三平山／牽　苦堅　溪先開四平山

40）6402　繾　去戰　溪線開三去山／牽　苦甸　溪霰開四去山

41）5613　摼　丘虔（集）溪仙開三平山／牽　苦堅　溪先開四平山

42）7311　攓　去乾　溪仙開三平山／牽　苦堅　溪先開四平山

43）10438　詉　苦甸　溪霰開四去山／遣　去戰　溪線開三去山

44）10439　磬　輕甸（集）溪霰開四去山／同上（遣）去戰　溪線開三去山

45）11699　騫　去乾　溪仙開三平山／牽　苦堅　溪先開四平山

46）11806　牽　苦堅　溪先開四平山／惓　去乾　溪仙開三平山

47）11862　犬　苦泫　溪銑合四上山／圈上　驅圓（集）溪仙合三平山
　　　　　　　（上：獮）

48）12905　圈　驅圓（集）溪仙合三平山／犬平　苦泫　溪銑合四上山
　　　　　　　（平：先）

49）1062　巘　魚蹇　疑獮開三上山／妍上　五堅　疑先開四平山（上：銑）

50）1765　硯　吾甸　疑霰開四去山／彥　魚變　疑線開三去山

51）5483　齞　倪甸　疑霰開四去山／彥　魚變　疑線開三去山

52）12950　彥　魚變　疑線開三去山／硯　吾甸　疑霰開四去山

53）1729　碾　女箭　娘線開三去山／研　吾甸　疑霰開四去山

54）8916　輦　力展　來獮開三上山／研上　五堅　疑先開四平山（上：銑）

55）1692　研　五堅　疑先開四平山／延　以然　以仙開三平山

56）1693　研　五堅　疑先開四平山／同上（延）以然　以仙開三平山

57）2089　堰　於扇　影線開三去山／宴　於甸　影霰開四去山

58）2217　鄢　於乾　影仙開三平山／煙　烏前　影先開四平山

59）3482、13929　嫣　於乾　影仙開三平山／煙　烏前　影先開四平山

60）7951　　　焉　於乾　影仙開三平山／燕　烏前　影先開四平山

61）10175　　蔫　於乾　影仙開三平山／煙　烏前　影先開四平山

62）13927　　焉　於乾　影仙開三平山／煙　烏前　影先開四平山

63）4803　　　睲　莊緣　莊仙合三平山／箋　則前　精先開四平山

64）9506　　　檆　則前　精先開四平山／煎　子仙　精仙開三平山

65）10528　　箋　則前　精先開四平山／煎　子仙　精仙開三平山

66）10529　　錢　則前　精先開四平山／同上（煎）子仙　精仙開三平山

67）10443　　荐　在甸　從霰開四去山／箭　子賤　精線開三去山

68）13753　　牋　則前　精先開四平山／煎　子仙　精仙開三平山

69）3099　　　佺　此緣　清仙合三平山／千　蒼先　清先開四平山

70）4044　　　悛　此緣　清仙合三平山／千　蒼先　清先開四平山

71）4128　　　怟　此緣　清仙合三平山／千　蒼先　清先開四平山

72）4180　　　忏　七典（集）清銑開四上山／淺　七演　清獮開三上山

73）7002　　　遷　七然　清仙開三平山／千　蒼先　清先開四平山

74）7895　　　痊　此緣　清仙合三平山／千　蒼先　清先開四平山

75）8385　　　鐉　此緣　清仙合三平山／千　蒼先　清先開四平山

76）8472　　　銓　此緣　清仙合三平山／千　蒼先　清先開四平山

77）10163　　荃　此緣　清仙合三平山／千　蒼先　清先開四平山

78）10536　　筌　此緣　清仙合三平山／千　蒼先　清先開四平山

79）12762　　千　蒼先　清先開四平山／遷　七然　清仙開三平山

80）899　　　巑　息淺（集）心獮開三上山／先上　蘇前　心先開四平山
　　　　　　　（上：銑）

81）2390　　　郪　蘇典（集）心銑開四上山／鮮　息淺　心獮開三上山

82）2715　　　廯　相然　心仙開三平山／先　蘇前　心先開四平山

83）4174　　　憪　息淺（集）心獮開三上山／先上　蘇前　心先開四平山
　　　　　　　（上：銑）

84）7026　　　選　思兗　心獮合三上山／先上　蘇前　心先開四平山（上：銑）

85）7278　　　尟　息淺　心獮開三上山／先上　蘇前　心先開四平山（上:銑）

86）7827　　　癬　息淺　心獮開三上山／先上　蘇前　心先開四平山（上:銑）

87）10526　　鱻　相然　心仙開三平山／先　蘇前　心先開四平山

88）10709　秈　相然　心仙開三平山／先　蘇前　心先開四平山

89）11925　獮　息淺　心獮開三上山／跣　蘇典　心銑開四上山

90）12041　仙　相然　心仙開三平山／先　蘇前　心先開四平山

91）13609　翼　息絹　心線合三去山／先　蘇佃　心霰開四去山

92）4182　憐　落賢　來先開四平山／連　力延　來仙開三平山

93）10179　蓮　落賢　來先開四平山／連　力延　來仙開三平山

94）3665　燃　忍善（集）日獮開三上山／撚　乃殄　泥銑開四上山

咸攝

鹽／添互注

1）7315　撿　居奄（集）見琰開三上咸／兼上　古甜　見添開四平咸
（上：㮪）

2）3151　僭　子念　精㮇開四去咸／尖去　子廉　精鹽開三平咸（去：豓）

嚴／添互注

1）3277　傔　苦念　溪㮇開四去咸／欠　去劍　溪梵合三去咸

丁聲樹根據《王仁昫刊謬補缺切韻》將「欠」歸釅韻〔註10〕，《集韻》「欠」在驗韻，去劍切。

2）175　魯　許嚴（玉）曉嚴開三平咸／嫌　戶兼　匣添開四平咸

3）3910　念　奴店　泥㮇開四去咸／驗　魚窆　疑豓開三去咸

4）11771　驗　魚窆　疑豓開三去咸／念　奴店　泥㮇開四去咸

驗，《集韻》魚窆切，歸驗韻。

現在看異攝互注的情況，山、咸攝互注有 72 例，佔總數的 7.6%，佔咸攝的 28.7%，情況與臻、深攝的關係相似，我們對它的處理也同臻、深攝，兩攝合併，但很可能注者的語言裏還有-m 尾的殘存。「根據有關的材料，吳方言中

〔註10〕 丁聲樹《古今字音對照手冊》，1981。

的閉口韻消失較晚，明末清初仍在有些方言中保存著閉口韻」〔註11〕。

三等互注

元／嚴互注

1）3024　儼　魚掩　疑儼開三上咸／言上　語軒　疑元開三平山（上：阮）

2）9769　枂　虛嚴　曉嚴開三平咸／軒　虛言　曉元開三平山

元／鹽互注

1）3033　儉　巨險　群琰開三上咸／健　渠建　群願開三去山

2）3036　健　渠建　群願開三去山／儉　巨險　群琰開三上咸

3）3523　嬐　魚檢　疑琰開三上咸／原上　愚袁　疑元合三平山（上：阮）

元／凡互注

1）8892　販　方願　非願三去山／汎　孚梵　敷梵三去咸

2）10169　蕃　附袁　奉元三平山／凡　符芝　奉凡三平咸

3）10174　蹯　附袁　奉元三平山／凡　符芝　奉凡三平咸

仙／嚴互注

1）5529　巘　魚宎（集）疑驗開三去咸／彥　魚變（集）疑線開三去山

仙／鹽互注

1）8309　鈐　巨淹　群鹽開三平咸／乾　渠焉　群仙開三平山

2）6939　衍　以淺　以獮開三上山／掩　衣儉　影琰開三上咸

3）8964　轉　陟兗　知獮合三上山／占上　職廉　章鹽開三平咸（上：琰）

4）9694　栴　諸延　章仙開三平山／占　職廉　章鹽開三平咸

5）13251　氈　諸延　章仙開三平山／占　職廉　章鹽開三平咸

6）5860　氈（氊）諸延　章仙開三平山／占　職廉　章鹽開三平咸

7）6848　諂　丑琰　徹琰開三上咸／喘　昌兗　昌獮合三上山

8）7680　闡　昌善　昌獮開三上山／諂　丑琰　徹琰開三上咸

9）8898　贍　時艷　禪豔開三去咸／善　常演　禪獮開三上山

〔註11〕耿振生《明清等韻學通論》。

10）11493　蟾　視占　禪鹽開三平咸／同上（傳）直攣　澄仙合三平山

11）13964　禪　市連　禪仙開三平山／蟾　視占　禪鹽開三平咸

12）1563　潛　昨鹽　從鹽開三平咸／全　疾緣　從仙合三平山

13）6096　纖　息廉　心鹽開三平咸／仙　相然　心仙開三平山

14）2648　廉　力鹽　來鹽開三平咸／連　力延　來仙開三平山

15）8758　璉　力展　來獮開三上山／斂　良冉　來琰開三上咸

16）12804　斂　良冉　來琰開三上咸／連　力展（集）來獮開三上山

17）13420　斂　良冉　來琰開三上咸／連上　力展（集）來獮開三上山

18）13455a　冉　汝鹽　日鹽開三平咸／然　如延　日仙開三平山

四等互注

先／添互注

1）1142　汧　苦堅　溪先開四平山／謙　苦兼　溪添開四平咸

2）6704　謙　苦兼　溪添開四平咸／牽　苦堅　溪先開四平山

3）12486　點　多忝　端忝開四上咸／典　多殄　端銑開四上山

4）12979　典　多殄　端銑開四上山／點　多忝　端忝開四上咸

5）5091　顛　都年　端先開四平山／点（點）去　都念（集）端标開四去咸

6）1　天　他前　透先開四平山／添　他兼　透添開四平咸

7）2　兲　他前　透先開四平山／同上（添）他兼　透添開四平咸

8）1420　洟　他典　透銑開四上山／忝　他玷　透忝開四上咸

9）1465　添　他兼　透添開四平咸／天　他前　透先開四平山

10）2876　窴　牽繭　溪銑開四上山／忝　他玷　透忝開四上咸

11）5143　龝　他典（集）透銑開四上山／忝　他玷　透忝開四上咸

12）7539　捵　他典　透銑開四上山／忝　他玷　透忝開四上咸

13）10841　飻　他典（集）透銑開四上山／忝　他玷　透忝開四上咸

14）5601、11144　甜　徒兼　定添開四平咸／田　徒年　定先開四平山

15）10606　簟　徒玷　定忝開四上咸／佃　堂練　定霰開四去山

三、四等互注

添／仙互注

1）3585　嫌　戶兼　匣添開四平咸／延　以然　以仙開三平咸

2）945　嶘　魚戰（集）疑線開三去山／念　奴店　泥橋開四去咸

添／元互注

1）12421　歋　許兼　曉添開四平咸／軒　虛言　曉元開三平山

先／嚴互注

1）8882　貶　悲檢（集）幫儼三上咸／匾　方典　幫銑四上山

2）9405　劍　居欠（集）見驗開三去咸／見　古電　見霰開四去山

劍，居欠切，《廣韻》在梵韻。

3）13379　欠　去劍（集）溪驗開三去咸／牽去　苦堅　溪先開四平山（去：霰）

欠，《廣韻》去劍切，歸梵韻，丁聲樹根據《王仁昫刊謬補缺切韻》將「欠」歸釅韻，《集韻》「欠」在驗韻，去劍切。

4）5787　跈　乃殄　泥銑開四上山／儼　宜埯　疑儼開三上咸

先／鹽互注

1）1716　砭　府廉　幫鹽三平咸／匾　方典　幫銑四上山

2）1717　砭　府廉　幫鹽三平咸／同上（匾）方典　幫銑四上山

3）1280　淹　央炎　影鹽開三平咸／煙　烏前　影先開四平山

4）2780　厭　於豔　影豔開三去咸／燕　於甸　影霰開四去山

5）44　瞥（厭）於甸　影霰開四去山／厭　於豔　影豔開三去咸

6）8158　繭　古典　見銑開四上山／檢　居奄　見琰開三上咸

7）9815　檢　居奄　見琰開三上咸／肩上　古賢　見先開四平山（上：銑）

8）10294　繭　古典　見銑開四上山／檢　居奄　見琰開三上咸

9）2471　險　虛檢　曉琰開三上咸／顯　呼甸　曉銑開四上山

10）11919　獫　虛檢　曉琰開三上咸／顯　呼甸　曉銑開四上山

11）11937　玁　虛檢　曉琰開三上咸 /　顯　呼甸　曉銑開四上山

12）13347　尖　子廉　精鹽開三平咸 /　箋　則前　精先開四平山
13）413　瀸　子廉　精鹽開三平咸 /　千　蒼先　清先開四平山
14）1875　壍　七豔　清豔開三去咸 /　茜　倉甸　清霰開四去山
15）1876　塹　七豔　清豔開三去咸 /　茜　倉甸　清霰開四去山
16）4231　憸　七廉　清鹽開三平咸 /　千　蒼先　清先開四平山
17）10444　茜　倉甸　清霰開四去山 /　壍　七豔　清豔開三去咸
18）10445　蒨　倉甸　清霰開四去山 /　同上（壍）七豔　清豔開三去咸
19）10574　籤　七廉　清鹽開三平咸 /　千　蒼先　清先開四平山
20）6242　纖　息廉　心鹽開三平咸 /　先　蘇前　心先開四平山
21）7328　攕　思廉（集）心鹽開三平咸 /　先　蘇前　心先開四平山
22）8302　銛　息廉　心鹽開三平咸 /　先　蘇前　心先開四平山

還有幾例洪、細互注的例子：

刪／鹽互注

　　1）32　　晏　烏澗　影諫開二去山 /　厭　於豔　影豔開三去咸

刪／元互注

　　1）13397　歐　於建　影願開三去山 /　晏　烏澗　影諫開二去山
　　2）13928　鄢　於建　影願開三去山 /　晏　烏澗　影諫開二去山

刪／先互注

　　1）4987　曣　烏鴈（玉）影諫開二去山 /　宴　於甸　影霰開四去山

　　2）10166　菅　古顏　見刪開二平山 /　堅　古賢　見先開四平山

山／先互注

　　1）13568　玶　胡千（集）匣先開四平山 /　閑　戶閒　匣山開二平山

山／鹽互注

　　1）5332　臉　居奄（集）見琰開三上咸 /　蕑　古閑　見山開二平山

咸／元互注

　　1）11932　獫　下斬　匣豏開二上咸 /　献（獻）許建　曉願開三去山

咸／仙互注

  1）9231　　咸　胡讒　匣咸開二平咸／延　以然　以仙開三平山

  2）5649　　謇　九輦　見獮開三上山／减　古斬　見豏開二上咸
  3）7287　　搴　九輦　見獮開三上山／减（減）古斬　見豏開二上咸

咸／鹽互注

  1）2479　　陷　戶韽　匣陷開二去咸／焰　以贍　以豔開三去咸

這幾例都是二等的牙喉音開口字與細音字互注，提示我們有一部分二等字已經產生了 i 介音，主元音也變得與細音相同，從而併入先鹽韻部。

《玉篇直音》山、咸攝的三、四等韻合併爲先鹽部：

元仙先開、嚴鹽添、凡唇音除外、刪山咸銜部分喉牙

元仙先合

第二節　陰聲韻

一、支詞部、齊移部和而兒部

《玉篇直音》止攝各韻已經合併，我們看下面的統計：

	支	脂	之	微
支	221	141	148	63
脂		244	103	25
之			200	31
微				96

四韻互注共 511 次，佔總數的 40.2%，證明止攝各韻完全合併。

本小節我們看它們的唇音及開口字。

支／脂互注

唇音

  1）1665　　碑　彼爲　幫支三平止／悲　府眉　幫脂三平止
  2）3827　　悲　府眉　幫脂三平止／卑　府移　幫支三平止
  3）6059　　裨　府移　幫支三平止／悲　府眉　幫脂三平止
  4）9533　　披　甫委　幫紙三上止／比　卑履　幫旨三上止

5）9589　　椑　府移　幫支三平止／悲　府眉　幫脂三平止

6）10494　箄　府移　幫支三平止／悲　府眉　幫脂三平止

7）10732　秕　卑履　幫旨三上止／彼　甫委　幫紙三上止

8）12511　卑　府移　幫支三平止／悲　府眉　幫脂三平止

9）13847　彼　甫委　幫紙三上止／比　卑履　幫旨三上止

10）13955　比　卑履　幫旨三上止／彼　甫委　幫紙三上止

11）10489　籠（籠）彼爲　幫支三平止／悲　府眉　幫脂三平止

12）4299　　悂　匹夷　滂脂三平止／被　攀糜（集）滂支三平止

13）4514　　嚊　匹備　滂至三去止／被　平義　滂寘三去止

14）6192　　紕　匹夷　滂脂三平止／披　敷羈　滂支三平止

15）7745　　屁　匹寐　滂至三去止／譬　匹賜　滂寘三去止

16）6498　　帔　披義　滂寘三去止／彎　兵媚　幫至三去止

17）7356　　披　敷羈　滂支三平止／否平　符鄙　並旨三上止（平：脂）

18）12720　丕　敷悲　滂脂三平止／披　敷羈　滂支三平止

19）1969　　圮　符鄙　並旨三上止／被　皮彼　並紙三上止

20）3653　　婢　便俾　並紙三上止／比　毗至　並至三去止

21）4997　　鼻　毗至　並至三去止／被　平義　並寘三去止

22）5849　　毞　頻脂（集）並脂三平止／皮　符羈　並支三平止

23）7095　　避　毗義　並寘三去止／備　平祕　並至三去止

24）8821　　琵　房脂　並脂三平止／皮　符羈　並支三平止

25）8827　　蠡　平祕　並至三去止／避　毗義　並寘三去止

26）9562　　枇　房脂　並脂三平止／皮　符羈　並支三平止

27）9592　　椑　頻脂（集）並脂三平止／皮　符羈　並支三平止

28）10074　蚍　房脂　並脂三平止／皮　符羈　並支三平止

29）11049　粃　頻脂（集）並脂三平止／皮　符羈　並支三平止

30）11503　蚍　房脂　並脂三平止／皮　符羈　並支三平止

31）12033　魮　房脂　並脂三平止／皮　符羈　並支三平止

32）12153　貔　房脂　並脂三平止／皮　符羈　並支三平止

33）12180　狉　房脂　並脂三平止／皮　符羈　並支三平止

34）12332　皮　符羈　並支三平止／毗　房脂　並脂三平止

35）12391　魮　房脂　並脂三平止／皮　符羈　並支三平止

36）12882　奰　平祕　並至三去止／避　毗義　並寘三去止

37）4233　恀　母婢（集）明紙三上止 / 媚　明祕　明至三去止

38）7112　迷　民卑（集）明支三平止 / 眉　武悲　明脂三平止

39）9155　彌　武移　明支三平止 / 眉　武悲　明脂三平止

40）9156　弥　武移　明支三平止 / 同上（眉）武悲　明脂三平止

41）11126　麊　靡爲　明支三平止 / 麋　武悲　明脂三平止

42）11279　鸍　武移　明支三平止 / 眉　武悲　明脂三平止

43）12130　麋　武悲　明脂三平止 / 麊　靡爲　明支三平止

44）1064　孊　母被　明紙三上止 / 眉　武悲　明脂三平止

開口

45）5751　跂　去智　溪寘開三去止 / 器　去冀　溪至開三去止

46）7732　屓　虛器　曉至開三去止 / 戲　香義　曉寘開三去止

47）11974　爔　虛器　曉至開三去止 / 戲　香義　曉寘開三去止

48）9366　劓　魚器　疑至開三去止 / 義　宜寄　疑寘開三去止

49）9598　檥　魚羈　疑支開三平止 / 夷　以脂　以脂開三平止

50）5965　勚　羊至　以至開三去止 / 易　以豉　以寘開三去止

51）3232　俿　延知（集）以脂開三平止 / 移　弋支　以支開三平止

52）4284　恞　以脂　以脂開三平止 / 移　弋支　以支開三平止

53）9601　橠　弋支　以支開三平止 / 夷　以脂　以脂開三平止

54）10080　移　弋支　以支開三平止 / 夷　以脂　以脂開三平止

55）10495　簃　弋支　以支開三平止 / 夷　以脂　以脂開三平止

56）10684　移　弋支　以支開三平止 / 夷　以脂　以脂開三平止

57）10942　酏　弋支　以支開三平止 / 夷　以脂　以脂開三平止

58）13244　旖　於離　影支開三平止 / 伊　於脂　影脂開三平止

59）2586　陁　丈爾（集）澄紙開三上止 / 致　陟利　知至開三去止

60）6055　褫　池爾　澄紙開三上止 / 至　脂利　章至開三去止

61）856　岻　直尼　澄脂開三平止 / 池　直離　澄支開三平止

62）1118、13916　池　直離　澄支開三平止 / 遲　直尼　澄脂開三平止

63）1879　墀　直尼　澄脂開三平止 / 池　直離　澄支開三平止

64）1880　墀　直尼　澄脂開三平止 / 同上（池）直離　澄支開三平止

65）1886　坻　直尼　澄脂開三平止 / 池　直離　澄支開三平止

66）1887　埘　陳尼（集）澄脂開三平止 / 同上（池）直離　澄支開三平止

67）7082　遟　直尼　澄脂開三平止 / 池　直離　澄支開三平止

68）7083　遲　直尼　澄脂開三平止 / 同上（池）直離　澄支開三平止

69）8883　眡　直尼　澄脂開三平止 / 馳　直離　澄支開三平止

70）10071　茌　直尼　澄脂開三平止 / 池　直離　澄支開三平止

71）11501　蚳　直尼　澄脂開三平止 / 池　直離　澄支開三平止

72）13917　馳　直離　澄支開三平止 / 同上（遟）直尼　澄脂開三平止

73）2609　阺（坻）直尼　澄脂開三平止 / 池　直離　澄支開三平止

74）6046　衰　所追　生脂合三平止 / 洒平　所寄　生寘開三去止（平：支）

75）10484　簁　所宜　生支開三平止 / 同上（篩）疏夷　生脂開三平止

76）10944　釃　所宜　生支開三平止 / 師　疏夷　生脂開三平止

77）3324　伿　支義　章寘開三去止 / 至　脂利　章至開三去止

78）6054　衼　蒸夷（集）章脂開三平止 / 同上（支）章移　章支開三平止

79）6306　紙　諸氏　章紙開三上止 / 旨　職雉　章旨開三上止

80）6527　咫　諸氏　章紙開三上止 / 旨　職雉　章旨開三上止

81）6891　鼓　支義　章寘開三去止 / 至　脂利　章至開三去止

82）6908　諡　神至　船至開三去止 / 是　承紙　禪紙開三上止

83）6909　謚　神至　船至開三去止 / 同上（是）承紙　禪紙開三上止

84）8103、13351　示　神至　船至開三去止 / 是　承紙　禪紙開三上止

85）4439　眡　時利　禪至開三去止 / 是　承紙　禪紙開三上止

86）8529　鈂　善旨（集）禪旨開三上止 / 是　承紙　禪紙開三上止

87）7655　閔　式旨（玉）書旨開三上止 / 豕　施是　書紙開三上止

88）13918　弛　施是　書紙開三上止 / 矢　式視　書旨開三上止

89）5131　覛　即移　精支開三平止 / 資　即夷　精脂開三平止

90）8238　鎆　即移　精支開三平止 / 咨　即夷　精脂開三平止

91）10681　稰　津私（集）精脂開三平止 / 訾　即移　精支開三平止

92）10816　薋　將支（集）精支開三平止 / 咨　即夷　精脂開三平止

93）12196　鮆　將支（集）精支開三平止 / 咨　即夷　精脂開三平止

94）12200　齜　即移　精支開三平止 / 咨　即夷　精脂開三平止

95）5501　齜　側宜　莊支開三平止 / 資　即夷　精脂開三平止

96）13399　欼　子智　精寘開三去止 / 恣　資四　精至開三去止

97）13737　觜　即移　精支開三平止 / 資　即夷　精脂開三平止

98）10066　茈　蔣氏（集）精紙開三上止 / 資　即夷　精脂開三平止

99）5609　桼　千咨（集）清脂開三平止 / 雌　此移　清支開三平止

100）9321　刺　七賜　清寘開三去止 / 次　七四　清至開三去止

101）8921　鷀　取私　清脂開三平止 / 差　楚宜　初支開三平止

102）5869　薺　疾智（集）從寘開三去止 / 自　疾二　從至開三去止

103）5876　髊　疾智　從寘開三去止 / 自　疾二　從至開三去止

104）1356　漬　疾智　從寘開三去止 / 自　疾二　從至開三去止

105）8891　賜　斯義　心寘開三去止 / 四　息利　心至開三去止

106）576　縭　呂支　來支開三平止 / 梨　力脂　來脂開三平止

107）1683　砅　力智（集）來寘開三去止 / 利　力至　來至開三去止

108）3776　嫠　良脂（集）來脂開三平止 / 同上（离）呂支　來支開三平止

109）3889　慸　力脂　來脂開三平止 / 离　呂支　來支開三平止

110）4018　悧　呂支　來支開三平止 / 梨　力脂　來脂開三平止

111）6203　縭　呂支　來支開三平止 / 梨　力脂　來脂開三平止

112）7306　摛　鄰知（集）來支開三平止 / 梨　力脂　來脂開三平止

113）7798　纚　力智　來寘開三去止 / 利　力至　來至開三去止

114）8721　珕　力智　來寘開三去止 / 利　力至　來至開三去止

115）9928　梨　力脂　來脂開三平止 / 离　呂支　來支開三平止

116）11425　鸝　呂支　來支開三平止 / 梨　力脂　來脂開三平止

支 / 之互注

1）2555　阰　婢吏（玉）並志三去止 / 被　平義　並寘三去止

此例比較特殊，《廣韻》之韻系沒有唇音字，《集韻》僅止韻有一個滂母小韻，《玉篇》如此注音，我們姑且從之。

2）2152　畸　居宜　見支開三平止 / 基　居之　見之開三平止

3）3815　騎　居宜　見支開三平止 / 基　居之　見之開三平止

4）4073　伎　居企（集）見寘開三去止 / 忌　居吏（集）見志開三去止

5）5329　　觭　居義　見寘開三去止／記　居吏　見志開三去止

6）7257　　觭　居綺（玉）見紙開三上止／紀　居理　見止開三上止

7）7364　　㙊　舉綺（集）見紙開三上止／紀　居理　見止開三上止

8）7468　　掎　俱爲（玉）見支合三平止

　　　　　　　舉綺（集）見紙開三上止／基　居之　見之開三平止

掎，從《玉篇》則與注字開合有異，從《集韻》則與注字聲調不同，無論注者選的是哪一個音，都是支、之韻系的互注。

9）9312　　剞　居宜（集）見支開三平止／其　居之　見之開三平止

10）13369　旘　居綺　見紙開三上止／紀　居理　見止開三上止

11）965　　崎　去奇　溪支開三平止／欺　去其　溪之開三平止

12）2987　　企　丘弭　溪紙開三上止／啟　詰以（集）溪止開三上止

13）3603　　㚑　壚彼　溪紙開三上止／起　壚里　溪止開三上止

14）4081　　倚　去奇　溪支開三平止／欺　去其　溪之開三平止

15）6310　　綺　壚彼　溪紙開三上止／起　壚里　溪止開三上止

16）8044　　碕　去奇　溪支開三平止／欺　去其　溪之開三平止

17）8193　　㩻　乞喜（玉）溪止開三上止／企　丘弭　溪紙開三上止

18）10730　杞　口己（集）溪止開三上止／企　丘弭　溪紙開三上止

19）13782　厼　巨支　群支開三平止／匬　去吏　溪志開三去止

20）906　　楮　翹移（集）群支開三平止／其　渠之　群之開三平止

21）907　　岐　巨支　群支開三平止／其　渠之　群之開三平止

22）4123　　恀　翹移（集）群支開三平止／其　渠之　群之開三平止

23）5672　　踦　渠羈（集）群支開三平止／其　渠之　群之開三平止

24）6416　　綦　渠之　群之開三平止／奇　渠羈　群支開三平止

25）6952　　赹　巨支　群支開三平止／其　渠之　群之開三平止

26）7374　　技　渠綺　群紙開三上止／忌　渠記　群志開三去止

27）7871　　疷　巨支　群支開三平止／其　渠之　群之開三平止

28）8154　　衹　巨支　群支開三平止／其　渠之　群之開三平止

29）9034　　輢　奇寄　群寘開三去止／忌　渠記　群志開三去止

30）10096　其　渠之　群之開三平止／奇　渠羈　群支開三平止

31）11506　蚑　巨支　群支開三平止／同上（其）渠之　群之開三平止

32）12566　忌　渠記　群志開三去止／技　渠綺　群紙開三上止

33）12863、13063　奇　渠羈　群支開三平止／其　渠之　群之開三平止

34）13241　旗　渠之　群之開三平止 ／ 奇　渠羈　群支開三平止

35）13301　魌　奇寄　群寘開三去止 ／ 忌　渠記　群志開三去止

36）13571　其　渠之　群之開三平止 ／ 奇　渠羈　群支開三平止

37）2351　郚　語其（玉）疑之開三平止 ／ 宜　魚羈　疑支開三平止

38）4383　齮　魚記　疑志開三去止 ／ 義　宜寄　疑寘開三去止

39）7351　擬　魚紀　疑止開三上止 ／ 蟻　魚倚　疑紙開三上止

40）8004　竅　魚基（玉）疑之開三平止 ／ 義　魚羈（集）疑支開三平止

41）13490　疑　語其　疑之開三平止 ／ 宜　魚羈　疑支開三平止

42）13953　𪕲　魚其（集）疑之開三平止 ／ 宜　魚羈　疑支開三平止

43）1718　礒　魚倚　疑紙開三上止 ／ 以　羊己　以止開三上止

44）3461　𪗴　偶起（集）疑止開三上止 ／ 椅　於綺　影紙開三上止

45）41　暆　弋支　以支開三平止 ／ 怡　與之　以之開三平止

46）660　𪎭　弋之（玉）以之開三平止 ／ 移　弋支　以支開三平止

47）960　施　移爾　以紙開三上止 ／ 以　羊己　以止開三上止

48）2026　坒　與之　以之開三平止 ／ 移　弋支　以支開三平止

49）3981　怡　與之　以之開三平止 ／ 移　弋支　以支開三平止

50）4085　㦤　弋支　以支開三平止 ／ 怡　與之　以之開三平止

51）5342　胣　與之　以之開三平止 ／ 移　弋支　以支開三平止

52）6104　袘　移爾　以紙開三上止 ／ 以　羊己　以止開三上止

53）7084　遺　盈之（集）以之開三平止 ／ 移　弋支　以支開三平止

54）7708　㲼　弋之（玉）以之開三平止 ／ 移　弋支　以支開三平止

55）8868　貽　與之　以之開三平止 ／ 同上（移）弋支　以支開三平止

56）12798　攲　以攲　以寘開三去止 ／ 異　羊吏　以志開三去止

57）13032　酏　與之　以之開三平止 ／ 移　弋支　以支開三平止

58）13228　易　以攲　以寘開三去止 ／ 異　羊吏　以志開三去止

59）6381　縊　於賜　影寘開三去止 ／ 意　於記　影志開三去止

60）10947　醷　於擬　影止開三上止 ／ 倚　於綺　影紙開三上止

61）3116　倚　於綺　影紙開三上止 ／ 以　羊己　以止開三上止

62）7872　痔　於綺　影紙開三上止 ／ 以　羊己　以止開三上止

63）1888　壥　許羈　曉支開三平止 ／ 嬉　許其　曉之開三平止

64）9237　戲　香義　曉寘開三去止 ／ 嬉　許記　曉志開三去止

65）9248　羛　許羈　曉支開三平止／僖　許其　曉之開三平止

66）11813　犧　許羈　曉支開三平止／僖　許其　曉之開三平止

67）959　剺　力紙　來紙開三上止／里　良士　來止開三上止

68）7103　邐　力紙　來紙開三上止／里　良士　來止開三上止

69）9091　鯉　力之　來之開三平止／离　呂支　來支開三平止

70）9613　棃　里之　來之開三平止／离　呂支　來支開三平止

71）10691　稂　陵之（集）來之開三平止／同上（离）呂支　來支開三平止

72）11876　狸　里之　來之開三平止／离　呂支　來支開三平止

73）12157　貍　里之　來之開三平止／离　呂支　來支開三平止

74）12743　詈　力智　來寘開三去止／里　良士　來止開三上止

75）13809　釐　里之　來之開三平止／离　呂支　來支開三平止

76）3775　嫠（嫠）里之　來之開三平止／离　呂支　來支開三平止

77）5466　臂　澄之（集）澄之開三平止／池　直離　澄支開三平止

78）7322　持　直之　澄之開三平止／池　直離　澄支開三平止

79）13672　秙　澄之（集）澄之開三平止／池　直離　澄支開三平止

80）3050　偫　直里　澄止開三上止／池　直離　澄支開三平止

81）997　嶹　支義　章寘開三去止／志　職吏　章志開三去止

82）1164　汦　諸氏　章紙開三上止／止　諸市　章止開三上止

83）1660　砥　諸氏　章紙開三上止／止　諸市　章止開三上止

84）2168　峙　諸市　章止開三上止／紙　諸氏　章紙開三上止

85）3141　伎　支義　章寘開三去止／志　職吏　章志開三去止

86）5301　胑　章移　章支開三平止／之　止而　章之開三平止

87）5302　肢　章移　章支開三平止／同上（之）止而　章之開三平止

88）7225　阯　掌氏（集）章紙開三上止／止　諸氏　章止開三上止

89）7873　疧　章移　章支開三平止／之　止而　章之開三平止

90）8001　實　支義　章寘開三去止／志　職吏　章志開三去止

91）8142　秓　章移　章支開三平止／芝　止而　章之開三平止

92）9055　軹　章移　章支開三平止／之　止而　章之開三平止

93）9546　枳　諸氏　章紙開三上止／止　諸市　章止開三上止

94）10009　芝　止而　章之開三平止／支　章移　章支開三平止

95）9210　知　陟離　知支開三平止 / 之　止而　章之開三平止

96）13223　巵　章移　章支開三平止 / 之　止而　章之開三平止

97）13884　之　止而　章之開三平止 / 支　章移　章支開三平止

98）12318　翄　施智　書寘開三去止 / 之去　止而　章之開三平止

99）7838　疷　章移　章支開三平止 / 志　職吏　章志開三去之

100）11500b　螭　丑知　徹支開三平止 / 蚩　赤之　昌之開三平止

101）12929　彲　丑知　徹支開三平止 / 蚩　赤之　昌之開三平止

102）6056　襹　所宜　生支開三平止 / 詩　書之　書之開三平止

103）6196　纚　式支　書支開三平止 / 詩　書之　書之開三平止

104）6197　純　式支　書支開三平止 / 同上（詩）書之　書之開三平止

105）7532　摅　施智（集）書寘開三去止 / 試　式吏　書志開三去止

106）7533　攡　施智（集）書寘開三去止 / 同上（試）式吏　書志開三去止

107）9151　弛　賞是（集）書紙開三上止 / 始　詩止　書止開三上止

108）10056　葹　式支　書支開三平止 / 詩　書之　書之開三平止

109）11962　豕　施是　書紙開三上止 / 始　詩止　書止開三上止

110）13243　施　式支　書支開三平止 / 詩　書之　書之開三平止

111）12839　翅　施智　書寘開三去止 / 市　時止　禪止開三上止

112）3067　侍　時吏　禪志開三去止 / 是　承紙　禪紙開三上止

113）4020　恃　時吏（集）禪志開三去止 / 是　承紙　禪紙開三上止

114）7280　匙　是支　禪支開三平止 / 時　市之　禪之開三平止

115）11105　豉　是義　禪寘開三去止 / 侍　時吏　禪志開三去止

116）12838　貾　是義　禪寘開三去止 / 侍　時吏　禪志開三去止

117）13469b　氏　承紙　禪紙開三上止 / 市　時止　禪止開三上止

118）3421　兒　汝移　日支開三平止 / 而　如之　日之開三平止

119）4917　耳　而止　日止開三上止 / 尒　兒氏　日紙開三上止

120）7079　迩　兒氏　日紙開三上止 / 耳　而止　日止開三上止

121）7080　邇　兒氏　日紙開三上止 / 同上（耳）而止　日止開三上止

122）13479　而　如之　日之開三平止 / 兒　汝移　日支開三平止

123）13576　爾　兒氏　日紙開三上止 / 耳　而止　日止開三上止

124）13778　尒　兒氏　日紙開三上止 / 耳　而止　日止開三上止

　　這幾個字是北方話中的[ər]韻母，明代北方話的[ər]韻母已經產生〔註12〕；《西儒耳目資》用 ul 來標示這些字的韻母〔註13〕；張詠梅的《〈諧聲品字箋〉的音系研究》證明 17 世紀中期屬於吳方言的杭州話已經明確無誤地產生了[ər]韻母，因此上，在處理《玉篇直音》這些字的歸屬時，我們也認爲這些「兒」類字已經獨立，產生了[ər]韻母。現代海鹽方言「兒、爾、二」等字讀零韻母 1，「1 又可以自成音節，這時候是一個前面帶 ə 音色的 1」〔註14〕。考慮到這些因素，我們給這個韻母命名爲而兒韻，可以擬音爲 əl，而不擬爲 ər。

125）2283　　邔　即移　精支開三平止 ／ 茲　子之　精之開三平止
126）2327　　鷀　將支（集）精支開三平止 ／ 茲　子之　精之開三平止
127）2392　　鄑　即移　精支開三平止 ／ 茲　子之　精之開三平止
128）3392　　肶　蔣氏（集）精紙開三上止 ／ 子　即里　精止開三上止
129）3449　　子　即里　精止開三上止 ／ 紫　將此　精紙開三上止
130）5567　　髭　將支（集）精支開三平止 ／ 茲　子之　精之開三平止
131）6422　　紫　將此　精紙開三上止 ／ 子　即里　精止開三上止
132）13051b　鼅　即移　精支開三平止 ／ 子　即里　精止開三上止
133）1319　　滓　阻史　莊止開三上止 ／ 漬　疾智　從寘開三去止
134）13956　甾　側持　莊之開三平止 ／ 支　章移　章支開三平止
135）7272　　劣（夎）爭義　莊寘開三去止 ／ 志　職吏　章志開三去止
136）2742　　庇　才支（集）從支開三平止 ／ 慈　疾之　從之開三平止
137）5174　　齜　疾移　從支開三平止 ／ 茲　疾之　從之開三平止
138）5624　　牸　疾智（集）從寘開三去止 ／ 字　疾置（集）從志開三去止
139）7776　　疵　疾移　從支開三平止 ／ 慈　疾之　從之開三平止
140）1330　　㴲　息移　心支開三平止 ／ 思　息茲　心之開三平止
141）2676　　虒　思移（玉）心支開三平止 ／ 思　息茲　心之開三平止
142）8134　　禠　息移　心支開三平止 ／ 思　息茲　心之開三平止
143）9949　　枲　胥里　心止開三上止 ／ 徙　斯氏　心紙開三上止
144）10269　蒠　胥里　心止開三上止 ／ 徙　斯氏　心紙開三上止

〔註12〕耿振生 1992 p150。

〔註13〕陸志韋 1988。

〔註14〕胡明楊 1992。

145）11993　虒　息移　心支開三平止／思　息茲　心之開三平止
146）13272　斯　息移　心支開三平止／思　息茲　心之開三平止
147）9878　杝　斯義　心寘開三去止／寺　詳吏　邪志開三去止

支／微互注

開口

　　1）2988　弆　去智（集）溪寘開三去止／氣　去既　溪未開三去止
　　2）5603　馶　去智（集）溪寘開三去止／氣　去既　溪未開三去止
　　3）1002　器　去智（玉）溪寘開三去止／気（氣）去既　溪未開三去止
　　4）13242　旇　渠希　群微開三平止／同上（奇）渠羈　群支開三平止
　　5）9427　毅　魚既　疑未開三去止／義　宜寄　疑寘開三去止

　　6）129　曦　許羈　曉支開三平止／希　香衣　曉微開三平止
　　7）729　爔　虛宜（集）曉支開三平止／希　香衣　曉微開三平止
　　8）1589　灀　許羈　曉支開三平止／希　香衣　曉微開三平止
　　9）2515　隵　許羈　曉支開三平止／希　香衣　曉微開三平止
　10）4194　憸　許既　曉未開三去止／戲　香義　曉寘開三去止
　11）4896　曦　虛宜（集）曉支開三平止／希　香衣　曉微開三平止
　12）6530　羛　許羈　曉支開三平止／希　香衣　曉微開三平止
　13）7432　摡　許既　曉未開三去止／戲　香義　曉寘開三去止
　14）7493　犧　虛宜（集）曉支開三平止／希　香衣　曉微開三平止
　15）10887　餏　許既　曉未開三去止／戲　香義　曉寘開三去止
　16）10930　餏　許既　曉未開三去止／戲　香義　曉寘開三去止
　17）13421　歔　許羈　曉支開三平止／希　香衣　曉微開三平止

　18）1568　漪　於離　影支開三平止／衣　於希　影微開三平止
　19）11879　猗　於離　影支開三平止／依　於希　影微開三平止
　20）5418　肔　移爾　以紙開三上止／依　隱豈（集）影尾開三上止

脂／之互注

　　1）7771　厬　居履　見旨開三上止／紀　居理　見止開三上止
　　2）9776　机　居夷　見脂開三平止／基　居之　見之開三平止
　　3）10763　概　几利　見至開三去止／記　居吏　見志開三去止
　　4）12148　虌　居履　見旨開三上止／己　居理　見止開三上止

5）12561　己　居理　見止開三上止 / 几　居履　見旨開三上止

6）12571　紀　居理　見止開三上止 / 几　居履　見旨開三上止

7）3335　俱　去吏（集）溪志開三去止 / 弃　詰利　溪至開三去止

8）219　暨　具冀　群至開三去止 / 忌　渠記　群志開三去止

9）1831　洎　具冀　群至開三去止 / 忌　渠記　群志開三去止

10）2239　祁　渠脂　群脂開三平止 / 其　渠之　群之開三平止

11）4285　惎　渠脂　群脂開三平止 / 其　渠之　群之開三平止

12）5577　鬐　渠脂　群脂開三平止 / 其　渠之　群之開三平止

13）5676　跽　暨几　群旨開三上止 / 忌　渠記　群志開三去止

14）6590　覤　渠脂　群脂開三平止 / 其　渠之　群之開三平止

15）7930　耆　渠脂　群脂開三平止 / 其　渠之　群之開三平止

16）8490　鐍　渠脂　群脂開三平止 / 其　渠之　群之開三平止

17）12043　鰭　渠脂　群脂開三平止 / 其　渠之　群之開三平止

18）5017　䚒　許几（集）曉旨開三上止 / 喜　墟里　曉止開三上止

19）55　噫　乙冀（集）影至開三去止 / 意　於記　影志開三去止

20）4179　愔　乙冀（集）影至開三去止 / 意　於記　影志開三去止

21）10810　餋　於利（玉）影至開三去止 / 意　於記　影志開三去止

22）10847　饐　乙冀　影至開三去止 / 意　於記　影志開三去止

23）11268　鷾　乙冀　影至開三去止 / 意　於記　影志開三去止

24）13375　懿　乙冀　影至開三去止 / 意　於記　影志開三去止

25）5127　頤　與之　以之開三平止 / 夷　以脂　以脂開三平止

26）8033　𥅿　羊至　以至開三去止 / 異　羊吏　以志開三去止

27）8777　瓵　與之　以之開三平止 / 夷　以脂　以脂開三平止

28）9448　瓵　與之　以之開三平止 / 夷　以脂　以脂開三平止

29）13738　鬒　語其　疑之開三平止 / 夷　以脂　以脂開三平止

30）3758　摯　脂利　章至開三去止 / 志　職吏　章志開三去止

31）3900　志　職吏　章志開三去止 / 至　脂利　章至開三去止

32）3972　恉　職雉　章旨開三上止 / 止　諸市　章止開三上止

33）5294　脂　旨夷　章脂開三平止 / 之　止而　章之開三平止

34）7196　止　諸市　章止開三上止 / 旨　職雉　章旨開三上止

35）7291　指　職雉　章旨開三上止 / 止　諸市　章止開三上止

36）8241　鷙　脂利　章至開三去止 / 志　職吏　章志開三去止

37）8855　贄　脂利　章至開三去止 / 志　職吏　章志開三去止

38）2778　底　陟利（集）知至開三去止 / 志　職吏　章志開三去止

39）4121　懥　陟利（玉）知至開三去止 / 志　職吏　章志開三去止

40）6538　黹　豬几　知旨開三上止 / 止　諸市　章止開三上止

41）8920　躓　陟利　知至開三去止 / 志　職吏　章志開三去止

42）9001　輊　陟利　知至開三去止 / 志　職吏　章志開三去止

43）13378　疐　陟利　知至開三去止 / 志　職吏　章志開三去止

44）13788　至　脂利　章至開三去止 / 志　職吏　章志開三去止

45）2285　郗　丑飢　徹脂開三平止ｉ / 笞　丑之　徹之開三平止

46）6189　絺　丑飢　徹脂開三平止ｉ / 蚩　赤之　昌之開三平止

47）9446　瓻　丑飢　徹脂開三平止ｉ / 蚩　赤之　昌之開三平止

48）11322　鴟　處脂　昌脂開三平止 / 笞　丑之　徹之開三平止

49）11323　鵄　處脂　昌脂開三平止 / 笞　丑之　徹之開三平止

50）5102　頍　昌旨（玉）昌旨開三上止 / 耻（恥）丑里　徹止開三上止

51）7860　痔　直里　澄止開三上止 / 治　直利　澄至開三去止

52）7724　尸　式脂　書脂開三平止 / 詩　書之　書之開三平止

53）7762　屎　式視　書旨開三上止 / 始　詩止　書止開三上止

54）9193　矢　式視　書旨開三上止 / 始　詩止　書止開三上止

55）10057　蓍　式脂　書脂開三平止 / 詩　書之　書之開三平止

56）11465　鳲　音詩（玉）詩　書之　書之開三平止 / 尸　式脂　書脂開三平止

57）3450　孳　子之　精之開三平止 / 姿　即夷　精脂開三平止

58）3460　孖　子之　精之開三平止 / 咨　即夷　精脂開三平止

59）3464　孜　子之　精之開三平止 / 資　即夷　精脂開三平止

60）3786　姊　將几　精旨開三上止 / 子　即里　精止開三上止

61）6669　諮　即夷　精脂開三平止 / 茲　子之　精之開三平止

62）10065　芓　津之（集）精之開三平止 / 資　即夷　精脂開三平止

63）10728　秭　將几　精旨開三上止 / 子　即里　精止開三上止

64）12498 茲 子之 精之開三平止 / 咨 即夷 精脂開三平止

65）12499 茲 子之 精之開三平止 / 同上（咨）即夷 精脂開三平止

66）13146 鼒 子之 精之開三平止 / 咨 即夷 精脂開三平止

67）13671 秄 津之（集）精之開三平止 / 資 即夷 精脂開三平止

68）6193 緇 側持 莊之開三平止 / 資 即夷 精脂開三平止

69）6194 紂 側持 莊之開三平止 / 同上（資）即夷 精脂開三平止

70）7837 疕 壯仕（集）莊止開三上止 / 姊 將几 精旨開三上止

71）9245 菑 側史 莊志開三去止 / 恣 資四 精至開三去止

72）9588 榴 側持 莊之開三平止 / 咨 即夷 精脂開三平止

73）2658 厠 初吏 初志開三去止 / 次 七四 清至開三去止

74）9435 甆 疾資 從脂開三平止 / 茲 疾之 從之開三平止

75）9496 嵾 才資（集）從脂開三平止 / 慈 疾之 從之開三平止

76）10068 茨 疾資 從脂開三平止 / 慈 疾之 從之開三平止

77）10815 餈 疾資 從脂開三平止 / 慈 疾之 從之開三平止

78）13010 自 疾二 從至開三去止 / 字 疾置 從志開三去止

79）2731 麄 牀史（集）崇止開三上止 / 自 疾二 從至開三去止

80）7242 竢 牀史 俟（崇）止開三上止₃ / 自 疾二 從至開三去止

81）6562 親 取私 清脂開三平止 / 茲 疾之 從之開三平止

82）3966 思 息茲 心之開三平止 / 私 息夷 心脂開三平止

83）10679 私 息夷 心脂開三平止 / 思 息茲 心之開三平止

84）8093 死 息姊 心旨開三上止 / 使 疎士 生止開三上止

85）10062 蕬 疏夷 生脂開三平止 / 詩 書之 書之開三平止

86）13475 師 疏夷 生脂開三平止 / 司 息茲 心之開三平止

87）908 屣 疎士（玉）生止開三上止 / 四 息利 心至開三去止

88）8094 奾（死）息姊 心旨開三上止 / 同上（使）疎士 生止開三上止

89）3436 兕 徐姊 邪旨開三上止 / 寺 詳吏 邪志開三去止

90）4607 嚟 力之（玉）來之開三平止 / 梨 力脂 來脂開三平止

91）6561 覾 力至 來至開三去止 / 吏 力置 來志開三去止

92）7764 履 力己 來旨開三上止 / 里 良士 來止開三上止

93）8132 襦 力之（玉）來之開三平止 / 梨 力脂 來脂開三平止

94）9377 利 力至 來至開三去止 / 吏 力置 來志開三去止

95）3119　俖　仍吏　日志開三去止 / 二　而至　日至開三去止

96）3729　姎　仍吏　日志開三去止 / 二　而至　日至開三去止

97）4500　咡　仍吏　日志開三去止 / 二　而至　日至開三去止

98）4775　眲　仍吏　日志開三去止 / 二　而至　日至開三去止

99）5324　胹　仍吏　日志開三去止 / 二　而至　日至開三去止

100）5842　衈　仍吏　日志開三去止 / 二　而至　日至開三去止

101）6832　誀　仍吏　日志開三去止 / 二　而至　日至開三去止

102）8737　珥　仍吏　日志開三去止 / 二　而至　日至開三去止

103）9373　聏　仍吏　日志開三去止 / 二　而至　日至開三去止

脂 / 微互注

1）3549　姟　許維　曉脂合三平止 / 非　甫微　非微三平止

開口

2）5215　譏　居希（集）見微開三平止 / 飢　居夷　見脂開三平止

3）9226　幾　居依　見微開三平止 / 肌　居夷　見脂開三平止

4）10731　機　居狶　見尾開三上止 / 几　居履　見旨開三上止

5）858　崟　丘利（玉）溪至開三去止 / 氣　去既　溪未開三去止

6）13094　器　去冀　溪至開三去止 / 氣　去既　溪未開三去止

7）13095　嚣（器）去冀　溪至開三去止 / 氣　去既　溪未開三去止

8）2946　澄　魚衣　疑微開三平止 / 夷　以脂　以脂開三平止

9）3083　伊　於脂　影脂開三平止 / 依　於希　影微開三平止

10）3731　嫛　於夷（集）影脂開三平止 / 依　於希　影微開三平止

11）3977　忔　馨夷（集）曉脂開三平止 / 希　香衣　曉微開三平止

之 / 微互注

1）4409　嘰　居依　見微開三平止 / 基　居之　見之開三平止

2）3051　機　居依　見微開三平止 / 基　居之　見之開三平止

3）8172　禨　居依　見微開三平止 / 基　居之　見之開三平止

4）8466　鐖　居依　見微開三平止 / 基　居之　見之開三平止

5）9575　機　居依　見微開三平止 / 基　居之　見之開三平止

6）11469　羇　居希（玉）見微開三平止／基　居之　見之開三平止

7）13525　曁　居豙　見未開三去止／記　居吏　見志開三去止

8）10274　藄　祛狶　溪尾開三上止／同上（起）墟里　溪止開三上止

9）11109　豈　祛狶　溪尾開三上止／同上（起）墟里　溪止開三上止

10）12568　起　墟里　溪止開三上止／豈　祛狶　溪尾開三上止

11）2124　幾　渠希　群微開三平止／其　渠之　群之開三平止

12）5522　鄿　渠希　群微開三平止／其　渠之　群之開三平止

13）11512　蟣　渠希　群微開三平止／其　渠之　群之開三平止

14）7132　迻　魚幾（玉）疑微開三平止／疑　語其　疑之開三平止

15）379　齂　虛豈　曉尾開三上止／喜　虛里　曉止開三上止

16）615　熹　許其　曉之開三平止／希　香衣　曉微開三平止

17）617　熙　許其　曉之開三平止／同上（希）香衣　曉微開三平止

18）618　熺　許其　曉之開三平止／希　香衣　曉微開三平止

19）3032　僖　許其　曉之開三平止／希　香衣　曉微開三平止

20）3953　憙　許記　曉志開三去止／希　香衣　曉微開三平止

21）4583　嘻　許其　曉之開三平止／希　香衣　曉微開三平止

22）6804　誒　許其　曉之開三平止／希　香衣　曉微開三平止

23）13398　歖　香衣　曉微開三平止／熙　許其　曉之開三平止

24）13926　唉　虛其（集）曉之開三平止／希　香衣　曉微開三平止

25）3268　俙　許既（集）曉未開三去止／僖　許其　曉之開三平止

26）2724　廕　於其（玉）影之開三平止／衣　於希　影微開三平止

27）9200　猗　於己（玉）影止開三上止／依　隱豈（集）影尾開三上止

28）11018　醫　於其　影之開三平止／依　於希　影微開三平止

29）2784　庡　於豈　影尾開三上止／以　羊己　以止開三上止

30）7960　咦　與之　以之開三平止／衣　於希　影微開三平止

31）10822　饐　盈之（集）以之開三平止／衣　於希　影微開三平止

不僅止攝完全合併，**止攝與蟹攝**的三、四等韻也已經合併，看下表：

	支	真	脂	至	之	志	微	未	齊 霽	祭	廢
齊	74		41		34		19		177		
祭		14		26		23		5	13	53	3
廢		8						14		1	12

蟹攝三、四等韻自注 259 次，與止攝互注 258 次，說明這兩攝幾個韻已經合併。

我們先看蟹攝三、四等韻的合併情況：

祭／廢互注

　　1）6150　　襼　魚祭　疑祭開三去蟹／乂　魚肺　疑廢開三去蟹

　　2）10403　藝　魚祭　疑祭開三去蟹／乂　魚肺　疑廢開三去蟹

　　3）10404　蓻　魚祭　疑祭開三去蟹／同上（乂）魚肺　疑廢開三去蟹

祭／霽互注

　　1）10346　蔽　必袂　幫祭三去蟹／閉　博計　幫霽四去蟹

　　2）1614　　灡　居例　見祭開三去蟹／計　古詣　見霽開四去蟹

　　3）2805　　劂　居例（集）見祭開三去蟹／計　古詣　見霽開四去蟹

　　4）6385　　繲　居例　見祭開三去蟹／同上（計）古詣　見霽開四去蟹

　　5）13624　罽　居例　見祭開三去蟹／計　古詣　見霽開四去蟹

　　6）12878　契　苦計　溪霽開四去蟹／憩　去例　溪祭開三去蟹

　　7）6019　　裔　餘制　以祭開三去蟹／係　胡計　匣霽開四去蟹

　　8）425　　霽　子計　精霽開四去蟹／祭　子例　精祭開三去蟹

　　9）1407　　濟　子計　精霽開四去蟹／祭　子例　精祭開三去蟹

　　10）9306　劑　在詣　從霽開四去蟹／祭　子例　精祭開三去蟹

　　11）1758　礪　力制　來祭開三去蟹／戾　郎計　來霽開四去蟹

　　12）11623　蠣　力制　來祭開三去蟹／戾　郎計　來霽開四去蟹

廢／霽互注

　　1）13000　嶭　魚肺　疑廢開三去蟹／詣　於計　影霽開四去蟹

然後我們看**兩攝**唇音及開口字交叉互注的情況：

齊／支互注

唇音

　　1）5187　臂　卑義　幫寘三去止／閉　博計　幫霽四去蟹

　　2）6800　詖　彼義　幫寘三去止／閉　博計　幫霽四去蟹

　　3）8825　賁　彼義　幫寘三去止／閉　博計　幫霽四去蟹

　　4）8901　跛　彼義　幫寘三去止／閉　博計　幫霽四去蟹

　　5）7216　岥　被義（玉）並寘三去止／閉　博計　幫霽四去蟹

　　6）1452　澼　匹詣　滂霽四去蟹／譬　匹賜　滂寘三去止

　　7）1603　漳　匹計（集）滂霽四去蟹／譬　匹賜　滂寘三去止

　　8）1664　磇　匹迷　滂齊四平蟹／披　敷羈　滂支三平止

　　9）4836　睤　匹詣　滂霽四去蟹／譬　匹賜　滂寘三去止

　　10）7310　批　匹迷　滂齊四平蟹／披　敷羈　滂支三平止

　　11）8317　鈹　敷羈　滂支三平止／批　匹迷　滂齊四平蟹

　　12）9309　剕　匹迷　滂齊四平蟹／被　攀糜（集）滂支三平止

　　13）339　羆　駢迷（集）並齊四平蟹／皮　符羈　並支三平止

　　14）6049　被　皮彼　並紙三上止／陛　傍禮　並薺四上蟹

　　15）11117　鵧　駢迷（集）並齊四平蟹／皮　符羈　並支三平止

　　16）12337　骳　部靡（集）並紙三上止／陛　傍禮　並薺四上蟹

　　17）13621　躄　蒲計（集）並霽四去蟹／避　毗義　並寘三去止

　　18）9164　弭　綿婢　明紙三上止／米　莫禮　明薺四上蟹

　　19）10078　糜　忙皮（集）明支三平止／迷　莫兮　明齊四平蟹

　　20）10275　芈　綿婢　明紙三上止／米　莫禮　明薺四上蟹

　　21）11024、11137　麋　靡爲　明支三平止／迷　莫兮　明齊四平蟹

　　22）11054　牧　母婢（集）明紙三上止／米　莫禮　明薺四上蟹

　　23）11130　劈　靡爲　明支三平止／迷　莫兮　明齊四平蟹

　　24）11135　靡　靡爲　明支三平止／迷　莫兮　明齊四平蟹

　　25）12131　糜　莫兮　明齊四平蟹／同上（糜）靡爲　明支三平止

　　26）7587　矊　綿婢　明紙三上止／謎　莫計　明霽四去蟹

開口

27）8008　　寄　居義　見寘開三去止／計　古詣　見霽開四去蟹

28）13590　羈　居宜　見支開三平止／笄　古奚　見齊開四平蟹

29）13591　羈　居宜　見支開三平止／同上（笄）古奚　見齊開四平蟹

30）4968　　觭　去奇　溪支開三平止／溪　苦奚　溪齊開四平蟹

31）11510　踦　去奇　溪支開三平止／溪　苦奚　溪齊開四平蟹

32）12787、12846　敧　丘奇（集）溪支開三平止／溪　苦奚　溪齊開四平
蟹

33）12788、12847　攲　丘奇（集）　溪支開三平止／溪　苦奚　溪齊開四
平蟹

34）13425　敧　丘奇（集）溪支開三平止／溪　苦奚　溪齊開四平蟹

35）13819　猗　去奇　溪支開三平止／溪　苦奚　溪齊開四平蟹

36）1814　　堄　五計　疑霽開四去蟹／義　宜寄　疑寘開三去止

37）2411　　郳　五稽　疑齊開四平蟹／宜　魚羈　疑支開三平止

38）3186　　倪　五稽　疑齊開四平蟹／宜　魚羈　疑支開三平止

39）5530　　齯　研計（集）疑霽開四去蟹／義　宜寄　疑寘開三去止

40）12274　羿　五計　疑霽開四去蟹／義　宜寄　疑寘開三去止

41）12275　羿　五計　疑霽開四去蟹／同上（義）宜寄　疑寘開三去止

42）7102　　迆　弋支　以支開三平止／奚　胡雞　匣齊開四平蟹

43）684　　煘　虛計（玉）曉霽開四去蟹／戲　香義　曉寘開三去止　h

44）1194　　泚　蔣氏（集）精紙開三上止／擠　子禮（集）精薺開四上蟹

45）7309　　批　此禮（集）清薺開四上蟹／此　雌氏　清紙開三上止

46）1246　　洗　先禮　心薺開四上蟹／璽　斯氏　心紙開三上止

47）1840　　璽　斯氏　心紙開三上止／洗　先禮　心薺開四上蟹

48）3002　　傂　息移　心支開三平止／西　先稽　心齊開四平蟹

49）5904　　髓　息委　心紙合三上止／洗　先禮　心薺開四上蟹

50）7070　　迣　想氏（集）心紙開三上止／洗　先禮　心薺開四上蟹

51）8592　　壐　斯氏　心紙開三上止／洗　先禮　心薺開四上蟹

52）13850　徙　斯氏　心紙開三上止／洗　先禮　心薺開四上蟹

53）5753　躧　所綺　生紙開三上止／洗　先禮　心薺開四上蟹
54）5754　躧　所綺　生紙開三上止／同上（洗）先禮　心薺開四上蟹
55）6307　縰　所綺　生紙開三上止／洗　先禮　心薺開四上蟹

56）2583　儞　乃禮（玉）泥薺開四上蟹／你　乃倚　泥紙開三上止
你，《集韻》還有止韻一讀，乃里（泥止開三上止）切。

57）8140　禰　奴禮　泥薺開四上蟹／你　乃倚　泥紙開三上止
58）8209　祢　年禮（玉）泥薺開四上蟹／你　乃倚　泥紙開三上止
59）8474　鈮　乃禮（集）泥薺開四上蟹／你　乃倚　泥紙開三上止
60）10089　苨　奴禮　泥薺開四上蟹／你　乃倚　泥紙開三上止
61）10270　薾　奴禮　泥薺開四上蟹／你　乃倚　泥紙開三上止
62）10271　苊　奴禮　泥薺開四上蟹／你　乃倚　泥紙開三上止

63）3698　孋　呂支　來支開三平止／黎　郎奚　來齊開四平止
64）10778　黎　郎奚　來齊開四平蟹／离　呂支　來支開三平止
65）11807　犂　郎奚　來齊開四平蟹／离　呂支　來支開三平止
66）12466　黧　郎奚　來齊開四平蟹／离　呂支　來支開三平止
67）11808　犁（犂）郎奚　來齊開四平蟹／同上（离）呂支　來支開三平止

齊／脂互注

唇音

1）2629　庇　必至　幫至三去止／箅　博計　幫霽四去蟹
2）7825　痹　必至　幫至三去止／閉　博計　幫霽四去蟹
3）7832　痺　必至　幫至三去止／閉　博計　幫霽四去蟹
4）8110　祕　兵媚　幫至三去止／閉　博計　幫霽四去蟹
5）13002　毖　兵媚　幫至三去止／閉　博計　幫霽四去蟹
6）13004　秘　兵媚　幫至三去止／閉　博計　幫霽四去蟹
7）13005　閟　兵媚　幫至三去止／同上（閉）博計　幫霽四去蟹
8）10501　篦　邊兮　幫齊四平蟹／備　平祕　並至三去止
9）2460　陛　傍禮　並薺四上蟹／鼻　毗至　並至三去止
10）3692　媲　匹詣　滂霽四去蟹／鼻　毗至　並至三去止
11）7232　𤷾（𤺏）篇夷（集）滂脂三平止／批　匹迷　滂齊四平蟹

開口

12）1190　洎　几利　見至開三去止／計　古詣　見霽開四去蟹
13）3455　季　居悸　見至合三去止／計　古詣　見霽開四去蟹
14）6581　覬　几利　見至開三去止／計　古詣　見霽開四去蟹
15）4084　悸　其季　群至合三去止／計　古詣　見霽開四去蟹
16）9966　㓞　苦計　溪霽開四去蟹／器　去冀　溪至開三去止

17）12281　鷖　烏奚　影齊開四平蟹／伊　於脂　影脂開三平止

18）6613　䁯　虛器（集）曉至開三去止／係　胡計（集）匣霽開四去蟹

19）7373　擠　祖稽　精齊開四平蟹／咨　即夷　精脂開三平止
20）921　㡡　七計（集）清霽開四去蟹／翠　七醉　清至合三去止
21）8032　殔　息利　心至開三去止／細　蘇計　心霽開四去蟹

22）291　颲　郎計（集）來霽開四去蟹／利　力至　來至開三去止
23）3139　儷　郎計　來霽開四去蟹／利　力至　來至開三去止
24）3140　儮　郎計（集）來霽開四去蟹／同上（利）力至　來至開三去止
25）4214　𢢼　郎計（集）來霽開四去蟹／利　力至　來至開三去止
26）9304　劙　郎計　來霽開四去蟹／利　力至　來至開三去止
27）9570　棣　郎計　來霽開四去蟹／利　力至　來至開三去止
28）9879　欐　郎計　來霽開四去蟹／利　力至　來至開三去止
29）10417　荔　郎計　來霽開四去蟹／利　力至　來至開三去止
30）12125　麗　郎計　來霽開四去蟹／利　力至　來至開三去止
31）13353、13646　盭　郎計　來霽開四去蟹／利　力至　來至開三去止

32）2099　屔　年題（集）泥齊開四平蟹／尼　女夷　娘脂開三平止
33）6868　誽　年題（集）泥齊開四平蟹／尼　女夷　娘脂開三平止
34）10689　秜　女夷（集）娘脂開三平止／泥　奴低　泥齊開四平蟹

齊／之互注

1）1838　基　居之　見之開三平止／雞　堅奚　見齊開四平蟹
2）6698　計　古詣　見霽開四去蟹／記　居吏　見志開三去止

3）10498　箕　居之　見之開三平止／稽　古奚　見齊開四平蟹

4）11409　雞　古奚　見齊開四平蟹／基　居之　見之開三平止

5）12570　記　居吏　見志開三去止／計　古詣　見霽開四去蟹

6）13507　乩　堅奚　見齊開四平蟹／箕　居之　見之開三平止

7）1349　溪　苦奚　溪齊開四平蟹／欺　去其　溪之開三平止

8）3473　娸　去其　溪之開三平止／溪　苦奚　溪齊開四平蟹

9）4698　晵　牽奚（集）溪齊開四平蟹／欺　去其　溪之開三平止

10）5095　頎　去其　溪之開三平止／溪　苦奚　溪齊開四平蟹

11）5514　麒　去其　溪之開三平止／溪　苦奚　溪齊開四平蟹

12）12579　杞　口己（集）溪止開三上止／啓　康禮　溪薺開四上蟹

13）13403　欺　去其　溪之開三平止／溪　苦奚　溪齊開四平蟹

14）92　睨　研啓（集）疑薺開四上蟹／疑　偶起（集）疑止開三上止

15）3284　伲　五稽　疑齊開四平蟹／疑　語其　疑之開三平止

16）7415　掜　研啓（集）疑薺開四上蟹／擬　魚紀　疑止開三上止

17）6756　詣　五計　疑霽開四去蟹／擬　魚紀　疑止開三上止

18）1294　沈　研計（集）疑霽開四去蟹／意　於記　影志開三去止

19）2003　壇　於計　影霽開四去蟹／意　於記　影志開三去止

20）2612　陸　壹計（集）影霽開四去蟹／意　於記　影志開三去止

21）3899　瘱　於計　影霽開四去蟹／意　於記　影志開三去止

22）4704　瞖　於計　影霽開四去蟹／意　於記　影志開三去止

23）6859　讏　於計　影霽開四去蟹／意　於記　影志開三去止

24）8043　殪　於計　影霽開四去蟹／意　於記　影志開三去止

25）8095　堯　於計　影霽開四去蟹／意　於記　影志開三去止

26）10408　繄　於計　影霽開四去蟹／意　於記　影志開三去止

27）11701　鷖　煙奚（集）影齊開四平蟹／醫　於其　影之開三平止

28）5748　躋　子禮（集）精薺開四上蟹／子　即里　精止開三上止

29）3267　倳　側吏　莊志開三去止／済（濟）子計　精霽開四去蟹

30）7071　進　斯子（玉）心止開三上止／洗　先禮　心薺開四上蟹

31）8203　禮　盧啓　來薺開四上蟹／里　良士　來止開三上止

32）10959　醴　盧啓　來薺開四上蟹 / 里　良士　來止開三上止

33）11108　豊　盧啓　來薺開四上蟹 / 里　良士　來止開三上止

34）12083　鱧　盧啓　來薺開四上蟹 / 里　良士　來止開三上止

齊 / 微互注

開口

1）1668　磯　居依　見微開三平止 / 稽　古奚　見齊開四平蟹

2）13675　機　居希（集）見微開三平止 / 稽　古奚　見齊開四平蟹

3）4215　㐌　呼雞　曉齊開四平蟹 / 希　香衣　曉微開三平止

4）5934　兘　呼雞　曉齊開四平蟹 / 希　香衣　曉微開三平止

5）10948　醯　呼雞　曉齊開四平蟹 / 希　香衣　曉微開三平止

6）10949　醯　呼雞　曉齊開四平蟹 / 同上（希）香衣　曉微開三平止

7）650　燹　許既　曉未開三去止 / 係　胡計（集）匣霽開四去蟹

8）1777　繄　烏奚　影齊開四平蟹 / 依　於希　影微開三平止

9）1992　墼　烏奚　影齊開四平蟹 / 依　於希　影微開三平止

10）11163　鷖　烏奚　影齊開四平蟹 / 依　於希　影微開三平止

11）12465　鷖　烏奚　影齊開四平蟹 / 依　於希　影微開三平止

祭 / 寘互注

唇音

1）6529　幣　毗祭　並祭三去蟹 / 避　毗義　並寘三去止

2）11867、12883　獘　毗祭　並祭三去蟹 / 避　毗義　並寘三去止

3）12815　斃　毗祭　並祭三去蟹 / 避　毗義　並寘三去止

開口

4）11156　劓　魚祭　疑祭開三去蟹 / 義　宜寄　疑寘開三去止

5）8252　㼕　直例　澄祭開三去蟹 / 智　知義　知寘開三去止

6）4324　啻　施智　書寘開三去止 / 世　舒制　書祭開三去蟹

7）4379　噬　時制　禪祭開三去蟹 / 是　承紙　禪紙開三上止

8）7144　遾　時制　禪祭開三去蟹 / 是　承紙　禪紙開三上止

祭 / 至互注

脣音

1）6155　袂　彌獘　明祭三去蟹／寐　彌二　明至三去止

開口

2）3954　憩　去例　溪祭開三去蟹／器　去冀　溪至開三去止

3）3955　憇（憩）去例　溪祭開三去蟹／同上（器）去冀　溪至開三去止

4）2692　庹　羊至　以至開三去止／曳　餘制　以祭開三去蟹

5）13518　肄　羊至　以至開三去止／藝　魚祭　疑祭開三去蟹

6）5802　跮　丑利　徹至開三去止／滯　丑例　徹祭開三去蟹

7）6786　諑　丑利　徹至開三去止／滯　丑例　徹祭開三去蟹

8）6882　瘛　丑利　徹至開三去止／滯　丑例　徹祭開三去蟹

9）8078　殢　丑二（集）徹至開三去止／滯　丑例　徹祭開三去蟹

10）5202　瞀　征例　章祭開三去蟹／至　脂利　章至開三去止

11）9374　制　征例　章祭開三去蟹／至　脂利　章至開三去止

12）7877　痓　充自　昌至開三去止／滯　丑例　徹祭開三去蟹

13）201　曞　力制　來祭開三去蟹／利　力至　來至開三去止

14）820　巁　力制　來祭開三去蟹／利　力至　來至開三去止

15）2789　厲　力制　來祭開三去蟹／利　力至　來至開三去止

16）3265　例　力制　來祭開三去蟹／利　力至　來至開三去止

17）7826　癘　力制　來祭開三去蟹／利　力至　來至開三去止

18）8123　礪　力制　來祭開三去蟹／利　力至　來至開三去止

19）10797　禲　力制（集）來祭開三去蟹／利　力至　來至開三去止

20）11797　蛎　力制　來祭開三去蟹／利　力至　來至開三去止

祭 / 志互注

1）2022、7898　瘞　於罽　影祭開三去蟹／意　於記　影志開三去止

2）5358　瞦　於罽　影祭開三去蟹／意　於記　影志開三去止

3）2749　庡　弋勢（玉）以祭開三去蟹／異　羊吏　以志開三去止

4）4010　恎　餘制　以祭開三去蟹／異　羊吏　以志開三去止

5）7437　拽　以制（集）以祭開三去蟹 / 異　羊吏　以志開三去止

6）8194　袣　翊制（玉）以祭開三去蟹 / 異　羊吏　以志開三去止

7）11430　鸘　餘制　以祭開三去蟹 / 異　羊吏　以志開三去止

8）12325　跩　羊制（玉）以祭開三去蟹 / 異　羊吏　以志開三去止

9）4386　呭　餘制　以祭開三去蟹 / 意　於記　影志開三去止

10）5688　跩　餘制　以祭開三去蟹 / 意　於記　影志開三去止

11）6730　詍　餘制　以祭開三去蟹 / 意　於記　影志開三去止

12）6737　詍　餘制　以祭開三去蟹 / 意　於記　影志開三去止

13）9874　栧　以制（集）以祭開三去蟹 / 意　於記　影志開三去止

14）13939　裔　餘制　以祭開三去蟹 / 意　於記　影志開三去止

15）13298　魅　丑吏　徹志開三去止 / 滯　丑例　徹祭開三去蟹

16）881　崻　直里　澄止開三上止 / 滯　直例　澄祭開三去蟹

17）18　晰　征例　章祭開三去蟹 / 志　職吏　章志開三去止

18）19　喇　征例（集）章祭開三去蟹 / 志　職吏　章志開三去止

19）4970　聝　征例　章祭開三去蟹 / 志　職吏　章志開三去止

20）7078　迣　征例　章祭開三去蟹 / 志　職吏　章志開三去止

21）1878　戴　昌志（集）昌志開三去止 / 滯　丑例　徹祭開三去蟹

22）6905　試　式吏　書志開三去止 / 世　舒制　書祭開三去蟹

祭 / 未互注
開口

1）4244　愒　去例　溪祭開三去蟹 / 氣　去既　溪未開三去止

2）5605　愒　去例（集）溪祭開三去蟹 / 氣　去既　溪未開三去止

廢 / 寘互注
開口

1）3430　義　宜寄　疑寘開三去止 / 乂　魚肺　疑廢開三去蟹

2）3431　誐　宜寄（集）疑寘開三去止 / 同上（乂）魚肺　疑廢開三去蟹

3）9375　刈　魚肺　疑廢開三去蟹 / 義　宜寄　疑寘開三去止

4）11581　蟻　魚倚　疑紙開三上止 / 乂　魚肺　疑廢開三去蟹

5）11582　螘　魚倚　疑紙開三上止 / 同上（乂）魚肺　疑廢開三去蟹

6）12996　乂　魚肺　疑廢開三去蟹 / 義　宜寄　疑寘開三去止

廢 / 未互注

1）10405　藙　魚既　疑未開三去止 / 同上（乂）魚肺　疑廢開三去蟹

僅憑《玉篇直音》本書內部的這些直音材料，我們無法判定它有無 ï 韻母，為此，我們參考了一些資料如：《西儒耳目資》有[ɿ、ʅ]，但「現在讀[ɿ、ʅ]的字，在利、金時代有很多還保留著 i 音」〔註15〕；《洪武正韻》80 韻本的支紙寘三韻是純粹的齒音字〔註16〕；明清時反映吳方言的韻書都有 ï 韻母〔註17〕；現代蘇州話〔註18〕和海鹽話〔註19〕也都有 ï 韻母，根據這些材料，我們可以推測《玉篇直音》也有 ï 韻母。但是我們又有另外一些例證，上面所列音注有止攝莊組字與齊韻字互注，最起碼這些莊組止攝字仍讀 i 音；張之象《鹽鐵論》注音有一例反切：祁，渠脂切。表明「脂」的韻母與「祁」的韻母一樣讀 i。要說《玉篇直音》沒有 ï 也無不可，在此我們暫時根據音韻發展史的一般情況，推測《玉篇直音》產生了 ï 韻母，姑且名之為支詞部，本韻部所包括的字的元音很可能處於由[i]向 ï 演變的中間階段，並不是所有的現在讀 ï 的字都已變入 ï，至於誰先誰後，在列同音字表時就只好一刀切了。

《玉篇直音》的止、蟹攝合併後為下列韻部：

齊移：之、支脂微齊祭廢_開　　　（可以擬為 i）

支詞：止攝祭_{知章精組}　　　（可以擬為 ɿ、ʅ）

而兒：止攝日母開口　　　（可以擬為 əɻ）

二、灰回部

上面我們討論了止、蟹兩攝的開口字的演變情況，現在我們看一下它們的合口字。

支 / 脂互注

1）1115　洈　居洧　見旨合三上止 / 詭　過委　見紙合三上止

〔註15〕金薰鎬 2001。

〔註16〕寧忌浮 2003。

〔註17〕耿振生 1992。

〔註18〕《漢語方音字彙》。

〔註19〕胡明揚 1992。

2）1526　溳　矩鮪（集）見旨合三上止 / 詭　過委　見紙合三上止

3）12202　龜　居追　見脂合三平止 / 規　居隋　見支合三平止

4）13526　虺　去委　溪紙合三上止 / 愧　俱位　見至合三去止

5）2008　壝　以追　以脂合三平止 / 爲　薳支　于支合三平止

6）4405　唯　以追　以脂合三平止 / 委　於詭　影紙合三上止

7）12081　鮪　榮美　于旨合三上止 / 委　於詭　影紙合三上止

8）5454　腄　竹垂　知支合三平止 / 追　陟佳　知脂合三平止

9）6397　縋　馳偽　澄寘合三去止 / 追去　追萃（集）知至合三去止

10）733　餕　丑水（玉）徹旨合三上止 / 吹上　昌垂　昌支合三平止（上：紙）

11）10137　蓷　尺佳　昌脂合三平止 / 吹　昌垂　昌支合三平止

12）1684　硾　馳偽　澄寘合三去止 / 隊　直類（集）澄至合三去止

13）5424　膇　馳偽　澄寘合三去止 / 墜　直類　澄至合三去止

16）7425　捶　是棰（集）禪紙合三上止 / 追去　陟佳　知脂合三平止（去：至）

17）9668　椎　直追　澄脂合三平止 / 垂　是爲　禪支合三平止

18）7039　遂　徐醉　邪至合三去止 / 睡　是僞　禪寘合三去止

19）7040　璲　雖遂　心至合三去止 / 同上（睡）是僞　禪寘合三去止

20）2466　陲　是爲　禪支合三平止 / 誰　視佳　禪脂合三平止

21）6826　誰　視佳　禪脂合三平止 / 垂　是爲　禪支合三平止

22）10432　萃　秦醉　從至合三去止 / 瑞　是爲　禪寘合三去止

23）2523　隋　旬爲　邪支合三平止 / 誰　視佳　禪脂合三平止

24）7227　肄　力遂　來至合三去止 / 累　良僞　來寘合三去止

25）8105　欙　力遂　來至合三去止 / 累　良僞　來寘合三去止

支 / 微互注

1）2591　陒　過委　見紙合三上止 / 鬼　居偉　見尾合三上止

2）2906　窺　古委（集）見紙合三上止 / 鬼　居偉　見尾合三上止

3）3314　佹　過委　見紙合三上止 / 鬼　居偉　見尾合三上止

4）3405、6615　規　居隋　見支合三平止 / 歸　舉韋　見微合三平止

5）6821　　詭　過委　見紙合三上止／鬼　居偉　見尾合三上止

6）8161　　祪　過委　見紙合三上止／鬼　居偉　見尾合三上止

7）11251　　鵙　過委　見紙合三上止／鬼　居偉　見尾合三上止

8）12840　　劌　居僞（集）見寘合三去止／貴　居未　見未合三去止

9）13477　　歸　舉韋　見微合三平止／規　居隋　見支合三平止

10）1074　　巍　語韋　疑微合三平止／危　魚爲　疑支合三平止

11）3080　　僞　危睡　疑寘合三去止／魏　魚貴　疑未合三去止

12）7498　　挽　魚鬼（集）疑尾合三上止／危上　魚爲　疑支合三平止
　　　　　　　（上：紙）

13）11810　　犩　語韋　疑微合三平止／危　魚爲　疑支合三平止

14）13331　　魏　魚貴　疑未合三去止／危去　魚爲　疑支合三平止（去：寘）

15）482　　霼　許偉　曉尾合三上止／毀　許委　曉紙合三上止

16）4569　　撝　許爲　曉支合三平止／揮　許歸　曉微合三平止

17）5850、11133　　麾　許爲　曉支合三平止／揮　許歸　曉微合三平止

18）9428　　毀　許委　曉紙合三上止／虺　許偉　曉尾合三上止

19）10001　　卉　許貴　曉未合三去止／毀　況僞　曉寘合三去止

20）12764　　卉　許貴　曉未合三去止／毀　況僞　曉寘合三去止

21）365　　颭　於貴（玉）影未合三去止／餧　於僞　影寘合三去止

22）497　　霬　紆胃（集）影未合三去止／委去　於詭　影紙合三上止
　　　　　　　（去：寘）

23）982　　巋　於鬼　影尾合三上止／委　於詭　影紙合三上止

24）3530　　婑　於避　影寘合三去止／畏　於胃　影未合三去止

25）3880　　恚　於避　影寘合三去止／畏　於胃　影未合三去止

26）7099　　逶　於爲　影支合三平止／威　於非　影微合三平止

27）7804　　矮　於爲　影支合三平止／威　於非　影微合三平止

28）8025　　矬　於爲　影支合三平止／威　於非　影微合三平止

29）10886　　餧　於僞　影寘合三去止／畏　於胃　影未合三去止

30）3354　　偉　于鬼　于尾合三上止／委　於詭　影紙合三上止

31）7277　　韙　于鬼　于尾合三上止／委　於詭　影紙合三上止

32）7442　　撋　于鬼　于尾合三上止／委　於詭　影紙合三上止

33）7904　瘣　羽鬼（集）于尾合三上止 / 委　於詭　影紙合三上止

34）10285　葦　于鬼　于尾合三上止 / 同上（委）於詭　影紙合三上止

35）12350　爲　蓮支　于支合三平止 / 韋　雨非　于微合三平止 wi

36）13693　韋　雨非　于微合三平止 / 爲　蓮支　于支合三平止

37）13699　韡　于鬼　于尾合三上止 / 委　於詭　影紙合三上止

38）151　暐　于鬼（玉）于尾合三上止 / 僞　危睡　疑寘合三去止

39）4049　俷　敷尾　敷尾三上止 / 毀　許委　曉紙合三上止

40）6637　噅　許歸　曉支合三平止 / 飛　甫微　非微三平止

41）6728　誹　府尾（集）非尾三上止 / 毀　許委　曉紙合三上止

這三例是非（敷）／曉相混，在現代吳語中，這類曉母字讀同 f，因此本文也把它們的音值定爲 f，而輕脣音在明代官話中已失去-i 介音（丁鋒 1995），所以將它們與其它合口呼的字分開。

脂／微互注

1）4216　愧　俱位　見至合三去止 / 貴　居胃　見未合三去止

2）7982　宄　居洧　見旨合三上止 / 鬼　居偉　見尾合三上止

3）8969　軌　居洧　見旨合三上止 / 鬼　居偉　見尾合三上止

4）12614、13554　癸　居誄　見旨合三上止 / 鬼　居偉　見尾合三上止

5）13208　甌　居洧　見旨合三上止 / 鬼　居偉　見尾合三上止

6）13292　鬼　居偉　見尾合三上止 / 軌　居洧　見旨合三上止

7）5179　胃　于貴　于未合三去止 / 位　于愧　于至合三去止

8）6260　緯　于貴　于未合三去止 / 位　于愧　于至合三去止

9）6395　緭　于貴　于未合三去止 / 位　于愧　于至合三去止

10）11627　蝟　于貴　于未合三去止 / 位　于愧　于至合三去止

11）6453　帷　洧悲　于脂合三平止 / 微　無非　微微合三平止

12）10083　薇　無非　微微合三平止 / 惟　以追　以脂合三平止

13）13830　微　無非　微微合三平止 / 惟　以追　以脂合三平止

參考例：

5804　蹞　其季（集）群至合三去止 / 鬼　矩偉　見尾合三上止

我們知道，「癸」是上聲字，《集韻》頸誄切（見旨合三上止），作者這樣注音，會不會是受「癸」的影響呢？

霽／祭互注

　1）8977　　轊　于歲　于祭合三去蟹／惠　胡桂　匣霽合四去蟹

齊／支互注

　1）3470　　嬀　居爲　見支合三平止／圭　古攜　見齊合四平蟹

　2）4756　　睽　苦圭　溪齊合四平蟹／窺　去隨　溪支合三平止

　3）6596　　觀　五圭（集）疑齊合四平蟹／危　魚爲　疑支合三平止

　4）8514　　銈　五圭（玉）疑齊合四平蟹／危　魚爲　疑支合三平止

齊／脂互注

　1）45　　　巭　古惠　見霽合四去蟹／愧　俱位　見至合三去止

　2）975　　歸　丘追　溪脂合三平止／奎　苦圭　溪齊合四平蟹

　3）5701　　躨　渠追　群脂合三平止／奎　苦圭　溪齊合四平蟹

　4）12616　睽　苦圭　溪齊合四平蟹／同上（逵）渠龜（集）群脂合三平止

　5）12619　睽　苦圭　溪齊合四平蟹／同上（逵）渠龜（集）群脂合三平止

　6）155　　睽　苦圭　溪齊合四平蟹／揆　求癸　群旨合三上止

齊／微互注

　1）1865　　圭　古攜　見齊合四平蟹／歸　舉韋　見微合三平止

　2）7217　　歸　舉韋　見微合三平止／圭　古攜　見齊合四平蟹

　3）7218　　歸　舉韋　見微合三平止／同上（圭）古攜　見齊合四平蟹

　4）9530、9888　桂　古惠　見霽合四去蟹／貴　居胃　見未合三去止

　5）10656　笙　古惠　見霽合四去蟹／貴　居胃　見未合三去止

　6）6547　　巋　丘韋　溪微合三平止／聯　苦圭　溪齊合四平蟹

　7）5986　　勂　扶沸　奉未三去止／惠　胡桂　匣霽合四去蟹

祭／真互注

　1）5650　　甐　于歲（集）于祭合三去蟹／恚　於避　影真合三去止

　2）6736　　諈　竹恚　知真合三去止／綴　陟衛　知祭合三去蟹

　3）4031　　惴　之睡　章真合三去止／綴　陟衛　知祭合三去蟹

　4）13224　腨　之累　章紙合三上止／贅　之芮　章祭合三去蟹

　5）6735　　諉　而睡（集）日真合三去止／芮　而銳　日祭合三去蟹

祭／至互注

1）6642　　嚖　于歲　于祭合三去蟹／位　于愧　于至合三去止

2）6930　　衛　于歲　于祭合三去蟹／位　于愧　于至合三去止

3）6359　　綴　陟衛　知祭合三去蟹／墜　直類　澄至合三去止

4）5303　　脆　此芮　清祭合三去蟹／翠　七醉　清至合三去止

5）5304　　毳　此芮　清祭合三去蟹／同上（翠）七醉　清至合三去止

6）11072　粹　雖遂　心至合三去止／歲　相鋭　心祭合三去蟹

祭／未互注

1）9383　　劌　居衛　見祭合三去蟹／貴　居胃　見未合三去止

2）12109　鱖　居衛　見祭合三去蟹／貴　居胃　見未合三去止

3）2062　　銳　俞芮（集）以祭合三去蟹／胃　于貴　于未合三去止

廢／寘互注

1）2982、10767　穢　於廢　影廢合三去蟹／委　於偽（集）影寘合三去止

廢／未互注

輕唇音

1）5810　　疿　方未　非未三去止／肺　芳廢　敷廢三去蟹

2）8856　　費　芳未　敷未三去止／廢　方肺　非廢三去蟹

3）4249　　怖　芳廢　敷廢三去蟹／費　芳未　敷未三去止

4）5216　　肺　芳廢　敷廢三去蟹／費　芳未　敷未三去止

5）9379　　刜　扶沸　奉未三去止／肺　芳廢　敷廢三去蟹

6）4411　　吠　符廢　奉廢三去蟹／費　扶沸　奉未三去止

7）5755　　跰　扶沸　奉未三去止／吠　符廢　奉廢三去蟹

8）775　　屝　扶沸　奉未三去止／吠　符廢　奉廢三去蟹

9）10347　茀　方味　非未三去止／肺　芳廢　敷廢三去蟹

10）10407　蜰　扶沸　奉未三去止／肺　芳廢　敷廢三去蟹

11）10760　櫃　扶沸　奉未三去止／肺　芳廢　敷廢三去蟹

12）11861　疿　方未（集）非未三去止／肺　芳廢　敷廢三去蟹

13）11953　狒　扶沸　奉未三去止／肺　芳廢　敷廢三去蟹

不僅止攝與蟹攝三、四等的合口字相混，止、蟹攝合口與蟹攝的一等韻也有互注的現象：

	支	寘	脂	至	微	未	齊	祭
灰	15		27		9		3	
泰		1		5		3		1
隊								2

灰韻自注 157 次，與支、脂、微互注 51 次，佔灰韻總數的 24.5%，可見二者合併。

祭／隊互注

1）7194　歲　相銳　心祭合三去蟹／碎　蘇內　心隊合一去蟹

2）7195　歲　相銳　心祭合三去蟹／同上（碎）蘇內　心隊合一去蟹

祭／泰互注

1）8837　贅　之芮　章祭合三去蟹／最　祖外　精泰合一去蟹

灰／支互注

唇音

1）6828　諀　賓彌（集）幫支三平止／盃　布回　幫灰一平蟹

合口

2）3250　傀　口猥　溪賄合一上蟹／奎上　苦委（集）溪紙合三上止

3）5056　頍　丘弭　溪紙合三上止／魁　苦猥（集）溪賄合一上蟹

4）2508　阢　吾回（集）疑灰合一平蟹／危　魚為　疑支合三平止

5）9658　桅　五灰　疑灰合一平蟹／危　魚為　疑支合三平止

6）13493　危　魚為　疑支合三平止／嵬　五灰　疑灰合一平蟹

7）2611　隓　翾歸（集）曉支合三平止／灰　呼回　曉灰合一平蟹

8）6568　觺　於為　影支合三平止／偎　烏恢　影灰合一平蟹

9）10133　萎　於為　影支合三平止／同上（煨）烏恢　影灰合一平蟹

10）12128　餧　於為　影支合三平止／煨　烏恢　影灰合一平蟹

11）1212　洍　子罪　精賄合一上蟹 / 訾　即委　精紙合三上止

12）466　灕　息委　心紙合三上止 / 崔　息罪（集）心賄合一上蟹

13）9154　婑　女恚（集）娘寘合三去止 / 芮　奴對（集）泥隊合一去蟹

14）11859、13466　羸　力爲　來支合三平止 / 雷　魯回　來灰合一平蟹

參考例：

　1）1073　傀　姑回（集）見灰合一平蟹 / 爲　蓮支　于支合三平止

這裏，是不是注音人將「傀」誤認作「嵬」（五灰切，疑灰合一平蟹）呢？

灰／脂互注

　1）11888　狉　攀悲（集）滂脂三平止 / 醅　芳杯　滂灰一平蟹

　2）12161　狉　敷悲　滂脂三平止 / 醅　芳杯　滂灰一平蟹

　3）13577　丕　敷悲　滂脂三平止 / 醅　芳杯　滂灰一平蟹

　4）3689　媚　明祕　明至三去止 / 妹　莫配　明隊一去蟹

妹，《集韻》還有莫貝（明泰開一去蟹）一切。

　5）10652　簀　明祕　明至三去止 / 妹　莫配　明隊一去蟹

　6）11151、12874　美　無鄙　明旨三上止 / 每　武罪　明賄一上蟹

　7）13299　魅　明祕　明至三去止 / 妹　莫配　明隊一去蟹

　8）501　霉（黴）武悲　明脂三平止 / 梅　莫杯　明灰一平蟹

　9）5909　䢼　古對（集）見隊合一去蟹 / 愧　俱位　見至合三去止

　10）8746　瞶　姑回（集）見灰合一平蟹 / 愧　俱位　見至合三去止

　11）10030　虧　丘追　溪脂合三平止 / 灰　呼恢　曉灰合一平蟹

　12）10031　葵　丘追（集）溪脂合三平止 / 同上（灰）呼恢　曉灰合一平蟹

　13）6544　辬　子對　精隊合一去蟹 / 醉　將遂　精至合三去止

　14）8163　崒　子對　精隊合一去蟹 / 悴　秦醉　從至合三去止

　15）1423　淬　七內　清隊合一去蟹 / 翠　七醉　清至合三去止

　16）5798　趡　千水　清旨合三上止 / 崔　取猥（集）清賄合一上蟹

　17）12269　翠　七醉　清至合三去止 / 淬　七內　清隊合一去蟹

　18）4603　唆　蘇回　心灰合一平蟹 / 綏　息遺　心脂合三平止

　19）4842　晬　雖遂　心至合三去止 / 碎　蘇內　心隊合一去蟹

20）8216　崇　雖遂　心至合三去止 / 碎　蘇內　心隊合一去蟹

21）6228　纍　力追　來脂合三平止 / 雷　魯回　來灰合一平蟹
22）6411　蠡　力追　來脂合三平止 / 同上（雷）魯回　來灰合一平蟹
23）8470　鑹　盧回（集）來灰合一平蟹 / 累　倫追（集）來脂合三平止
24）9661　樏　倫追（集）來脂合三平止 / 同上（雷）魯回　來灰合一平蟹
25）10134　藟　力追　來脂合三平止 / 雷　魯回　來灰合一平蟹
26）11817　螺　倫追（集）來脂合三平止 / 雷　魯回　來灰合一平蟹

灰 / 微互注

1）5465　臎　古對（集）見隊合一去蟹 / 貴　居胃　見未合三去止

2）6072　褘　許歸　曉微合三平止 / 灰　呼恢　曉灰合一平蟹
3）6829　諱　許貴　曉未合三去止 / 悔　荒內　曉隊合一去蟹
4）9655　揮　許歸　曉微合三平止 / 灰　呼恢　曉灰合一平蟹
5）12263　翬　許歸　曉微合三平止 / 灰　呼恢　曉灰合一平蟹
6）13827　徽　許歸　曉微合三平止 / 灰　呼恢　曉灰合一平蟹

7）915　崴　烏回（集）影灰合一平蟹 / 威　於非　影微合三平止
8）9227　威　於非　影微合三平止 / 煨　烏恢　影灰合一平蟹
9）10132　葳　於非　影微合三平止 / 煨　烏恢　影灰合一平蟹

齊 / 灰互注

1）9319　刲　苦圭　溪齊合四平蟹 / 恢　苦回　溪灰合一平蟹
2）13187、13305　魁　苦回　溪灰合一平蟹 / 奎　苦圭　溪齊合四平蟹

泰韻自注 35 次，與隊韻互注 33 次，與實韻、至韻、未韻互注 9 次，唇音合併，合口字不僅與灰韻合口合併，而且與止攝合口合併。

隊 / 泰互注

1）5186　背　補妹　幫隊一去蟹 / 貝　博蓋　幫泰一去蟹
2）8823　貝　博蓋　幫泰一去蟹 / 背　補妹　幫隊一去蟹
3）10409　筏　博蓋　幫泰一去蟹 / 佩　蒲昧　並隊一去蟹
4）11001　配　滂佩　滂隊一去蟹 / 沛　普蓋　滂泰一去蟹

5）4102 憒 古對 見隊合一去蟹 / 澮 古外 見泰合一去蟹

6）4189 懀 古對 見隊合一去蟹 / 澮 古外 見泰合一去蟹

7）1097 纇 荒內 曉隊合一去蟹 / 會 黃外 匣泰合一去蟹

8）9564 檜 黃外（集）匣泰合一去蟹 / 悔 荒內 曉隊合一去蟹

9）3580 嬒 胡對 匣隊合一去蟹 / 會 黃外 匣泰合一去蟹

10）5352 膾 胡對 匣隊合一去蟹 / 會 黃外 匣泰合一去蟹

11）6661 詯 胡對 匣隊合一去蟹 / 會 黃外 匣泰合一去蟹

12）6721 讂 胡對 匣隊合一去蟹 / 會 黃外 匣泰合一去蟹

13）6901 誨 胡對 匣隊合一去蟹 / 會 黃外 匣泰合一去蟹

14）7635 闠 胡對 匣隊合一去蟹 / 會 黃外 匣泰合一去蟹

15）8042 殨 胡對 匣隊合一去蟹 / 會 黃外 匣泰合一去蟹

16）4789 瞪 烏外 影泰合一去蟹 / 隈 烏績 影隊合一去蟹

17）5010 鱠 烏外 影泰合一去蟹 / 隈 烏績 影隊合一去蟹

18）3437 兌 杜外 定泰合一去蟹 / 對 都隊 端隊合一去蟹

19）11622 蛻 他外 透泰合一去蟹 / 退 他內 透隊合一去蟹

20）11794 駾 他外 透泰合一去蟹 / 退 他內 透隊合一去蟹

21）5336 朘 吐猥 透賄合一上蟹 / 兌 吐外（集）透泰合一去蟹

22）493 霴 徒對 定隊合一去蟹 / 兌 杜外 定泰合一去蟹

23）2484 隊 徒對 定隊合一去蟹 / 兌 杜外 定泰合一去蟹

24）6872 譈 徒對 定隊合一去蟹 / 兌 杜外 定泰合一去蟹

25）8242 鐜 徒對（玉）定隊合一去蟹 / 兌 杜外 定泰合一去蟹

26）8374 鐓 徒對 定隊合一去蟹 / 兌 杜外 定泰合一去蟹

27）9381 剟 徒外（集）定泰合一去蟹 / 隊 徒對 定隊合一去蟹

28）10428 薱 徒對 定隊合一去蟹 / 兌 杜外 定泰合一去蟹

29）12870 奪 徒外（集）定泰合一去蟹 / 隊 徒對 定隊合一去蟹

30）8531 錊 祖對（集）精隊合一去蟹 / 最 祖外 精泰合一去蟹

31）13130 叕 子對 精隊合一去蟹 / 最 祖外 精泰合一去蟹

32）999 崔 子罪 精賄合一上蟹 / 最 祖外 精泰合一去蟹

33）8081　　狔　盧外（集）來泰合一去蟹 / 類　盧對（集）來隊合一去蟹

泰 / 寘互注

1）10433　薈　烏外　影泰合一去蟹 / 委　於僞（集）影寘合三去止

泰 / 至互注

1）3374　會　黃外　匣泰合一去蟹 / 位　于愧　于至合三去止

2）10750　晬　祖外（集）精泰合一去蟹 / 醉　將遂　精至合三去止

3）11005　醉　將遂　精至合三去止 / 最　祖外　精泰合一去蟹

4）983　嗺　遵誄　精旨合三上止 / 最　祖外　精泰合一去蟹

5）10369　蕞　才外　從泰合一去蟹 / 醉　將遂　精至合三去止

泰 / 未互注

1）1546　澮　古外（集）見泰合一去蟹 / 貴　居胃　見未合三去止

2）12320　翽　呼會　曉泰合一去蟹 / 貴　居胃　見未合三去止

3）2981　嘒　呼會　曉泰合一去蟹 / 畏　於胃　影未合三去止

止攝三等韻與蟹攝一等韻合流的除了唇音字外，都是合口字。《玉篇直音》唇音字的合口介音成分已經消失，因此《玉篇直音》的灰回部是：

開口：微廢灰泰_唇

合口：支脂微齊祭廢泰_合、灰

三、皆來部

此節我們看一下蟹攝一、二等韻的音注情況：

	咍	代	泰	皆	佳	夬
咍	134					
代			37			
泰			35			
皆	11			65	21	
怪			4			12
佳	4				39	
卦			1			8
夬		1	1			6

一等**重韻**中灰韻已經與止攝合口合併爲灰回韻，泰韻自注 35 次，與代韻互注 37 次，說明代、泰二韻合流。

代／泰互注

1）9886　　概　古代　見代開一去蟹／盖　古太　見泰開一去蟹
2）9970　　禊　古代　見代開一去蟹／盖　古太　見泰開一去蟹
3）13663　蓋　古太　見泰開一去蟹／禊　古代　見代開一去蟹
4）13664　盖　古太　見泰開一去蟹／同上（禊）古代　見代開一去蟹
5）1391　　瀣　丘蓋（集）溪泰開一去蟹／慨　苦愛　溪代開一去蟹
6）9215　　稭　苦蓋　溪泰開一去蟹／慨　苦愛　溪代開一去蟹
7）1680　　礙　五漑　疑代開一去蟹／艾　五蓋　疑泰開一去蟹
8）3919　　㝵　牛代（集）疑代開一去蟹／艾　五蓋　疑泰開一去蟹
9）1682　　硋　五漑　疑代開一去蟹／艾　五蓋　疑泰開一去蟹
10）1681　碍（礙）五漑　疑代開一去蟹／同上（艾）五蓋　疑泰開一去蟹
11）10136　艾　五蓋　疑泰開一去蟹／碍（礙）五漑　疑代開一去蟹

12）377　　靉　烏代　影代開一去蟹／藹　於蓋　影泰開一去蟹
13）2056　壒　於蓋　影泰開一去蟹／挨去　於改　影海開一上蟹（去:代）
14）4646　噯　於蓋　影泰開一去蟹／愛　烏代　影代開一去蟹
15）4833　曖　於蓋　影泰開一去蟹／愛　烏代　影代開一去蟹
16）10283　藹　於蓋　影泰開一去蟹／愛上　烏代　影代開一去蟹（上:海）
17）6725　藹　於蓋　影泰開一去蟹／礙（礙）五漑　疑代開一去蟹

18）6524　帶　當蓋　端泰開一去蟹／戴　都代　端代開一去蟹
19）9246　戴　都代　端代開一去蟹／帶　當蓋　端泰開一去蟹
20）3839、13942　態　他代　透代開一去蟹／太　他蓋　透泰開一去蟹
21）3071　代　徒耐　定代開一去蟹／大　徒蓋　定泰開一去蟹
22）3945　怠　徒亥　定海開一上蟹／大　徒蓋　定泰開一去蟹
23）7032　逮　徒耐　定代開一去蟹／大　徒蓋　定泰開一去蟹
24）12858　大　徒蓋　定泰開一去蟹／代　徒耐　定代開一去蟹

25）6175　褦　乃代（集）泥代開一去蟹／奈　奴帶　泥泰開一去蟹
26）8219　奈　奴帶　泥泰開一去蟹／耐　奴代　泥代開一去蟹

27）9981　柰　奴帶　泥泰開一去蟹 ／ 耐　奴代　泥代開一去蟹

28）12776、13484　耐　奴代　泥代開一去蟹 ／ 柰　奴帶　泥泰開一去蟹

29）13144　鼐　奴代　泥代開一去蟹 ／ 柰　奴帶　泥泰開一去蟹

30）4773　睞　洛代　來代開一去蟹 ／ 賴　落蓋　來泰開一去蟹

31）6570　親　洛代　來代開一去蟹 ／ 賴　落蓋　來泰開一去蟹

32）7152　逨　洛代　來代開一去蟹 ／ 賴　落蓋　來泰開一去蟹

33）10357　蔡　倉大　清泰開一去蟹 ／ 采　倉代　清代開一去蟹

34）10423　采　倉代　清代開一去蟹 ／ 蔡　倉大　清泰開一去蟹

35）11298　鰶　倉大　清泰開一去蟹 ／ 采　倉代　清代開一去蟹

從上面列舉的例子看，代韻、泰韻互注的不僅有見系字，也有非見系字，泰韻兩分，開口與代韻合併，合口與隊韻合併。

二等**重韻**中的皆韻自注 65 次，佳韻自注 39 次，夬韻自注 6 次，三韻互注 41 次，互注數量佔總數的 27.2%，這組重韻也已經合併。

皆／佳互注

1）1165　派　卜卦（集）幫卦二去蟹 ／ 拜　博怪　幫怪二去蟹

2）11122　粺　傍卦　並卦二去蟹 ／ 拜　博怪　幫怪二去蟹

3）1296　湃　怖拜　滂怪二去蟹 ／ 派　普卦　滂卦二去蟹

4）11645　簁　薄佳　並佳二平蟹 ／ 排　步皆　並皆二平蟹

5）2096　埋　莫皆　明皆二平蟹 ／ 買平　莫蟹　明蟹二上蟹（平：佳）

6）6593　覛　莫佳（集）明佳二平蟹 ／ 埋　莫皆　明皆二平蟹

7）8841　買　莫蟹　明蟹二上蟹 ／ 埋上　莫皆　明皆二平蟹（上：駭）

8）2747　廨　古隘　見卦開二去蟹 ／ 介　古拜　見怪開二去蟹

9）9487　鞋　革鞋（玉）見佳開二平蟹 ／ 皆　古諧　見皆開二平蟹

10）9787　枴　乖買　見蟹合二上蟹 ／ 乖上　古懷　見皆合二平蟹（上：駭）

11）4071　懈　古隘　見卦開二去蟹 ／ 械　胡介　匣怪開二去蟹

12）3834　忥　許介　曉怪開二去蟹 ／ 解　胡懈　匣卦開二去蟹

13）1036　嶰　胡買　匣蟹開二上蟹 ／ 駭　侯楷　匣駭開二上蟹

14）5305　膎　戶佳　匣佳開二平蟹／諧　戶皆　匣皆開二平蟹

15）11731　駭　侯楷　匣駭開二上蟹／蟹去　胡買　匣蟹開二上蟹（去：
　　　　卦）

16）12714　骸　戶皆　匣皆開二平蟹／同上（鞋）戶佳　匣佳開二平蟹

17）2513　阨　烏懈　影卦開二去蟹／挨去　乙諧　影皆開二平蟹（去：
　　　　怪）

18）2514　隘　烏懈　影卦開二去蟹／挨去　乙諧　影皆開二平蟹（去：怪）

19）7391　挨　乙諧　影皆開二平蟹／矮平　烏蟹　影蟹開二上蟹（平：佳）

20）9933　柴　士佳　崇佳開二平蟹／犲　士皆　崇皆開二平蟹

21）12160　犲　士皆　崇皆開二平蟹／柴　士佳　崇佳開二平蟹

卦／夬互注

1）8888　敗　薄邁　並夬二去蟹／稗　傍卦　並卦二去蟹

2）10719　稗　傍卦　並卦二去蟹／敗　薄邁　並夬二去蟹

3）11070　粺　傍卦　並卦二去蟹／敗　薄邁　並夬二去蟹

4）7003　邁　莫話　明夬二去蟹／賣　莫懈　明卦二去蟹

5）8846　賣　莫懈　明卦二去蟹／邁　莫話　明夬二去蟹

6）5957　勱　莫話　明夬二去蟹／賣　莫懈　明卦二去蟹

7）13485b　夬　古邁　見夬合二去蟹／拐　求蟹　群蟹合二上蟹

8）6713　話　下快　匣夬合二去蟹／画（畫）胡卦　匣卦合二去蟹

怪／夬互注

1）3917　憊　蒲拜　並怪二去蟹／敗　薄邁　並夬二去蟹

2）4050　備　蒲拜　並怪二去蟹／敗　薄邁　並夬二去蟹

3）7813　痛　蒲拜　並怪二去蟹／敗　薄邁　並夬二去蟹

4）13708　鞴　蒲拜　並怪二去蟹／敗　薄邁　並夬二去蟹

5）11954　狹　古邁（集）見夬合二去蟹／怪　古壞　見怪合二去蟹

6）11955　獪　古邁　見夬合二去蟹／同上（怪）古壞　見怪合二去蟹

7）10425　蒯　古壞　見怪合二去蟹／快　苦夬　溪夬合二去蟹

8）2364　邨　苦怪（集）溪怪合二去蟹／快　苦夬　溪夬合二去蟹

9）4422　噲　苦怪　溪怪合二去蟹／快　苦夬　溪夬合二去蟹

10）9380　蒯　苦怪　溪怪合二去蟹 / 快　苦夬　溪夬合二去蟹

11）10426　夬　苦怪（集）溪怪合二去蟹 / 同上（快）苦夬　溪夬合二去蟹

12）5983　勯　苦淮　溪皆合二平蟹 / 噲　苦夬　溪夬合二去蟹

《洪武正韻》蟹攝開口一、二等混併〔註20〕。《玉篇直音》蟹攝的一、二等韻有 22 次互注，結合《洪武正韻》，本文將它們處理爲已經合併。

咍／皆互注

1）13339　豥　苦哀　溪咍開一平蟹 / 揩　口皆　溪皆開二平蟹

2）3465　孩　戶來　匣咍開一平蟹 / 諧　戶皆　匣皆開二平蟹

3）4636　喊　許介　曉怪開二去蟹 / 咳　戶來　匣咍開一平蟹

4）11972　豥　下楷（集）匣駭開二上蟹 / 亥　胡改　匣海開一上蟹

5）720　煐　烏開　影咍開一平蟹 / 挨　乙諧　影皆開二平蟹

6）1917　埃　烏開　影咍開一平蟹 / 挨　乙諧　影皆開二平蟹

7）2248　鄒　側界　莊怪開二去蟹 / 再　作代　精代開一去蟹

8）8220　齋　側皆　莊皆開二平蟹 / 栽　祖才　精咍開一平蟹

9）5510a　麶　卓皆　知皆開二平蟹 / 哉　祖才　精咍開一平蟹

10）1011　峜　士皆　崇皆開二平蟹 / 才　昨哉　從咍開一平蟹

11）3055　儕　士皆　崇皆開二平蟹 / 才　昨哉　從咍開一平蟹

咍／佳互注

1）7923　痎　魚開（集）疑咍開一平蟹 / 挦　宜佳　疑佳開二平蟹

2）12713　孩　戶來　匣咍開一平蟹 / 鞋　戶佳　匣佳開二平蟹

3）131　曖　烏代　影代開一去蟹 / 隘　烏懈　影卦開二去蟹

4）195　曬　所賣　生卦開二去蟹 / 賽　先代　心代開一去蟹

代／夬互注

　　1）4545　　嘬　楚夬　初夬合二去蟹／采　倉代　清代開一去蟹

泰／怪互注

　　1）1889　　塊　古壞（集）見怪合二去蟹／檜　古外　見泰合一去蟹

　　2）4922　　聵　五怪　疑怪合二去蟹／外　五會　疑泰合一去蟹

　　3）4947　　膭　五怪　疑怪合二去蟹／外　五會　疑泰合一去蟹

　　4）2931　　外　五會　疑泰合一去蟹／槐去　戶乖　匣皆合二平蟹（去：怪）

泰／卦互注

　　1）191　　曖　於蓋　影泰開一去蟹／隘　烏懈　影卦開二去蟹

泰／夬互注

　　1）11668　　蠆　丑犗　徹夬開二去蟹／蔡　倉大　清泰開一去蟹

蟹攝二等開口的牙喉音字與一等互注，比較獨特，不過，《洪武正韻》蟹攝二等的牙喉音尚未齶化；明代的《中原雅音》中也有所反映〔註21〕，在現代方言裏蟹攝二等開口牙喉音不齶化現象也有所反映，如屬於江淮官話的揚州話裏「街、解、疥、芥、戒」這幾個字的白讀與一等字同，都爲 kɛ。蘇州話蟹攝一、二等基本有別，但一些字的文白讀往往有交叉〔註22〕。

現代吳語單元音豐富，蟹攝一、二等韻的-i 韻尾已經普遍失落，《玉篇直音》的情況如何，單憑它的內部材料，恐怕難以下定論，還需參考其他旁證，根據丁峰的研究，成書於 1562 年的《日本圖纂》蟹攝一、二等韻的-i 韻尾的消失「顯得更爲徹底」〔註23〕。《玉篇直音》晚於《日本圖纂》，說它蟹攝一、二等韻的-i 韻尾已經消失也未嘗不可，爲保守起見，我們認爲《玉篇直音》還保留它的韻尾。

《玉篇直音》蟹攝一、二等韻演變爲皆來部：

開口：咍泰皆佳夬_開

合口：皆夬_合

〔註21〕邵榮芬《中原雅音研究》。

〔註22〕《漢語方音字彙》。

〔註23〕丁峰 2001。

四、蘇模部和居魚部

我們看一下遇攝在《玉篇直音》中的自注及互注情況：

	魚	虞	模	尤	侯
魚	217	170	14		1
虞		194	7	12	
模			225		1

魚韻自注 217 次，虞韻自注 194 次，兩韻互注達 170 例，互注數佔總數的 29.3%，二韻的合併沒有問題。

1）3052　俱　舉朱　見虞合三平遇／居　九魚　見魚合三平遇

2）4871　昛　果羽（集）見麌合三上遇／舉　居許　見語合三上遇

3）7728　居　九魚　見魚合三平遇／俱　舉朱　見虞合三平遇

4）7729　屈　斤於（集）見魚合三平遇／同上（俱）舉朱　見虞合三平遇

5）12392　句　九遇　見遇合三去遇／鋸　居御　見御合三去遇

6）13040　痀　舉朱　見虞合三平遇／居　九魚　見魚合三平遇

7）13115　屧　九遇　見遇合三去遇／鋸　居御　見御合三去遇

8）13180　鄓　舉朱　見虞合三平遇／居　九魚　見魚合三平遇

9）13745　舉　居許　見語合三上遇／矩　俱雨　見麌合三上遇

10）5506　齬　果羽（集）見麌合三上遇／宰（舉）居許　見語合三上遇

11）9201　矩　俱雨　見麌合三上遇／宰（舉）居許　見語合三上遇

12）9779　椐　俱雨　見麌合三上遇／宰（舉）居許　見語合三上遇

13）9784　椇　俱雨　見麌合三上遇／宰（舉）居許　見語合三上遇

14）9948　榘　俱雨　見麌合三上遇／宰（舉）居許　見語合三上遇

15）10277　蒟　俱雨　見麌合三上遇／宰（舉）居許　見語合三上遇

16）4146　懅　丘於（集）溪魚合三平遇／區　豈俱　溪虞合三平遇

17）6066、13803　祛　去魚　溪魚合三平遇／區　豈俱　溪虞合三平遇

18）7426　抾　丘於（集）溪魚合三平遇／區　豈俱　溪虞合三平遇

19）8207　袪　去魚　溪魚合三平遇／區　豈俱　溪虞合三平遇

20）11083　麮　羌舉　溪語合三上遇／區　豈俱　溪虞合三平遇

21）12014　虛　去魚　溪魚合三平遇／區　豈俱　溪虞合三平遇

22）1485　渠　求於　群魚合三平遇／瞿　權俱　群虞合三平遇

23）5975、12405　劬　其俱　群虞合三平遇／渠　強魚　群魚合三平遇

24）6217　絇　其俱　群虞合三平遇 / 渠　強魚　群魚合三平遇

25）6920　衢　其俱　群虞合三平遇 / 渠　強魚　群魚合三平遇

26）7769　屦　其俱　群虞合三平遇 / 渠　強魚　群魚合三平遇

27）8561　戵　其俱　群虞合三平遇 / 渠　強魚　群魚合三平遇

28）9255　戵　其俱　群虞合三平遇 / 渠　強魚　群魚合三平遇

29）9929　渠　強魚　群魚合三平遇 / 劬　其俱　群虞合三平遇

30）11284、12406　鴝　其俱　群虞合三平遇 / 渠　強魚　群魚合三平遇

31）12184　鸜　其俱　群虞合三平遇 / 渠　強魚　群魚合三平遇

32）12226、13043　瞿　其俱　群虞合三平遇 / 渠　強魚　群魚合三平遇

33）12401　岣　權俱（集）群虞合三平遇 / 渠　強魚　群魚合三平遇

34）12405　劬　其俱　群虞合三平遇 / 渠　強魚　群魚合三平遇

35）808　嵎　遇俱　疑虞合三平遇 / 魚　語居　疑魚合三平遇

36）1565　濾　遇俱　疑虞合三平遇 / 魚　語居　疑魚合三平遇

37）1807　堣　遇俱　疑虞合三平遇 / 魚　語居　疑魚合三平遇

38）2476　隅　遇俱　疑虞合三平遇 / 魚　語居　疑魚合三平遇

39）3018　俣　虞矩　疑虞合三上遇 / 語　魚巨　疑語合三上遇

40）3950　愚　遇俱　疑虞合三平遇 / 魚　語居　疑魚合三平遇

41）4682　唹　五矩（集）疑虞合三上遇 / 語　魚巨　疑語合三上遇

42）7018　遇　牛具　疑遇合三去遇 / 御　牛倨　疑御合三去遇

43）10938　飫　牛據（集）疑御合三去遇 / 遇　牛具　疑遇合三去遇

44）11278　鸆　遇俱　疑虞合三平遇 / 魚　語居　疑魚合三平遇

45）11451　麌　遇俱　疑虞合三平遇 / 魚　語居　疑魚合三平遇

46）12013　虞　遇俱　疑虞合三平遇 / 魚　語居　疑魚合三平遇

47）12133　麌　元俱（集）疑虞合三平遇 / 魚　語居　疑魚合三平遇

48）13872　御　牛倨　疑御合三去遇 / 遇　牛具　疑遇合三去遇

49）1424　淤　依據　影御合三去遇 / 遇　牛具　疑遇合三去遇

50）6635　譽　以諸　以魚合三平遇 / 隅　遇俱　疑虞合三平遇

51）6831　謳　邑俱（集）影虞合三平遇 / 於　央居　影魚合三平遇

52）7024　迂　憶俱　影虞合三平遇 / 於　央居　影魚合三平遇

53）5872　瘀　於許　影語合三上遇 / 禹　王矩　于麌合三上遇

54）3662　嫗　衣遇　影遇合三去遇 / 預　羊洳　以御合三去遇

55）8075　豫　歐許（集）影語合三上遇／庾　以主　以麌合三上遇
56）13250a 於　央居　影魚合三平遇／于　羽俱　于虞合三平遇
57）392　雨　王矩　于麌合三上遇／與　余呂　以語合三上遇
58）419　雩　王遇　于遇合三去遇／豫　羊洳　以御合三去遇
59）3407　予　以諸　以魚合三平遇／于　羽俱　于虞合三平遇
60）3722　嬩　以諸　以魚合三平遇／于　羽俱　于虞合三平遇
61）9069　輿　以諸　以魚合三平遇／于　羽俱　于虞合三平遇
62）10097　芋　王遇　于遇合三去遇／預　羊洳　以御合三去遇
63）10415　䒕　王遇　于遇合三去遇／預　羊洳　以御合三去遇
64）10872　餘　以諸　以魚合三平遇／于　羽俱　于虞合三平遇
65）11511　蜍　以諸　以魚合三平遇／于　羽俱　于虞合三平遇
66）12262　羽　王矩　于麌合三上遇／與　余呂　以語合三上遇
67）857　崳　羊朱　以虞合三平遇／余　以諸　以魚合三平遇
68）2644　庾　容朱（集）以虞合三平遇／余　以諸　以魚合三平遇
69）2874　窳　以主　以麌合三上遇／與　余呂　以語合三上遇
70）4462　喻　容朱（集）以虞合三平遇／余　以諸　以魚合三平遇
71）5678　踰　羊朱　以虞合三平遇／余　以諸　以魚合三平遇
72）6156　裕　羊戍　以遇合三去遇／預　羊洳　以御合三去遇
73）7015　逾　羊朱　以虞合三平遇／余　以諸　以魚合三平遇
74）7661　闟　羊朱　以虞合三平遇／余　以諸　以魚合三平遇
75）8659　瑜　羊朱　以虞合三平遇／余　以諸　以魚合三平遇
76）11113　蹁　羊朱　以虞合三平遇／予　以諸　以魚合三平遇
77）13055　輿　以諸　以魚合三平遇／與　羊朱　以虞合三平遇
78）13052、13720 舁　以諸　以魚合三平遇／于　羽俱　于虞合三平遇
79）13054　與　余呂　以語合三上遇／雨　王矩　于麌合三上遇
80）13248　旟　以諸　以魚合三平遇／于　羽俱　于虞合三平遇
81）13382　歟　以諸　以魚合三平遇／于　羽俱　于虞合三平遇
82）13573　與　余呂　以語合三上遇／羽　王矩　于麌合三上遇
83）1952　壂　羊洳　以御合三去遇／庾　以主　以麌合三上遇
84）2654　庾　以主　以麌合三上遇／預　羊洳　以御合三去遇
85）3832　愈　以主　以麌合三上遇／預　羊洳　以御合三去遇
86）1580　澳（澦）以諸　以魚合三平遇／于　羽俱　于虞合三平遇

87）26　　　昫　匈于（集）曉虞合三平遇 / 虛　朽居　　曉魚合三去遇

88）539　　　煦　香句　曉遇合三去遇 / 虛去　朽居　　曉魚合三平遇（去：御）

89）2500　　酗　況羽　曉麌合三上遇 / 許　虛呂　　曉語合三上遇

90）4744　　昫　休俱（玉）曉虞合三平遇 / 虛　朽居　　曉魚合三平遇

91）6740　　詡　況羽　曉麌合三上遇 / 許　虛呂　　曉語合三上遇

92）8782　　珝　況羽　曉麌合三上遇 / 許　虛呂　　曉語合三上遇

93）9777　　栩　況羽　曉麌合三上遇 / 許　虛呂　　曉語合三上遇

94）10999　酗　吁句（集）曉遇合三去遇 / 虛　朽居　　曉魚合三平遇

95）10505　　箸　陟慮（集）知御合三去遇 / 註　中句　　知遇合三去遇

96）11882、13906　豬　陟魚　知魚合三平遇 / 朱　章俱　章虞合三平遇

97）11883、11966、13907　豬　陟魚　知魚合三平遇 / 朱　章俱　章虞合三平遇

98）12283　　翥　章恕　章御合三去遇 / 註　中句　　知遇合三去遇

99）727、13894　煮　章與　章語合三上遇 / 主　之庾　章麌合三上遇

100）1419、13904　渚　章與　章語合三上遇 / 主　之庾　章麌合三上遇

101）1675　　碡　章魚　章魚合三平遇 / 朱　章俱　章虞合三平遇

102）6069　　絑　鍾輸（集）章虞合三平遇 / 諸　章魚　章魚合三平遇

103）6790、13908　諸　章魚　章魚合三平遇 / 朱　章俱　章虞合三平遇

104）11488　蠩　專於（集）章魚合三平遇 / 朱　章俱　章虞合三平遇

105）11883　豬　陟魚　知魚合三平遇 / 同上（朱）章俱　章虞合三平遇

106）12365　纛　章恕　章御合三去遇 / 主　朱戍（集）章遇合三去遇

107）13900　著　陟慮　知御合三去遇 / 注　之戍　章遇合三去遇

108）667　　炷　展呂（集）知語合三上遇 / 住　中句　　知遇合三去遇

109）7932　　翥（翥）章恕　章御合三去遇 / 住　中句　　知遇合三去遇

110）8877　　貯　知呂　知語合三上遇 / 蛀　之戍　章遇合三去遇

111）2516　　除　直魚　澄魚合三平遇 / 廚　直誅　澄虞合三平遇

112）2672　　廚　直誅　澄虞合三平遇 / 除　直魚　澄魚合三平遇

113）5771　　蹰　直魚　澄魚合三平遇 / 廚　直誅　澄虞合三平遇

114）5816　　躕　直誅　澄虞合三平遇 / 除　直魚　澄魚合三平遇

115）7815　　癙　遲倨　澄御合三去遇 / 住　持遇　澄遇合三去遇

116）9620　　杼　直呂　澄語合三上遇／柱　直主　澄麌合三上遇

117）10650　筯　遲倨　澄御合三去遇／柱　直主　澄麌合三上遇

118）11852　羜　直呂　澄語合三上遇／柱　直主　澄麌合三上遇

119）2468　　隃　傷遇　書遇合三去遇／庶　商署　書御合三去遇

120）8785　　璹　傷魚　書魚合三平遇／殊　式朱　書虞合三平遇

121）8947　　輸　式朱　書虞合三平遇／書　傷魚　書魚合三平遇

122）9236、12697　戍　傷遇　書遇合三去遇／恕　商署　書御合三去遇

123）74　　　暑　舒呂　書語合三上遇／恕　商署　書御合三去遇

124）16　　　曙　常恕　禪御合三去遇／樹　常句　禪遇合三去遇

125）609　　　竪　署與（玉）禪語合三上遇／豎　臣庾　禪麌合三上遇

126）734　　　竪　署與（玉）禪語合三上遇／豎　臣庾　禪麌合三上遇

127）8026　　殊　式朱　書虞合三平遇／如　人諸　日魚合三平遇

128）9625　　樞　昌朱　昌虞合三平遇／茹　人諸　日魚合三平遇

129）2999　　儒　人朱　日虞合三平遇／如　人諸　日魚合三平遇

130）3558　　嬬　人朱　日虞合三平遇／如　人諸　日魚合三平遇

131）4563　　嚅　人朱　日虞合三平遇／如　人諸　日魚合三平遇

132）5120　　顬　人朱　日虞合三平遇／如　人諸　日魚合三平遇

133）6068　　襦　人朱　日虞合三平遇／如　人諸　日魚合三平遇

134）10954　醹　人朱　日虞合三平遇／如　人諸　日魚合三平遇

135）12522、13508　乳　而主　日麌合三上遇／汝　人渚　日語合三上遇

136）3514　　艫　將豫（集）精御合三去遇／足　子句　精遇合三去遇

137）6071、9302　初　楚居　初魚合三平遇／芻　測隅　初虞合三平遇

138）12986　芻　測隅　初虞合三平遇／初　楚居　初魚合三平遇

139）10701　穭　仕于　崇虞合三平遇／鉏　士魚　崇魚合三平遇

140）12235　雛　仕于　崇虞合三平遇／耡　士魚　崇魚合三平遇

141）3257　　偞　思主（玉）心麌合三上遇／所　疎舉　生語合三上遇

142）5128、13049　須　相俞　心虞合三平遇／胥　相居　心魚合三平遇

143）5193　　胥　相居　心魚合三平遇／須　相俞　心虞合三平遇

144）6225　　繻　相俞　心虞合三平遇／胥　相居　心魚合三平遇

145）11037　稰　新於（集）心魚合三平遇／須　相俞　心虞合三平遇

146）11515　蝑　相居　心魚合三平遇／須　相俞　心虞合三平遇

147）12135　驉　相俞　心虞合三平遇／胥　相居　心魚合三平遇

148）6475　緰　山芻　生虞合三平遇／舒　傷魚　書魚合三平遇

149）12974　聚　慈庾　從麌合三上遇／序　徐呂　邪語合三上遇

150）3166　僂　力主　來麌合三上遇／呂　力舉　來語合三上遇

151）6295　縷　力主　來麌合三上遇／呂　力舉　來語合三上遇

152）10017　蔞　力主　來麌合三上遇／呂　力舉　來語合三上遇

153）7755　屨　良遇　來遇合三去遇／呂　力舉　來語合三上遇

154）8018　寠　龍遇（集）來遇合三去遇／呂　力舉　來語合三上遇

155）5855　毸（氀）力朱　來虞合三平遇／呂　力舉　來語合三上遇

遇攝一、三等韻互注有 21 例，具體音注例是：

魚／模互注

　　1）2601　阻　側呂　莊語合三上遇／祖　則古　精姥合一上遇

　　2）13194　咀　慈呂　從語開三上遇／祖平　則古　精姥合一上遇（平：模）

　　3）13195　阻　側呂　莊語合三上遇／租上　則吾　精模合一平遇（上：姥）

　　4）13198　俎　側呂　莊語合三上遇／租上　則吾　精模合一平遇（上：姥）

　　5）2525　阼　昨誤　從暮合一去遇／助　牀據　崇御合三去遇

　　6）5266　胙　昨誤　從暮合一去遇／助　牀據　崇御合三去遇

　　7）5487　齟　狀所（集）崇語合三上遇／粗　坐五（集）從姥合一上遇

　　8）5950　助　牀據　崇御合三去遇／阼　昨誤　從暮合一去遇

　　9）7007　麁　昨胡　從模合一平遇／鉏　士魚　崇魚合三平遇

　　10）7008　遳　叢租（集）從模合一平遇／同上（鉏）士魚　崇魚合三平遇

　　11）8092　殂　昨胡　從模合一平遇／鉏　士魚　崇魚合三平遇

　　12）13822　徂　昨胡　從模合一平遇／鉏　士魚　崇魚合三平遇

　　13）2738　蘇　素姑　心模合一平遇／疎　所菹　生魚合三平遇

　　14）7897　穌　孫租（集）心模合一平遇／疎　所菹　生魚合三平遇

魚韻的莊組字與模韻相通，說明魚韻的莊組字讀同洪音。前面已經說過，魚、虞合併，那麼虞韻的莊組字也當讀為模韻。

虞／模互注

　　1）4982　驅　匡主（玉）溪麌合三上遇／苦　康杜　溪姥合一上遇

2）2012　塢　安古　影姥合一上遇／武　文甫　微麌合三上遇
3）2013　塢　於五（集）影姥合一上遇／務　罔甫（集）微麌合三上遇

4）2236　鄜　荒胡（集）曉模合一平遇／甫　匪父（集）非虞三平遇
5）13892　浮　荒胡　曉模合一平遇／夫　甫無　非虞三平遇
6）3557　嫮　侯古　匣姥合一上遇／父　扶雨　奉麌合三上遇

7）12812　數　色句　生遇合三去遇／素　桑故　心暮合一去遇

4982 例比較獨特，屬少數讀法，我們姑且不予討論。其餘例子是虞韻的輕唇音字和齒音字，其中的微母字已變同零聲母，它們都讀同模韻。

現在我們看看與流攝互注的 14 個例子：

虞／尤互注

1）3125　付　方遇　非遇三去遇／富　方副　非宥三去流
2）3639　妚　俯九（集）非有三上流／甫　方矩　非麌三上流
3）7256　弅　方又（玉）非宥三去流／付　方遇　非遇三去遇
4）3644　娝　方久　非有三上流／甫　方矩　非麌三上遇
5）9349　副　敷救　敷宥三去流／付　方遇　非遇三去遇
6）6949　赴　芳遇　敷遇三去遇／副　敷救　敷宥三去流
7）2454　阜　房久　奉有三上流／父　扶雨　奉麌三上遇
8）3144　偩　房久　奉有三上流／父　扶雨　奉麌三上遇
9）3375　父　扶雨　奉麌三上遇／婦　房久　奉有三上流
10）8829　負　房久　奉有三上流／父　扶雨　奉麌三上遇
11）9090　艀　縛謀　奉尤三平流／夫　防無　奉虞三平遇
12）11299　鴔　房久　奉有三上流／父　扶雨　奉麌三上遇

魚／侯互注

1）12256　䨲　奴侯（集）泥侯開一平流／如　人諸　日魚合三平遇

模／侯互注

1）3621　姥　莫補　明姥合一上遇／母　莫厚　明厚開一上流

南唐的朱翱反切中已經有尤、侯的唇音字轉入魚模的例證，到了《玉篇直音》這個時代，這麼多互注例，尤、侯的唇音可以說併入了魚模韻，雖然侯韻的唇音與模韻互注的例子僅一見。

中古音的魚、虞、模及部分尤、侯韻字在《玉篇直音》中根據洪細的不同而成爲兩個韻，《洪武正韻》已經有了獨立的 y（李新魁先生認爲還是 iu ，1986），因此我們可以將這兩個韻部擬爲：

居魚：魚虞　　　　　　　　　　yu

蘇模：模、魚虞莊、脣、尤侯脣、　　u

五、蕭豪部

首先，我們討論效攝一、二等韻的演變情況：

肴韻自注 131 例，豪韻自注 290 次，肴、豪互注僅 21 例，其中脣音 12 例，齒音 6 例，這些互注例既有平聲也有仄聲，佔肴、豪總字數（442）的 4.8%，比例不大，但既然脣音和齒音字可以互注，說明它們的韻母已經相同，我們考慮到這兩個韻的聲韻配合關係，認爲肴韻除牙喉音（多數）外還是與豪韻合併了。我們看它們的互注例：

肴／豪互注

1）12179　豹　北教　幫效二去效／報　博耗　幫號一去效

2）12000　虣　薄報（集）並號一去效／豹　北教　幫效二去效

3）13102　報　補到（玉）幫號一去效／豹　北教　幫效二去效

4）13438　報　博耗　幫號一去效／豹　北教　幫效二去效

5）13500　包　布交　幫肴二平效／保平　博抱　幫皓一上效（平：豪）

6）5164　麭　防教　並效二去效／袍　薄報（集）並號一去效

7）6058　袍　薄褒　並豪一平效／匏　薄交　並肴二平效

8）7567　抱　薄浩　並皓一上效／包去　蒲交（集）並肴二平效（去：效）

9）10191　茅　莫交　明肴二平效／毛　莫袍　明豪一平效

10）12175　貌　莫教　明效二去效／帽　莫報　明號一去效

11）257　冐（冒）莫報　明號一去效／貌　莫教　明效二去效

12）10196　茆　莫飽　明巧二上效／毛　莫袍　明豪一平效

13）313　髐　許交　曉肴開二平效／蒿　呼毛　曉豪開一平效

14）540　熇　虛交（集）曉肴開二平效／蒿　呼毛　曉豪開一平效

15）5893　髇　許交　曉肴開二平效／蒿　呼毛　曉豪開一平效

16）5231　膿　那到　泥號開一去效 ／ 鬧　奴教　泥效開二去效

17）8762　瑵　側絞　莊巧開二上效 ／ 早　子皓　精皓開一上效
18）7583　抄　楚交　初肴開二平效 ／ 操　七刀　清豪開一平效
19）619　燥　先到（集）心號開一去效 ／ 哨　所教（集）生效開二去效
20）6271　繰　蘇遭　心豪開一平效 ／ 稍　師交（集）生肴開二平效

21）5823　蟉　力交（集）來肴開二平效 ／ 劳（勞）魯刀　來豪開一平效

宵韻有 4 例與肴韻互注：

肴／宵互注

1）7387　撨　子小　精小開三上效 ／ 爪　側絞　莊巧開二上效
2）570　𪩘　楚絞（集）初巧開二上效 ／ 鈔　齒紹（集）昌小開三上效
3）571　炒　初爪　初巧開二上效 ／ 同上（鈔）齒紹（集）昌小開三上效
4）13253　髤　所交　生肴開二平效 ／ 消　相邀　心宵開三平效

這幾例大概是受齒音聲母的影響，三等的 i 介音失去，從而讀同二等字，不過最後一例會不會有偏旁的影響呢？因此《玉篇直音》的蕭豪韻的洪音應該還包括宵甚至蕭的部分齒音字。

現在我們看效攝三、四等韻的情況：蕭韻自注 125 例，宵韻自注 211 例，兩韻互注例既有牙喉音字，也有齒音字，共 35 例，佔總數的 9.7%，比例較低，但互注數佔蕭韻總數的 22.4%，而且參照其他攝三、四等合併的情況，我們傾向於兩韻合流。

宵／蕭互注

1）2088　墝　計堯（玉）見蕭開四平效 ／ 嬌　舉喬　見宵開三平效
2）2381　鄡　居夭　見小開三上效 ／ 皎　古了　見篠開四上效
3）3991　憿　古堯　見蕭開四平效 ／ 嬌　舉喬　見宵開三平效
4）9202　矯　居夭　見小開三上效 ／ 皎　古了　見篠開四上效
5）5786　蹻　巨皎（玉）群篠開四上效 ／ 喬　舉夭（集）見小開三上效
6）12853　皎　居夭　見小開三上效 ／ 皎　古了　見篠開四上效

7）5282　膮　許幺　曉蕭開四平效 ／ 囂　許嬌　曉宵開三平效

8）10195　蘮　許嬌　曉宵開三平效 / 梟　古堯　見蕭開四平效

9）13093　嚣　許嬌　曉宵開三平效 / 梟　古堯　見蕭開四平效

10）13388　歊　許嬌　曉宵開三平效 / 梟　古堯　見蕭開四平效

11）2865　窔　烏叫　影嘯開四去效 / 要　於笑　影笑開三去效

12）4645　嘦　一叫（集）影嘯開四去效 / 要　於笑　影笑開三去效

13）4872　腰　伊鳥（集）影篠開四上效 / 夭　於兆　影小開三上效

14）7977　宎　伊堯（集）影蕭開四平效 / 同上（腰）於霄　影宵開三平效

15）11719　駺　烏咬　影篠開四上效 / 夭　於兆　影小開三上效

16）13352　幺　於堯　影蕭開四平效 / 妖　於喬　影宵開三平效

17）2869　突　一叫（集）影嘯開四去效 / 腰　於霄　影宵開三平效

18）3363　偠　烏咬　影篠開四上效 / 妖　於喬　影宵開三平效

19）7976　窔　烏叫　影嘯開四去效 / 腰　於霄　影宵開三平效

20）12060　鰩　餘昭　以宵開三平效 / 堯　五聊　疑蕭開四平效

21）746　湫　子了（玉）精篠開四上效 / 焦　即消　精宵開三平效

22）670　燋　蘇弔　心嘯開四去效 / 笑　私妙　心笑開三去效

23）1579　瀟　蘇彫　心蕭開四平效 / 肖　相邀　心宵開三平效

24）4425　嘯　蘇弔　心嘯開四去效 / 笑　私妙　心笑開三去效

25）9595　橚　蘇彫　心蕭開四平效 / 消　相邀　心宵開三平效

26）10183　蕭　蘇彫　心蕭開四平效 / 消　相邀　心宵開三平效

27）10538　簫　蘇彫　心蕭開四平效 / 消　相邀　心宵開三平效

28）10539　箾　蘇彫　心蕭開四平效 / 同上（消）相邀　心宵開三平效

29）10601　篠　先鳥　心篠開四上效 / 肖　私妙　心笑開三去效
　　　　　　　　　　　　　　　　思邀（集）心宵開三平效

30）11545　蠨　蘇彫　心蕭開四平效 / 消　相邀　心宵開三平效

31）13342　小　私兆　心小開三上效 / 篠　先鳥　心篠開四上效

32）13395　歗　蘇弔　心嘯開四去效 / 笑　私妙　心笑開三去效

33）7848　癆　力照　來笑開三去效 / 料　力弔　來嘯開四去效

34）7849　療　力照　來笑開三去效 / 同上（料）力弔　來嘯開四去效

35）8188　僚　力照（集）來笑開三去效 / 料　力弔　來嘯開四去效

二等的肴韻有幾例（13）與蕭韻、宵韻通，其例子是：

肴／宵互注（4）

1）11774　驕　舉喬　見宵開三平效／交　古肴　見肴開二平效
2）4489　嘺　丘祅（集）溪宵開三平效／交　古肴　見肴開二平效

3）11447　鴞　于嬌　于宵開三平效／哮　許交　曉肴開二平效

4）1328　溔　以沼　以小開三上效／咬　五巧（集）疑巧開二上效

肴／蕭互注（9）

1）1515　澆　古堯　見蕭開四平效／交　古肴　見肴開二平效
2）3784　姣　吉巧（集）見巧開二上效／皎　古了　見篠開四上效
3）4374　叫　古弔　見嘯開四去效／校　古孝　見效開二去效
4）11768　驍　古堯　見蕭開四平效／交　古肴　見肴開二平效
5）12797　教　古孝　見效開二去效／叫　古弔　見嘯開四去效
6）2854　竅　苦弔　溪嘯開四去效／敲去　苦教　溪效開二去效
7）3446　巧　苦教　溪效開二去效／竅　苦弔　溪嘯開四去效

8）12437a　皛　胡了　匣篠開四上效／孝　呼教　曉效開二去效
9）21　曉　馨皛　曉篠開四上效／孝平　呼教　曉效開二去效（平：肴）

　　這13例互注都是牙喉音字，這些牙喉音字，應該是二等字產生了 i 介音，而且主元音也與蕭宵相同，結合前面所說效攝一、二等韻的情況，肴韻與豪韻沒有見組互注例，說肴韻的見組字已經產生了 i 介音大概是沒有問題的，因此，可以說《玉篇直音》有相當一部分開口二等牙喉音字已經產生了 i 介音。現代海鹽方言效攝的主元音是 ɔ，前面說過，在《玉篇直音》中，蟹攝一、二等韻的 i 韻尾很可能已經消失，那麼，效攝的 u 韻尾會不會也已經消失了呢？

　　《玉篇直音》的蕭豪部有：

豪肴、宵齒部分

蕭宵、肴喉牙

六、歌羅部

歌韻自注 101 次，戈₋韻自注 107 次，歌與戈₋互注有 30 次，互注數量佔總數的 12.6%，除了因爲戈₋沒有唇音字，它們沒有唇音互注例外，其餘各組聲母條件下都有互注例，結合當時其它韻書以及現代漢語方言的情況，我們認爲歌韻與戈₋韻還是合流了。其具體互注例子：

1）13064　哥　古俄　見歌開一平果 / 戈　古禾　見戈合一平果
2）13065　歌　古俄　見歌開一平果 / 同上（戈）古禾　見戈合一平果
3）4457　吙　五禾　疑戈合一平果 / 俄　五何　疑歌開一平果
4）6738　譌　五禾　疑戈合一平果 / 俄　五何　疑歌開一平果
5）10865　餓　五箇　疑箇開一去果 / 臥　吾貨　疑過合一去果

6）5749　踒　烏臥（集）影過合一去果 / 阿去　烏何　影歌開一平果
　　　　（去：箇）

7）5093　頔　丁可　端哿開一上果 / 朶　丁果　端果合一上果
8）13336　多　得何　端歌開一平果 / 朶平　丁果　端果合一上果（平：戈）
9）13337　夛　當何（集）端歌開一平果 / 朶平　丁果　端果合一上果
　　　　（平：戈）
10）13962　觶　丁可　端哿開一上果 / 妥　他果　透果合一上果
11）1494　涶　土禾　透戈合一平果 / 拖　託何　透歌開一平果
12）3741　妥　他果　透果合一上果 / 拖上　託何　透歌開一平果（上：哿）
13）4643　唾　湯臥　透過合一去果 / 拖去　託何　透歌開一平果（去：箇）
14）9875　杕　待可（集）定哿開一上果 / 埵　徒果　定果合一上果

15）1731　砢　來可　來哿開一上果 / 裸　郎果　來果合一上果
16）6119　裸　郎果　來果合一上果 / 邏　郎可（集）來哿開一上果
17）6557　覼　落戈　來戈合一平果 / 羅　魯何　來歌開一平果
18）7864　玀　盧戈（集）來戈合一平果 / 羅　魯何　來歌開一平果
19）10713　穭　落戈　來戈合一平果 / 羅　魯何　來歌開一平果
20）11553　螺　落戈　來戈合一平果 / 羅　魯何　來歌開一平果
21）11762　騾　落戈　來戈合一平果 / 羅　魯何　來歌開一平果
22）13362　㰠　魯過　來過合一去果 / 羅　郎佐（集）來箇開一去果

23）13372　堁　盧臥（集）來過合一去果 /　邏　郎佐（集）來箇開一去果

24）13461　赢　落戈　來戈合一平果 /　羅　魯何　來歌開一平果

25）13602　羅　魯何　來歌開一平果 /　螺　落戈　來戈合一平果

26）6897　誁　祖臥（集）精過合一去果 /　磋　千个　清箇開一去果

27）9211　矬　昨禾　從戈合一平果 /　磋　七何　清歌開一平果

28）5761　鹾　昨何　從歌開一平果 /　矬　昨禾　從戈合一平果

29）3772　娑　素何　心歌開一平果 /　莎　蘇禾　心戈合一平果

30）5647　挲　素何　心歌開一平果 /　莎　蘇禾　心戈合一平果

參考例：

4812　曕　倫追　來脂合三平止 /　羅　魯何　來歌開一平果

羅，《集韻》有兩讀，還有支韻一讀：鄰知切，如果說此例是支、脂二韻的合流也未嘗不可，考慮到「羅」的常見讀音，姑且放在此處。那麼，會不會是注音者將「曕」與「騾、螺、縲」（盧戈切，來戈合一平果）相混的結果呢？

現代北方話歌、戈韻的一般情況是以聲母為條件分化為開、合口，牙喉音多為開口，舌齒音多為合口，但現代吳語中歌戈韻除唇音讀-u 外，二者合流〔註24〕。在此我們從現代吳語，《玉篇直音》歌、戈﹣合併為歌羅部：

歌戈。

七、家麻部和車蛇部

麻﹦韻自注 192 次，蟹攝的佳韻自注 39 次，佳韻既與麻韻互注，則它的-i尾就應該失去，結合前面的討論，我們傾向於蟹攝的-i 尾在《玉篇直音》中已經失落。兩韻有 8 例互注。

麻﹦／佳互注

開口

1）4763　瞘　莫佳　明佳二平蟹 /　麻　莫霞　明麻二平假

2）4420　呝　於佳　影佳開二平蟹 /　鴉　於加　影麻開二平假

〔註24〕《漢語方音字彙》。

3）10627　笮　側駕（集）莊禡開二去假／箬　側賣（集）莊卦開二去蟹

合口

4）2009　坬　古罵　見禡合二去假／卦　古賣　見卦合二去蟹

5）3658　蜗　空媧（集）溪佳合二平蟹／誇　苦瓜　溪麻合二平假

6）12110　鱯　胡化　匣禡合二去假／畫　胡卦　匣卦合二去蟹

7）12379　畫　胡卦　匣卦合二去蟹／華去　胡化　匣禡合二去假

8）12380　畫　胡卦　匣卦合二去蟹／同上（華去）胡化　匣禡合二去假

《玉篇直音》的佳韻一部分字與麻二韻合併，形成家麻部：

開口：麻二開、佳開部分

合口：麻二合、佳合

除了幾例有疑問的麻三／麻二互注的音注外，麻二韻全部自注；戈三韻只有 2 例，是自注，不好妄下論斷。參照一般的音變規律，我們暫且認為這兩個韻形成車蛇部。

麻三、戈三開

戈三合

八、鳩侯部

流攝的自注及互注情況是：

	尤	幽	侯
尤	398	16	2
幽		14	
侯			217

幽韻與尤韻互注達 16 次，比幽韻自注（14）還要多，足以說明尤、幽二韻的合併。

尤／幽互注

1）6006　劬　居求　見尤開三平流／糾　居蚪（集）見幽開三平流

2）6326　糾　居蚪（集）見幽開三平流／鳩　居求　見尤開三平流

3）6353　紏　居黝　見黝開三上流／九　舉有　見有開三上流

4）6950　赳　居黝　見黝開三上流／久　舉有　見有開三上流

5）11570　蚯　渠幽　群幽開三平流 / 仇　巨鳩　群尤開三平流
6）11571、12528　蚯　渠糾　群黝開三上流 / 求　巨鳩　群尤開三平流
7）11572　蟉　渠幽　群幽開三平流 / 同上（求）巨鳩　群尤開三平流

8）2634　幽　於蚯　影幽開三平流 / 憂　於求　影尤開三平流
9）4436　嚘　於求　影尤開三平流 / 幽　於蚯　影幽開三平流
10）13123　憂　於求　影尤開三平流 / 幽　於蚯　影幽開三平流
11）2177　呦　於糾　影黝開三上流 / 有　云九　于有開三上流
12）4112　怮　於糾　影黝開三上流 / 有　云九　于有開三上流
13）6621　峹　以周　以尤開三平流 / 幽　於蚯　影幽開三平流
14）7060　邎　以周　以尤開三平流 / 幽　於蚯　影幽開三平流
15）7061　邎　以周　以尤開三平流 / 同上（幽）於蚯　影幽開三平流

尤、侯互注的兩個例子：

1）2725　㢈　七侯（玉）清侯開一平流 / 篘　楚鳩　初尤開三平流
此例說明尤韻的莊組字失掉 -i 介音，變入一等侯韻。

2）5839　峜　匹尤　滂尤三平流 / 踣　薄侯　並侯一平流
峜，《集韻》披尤切，邵榮芬先生說此小韻是從幽韻變來〔註25〕，因為尤韻的脣音已經輕脣化，原則上不應該再有重脣字。

《玉篇直音》的鳩侯韻部是：

尤幽、蕭宵_{少數字}

侯、尤_{莊組}

〔註25〕邵榮芬《〈集韻〉音系簡論》，載《邵榮芬音韻學論集》。

第三節　入聲韻

一、屋燭部

通攝入聲的自注及互注情況是：

	屋一	沃	屋三	燭
屋一	74	16		
沃		10		
屋三	22		125	48
燭	4	1		37

一等沃韻與屋一韻互注 16 次，超過沃韻自注（10），說明二韻合流。

一等互注

1）8407　鏷　蒲沃　並沃一入通 / 撲　博木　幫屋一入通

2）816　嚳　姑沃（集）見沃合一入通 / 谷　古祿　見屋合一入通

3）11828　牿　古沃　見沃合一入通 / 谷　古祿　見屋合一入通

4）10987、13083　酷　苦沃　溪沃合一入通 / 哭　空谷　溪屋合一入通

5）13081　嚳　苦沃　溪沃合一入通 / 哭　空谷　溪屋合一入通

6）1113　沃　烏酷　影沃合一入通 / 屋　烏谷　影屋合一入通

7）1798　督　多毒　端沃合一入通 / 獨　徒谷　定屋合一入通

8）2517　隤　徒谷　定屋合一入通 / 毒　徒沃　定沃合一入通

9）2623　讀　徒谷　定屋合一入通 / 毒　徒沃　定沃合一入通

10）3388　毒　徒沃　定沃合一入通 / 瀆　徒谷　定屋合一入通

11）6662　讀　徒谷　定屋合一入通 / 毒　徒沃　定沃合一入通

12）8024　殰　徒谷　定屋合一入通 / 毒　徒沃　定沃合一入通

13）7214　纛　徒沃（玉）定沃合一入通 / 獨　徒谷　定屋合一入通

14）6684　詷　他谷　透屋合一入通 / 毒　徒沃　定沃合一入通

15）11600　纛　徒沃　定沃合一入通 / 瀆　徒谷　定屋合一入通

三等燭韻與屋三韻互注 48 次，超過燭韻自注（37），兩韻的合流沒有問題。

1）7561　挶　居玉　見燭合三入通 / 菊　居六　見屋第三入通

2）8340　鋦　居玉　見燭合三入通 / 匊　居六　見屋合三入通
3）8918　輂　居玉　見燭合三入通 / 菊　居六　見屋合三入通
4）13057　厈　居玉（玉）見燭合三入通 / 菊　居六　見屋合三入通
5）11087　麴　驅匊　溪屋合三入通 / 曲　丘玉　溪燭合三入通
6）11088　麯　丘六（集）溪屋合三入通 / 曲　丘玉　溪燭合三入通
7）12978　曲　丘玉　溪燭合三入通 / 麯　丘六（集）溪屋合三入通

8）20、12758 旭　許玉　曉燭合三入通 / 蓄　許竹　曉屋合三入通
9）2126、10338　蓄　許竹　曉屋合三入通 / 旭　許玉　曉燭合三入通

10）2616　欲　余蜀　以燭合三入通 / 昱　余六　以屋合三入通
11）8847　賣　余六（集）以屋合三入通 / 欲　余蜀　以燭合三入通
12）4605　噢　於六　影屋合三入通 / 欲　余蜀　以燭合三入通
13）8549　鐭　乙六（集）影屋合三入通 / 欲　余蜀　以燭合三入通
14）13389　欲　余蜀　以燭合三入通 / 郁　於六　影屋合三入通

15）2313　鄐　珠玉（集）知燭合三入通 / 竹　張六　知屋合三入通
16）8459　钃　陟玉　知燭合三入通 / 竹　張六　知屋合三入通
17）11963　豖　珠玉（集）知燭合三入通 / 逐　直六　澄屋合三入通
18）13275　斸　陟玉　知燭合三入通 / 竹　張六　知屋合三入通
19）9818　欘　陟玉　知燭合三入通 / 祝　之六　章屋合三入通
20）11295　鸀　朱欲（集）章燭合三入通 / 竹　張六　知屋合三入通
21）631　燭　之欲　章燭合三入通 / 祝　之六　章屋合三入通
22）4657　囑　之欲　章燭合三入通 / 祝　之六　章屋合三入通
23）8202　祝　之六　章屋合三入通 / 燭　之欲　章燭合三入通
24）13413　歜　尺玉　昌燭合三入通 / 祝　之六　章屋合三入通
25）9915　束　書玉　書燭合三入通 / 叔　式竹　書屋合三入通
26）8884　贖　神蜀　船燭合三入通 / 孰　殊六　禪屋合三入通
27）753　塾　殊六　禪屋合三入通 / 蜀　市玉　禪燭合三入通
28）6133　襡　市玉　禪燭合三入通 / 孰　殊六　禪屋合三入通
29）11155　孰　殊六　禪屋合三入通 / 祝　之六　章屋合三入通
30）11603　蠋　市玉　禪燭合三入通 / 孰　殊六　禪屋合三入通

31）13628　蜀　市玉　禪燭合三入通／孰　殊六　禪屋合三入通

32）12651　辱　而蜀　日燭合三入通／孰　殊六　禪屋合三入通

33）2226　廗　而蜀　日燭合三入通／肉　如六　日屋合三入通

34）5178　月　如六（玉）日屋合三入通／辱　而蜀　日燭合三入通

35）5370　臟　子六　精屋合三入通／足　即玉　精燭合三入通

36）4619　噈　七六（集）清屋合三入通／促　七玉　清燭合三入通

37）5652　蹵　七六（集）清屋合三入通／促　七玉　清燭合三入通

38）5657　蹴　七六（集）清屋合三入通／促　七玉　清燭合三入通

39）5725　蹴　七宿　清屋合三入通／促　七玉　清燭合三入通

40）10331　蓿　息逐　心屋合三入通／粟　相玉　心燭合三入通

41）6770　謖　所六　生屋合三入通／粟　相玉　心燭合三入通

42）6338　綠　力玉　來燭合三入通／六　力竹　來屋合三入通

43）7056　逯　力玉　來燭合三入通／六　力竹　來屋合三入通

44）10333　菉　力玉　來燭合三入通／六　力竹　來屋合三入通

45）10611　籙　力玉　來燭合三入通／六　力竹　來屋合三入通

46）10992　醁　力玉　來燭合三入通／六　力竹　來屋合三入通

通攝一等韻與三等韻有時互注，例子如下：

屋₁／屋₃互注

1）4687　目　莫六　明屋三入通／木　莫卜　明屋一入通

2）9503　木　莫卜　明屋一入通／目　莫六　明屋三入通

3）10330　苜　莫六　明屋三入通／木　莫卜　明屋一入通

4）10693　穆　莫六　明屋三入通／木　莫卜　明屋一入通

5）11840　牧　莫六　明屋三入通／木　莫卜　明屋一入通

6）1525　漉　盧谷（集）來屋合一入通／六　力竹　來屋合三入通

7）8211　祿　盧谷　來屋合一入通／六　力竹　來屋合三入通

8）8261　錄　盧谷　來屋合一入通／六　力竹　來屋合三入通

9）8279　鏕　盧谷　來屋合一入通／六　力竹　來屋合三入通

10）8764　璓　盧谷　來屋合一入通／六　力竹　來屋合三入通

11）9064　轆　盧谷　來屋合一入通 / 六　力竹　來屋合三入通

12）9240　鰲　力竹　來屋合三入通 / 祿　盧谷　來屋合一入通

13）10610　簏　盧谷　來屋合一入通 / 六　力竹　來屋合三入通

14）11459　騄　盧谷　來屋合一入通 / 六　力竹　來屋合三入通

15）12122　鹿　盧谷　來屋合一入通 / 六　力竹　來屋合三入通

16）13085　綠　盧谷　來屋合一入通 / 六　力竹　來屋合三入通

17）13612　麗　盧谷　來屋合一入通 / 六　力竹　來屋合三入通

18）13658　淥　盧谷　來屋合一入通 / 六　力竹　來屋合三入通

19）13736　甪　盧谷　來屋合一入通 / 六　力竹　來屋合三入通

20）6999　速　桑谷　心屋合一入通 / 肅　息逐　心屋合三入通

21）12074　鱐　息逐　心屋合三入通 / 速　桑谷　心屋合一入通

22）12310　翿　息逐　心屋合三入通 / 速　桑谷　心屋合一入通

屋三韻的唇音、來母字和心母字與屋一韻混同。

沃 / 燭互注

1）1189　浽　先篤　心沃合一入通 / 束　書玉　書燭合三入通

屋一 / 燭互注

1）10332　蔟　千木　清屋合一入通 / 促　七玉　清燭合三入通

2）11029　粟　相玉　心燭合三入通 / 速　桑谷　心屋合一入通

3）6667　諫　蘇谷（集）心屋合一入通 / 束　書玉　書燭合三入通

4）13259　族　昨木　從屋合一入通 / 俗　似足　邪燭合三入通

與沃韻、屋一韻互注的燭韻字是齒音字。

除了通攝入聲互注外，一部分（30）臻攝、梗攝、曾攝入聲字也與它們互注。

一等互注

屋 / 沒互注（12）

1）1110　沒　莫勃　明沒一入臻 / 木　莫卜　明屋一入通

2）6003　矻　苦骨（集）溪沒合一入臻 / 哭　空谷　溪屋合一入通

3）1305　澔　胡谷（集）匣屋合一入通 / 忽　呼骨　曉沒合一入臻

4）7760　　屋　烏谷　影屋合一入通 / 鶻　戶骨　匣沒合一入臻

5）7761　　屋　烏谷　影屋合一入通 / 同上（鶻）戶骨　匣沒合一入臻

6）11238　鶻　戶骨　匣沒合一入臻 / 屋　烏谷　影屋合一入通

7）3433　　兀　五忽　疑沒合一入臻 / 屋　烏谷　影屋合一入通

8）1475　　浵　他骨（集）透沒合一入臻 / 禿　他谷　透屋合一入通

9）7166　　迏　他沒（玉）透沒合一入臻 / 禿　他谷　透屋合一入通

10）4306　悷（悴）他骨　透沒合一入臻 / 禿　他谷　透屋合一入通

11）11934　促　倉沒　清沒合一入臻 / 簇　千木　清屋合一入通

12）11084　鷔　蘇骨　心沒合一入臻 / 速　桑谷　心屋合一入通

屋／德互注（1）

1）13237a　万　莫北　明德一入曾 / 木　莫卜　明屋一入通

沃／德互注（1）

1）3648　　媢　莫沃　明沃一入通 / 墨　莫北　明德一入曾

一、二等互注

屋／陌₌互注（1）

1）7430　　撲　普木　滂屋一入通 / 泊　匹陌　滂陌二入梗

一、三等互注

屋₋／物互注（2）

1）13285　卜　博木　幫屋一入通 / 不　分勿　非物三入臻

2）13578　不　分勿　非物三入臻 / 卜　博木　幫屋一入通

三等互注

屋／物互注（2）

1）718　　欝　紆物　影物合三入臻 / 育　余六　以屋合三入通

2）10352　蔚　紆物　影物合三入臻 / 郁　於六　影屋合三入通

屋／質互注（1）

1）6993　　䎙　韋筆（玉）于質合三入臻 / 育　余六　以屋合三入通

屋／術互注（3）

　　1）3763　　篤　竹律　知術合三入臻／祝　之六　章屋合三入通
　　2）3764　　篤　竹律　知術合三入臻／同上（祝）之六　章屋合三入通

　　3）12696　戌　辛聿　心術合三入臻／宿　息逐　心屋合三入通

屋／職互注（1）

　　1）13320　魊　雨逼　于職合三入曾／郁　於六　影屋合三入通

燭／術互注（3）

　　1）12698　烌　休必（集）曉術合三入臻／旭　許玉　曉燭合三入通
　　2）12699　潎　休必（集）曉術合三入臻／同上（旭）許玉　曉燭合三入通

　　3）6995　　趗（踤）慈卹　從術合三入臻／足　即玉　精燭合三入通

燭／物互注（1）

　　1）4674　　欻　許勿　曉物合三入臻／旭　許玉　曉燭合三入通

燭／職互注（1）

　　1）1180　　淢　況逼　曉職合三入曾／旭　許玉　曉燭合三入通

上述與通攝入聲互注的臻、曾攝入聲例子是合口字和唇音字，但還有這樣
一例：

燭／質互注（1）

　　1）1160　　汽　億姞（集）影質開三入臻／浴　餘蜀　以燭合三入通

這裏涉及到物韻，我們再看一下**物與沒的互注**例（7）：

　　1）716　　　煓　許勿　曉物合三入臻／忽　呼骨　曉沒合一入臻
　　2）7662　　圛　許勿　曉物合三入臻／忽　呼骨　曉沒合一入臻
　　3）13387　欻　許勿　曉物合三入臻／忽　呼骨　曉沒合一入臻

　　4）3929　　忽　呼骨　曉沒合一入臻／弗　分勿　非物三入臻
　　5）4246　　惚　呼骨　曉沒合一入臻／弗　分勿　非物三入臻

　　6）829　　　崛　魚屈（集）疑物合三入臻／兀　五忽　疑沒合一入臻
　　7）4432　　嗢　烏沒　影沒合一入臻／爩　紆勿　影物合三入臻

　　反映吳語音系的《同文備考》也有類似現象，臻、梗攝入聲有部分合口字讀同通攝入聲。

　　《玉篇直音》有這樣的例子：

　　1）9420　　縠　呼木（集）曉屋合一入通／呼入　荒烏　曉模合一平遇

此例說明屋與模的主元音應該相同。

　　《玉篇直音》的屋燭部有：

屋–沃、屋三燭齒、來母、沒

屋三燭物術、質昔錫職合

二、藥鐸部

我們先看江、宕二攝入聲自注及互注情況：

	覺	鐸	藥
覺	54	49	
鐸		103	1
藥	1		78

　　鐸韻與覺韻互注 49 次，接近覺韻自注（54），佔二韻總數的 23.8%，這兩個韻應該是合併了。其互注例子如下：

　　1）4565　　曝　北角　幫覺二入江／博　補各　幫鐸一入宕

　　2）7302　　博　補各　幫鐸一入宕／剝　北角　幫覺二入江

　　3）9348　　剝　北角　幫覺二入江／博　補各　幫鐸一入宕

　　4）9851　　欂　補各　幫鐸一入宕／剝　北角　幫覺二入江

　　5）10924　　餺　補各　幫鐸一入宕／剝　北角　幫覺二入江

　　6）11710　　駁　北角　幫覺二入江／博　補各　幫鐸一入宕

　　7）11711　　駁　北角　幫覺二入江／同上（博）補各　幫鐸一入宕

　　8）1752　　礴　傍各　並鐸一入宕／剝　北角　幫覺二入江

　　9）4127　　博（博）補各　幫鐸一入宕／剝　北角　幫覺二入江

　10）395　　雹　匹各（集）滂鐸一入宕／朴　匹角　滂覺二入江

　11）8280　　鏷　匹各（集）滂鐸一入宕／朴　匹角　滂覺二入江

　12）11064　　粕　匹各　滂鐸一入宕／朴　匹角　滂覺二入江

　13）7066　　邈　莫角　明覺二入江／莫　慕各　明鐸一入宕

　14）13045　　瞐　莫角　明覺二入江／莫　慕各　明鐸一入宕

15）2067　埆　訖岳（集）見覺開二入江／格　古落　見鐸開一入宕
16）6549　覺　古岳　見覺開二入江／各　古落　見鐸開一入宕
17）803　嚳　苦角（集）溪覺開二入江／恪　苦各　溪鐸開一入宕
18）4290　恪　苦各　溪鐸開一入宕／確　苦角　溪覺開二入江
19）9424　㱿　苦角　溪覺開二入江／恪　苦各　溪鐸開一入宕
20）9425　殼　苦角　溪覺開二入江／同上（恪）苦各　溪鐸開一入宕
21）1014　崿　五各　疑鐸開一入宕／岳　五角　疑覺開二入江
22）1942　堮　五各　疑鐸開一入宕／岳　五角　疑覺開二入江
23）1943　㟧　五各　疑鐸開一入宕／同上（岳）五角　疑覺開二入江
24）2379　鄂　五各　疑鐸開一入宕／岳　五角　疑覺開二入江
25）4120　愕　五各　疑鐸開一入宕／岳　五角　疑覺開二入江
26）5116　顎　逆各（集）疑鐸開一入宕／岳　五角　疑覺開二入江
27）5117　䚮　五各　疑鐸開一入宕／岳　五角　疑覺開二入江
28）5534　齶　五各　疑鐸開一入宕／岳　五角　疑覺開二入江
29）6610　䚯　逆各（集）疑鐸開一入宕／岳　五角　疑覺開二入江
30）6870　諤　五各　疑鐸開一入宕／岳　五角　疑覺開二入江
31）8465　鍔　五各　疑鐸開一入宕／岳　五角　疑覺開二入江
32）9391　咢　五各　疑鐸開一入宕／岳　五角　疑覺開二入江
33）10381　蘁　逆各（集）疑鐸開一入宕／岳　五角　疑覺開二入江
34）10382　蕚　五各　疑鐸開一入宕／同上（岳）五角　疑覺開二入江
35）11220　鶚　五各　疑鐸開一入宕／岳　五角　疑覺開二入江
36）13092　噩　五各　疑鐸開一入宕／岳　五角　疑覺開二入江

37）11217　鶴　下各　匣鐸開一入宕／岳　五角　疑覺開二入江

38）3094　偓　於角　影覺開二入江／惡　烏各　影鐸開一入宕
39）4483　喔　於角　影覺開二入江／惡　烏各　影鐸開一入宕
40）7339　握　於角　影覺開二入江／惡　烏各　影鐸開一入宕
41）8578　鍔　烏咢（玉）影鐸開一入宕／握　於角　影覺開二入江
42）11183　鷽　於角　影覺開二入江／惡　烏各　影鐸開一入宕

43）3085　倬　竹角　知覺開二入江／作　則落　精鐸開一入宕

44）4912　晫　竹角（集）知覺開二入江／作　則落　精鐸開一入宕

45）7492　捔　竹角　知覺開二入江／作　則落　精鐸開一入宕

46）13060　斲　竹角　知覺開二入江／作　則落　精鐸開一入宕

47）13284　豽　竹角　知覺開二入江／作　則落　精鐸開一入宕

48）5663　齪　測角（集）初覺開二入江／錯　倉各　清鐸開一入宕

49）231　朔　所角　生覺開二入江／索　蘇各　心鐸開一入宕

藥／覺互注

1）11617　蠖　鬱縛（集）影藥合三入宕／岳　五角　疑覺開二入江

二等覺韻的疑母字與三等藥韻互注，說明「岳」字已經產生了 i 介音，同時，前面所列音注有大量「岳」與一等字互注，可見《玉篇直音》所代表的音系分不同層次。

藥／鐸互注

1）4269　矆　許縛　曉藥合三入宕／霍　虛郭　曉鐸合一入宕

這一例的可靠性值得懷疑。

還有少數（9）**山、咸攝入聲與江、宕攝入聲互注：**

一等互注

曷／鐸互注

1）1087　砟　子末（集）精曷開一入山／作　則落　精鐸開一入宕

末／鐸互注

1）13728　薄　匹各　滂鐸一入宕／潑　普活　滂末一入山

2）7377　撮　倉括　清末合一入山／錯　倉各　清鐸開一入宕

合／鐸互注

1）6668　諾　奴各　泥鐸開一入宕／納　奴荅　泥合開一入咸

盍／鐸互注

1）9119　舺　吐盍（玉）透盍開一入咸／托　闥各（集）透鐸開一入宕

一、二等互注

末／覺互注

1）5732　趵　北角　幫覺二入江／撥　北末　幫末一入山
2）13556　癹（發）蒲撥　並末一入山／剝　北角　幫覺二入江

三等互注

業／藥互注

1）13804　怯　去劫　溪業開三入咸／却　去約　溪藥開三入宕

三、四等互注

屑／藥互注

1）12021　虐　魚約　疑藥開三入宕／捏　奴結　泥屑開四入山

反映 16 世紀崑山方言的《同文備考》（丁峰 2001）和現代海鹽方言（胡明揚 1992）也都有這種情況。

除此以外，還有**與通攝入聲互注**的現象：

宕／通攝互注

1）1552　濮　博木　幫屋一入通／泊　傍各　並鐸一入宕
2）2533　瞨　博木　幫屋一入通／泊　傍各　並鐸一入宕
3）3351　僕　蒲沃　並沃一入通／泊　傍各　並鐸一入宕

4）13269　斲　竹角　知覺開二入江／築　張六　知屋合三入通
5）7045　逐　直六　澄屋合三入通／濁　直角　澄覺開二入江
6）7337　擢　直角　澄覺開二入江／逐　直六　澄屋合三入通

因此《玉篇直音》江宕攝的入聲藥鐸部為：

覺鐸、曷末合少量

鐸合

藥

三、格陌部和質石部

臻、深、曾、梗四攝的入聲已經合併，我們先看一、二等韻的情況：

臻攝沒韻有幾例與德韻互注：

1）5868　骨　古忽　見沒合一入臻／国（國）古或　見德合一入曾

2）11061　籺　下扢（集）匣沒開一入臻／黑　呼北　曉德開一入曾
2）11097　麧　下沒　匣沒開一入臻／黑　呼北　曉德開一入曾
3）5528　齕　下沒　匣沒開一入臻／劾　胡得　匣德開一入曾

還有一例與麥韻互注

1）7378　摘　陟革　知麥開二入梗／卒　臧沒　精沒合一入臻

其餘絕大多數已經合併到屋燭韻，因此這裏不再敘述沒韻。

看這幾個韻的自注及互注情況：

	陌二	麥	德
陌二	32	14	22
麥		38	16
德			31
職	1	10	7
術			1
緝		1	

陌二韻自注 32 次，與麥韻互注有 14 次，互注數佔陌二韻總數的 30%強；麥韻自注 38 次，與陌二韻互注數佔麥韻總數的 26.9%，佔二韻總數（84）的 16.7%，這一組重韻的合併毫無疑問。

1）2509　陌　莫白　明陌二入梗／麥　莫獲　明麥二入梗
2）8164　袹　莫伯（玉）明陌二入梗／脉　莫獲　明麥二入梗
3）11079　麥　莫獲　明麥二入梗／陌　莫白　明陌二入梗

4）9651　格　古伯　見陌開二入梗／隔　古核　見麥開二入梗
5）13159　鬲瓦　音革（玉）革 古核 見麥開二入梗／格　古伯　見陌開二入梗
6）6835　譁　楷革　溪麥開二入梗／客　苦格　溪陌開二入梗
7）9170　彁　五革　疑麥開二入梗／額　五陌　疑陌開二入梗

8）2803、12565　戹　於革　影麥開二入梗／額　五陌　疑陌開二入梗

9）5045　　額　五陌　疑陌開二入梗／厄　乙革　影麥開二入梗

10）5442　　脈　下革（玉）匣麥開二入梗／赫　呼格　曉陌開二入梗

11）5492　　齚　側格（集）莊陌開二入梗／責　側革　莊麥開二入梗

12）4844　　瞔　丑厄（集）徹麥開二入梗／拆　恥格（集）徹陌開二入梗

13）5497　　齚　楚革　初麥開二入梗／拆　恥格（集）徹陌開二入梗

德韻與陌₂韻、麥韻互注有 38 例，比德韻自注（31）還多，因此這三個韻合併。現羅列其互注音例如下：

陌₂／德互注

1）13952　　北　博黑　幫德一入曾／伯　博陌　幫陌二入梗

2）11123　　犕　蒲北　並德一入曾／白　傍陌　並陌二入梗

3）13567　　羆　蒲北　並德一入曾／白　傍陌　並陌二入梗

4）3533　　嚜　密北（集）明德一入曾／陌　莫白　明陌二入梗

5）11698　　驀　莫白　明陌二入梗／默　莫北　明德一入曾

6）12915　　國　古或　見德合一入曾／虢　古伯　見陌合二入梗

7）11997　　虢　古伯　見陌合二入梗／国（國）古或　見德合一入曾

8）3438　　克　苦得　溪德開一入曾／客　苦格　溪陌開二入梗

9）612　　烞　郝格（集）曉陌開二入梗／黑　呼北　曉德開一入曾

10）719　　爀　呼格　曉陌開二入梗／黑　呼北　曉德開一入曾

11）4413　　嚇　呼格　曉陌開二入梗／黑　呼北　曉德開一入曾

12）6609　　覝　郝格（集）曉陌開二入梗／黑　呼北　曉德開一入曾

13）7372　　捇　郝格（集）曉陌開二入梗／黑　呼北　曉德開一入曾

14）12429　　赫　呼格　曉陌開二入梗／黑　呼北　曉德開一入曾

15）12463　　黑　呼北　曉德開一入曾 hə／赫　呼格　曉陌開二入梗

16）13424　　嘿　呼北　曉德開一入曾 hə／赫　呼格　曉陌開二入梗

17）745　　爀　郝格（集）曉陌開二入梗／劾　胡得　匣德一入曾

18）1654　　湱　霍虢（集）曉陌合二入梗／或　胡國　匣德合一入曾

19）1968　　垎　轄格（集）匣陌開二入梗／劾　胡德　匣德一入曾

20）4542　　囁　胡伯　匣陌合二入梗／劾　胡德　匣德開一入曾

21）940　　岼　側格（集）莊陌開二入梗／則　子德　精德開一入曾
22）11786　駏　陟格（集）知陌開二入梗／則　子德　精德開一入曾

麥／德互注

1）369　　颰　古獲　見麥合二入梗／國　古或　見德合一入曾
2）6488　嶹　古獲　見麥合二入梗／國　古或　見德合一入曾
3）4957　職　古獲　見麥合二入梗／国（國）古或　見德合一入曾

4）3657　嬯　忽麥（集）曉麥合二入梗／黑　呼北　曉德開一入曾
5）368　　颰　呼麥　曉麥合二入梗／或　胡國　匣德合一入曾
6）4477　喊　呼麥　曉麥合二入梗／或　胡國　匣德合一入曾
7）9410　刻　胡得　匣德開一入曾／覈　下革　匣麥開二入梗
8）12315　翮　下革　匣麥開二入梗／劾　胡得　匣德開一入曾
9）12381　畫　胡麥　匣麥合二入梗／或　胡國　匣德合一入曾
10）12705　劾　胡得　匣德開一入曾／核　下革　匣麥開二入梗
11）13566　覈　下革　匣麥開二入梗／劾　胡得　匣德開一入曾

12）3518　嫧　側革　莊麥開二入梗／則　子德　精德開一入曾
13）4243　憤　側革（集）莊麥開二入梗／則　子德　精德開一入曾
14）4543　咋　側革　莊麥開二入梗／則　子德　精德開一入曾
15）6818　謫　陟革　知麥開二入梗／則　子德　精德開一入曾
16）1013　岞　仕革（玉）崇麥開二入梗／則　子德　精德開一入曾

三等的術、職、緝韻有部分（20）字與這三個韻的字互注，其例子是：

術／德互注

1）13476b　帥　所律　生術合三入臻／塞　蘇則　心德開一入曾

職／陌₌互注

1）2873　窄　側伯　莊陌開二入梗／側　阻力　莊職開三入曾

職／麥互注

1）53　　昃　阻力　莊職開三入曾／責　側革　莊麥開二入梗

2）6486　幘　側革　莊麥開二入梗／仄　阻力　莊職開三入曾

3）8851　責　側革　莊麥開二入梗／仄　阻力　莊職開三入曾

4）10635　簀　側革　莊麥開二入梗／仄　阻力　莊職開三入曾

5）2783　厇　陟革　知麥開二入梗／仄　阻力　莊職開三入曾

6）11354　鷔　陟革（集）知麥開二入梗／仄　阻力　莊職開三入曾

7）1463　測　初力　初職開三入曾／策　楚革　初麥開二入梗

8）4114　惻　初力　初職開三入曾／策　楚革　初麥開二入梗

9）8546　𠼦　色責（集）生麥開二入梗／色　所力　生職開三入曾

10）9857　棟　山責　生麥開二入梗／色　所力　生職開三入曾

職／德互注

1）2797、12721　仄　阻力　莊職開三入曾／則　子德　精德開一入曾

2）2798　厌　阻力　莊職開三入曾／同上（則）子德　精德開一入曾

3）7509　捌　阻力　莊職開三入曾／則　子德　精德開一入曾

4）9370　則　子德　精德開一入曾／仄　阻力　莊職開三入曾

5）832　崱　士力　崇職開三入曾／則　子德　精德開一入曾

6）1056　崱　疾力（集）從職開三入曾／層入　昨棱　從登開一平曾（入：德）

緝／麥互注

1）1354　溹　山責　生麥開二入梗／濏（澀）色立　生緝開三入深

這些例子表明，這幾個三等字的 i 介音因爲齒音聲母的影響而失去，從而變入洪音。它們在《中原音韻》中屬皆來韻。

臻、曾、梗三攝的一、二等的入聲韻在《玉篇直音》中形成格陌部：

沒 部分 、櫛、陌 二麥德 開 、職 莊組 、沒物 唇

沒、陌 二麥德 合

現在我們看這幾攝三、四等韻的音注情況：

	質	術	櫛	迄	物	沒	陌₃	昔	錫	職	緝
質	99	1	1								
術		33			1	2					
櫛			3								
迄				5							
陌₃					1		6	2	6		
昔	7	1			1	2		83	15		
錫	11	1							76		
職	21	2	1				4	43	18	70	
緝	13		1	1			1	2	5	6	62

　　這四攝入聲互注有 170 例，佔總數的 28%，說明它們已經合併。臻攝入聲互注的例子比較少，但聯繫到臻攝的舒聲重韻已經合併，因此不排除其相應的三等的入聲韻也已經合併。

　　質／櫛互注
　　　1）10746　榟　阻瑟　莊櫛開三入臻／質　之日　章質開三入臻

　　質／術互注
　　　1）10748　秩　直一　澄質開三入臻／同上（述）食聿　船術合三入臻

　　術／物互注
　　　1）12296　欻　休必（集）曉術合三入臻／蔚　紆物　影物合三入臻

　　術／沒互注
　　　1）2878　窣　蘇骨　心沒合一入臻／率　所律　生術合三入臻
　　　2）11400　鶖　蘇骨　心沒合一入臻／率　所律　生術合三入臻

　　現在看梗攝入聲的互注例：

　　陌₃／昔互注
　　　1）1790　碧　彼役　幫昔三入梗／璧　必益　幫昔三入梗
　　　2）8589　璧　必益　幫昔三入梗／碧　彼役　幫昔三入梗

　　碧，《王二》逋逆反（幫母陌韻三等），《玉篇》筆戟切（幫母陌韻三等），《集

韻》一入昔韻，兵彳切；一入陌韻，筆戟切。余廼永從「碧」的上古音角度出發認爲應屬陌韻三等，我們從余先生的意見。

三、四等互注

陌₃／錫互注

1）13056 屼 几劇 見陌開三入梗／激 古歷 見錫開四入梗
2）2781 屼 五歷 疑錫開四入梗／逆 宜戟 疑陌開三入梗
3）10388 鸝 五歷 疑錫開四入梗／逆 宜戟 疑陌開三入梗
4）11344 鸝 五歷 疑錫開四入梗／逆 宜戟 疑陌開三入梗

5）12432 赥 許激 曉錫開四入梗／隙 綺戟 溪陌開三入梗

6）8039 殈 呼昊 曉錫合四入梗／兄入 許榮 曉庚合三平梗（入：陌₃）

昔／錫互注

1）6023 襞 必益 幫昔三入梗／壁 北激 幫錫四入梗
2）7206 壁 必益 幫昔三入梗／壁 北激 幫錫四入梗

3）9656 檄 胡狄 匣錫開四入梗／亦 羊益 以昔開三入梗
4）10393 薂 胡狄 匣錫開四入梗／亦 羊益 以昔開三入梗

5）5985 勣 則力 精錫開四入梗／迹 資昔 精昔開三入梗
6）6963 趚 資昔（集）精昔開三入梗／寂 前歷 從錫開四入梗
7）2005 堉 秦昔 從昔開三入梗／寂 前歷 從錫開四入梗
8）2763 厝 秦昔 從昔開三入梗／寂 前歷 從錫開四入梗
9）5257 膌 秦昔 從昔開三入梗／寂 前歷 從錫開四入梗
10）7863 瘠 秦昔 從昔開三入梗／寂 前歷 從錫開四入梗
11）10636 籍 秦昔 從昔開三入梗／寂 前歷 從錫開四入梗
12）6063 褐 先擊 心錫開四入梗／昔 思積 心昔開三入梗
13）8353 錫 先擊 心錫開四入梗／昔 思積 心昔開三入梗
14）9590、13282 析 先擊 心錫開四入梗／昔 思積 心昔開三入梗

臻攝入聲與其他三攝入聲的互注例如下：

質／昔互注

1）11975　辮（鼊）必益　幫昔三入梗／必　卑吉　幫質三入臻

2）13657　益　伊昔　影昔開三入梗／一　於悉　影質開三入臻
3）3122　佚　夷質　以質開三入臻／亦　羊益　以昔開三入梗
4）5974　抶　夷質　以質開三入臻／亦　羊益　以昔開三入梗
5）11726　馹　人質　日質開三入臻／亦　羊益　以昔開三入梗

6）3684　妑　尺栗（集）昌質開三入臻／尺　昌石　昌昔開三入梗
7）4454　叱　昌栗　昌質開三入臻／尺　昌石　昌昔開三入梗

質／錫互注

1）1822　壁　北激　幫錫四入梗／必　卑吉　幫質三入臻
2）1147　汨　莫狄　明錫四入梗／密　美筆　明質三入臻
3）6178　糸　莫狄　明錫四入梗／密　美筆　明質三入臻
4）6550　覓　莫狄　明錫四入梗／密　美筆　明質三入臻
5）6551　覔　莫狄　明錫四入梗／同上（密）美筆　明質三入臻
6）13147　𩂯　莫狄　明錫四入梗／密　美筆　明質三入臻

7）1524　激　古歷　見錫開四入梗／吉　居質　見質開三入臻

8）4878　暱　尼質（集）娘質開三入臻／溺　奴歷　泥錫開四入梗

9）9242、12553　戚　倉歷　清錫開四入梗／七　親吉　清質開三入臻
10）5351　膝　息七　心質開三入臻／錫　先擊　心錫開四入梗

質／職互注

1）7050　逼　彼側　幫職三入曾／必　卑吉　幫質三入臻
2）9819　楅　彼側　幫職三入曾／必　卑吉　幫質三入臻
3）560　煏　符逼　並職三入曾／必　卑吉　幫質三入臻
4）561　㷶　皮逼（玉）並職三入曾／同上（必）卑吉　幫質三入臻

5）2100　　坭　於力　　影職開三入曾／乙　於筆　　影質開三入臻

6）5203　　肎　與職　　以職開三入曾／乙　於筆　　影質開三入臻

7）5920　　髑　乙力（集）影職開三入曾／乙　於筆　　影質開三入臻

8）5921　　懚　乙力（集）影職開三入曾／乙　於筆　　影質開三入臻

9）5220　　肊　於力　　影職開三入曾／乙　於筆　　影質開三入臻

10）4975　　瓄　陟栗（集）知質開三入臻／陟　竹力　知職開三入曾

11）6040　　袠　直一　　澄質開三入臻／直　除力　澄職開三入曾

12）11704　鷙　之日　　章質開三入臻／直　除力　澄職開三入曾

13）12008　䮩　雉栗（玉）澄質開三入臻／敕　恥力　徹職開三入曾

14）7975　　寔　常職　　禪職開三入曾／實　神質　船質開三入臻

15）6506　　弒　賞職　　書職開三入曾／失　式質　書質開三入臻

16）8929　　軾　賞職　　書職開三入曾／失　式質　書質開三入臻

17）5503a　齣　仕叱　　崇質開三入臻／側　阻力　莊職開三入曾

18）7751　　戻　茲力（玉）從職開三入曾／疾　秦悉　從質開三入臻

19）10344　藤　息七　　心質開三入臻／息　相即　心職開三入曾

20）9960　　栗　力質　　來質開三入臻／力　林直　來職開三入曾

21）10618　篥　力質　　來質開三入臻／力　林直　來職開三入曾

參考例：

　　　　5315　　臓　質力（集）章職開三入曾／失　式質　書質開三入臻

章、書二母的距離未免有點遠，會不會是注音者錯將「臓」認作「識」（賞職切，書職開三入曾）呢？暫存疑。

質／緝互注

1）4328　　吉　居質　　見質開三入臻／急　居立　見緝開三入深

2）7305　　揖　伊入　　影緝開三入深／乙　於筆　　影質開三入臻

3）6291　　絰　直一　　澄質開三入臻／執　之入　章緝開三入深

4）4317　　臿　七入　　清緝開三入深／七　親吉　清質開三入臻

5）6374　　緝　七入　　清緝開三入深 ／ 七　親吉　　清質開三入臻

6）8934　　輯　七入（集）清緝開三入深 ／ 七　親吉　　清質開三入臻

7）9266　　戢　楚立（玉）初緝開三入深 ／ 七　親吉　　清質開三入臻

8）13871　　檝　七入（集）清緝開三入深 ／ 七　親吉　　清質開三入臻

9）11　　　日　人質　　日質開三入臻 ／ 入　人執　　日緝開三入深

10）13795　　䃽　人質　　日質開三入臻 ／ 入　人執　　日緝開三入深

11）2962　　凓　力質　　來質開三入臻 ／ 立　力入　　來緝開三入深

12）4142　　慄　力質　　來質開三入臻 ／ 立　力入　　來緝開三入深

13）9401　　㘌　力一（玉）來質開三入臻 ／ 立　力入　　來緝開三入深

櫛／職互注

1）5928　　色　所力　　生職開三入曾 ／ 瑟　所櫛　　生櫛開三入臻

櫛／緝互注

1）1554　　澀　色立　　生緝開三入深 ／ 虱（蝨）所櫛　生櫛開三入臻

術／昔互注

1）51　　　昔　思積　　心昔開三入梗 ／ 恤　辛聿　　心術合三入臻

術／錫互注

1）11869　　昊　呼昊　　曉錫合四入梗 ／ 恤　辛聿　　心術合三入臻

術／職互注

1）722　　　㦖　與職　　以職開三入曾 ／ 聿　餘律　　以術合三入臻

2）7043　　遹　餘律　　以術合三入臻 ／ 意　乙力（集）影職開三入曾

迄／陌＝互注

1）12767　　肸　許訖　　曉迄開三入臻 ／ 隙　綺戟　　溪陌開三入梗

迄／昔互注

1）7077　　迟　苦席（集）溪昔開三入梗 ／ 吃　欺訖（集）溪迄開三入臻

迄／緝互注

1）1116　　汔　許訖　　曉迄開三入臻 ／ 吸　許及　　曉緝開三入深

物／昔互注

1）9986　鬱　紆物　影物合三入臻／役　營隻　以昔合三入梗

2）9987　欎　紆物　影物合三入臻／同上（役）營隻　以昔合三入梗

梗攝與曾、深攝入聲的互注例如下：

陌三／職互注

1）6141　襋　紀力　見職開三入曾／戟　几劇　見陌開三入梗

2）9263　戟　几劇　見陌開三入梗／棘　紀力　見職開三入曾

3）4683　噱　奇逆　群陌開三入梗／極　渠力　群職開三入曾

4）7767　屐　奇逆　群陌開三入梗／極　渠力　群職開三入曾

陌三／緝互注

1）11998　虩　許郤　曉陌開三入梗／吸　許及　曉緝開三入深

昔／職互注

1）5658　躄　必益　幫昔三入梗／偪　彼側　幫職三入曾

2）1414　澺　乙力（集）影職開三入曾／亦　羊益　以昔開三入梗

3）1518　憶　於力　影職開三入曾／亦　羊益　以昔開三入梗

4）7562　抑　於力　影職開三入曾／亦　羊益　以昔開三入梗

5）2023　域　雨逼　于職合三入曾／役　營隻　以昔合三入梗

6）8778　淢　雨逼　于職合三入曾／役　營隻　以昔合三入梗

7）3716　妷　與職　以職開三入曾／亦　羊益　以昔開三入梗

8）5915　弑　逸織（集）以職開三入曾／亦　羊益　以昔開三入梗

9）7856　瘍　羊益　以昔開三入梗／弋　與職　以職開三入曾

10）9273　弋　與職　以職開三入曾／亦　羊益　以昔開三入梗

11）9859　杙　與職　以職開三入曾／亦　羊益　以昔開三入梗

12）13858　役　營隻　以昔合三入梗／域　雨逼　于職合三入曾

13）6368　織　之翼　章職開三入曾／隻　之石　章昔開三入梗

14）9858　樴　之翼　章職開三入曾／隻　之石　章昔開三入梗

15）2121　嬰　初力　初職開三入曾／尺　昌石　昌昔開三入梗

16）2123　卑　恥力（玉）徹職開三入曾／尺　昌石　昌昔開三入梗

17）3053　弒　恥力　徹職開三入曾／尺　昌石　昌昔開三入梗

18）3922　憨　恥力　徹職開三入曾 / 尺　昌石　昌昔開三入梗

19）5955　勑　蓄力（集）徹職開三入曾 / 尺　昌石　昌昔開三入梗

20）7075　遫　恥力　徹職開三入曾 / 尺　昌石　昌昔開三入梗

21）11480　鶜　丑力（玉）徹職開三入曾 / 尺　昌石　昌昔開三入梗

22）12814　敕　恥力　徹職開三入曾 / 尺　昌石　昌昔開三入梗

23）7298　擿　直炙　澄昔開三入梗 / 直　除力　澄職開三入曾

24）7299　擲　直炙　澄昔開三入梗 / 同上（直）除力　澄職開三入曾

25）6140　襫　施隻　書昔開三入梗 / 式　賞職　書職開三入曾

26）7093　適　施隻　書昔開三入梗 / 式　賞職　書職開三入曾

27）9279　式　賞職　書職開三入曾 / 釋　施隻　書昔開三入梗

28）11068　釋　施隻　書昔開三入梗 / 式　賞職　書職開三入曾

29）11683　螫　施隻　書昔開三入梗 / 式　賞職　書職開三入曾

30）12890　奭　施隻　書昔開三入梗 / 式　賞職　書職開三入曾

31）13442　釋　施隻　書昔開三入梗 / 式　賞職　書職開三入曾

32）1655　石　常隻　禪昔開三入梗 / 食　乘力　船職開三入曾

33）10799　食　乘力　船職開三入曾 / 石　常隻　禪昔開三入梗

34）5207　脊　資昔　精昔開三入梗 / 即　子力　精職開三入曾

35）5718　跡　資昔　精昔開三入梗 / 即　子力　精職開三入曾

36）5719　蹟　資昔　精昔開三入梗 / 同上（即）子力　精職開三入曾

37）6998　迹　資昔　精昔開三入梗 / 即　子力　精職開三入曾

38）7267　齰　子亦（玉）精昔開三入梗 / 即　子力　精職開三入曾

39）10700　稷　子力　精職開三入曾 / 同上（跡）資昔　精昔開三入梗

40）11292　鶺　資昔　精昔開三入梗 / 即　子力　精職開三入曾

41）3902　息　相即　心職開三入曾 / 昔　思積　心昔開三入梗

42）4111　惜　思積　心昔開三入梗 / 息　相即　心職開三入曾

43）11437　鵲　思積　心昔開三入梗 / 息　相即　心職開三入曾

昔／緝互注

1）1298　湒　即入（集）精緝開三入深 / 積　資昔　精昔開三入梗

2）12273　習　似入　邪緝開三入深 / 夕　祥易　邪昔開三入梗

錫／職互注

1）12977　鰏　芳逼　滂職三入曾 / 壁　北激　幫錫四入梗

2）4028　　惐　紀力　見職開三入曾／激　古歷　見錫開四入梗

3）6898　　諁　紀力　見職開三入曾／激　古歷　見錫開四入梗

4）8028　　殛　紀力　見職開三入曾／激　古歷　見錫開四入梗

5）13660　盡　許極　曉職開三入曾／闃　許激　曉錫開四入梗

6）1340　　溺　奴歷　泥錫開四入梗／匿　女力　娘職開三入曾

7）4217　　惄　女力　娘職開三入曾／溺　奴歷　泥錫開四入梗

8）13218　匿　女力　娘職開三入曾／溺　奴歷　泥錫開四入梗

9）7768　　靂　郎擊　來錫開四入梗／力　林直　來職開三入曾

10）7865　　瀝　郎擊　來錫開四入梗／力　林直　來職開三入曾

11）8085　　癧　狼狄（集）來錫開四入梗／力　林直　來職開三入曾

12）8602　　歷　狼狄（集）來錫開四入梗／力　林直　來職開三入曾

13）9861　　攊　狼狄（集）來錫開四入梗／力　林直　來職開三入曾

14）12457　礫　郎擊　來錫開四入梗／力　林直　來職開三入曾

15）13619　厤　郎擊　來錫開四入梗／力　林直　來職開三入曾

16）465　　霹　先擊　心錫開四入梗／息　相即　心職開三入曾

17）8058　　殈　先擊　心錫開四入梗／息　相即　心職開三入曾

18）11611　蜥　先擊　心錫開四入梗／息　相即　心職開三入曾

錫／緝互注

1）1832　　鑿　古歷　見錫開四入梗／急　居立　見緝開三入深

2）5643　　擊　古歷　見錫開四入梗／汲　居立　見緝開三入深

3）7588　　闃　許激　曉錫開四入梗／吸　許及　曉緝開三入深

4）1572　　瀝　狼狄（集）來錫開四入梗／立　力入　來緝開三入深

5）7204　　歷　郎擊　來錫開四入梗／立　力入　來緝開三入深

曾攝的職韻與深攝的緝韻互注情況如下：

職／緝互注

1）13534　亟　紀力　見職開三入曾／及　其立　群緝開三入深

2）12433　赩　許極　曉職開三入曾／吸　許及　曉緝開三入深

3）11689　蟄　直立　澄緝開三入深／直　除力　澄職開三入曾

4）6778　譅　色入（集）生緝開三入深／色　所力　生職開三入曾

5）7205　澀　色立　生緝開三入深／色　所力　生職開三入曾

6）7226　立　力入　來緝開三入深／力　林直　來職開三入曾

《玉篇直音》中臻、梗、曾、深攝三、四等入聲合併為一個質石部：

質迄緝、術_{部分}、陌_三昔錫職_開、

關於只字

只，中古韻書中都是陰聲韻，《廣韻》有章移（章支開三平止）和諸氏（章紙開三上止）二切，《集韻》同。馮蒸《〈爾雅音圖〉音注所反映的五代宋初重紐韻演變》〔註26〕論證「只」應有入聲讀法，其主要例證是：《爾雅音圖》的通例是入聲注入聲，如果「只」作「窒」的注音字，則窒（只）條成了陰、入互注，雖不無可能，但至少是可疑的；「只」在《中原音韻》中被視為與「質、炙、織、汁」等同音的入聲字，在《詞林韻釋》《中州音韻》中也均被視作入聲字，因此「只」在中古有入聲一讀是確定無疑的。鄭張尚芳《方言中的舒聲促化現象》一文引用多種資料確認「只」字在唐宋以來讀為入聲是一種很普遍的現象，並稱此種現象為「舒聲促化」。「只」在《玉篇直音》中作注音字的有：

1）211　旺　之日　章質開三入臻／只

2）2353　郅　之日　章質開三入臻／只

3）2651　庢　陟栗　知質開三入臻／只

4）2861　窒　陟栗　知質開三入臻／只

〔註26〕P484～485。

5）3860　熱　之入　章緝開三入深 ／ 只

6）4094　憤　之日　章質開三入臻 ／ 只

7）4426　噴　之日　章質開三入臻 ／ 只

8）4867　眰　職日（集）章質開三入臻 ／ 只

9）5443　膪　之日　章質開三入臻 ／ 只

10）6611　覜　職日（集）章質開三入臻 ／ 只

11）7059　遯　陟栗　知質開三入臻 ／ 只

12）7161　迊　陟栗（玉）知質開三入臻 ／ 只

13）7383　挃　陟栗　知質開三入臻 ／ 只

14）8397　鑕　之日　章質開三入臻 ／ 只

15）8854　質　之日　章質開三入臻 ／ 只

16）9821　櫍　之日　章質開三入臻 ／ 只

17）9822　桎　之日　章質開三入臻 ／ 只

18）10749　秷　陟栗　知質開三入臻 ／ 只

19）11605　蛭　之日　章質開三入臻 ／ 只

20）12964　隻　之石　章昔開三入梗 iæ ／ 只

　　上列「只」注的都是質、緝、昔韻的字，從《玉篇直音》的音系看，這些例子可以進一步證明鄭張尙芳和馮蒸兩位先生的說法，而且其讀音應該是與「質」相同，《正字通》「只」下注曰：「今讀若質，俗所音也。」可互爲例證。今海鹽方言中，「只」讀 tsaʔ，是個陰入字。

四、曷拔部和屑別部

先討論一、二等韻的情況：

	曷	末	合	盍	鎋	黠	洽	狎
曷	47		7	6				
末		45	1					
合			35	11				
盍				22				
鎋	1	5			4	4		4
黠		5	2			25	4	2
洽			3				11	9
狎			3					14

先看重韻的情況，曷韻、末韻按一般的看法是開合關係，因此不會互注；合韻、盍韻分別自注 35、22 次，互注有 11 例，它們應該是合流了。下面是這些音注例：

合／盍互注

1）5089　顉　古盍　見盍開一入咸／合　古沓　見合開一入咸

2）2782　㕉　口荅　溪合開一入咸／榼　苦盍　溪盍開一入咸

3）4394　嗑　胡臘　匣盍開一入咸／合　侯閤　匣合開一入咸

4）4923　耷　都盍　端盍開一入咸／荅　都合　端合開一入咸

5）1949　塌　託盍（集）透盍開一入咸／同上（塔）託合　透合開一入咸

塔，《廣韻》吐盍切，訓爲「浮圖」，從《廣韻》則二字本同音，《集韻》如上，但訓爲「物墮聲」；塌，《廣韻》不收。不知注音者在此用的是哪一個「塔」，我們姑且從《集韻》。

6）5590　䶀　吐盍　透盍開一入咸／踏　他合　透合開一入咸

7）7159　遝　吐盍　透盍開一入咸／沓　託合（集）透合開一入咸

8）9488　䍇　徒盍　定盍開一入咸／沓　徒合　定合開一入咸

9）10918　飸　奴盍　泥盍開一入咸／納　奴荅　泥合開一入咸

10）2811　㕇　盧合　來合開一入咸／臘　盧盍　來盍開一入咸

11）7570　拉　盧合　來合開一入咸／臘　盧盍　來盍開一入咸

這兩個韻互注的既有端組字，也有見系字。

洽韻自注 11 次，狎韻自注 14 次，兩韻互注 9 次，它們也合併了。鎋韻自注 4 例，與黠韻互注 4 例，因此它們也完全合併。

鎋／黠互注

1）11336　鶻　古鎋　見鎋開二入山／戛　古黠　見黠開二入山

2）4338　昏　乎刮（集）匣鞷（鎋）合二入山／滑　戶八　匣黠合二入山

3）12488　黠　胡八　匣黠開二入山／轄　胡瞎　匣鎋開二入山

4）9357　　刹　初鎋　初鎋開二入山 / 察　初八　初黠開二入山

洽 / 狎互注

1）6144　　袷　古洽　見洽開二入咸 / 甲　古狎　見狎開二入咸
2）6145　　袷　古洽　見洽開二入咸 / 甲　古狎　見狎開二入咸
3）10510　笅　古洽　見洽開二入咸 / 甲　古狎　見狎開二入咸
4）12509　甲　古狎　見狎開二入咸 / 夾　古洽　見洽開二入咸
5）12884　夾　古洽　見洽開二入咸 / 甲　古狎　見狎開二入咸

6）1178　　洽　侯夾　匣洽開二入咸 / 匣　胡甲　匣狎開二入咸
7）8126　　袷　侯夾　匣洽開二入咸 / 狎　胡甲　匣狎開二入咸
8）9866　　柙　胡甲　匣狎開二入咸 / 狹　侯夾　匣洽開二入咸
9）13210　匣　胡甲　匣狎開二入咸 / 狹　侯夾　匣洽開二入咸

下面我們看一下**兩攝同等之韻**互注的情況，其中曷韻自注 47 次，與合韻、盍韻互注 13 次；鎋韻自注 4 次，與狎韻互注 4 次，再考慮到臻、深攝及寒、山韻的情況，我們傾向於兩攝的合流。

一等互注

曷 / 合互注

1）5741　　踏　他合　透合開一入咸 / 達　他達　透曷開一入山
2）7105　　達　唐割　定曷開一入山 / 沓　徒合　定合開一入咸

3）4499　　囋　才割　從曷開一入山 / 雜　徂合　從合開一入咸
4）394　　雪　蘇合　心合開一入咸 / 撒　桑葛　心曷開一入山
5）453　　霎　悉合（集）心合開一入咸 / 撒　桑葛　心曷開一入山
6）5927　　馺　悉合（集）心合開一入咸 / 撒　桑葛　心曷開一入山
7）11785　駅　蘇合　心合開一入咸 / 撒　桑葛　心曷開一入山

曷 / 盍互注

1）9863　　榼　苦盍　溪盍開一入咸 / 渴　苦曷　溪曷開一入山

2）13662　盍　胡臘　匣盍開一入咸 / 曷　胡葛　匣曷開一入山

3）12415　藹　乙盍（集）影盍開一入咸／遏　烏葛　影曷開一入山

4）11858　傘　他達　透曷開一入山／塔　吐盍　透盍開一入咸

5）4503　嚾　私盍　心盍開一入咸／殺　桑葛（集）心曷開一入山

6）12592　辣　盧達　來曷開一入山／臘　盧盍　來盍開一入咸

與曷韻字互注的不僅有合韻字，也有盍韻字。

末／合互注

1）7333　掇　丁括　端末合一入山／荅　都合　端合開一入咸

二等互注

鎋／狎互注

1）4419　呷　呼甲　曉狎開二入咸／瞎　許鎋　曉鎋開二入山
2）4826　瞎　許鎋　曉鎋開二入山／呷　呼甲　曉狎開二入咸
3）5634　鞷　胡瞎　匣鎋開二入山／匣　胡甲　匣狎開二入咸

4）6005　尢　乙鎋　影鎋開二入山／押　烏甲　影狎開二入咸

黠／洽互注

1）9356　剨　恪八　溪黠開二入山／恰　苦洽　溪洽開二入咸
2）9406　刧（剨）恪八　溪黠開二入山／恰　苦洽　溪洽開二入咸

3）9369　劄　竹洽　知洽開二入咸／札　側八　莊黠開二入山
4）9836　札　側八　莊黠開二入山／劄　竹洽　知洽開二入咸

黠／狎互注

1）11939　猰　烏黠　影黠開二入山／押　烏甲　影狎開二入咸
2）12529　魞　烏黠　影黠開二入山／鴨　烏甲　影狎開二入咸

兩攝的一、二等韻的互注數是19，《玉篇直音》全書末韻合口自注有17例，鎋、黠韻合口自注有6例，末韻與黠、鎋韻合口互注有8例，較二等合口自注數還要多，互注數佔三韻總數的25.8%；開口互注的11例中，舌齒音有4例，

唇音1例，牙喉音6例，見系字比較多，因此《玉篇直音》的入聲韻與舒聲韻並不平行，山咸攝的一、二等韻合流。我們將例子羅列於下：

曷 / 鎋互注

1）7632　閼　乙鎋　影鎋開二入山 / 遏　烏葛　影曷開一入山

合 / 狎互注

1）3064　佮　古沓　見合開一入咸 / 甲　古狎　見狎開二入咸

2）5033　頜　古沓　見合開一入咸 / 甲　古狎　見狎開二入咸

3）4437　唈　烏荅　影合開一入咸 / 呷　呼甲　曉狎開二入咸

合 / 洽互注

1）4913　晗　古洽　見洽開二入咸 / 合　古沓　見合開一入咸

2）1039　嗑　渴合（集）溪合開一入咸 / 洽　苦洽　溪洽開二入咸

3）7167　謲　士洽　崇洽開二入咸 / 雜　徂合　從合開一入咸

合 / 黠互注

1）12009　虦　女滑（玉）娘黠合二入山 / 納　奴荅　泥合開一入咸

2）12173　貀　女滑　娘黠合二入山 / 納　奴荅　泥合開一入咸

末 / 黠互注

1）3814　軷　蒲末（玉）並末一入山 / 跋　蒲撥　並黠二入山

2）9359　劀　古滑　見黠合二入山 / 官入　古丸　見桓合一平山（入：末）

3）4825　䀖　呼八　曉黠合二入山 / 豁　呼括　曉末合一入山

4）1238　活　戶括　匣末合一入山 / 滑　戶八　匣黠合二入山

5）7513　拶　姊末　精末合一入山 / 札　側八　莊黠開二入山

末 / 鎋互注

1）4925　聒　古活　見末合一入山 / 刮　古頒　見鎋合二入山

2）4926　聒　古活　見末合一入山 / 同上（刮）古頒　見鎋合二入山

3）4936　聒　古活　見末合一入山 | 刮　古頒　見鎋合二入山

4）7371 括 古活 見末合一入山 / 刮 古頒 見鎋合二入山

5）9358 刮 古頒 見鎋合二入山 / 官入 古丸 見桓合一平山（入：末）

這些合口的一、二等互注的例子以見系字爲多，末韻字與鎋韻互注的都是見母字，而與黠韻互注的則有唇音字、牙喉音字以及齒音字。

有三例二、三等互注例，但不知道有無受偏旁的影響：

1）3512 輟 張骨（集）知黠合二入山 / 掇 陟劣 知薛合三入山

2）4684 哳（哳）陟鎋 知鎋開二入山 / 折 旨熱 章薛開三入山

3）2864 窡 張滑（集）知黠合二入山 / 拙 職悅 章薛合三入山

《玉篇直音》還有這樣的例子：

1）8023 歺 五割 疑曷開一入山 / 崖入 五佳 疑佳開二平蟹

此例應該是告訴我們：佳與曷的主元音相同。我們是否可以大膽地設想「崖」的 -i 韻尾已經不存在了呢？

綜上所述，《玉篇直音》山咸攝一、二等的入聲合併爲曷拔部：

曷合盍、鎋黠開、洽狎、月乏唇

末鎋黠合

最後，我們討論山、咸攝三、四等入聲的互注：

	月	薛	業	葉	乏	屑	怗
月	41	8				13	
薛		71				31	
業		5	16	4			7
葉		15		39			7
乏	2				4		
屑			6	4		85	
怗		3				5	32

先看重韻，月韻自注 41 例，與薛韻互注 8 例，可以說它們已經合併；業韻、葉韻互注 4 例，數量是少了點，不過業韻自注僅 16 例，而且與它們相應的舒聲韻已經合併，它們也當合併。

月／薛互注

1）11853 羯 居竭 見月開三入山 / 孑 居列 見薛開三入山

2）6356　繘　去月　溪月合三入山／缺　傾雪　溪薛合三入山

　　　　　　　　　　　　　　　　　苦穴　溪屑合四入山

缺，《廣韻》有兩個反切，一併列出。

3）7605　闋　去月　溪月合三入山／缺　傾雪　溪薛合三入山

4）223　　月　魚厥　疑月合三入山／悅　弋雪　以薛合三入山

5）603　　焆　娟悅（集）影薛合三入山／越　王伐　于月合三入山

6）3949　懀　乙劣（集）影薛合三入山／越　王伐　于月合三入山

7）4654　哨　娟悅（集）影薛合三入山／越　王伐　于月合三入山

8）3760　妜　許列　曉薛開三入山／歇　許竭　曉月開三入山

葉／業互注

1）5139　魘　於葉　影葉開三入咸／業　魚怯　疑業開三入咸

2）5689　躡　尼輒　娘葉開三入咸／業　魚怯　疑業開三入咸

3）8306　鑷　尼輒　娘葉開三入咸／業　魚怯　疑業開三入咸

4）8307　鈪　昵輒（集）娘葉開三入咸／業　魚怯　疑業開三入咸

　　兩攝不僅重韻分別合併，三、四等韻也已經分別合併，屑韻自注 85 次，與三等韻互注共 54 次；怗韻自注 32 次，與三等韻互注共 17 次，相對於自注數量，互注數量都相當高。

月／屑互注

1）1117　決　古穴　見屑合四入山／厥　居月　見月合三入山

2）1168　泬　古穴（集）見屑合四入山／厥　居月　見月合三入山

3）1365　潏　古穴　見屑合四入山／厥　居月　見月合三入山

4）2774　厥　居月　見月合三入山／決　古穴　見屑合四入山

5）7441　撅　居月　見月合三入山／決　古穴　見屑合四入山

6）9388　劂　居月　見月合三入山／決　古穴　見屑合四入山

7）10370　蕨　居月　見月合三入山／決　古穴　見屑合四入山

8）11667　蟨　居月（集）見月合三入山／決　古穴　見屑合四入山

9）7807　蹶　其月（集）群月合三入山／決　古穴　見屑合四入山

10）9485　缺　苦穴　溪屑合四入山／闕　去月　溪月合三入山

11）4767　暗　於決　影屑合四入山 / 越　王伐　于月合三入山

12）6652　閼　於歇　影月開三入山 / 咽　烏結　影屑開四入山

13）5018　頁　胡結　匣屑開四入山 / 歇　許竭　曉月開三入山

薛／屑互注

1）5967　勘　方結　幫屑四入山 / 別　方列　幫薛三入山

2）12207　鱉　并列　幫薛三入山 / 同上（鷩）必結（集）幫屑四入山

3）12206　鷩（鱉）并列　幫薛三入山 / 鷩　必結（集）幫屑四入山

4）4553　咇　蒲結　並屑四入山 / 別　皮列　並薛三入山

5）5653　鷩　蒲結　並屑四入山 / 別　皮列　並薛三入山

6）4784　疦　莫結　明屑四入山 / 威　莫列（集）明薛三入山

7）5841　巕　莫結　明屑四入山 / 滅　亡列　明薛三入山

8）8439　鑢　莫結（集）明屑四入山 / 滅　亡列　明薛三入山

9）9239　威　莫列（集）明薛三入山 / 蔑　莫結　明屑四入山

10）10364　蔑　莫結　明屑四入山 / 威　莫列（集）明薛三入山

11）11063　糮　莫結（集）明屑四入山 / 滅　亡列　明薛三入山

12）11610　蠛　莫結　明屑四入山 / 滅　亡列　明薛三入山

13）13048　莫　莫結　明屑四入山 / 滅　亡列　明薛三入山

14）10367　蕱（蔑）莫結　明屑四入山 / 威　莫列（集）明薛三入山

15）6430　絜　古屑　見屑開四入山 / 孑　居列　見薛開三入山

16）6808　訐　居列　見薛開三入山 / 結　古屑　見屑開四入山

17）7163　迼　居列（玉）見薛開三入山 / 結　古屑　見屑開四入山

18）7342　揭　居列　見薛開三入山 / 結　古屑　見屑開四入山

19）5473　齧　五結　疑屑開四入山 / 孽　魚列　疑薛開三入山

20）11686　齧　倪結（集）疑屑開四入山 / 孽　魚列　疑薛開三入山

21）4364　噎　烏結　影屑開四入山 / 謁　乙列（集）影薛開三入山

22）3685　巀　子列（集）精薛開三入山 / 節　子結　精屑開四入山

23）7859　癪　子列（集）精薛開三入山 / 節　子結　精屑開四入山

24）11248　鸙　子列（集）精薛開三入山／節　子結　精屑開四入山

25）9238　截　昨結　從屑開四入山／絕　情雪　從薛合三入山

26）1487　渿　私列（集）心薛開三入山／屑　先結　心屑開四入山

27）3049　偰　先結　心屑開四入山／契　私列　心薛開三入山

28）6030　褻　私列　心薛開三入山／屑　先結　心屑開四入山

29）7742　屑　先結　心屑開四入山／洩　私列　心薛開三入山

30）10361　薛　私列　心薛開三入山／屑　先結　心屑開四入山

31）12851　离　私列　心薛開三入山／屑　先結　心屑開四入山

葉／怗互注

1）12769　協　胡頰　匣怗開四入咸／同上（葉）與涉　以葉開三入咸

2）1267　浹　子協　精怗開四入咸／接　即葉　精葉開三入咸

3）4876　睫　即涉（集）精葉開三入咸／浹　子協　精怗開四入咸

4）4228　惗　奴協　泥怗開四入咸／聶　尼輒　娘葉開三入咸

5）8381　鑈　奴協　泥怗開四入咸／聶　尼輒　娘葉開三入咸

6）8433　銤　奴協　泥怗開四入咸／聶　尼輒　娘葉開三入咸

7）12822　敜　奴協　泥怗開四入咸／聶　尼輒　娘葉開三入咸

業／怗互注

1）6147　裓　居怯　見業開三入咸／頰　古協　見怗開四入咸

2）8272　鋏　古協　見怗開四入咸／刧　居怯　見業開三入咸

3）3821　恷　苦協　溪怗開四入咸／怯　去劫　溪業開三入咸

　　　　　　　　　　　　　去涉（集）溪葉開三入咸

怯，《集韻》兩讀。

4）4027　愜　苦協　溪怗開四入咸／怯　去劫　溪業開三入咸

5）4100　悏　苦協　溪怗開四入咸／怯　去劫　溪業開三入咸

6）10645　篋　苦協　溪怗開四入咸／怯　去劫　溪業開三入咸

7）13205　医　苦協　溪怗開四入咸／怯　去劫　溪業開三入咸

　　兩攝入聲互注有 40 例，佔總數的 9.8%，比例低了些，但如果我們考慮到山攝入聲有開合兩呼，而咸攝入聲只有開口的話，這個比例並不低，因此我們在歸納韻部時，採取合併的做法。

三等互注

薛／葉互注

1）1516　澈　直列　澄薛開三入山／輒　陟葉　知葉開三入咸

2）8943　輒　陟葉　知葉開三入咸／徹　直列　澄薛開三入山

3）6629　讋　之涉　章葉開三入咸／折　旨熱　章薛開三入山

4）6761　讘　質涉（集）章葉開三入咸／折　旨熱　章薛開三入山

5）7575　摺　之涉　章葉開三入咸／折　旨熱　章薛開三入山

6）13282　折　旨熱　章薛開三入山／摺　之涉　章葉開三入咸

7）7158　詀　叱涉（玉）昌葉開三入咸／徹　丑列　徹薛開三入山

8）6743　設　識列　書薛開三入山／攝　書涉　書葉開三入咸

9）7329　攝　書涉　書葉開三入咸／設　識列　書薛開三入山

10）4664　吇　姊列　精薛開三入山／接　即葉　精葉開三入咸

11）2832　巤　良涉　來葉開三入咸／列　良薛　來薛開三入山

12）5712　躐　良涉　來葉開三入咸／列　良薛　來薛開三入山

13）8339　鋝　力輟　來薛合三入山／獵　良涉　來葉開三入咸

14）11945　獵　良涉　來葉開三入咸／列　良薛　來薛開三入山

15）7153　䛼　而涉（玉）日葉開三入咸／熱　如列　日薛開三入山

薛／業互注

1）3463　孑　居列　見薛開三入山／劫　居怯　見業開三入咸

2）13799　朅　丘竭　溪薛開三入山／怯　去劫　溪業開三入咸

3）10362　孽　魚列　疑薛開三入山／業　魚怯　疑業開三入咸

4）10363　齧　魚列　疑薛開三入山／同上（業）魚怯　疑業開三入咸

5）10366　糱　魚列　疑薛開三入山／同上（業）魚怯　疑業開三入咸

月／乏互注

1）13552　發　方伐　非月三入山／法　方乏　非乏三入咸

2）13887　乏　房法　奉乏三入咸／伐　房越　奉月三入山

四等互注

屑／帖互注

1）5684　　跌　徒結　定屑開四入山／牒　徒協　定帖開四入咸

2）6361　　絰　徒結　定屑開四入山／牒　徒協　定帖開四入咸

3）5735　　跕　丁愜　端帖開四入咸／跌　徒結　定屑開四入山

4）7753　　屧　蘇協　心帖開四入咸／屑　先結　心屑開四入山

5）7772　　糏　蘇協　心帖開四入咸／屑　先結　心屑開四入山

三、四等互注

屑／葉互注

1）1257　　涅　奴結　泥屑開四入山／聶　尼輒　娘葉開三入咸

2）1746　　碪　奴結　泥屑開四入山／聶　尼輒　娘葉開三入咸

3）10373　荼　乃結（集）泥屑開四入山／聶　尼輒　娘葉開三入咸

4）7449　　捷　疾葉　從葉開三入咸／截　昨結　從屑開四入山

屑／業互注

1）6007、13800　劫　居怯　見業開三入咸／結　古屑　見屑開四入山

2）6351　　結　古屑　見屑開四入山／刦　居怯　見業開三入咸

3）9407、13801　刦　居怯　見業開三入咸／結　古屑　見屑開四入山

4）5619　　挈　苦結　溪屑開四入山／怯　去劫　溪業開三入咸

帖／薛互注

1）8686　　瓔　蘇協　心帖開四入咸／泄　私列　心薛開三入山

2）12965　燮　蘇協　心帖開四入咸／泄　私列　心薛開三入山

3）765　　爕（燮）蘇協　心帖開四入咸／雪　相絕　心薛合三入山

還有這樣一些洪、細互注的例子：

1）6348　　紇　胡結　匣屑開四入山／瞎　許鎋　曉鎋開二入山

紇，《玉篇》戶結、下沒二切，其四等讀音若與二等相混，則說明二等的「瞎」已產生了 i 介音；不過，「紇」還有一等的讀法，下沒（匣沒開一入臻）切，但是臻攝的主元音又與山攝的主元音不同，此例暫緩下結論。

2）1756　　硤　侯夾　匣洽開二入咸／挾　胡頰　匣帖開四入咸

《玉篇直音》山、咸攝三、四等入聲合併爲屑別部：

月薛屑_開、業葉怗、乏_{脣除外}

月薛屑_合

第四節　特殊讀音

一、遇攝一部分字（18）同支、脂、之、齊互注，它們是：

支／魚互注（2）

1）890　　犧　許羈　曉支開三平止／虛　朽居　曉魚合三平遇

2）6791　譆　以睡　以寘合三去止／飫　依據　影御合三去遇

脂／魚互注（5）

1）6599　覬　其季（集）群至合三去止／巨　其呂　群語合三上遇

2）4209　懟　雖遂　心至合三去止／絮　息據　心御合三去遇

3）4210　愫　雖遂（集）心至合三去止／同上（絮）息據　心御合三去遇

4）1001　櫖　良倨　來御合三去遇／淚　力遂　來至合三去止

5）3584　纝　力追　來脂合三平止／驉（驢）力居　來魚合三平遇

之／魚互注（3）

1）981　　嶇　偶舉　疑語合三上遇／擬　魚紀　疑止開三上止

2）7818　瘀　依倨　影御合三去遇／意　於記　影志開三去止

3）8768　珇　在呂（集）從語合三上遇 d／子　即里　精止開三上止

脂／虞互注（1）

1）12407　朐　其俱　群虞合三平遇／葵　渠追　群脂合三平止

之／虞互注（2）

1）4935　瞘　俱雨　見麌合三上遇／紀　居理　見止開三上止

2）2415　郇　權俱（集）群虞合三平遇／其　渠之　群之開三平止

齊／魚互注（3）

1）3935　恝　詰計（集）溪霽開四去蟹／去　丘倨　溪御合三去遇

2）4038　愲　私呂　心語合三上遇／洗　先禮　心薺開四上蟹

3）6415　絮　息據　心御合三去遇／壻　蘇計　心霽開四去蟹

齊／虞互注（2）

1）974　嶇　子于　精虞合三平遇／齎　祖稽　精齊開四平蟹

2）1003　岰　子于（玉）精虞合三平遇／賷（齎）祖稽　精齊開四平蟹

魚、虞有一部分精組、來母、牙喉音字失去合口成分，讀同齊移。《漢語方音字彙》描述的吳語代表點蘇州話中，就有這種現象：遇攝精組和來母讀-i；而止攝見組合口有的讀爲-y，趙元任《現代吳語的研究》（P64）也有與此類似的描述。《海鹽方言志》中記載現代海鹽方言中魚韻精組讀-i，見組有讀-i 的。

二、《玉篇直音》的音注中，出現了幾例（19）效／流攝互注：

肴／尤互注

1）10038　芁　巨鳩　群尤開三平流／交　古肴　見肴開二平效

芁，《正字通》居宵切。無獨有偶，李時珍（1518～1593，湖北蘄州人）《本草綱目》音注就有此例〔註27〕。

宵／幽互注

1）294　飆　甫遙　幫宵三平效／彪　甫休　幫幽三平流

2）295　颮　甫遙　幫宵三平效／同上（彪）甫休　幫幽三平流

3）12005、12952 彪　甫烋　幫幽三平流／標　甫遙　幫宵三平效

4）11231　麛　武彪　明幽三平流／苗　武瀌　明宵三平效

宵／尤互注

1）314　飑　匹尤　滂尤三平流／飄　撫招　滂宵三平效

2）3236　儦　許驕（玉）曉宵開三平效／休　許尤　曉尤開三平流

　　　　　　　　　　　　　　　　　　　　　　　香幽　曉幽開三平流

〔註27〕材料來自師妹卜紅豔對《本草綱目》音注進行的研究。

　　3）13410　歊　盧嬌（集）曉宵開三平效／鳩　居求　見尤開三平流

　　4）640　　耀　弋照　以笑開三去效／右　于救　于宥開三去流

　　5）5682　　蹮　餘昭　以宵開三平效／由　以周　以尤開三平流

　　6）6442　　繇　餘昭（集）以宵開三平效／同上（由）以周　以尤開三平流

　　《集韻》在「餘昭」切下，「繇、猶」為異體字；同時，「猶」有餘昭、夷周兩切，不知此處有無「猶」的影響。

　　7）10188　蘨　餘昭（集）以宵開三平效／同上（由）以周　以尤開三平流

　　8）8594　　璗　弋照　以笑開三去效／宥　于救　于宥開三去流

　　璗，《玉篇》餘周、餘九二切，若從《玉篇》，與注字則為異調相注，暫依《廣韻》反切。

蕭／尤互注

　　1）2348　　鄡　堅堯（集）見蕭開四平效／休　許尤　曉尤開三平流

　　與「鄡」同音的「梟」（《廣韻》古堯切，見蕭）今讀[ɕiau]，《正字通》注曰：虛交切，音囂。《玉篇直音》也將「鄡」讀為曉母，《玉篇直音》比《正字通》時代要早一些，因而，「鄡、梟」的[ɕiau]讀音從文獻上又提前了一些。

　　2）13826　徼　古堯　見蕭開四平效／休　許尤　曉尤開三平流

　　3）4396　　嘵　許幺　曉蕭開四平效／休　許尤　曉尤開三平流

　　4）4928　　聊　落蕭　來蕭開四平效／留　力求　來尤開三平流

　　5）13608　罶　力久　來有開三上流／了　盧鳥　來篠開四上效

　　這些字究竟是讀同蕭宵還是讀同尤幽？在上古音裏，效攝的蕭肴豪韻約有一半在幽部，從漢代起，蕭肴豪脫離幽部。但它們在漢語各方言的發展情況究竟如何？它們還有什麼瓜葛？就效／流互注的現象，我請教過王福堂老師，王先生告訴我湘語和贛語裏有這種現象，我讀《現代漢語方言概論》時注意到屬於湘語的益陽話「藕」與「腦」的韻母都是 au。羅常培先生很早就發現：宋朝一些詞人如曾覿（汴人）、劉過（江西）、陳允平等人的詞中均有效／流互叶的

現象，「是宋代方音與《廣韻》不同也」〔註28〕。魯國堯先生對宋詞押韻進行全面研究後，發現尤侯部與蕭豪部通叶在福建、江西詞人是較普遍的現象，而且「在現代南昌、臨川、高安、福州、廈門方言中，蕭豪與尤侯有些字有相同韻母」〔註29〕。我們注意到上述例中唇音「彪」與現代漢語普通話一致，其餘的例子究竟是讀同蕭宵還是讀同尤幽，不敢妄下論斷，尚待研究。

三、《玉篇直音》還有幾例（15）果／遇攝互注：

歌／模互注（4）

1）2439 　都 　當孤 　端模合一平遇 ／ 多 　得何 　端歌開一平果

2）9795 　柂 　徒可 　定哿開一上果 ／ 杜 　徒古 　定姥合一上遇

3）7136 　邏 　朗可（集）來哿開一上果 ／ 盧 　郎古 　來姥合一上遇

4）3447 　左 　臧可 　精哿開一上果 ／ 祖 　則古 　精姥合一上遇

戈／模互注（8）

1）7566 　播 　補過 　幫過一去果 ／ 布 　博故 　幫暮一去遇

2）12340 　簸 　補過 　幫過一去果 ／ 布 　博故 　幫暮一去遇

3）8573 　鋪 　普胡 　滂模一平遇 ／ 坡 　滂禾 　滂戈一平果

4）8084 　殊 　都唾（集）端過合一去果 ／ 妒 　當故 　端暮合一去遇

5）8878 　賭 　當古 　端姥合一上遇 ／ 朵 　丁果 　端果合一上果

6）13905 　堵 　當古 　端姥合一上遇 ／ 朵 　丁果 　端果合一上果

7）4072 　惰 　徒臥 　定過合一去果 ／ 度 　徒故 　定暮合一去遇

8）7542 　揣 　杜果（集）定果合一上果 ／ 度 　徒故 　定暮合一去遇

戈／魚互注（3）

1）13190 　助 　牀據 　崇御合三去遇 ／ 坐 　徂臥 　從過合一去果

2）10209 　蓑 　蘇禾 　心戈合一平果 ／ 疏 　所菹 　生魚合三平遇

3）13280 　所 　疏舉 　生語合三上遇 ／ 瑣 　蘇果 　心果合一上果

〔註28〕 羅常培，1949，P2。

〔註29〕 魯國堯《論宋詞韻及其與金元詞韻的比較》，載《魯國堯自選集》。

現代吳語的果攝合口一等見系字常與遇攝合口一等見系字混讀，這種現象究竟從什麼時候肇始？我們只知道，元末明初的劉基（1311～1375）所著的《郁離子》有這樣一段故事（轉引自顏逸明1994）：

> 　東甌之人謂火爲虎，其稱火與虎無別也。其國無陶冶，而覆屋以茂，故多火災，國人咸苦之。海隅之賈人適晉，聞晉國有馮婦善搏虎，馮婦所在則其邑無虎，歸以語東甌君。東甌君大喜，以馬十駟、玉二瑴、文錦十純，命賈人爲行人，求馮婦於晉。馮婦至，東甌君命駕虛左迎之於國門外，共載而入館，於國中爲上客。明日，市有火，國人奔告馮婦，馮婦攘臂從國人出，求虎弗得。火迫於官肆，國人擁馮婦以趨火，灼而死。於是賈人以妄得罪，而馮婦死弗悟。

我們上面所列的例子並不限於見系字，而今天海鹽方言的果攝一等與模一樣讀-u。

四、

① **果攝／假攝互注**

1）11769　騧　古華　見麻合二平假／戈　古禾　見戈合一平果

2）5432　𨁟　女下（集）娘馬開二上假／那　奴可　泥哿開一上果
3）5621　拿（挐）女加　娘麻開二平假／那平　諾何　泥歌開一平果

4）5153　欏　來可　來哿開一上果／惹　人者　日馬開三上假

馮蒸先生的《中古果假二攝合流性質考略》〔註30〕以大量的方言、域外譯音和中古歷史文獻證明了自中古以來果、假二攝確有合流的現象，「不但是現代部分吳語也是歷史上特別是宋元時期部分吳語的一項顯著的音變特徵」只不過是一種僅在少數方言中發生的方言音變，並不具有普遍性。「目前在元明清的音韻資料中尚未找到有類似音變的迹象」。上面所列也許可以作爲補充。

② **麻二／麻三互注**

1）615　炡　陟駕　知禡開二去假／柘　之夜　章禡開三去假

〔註30〕《漢語音韻學論文集》P267～281。

2）12719　夭　竹瓦（玉）知馬合二上假 ／ 者　章也　章馬開三上假

3）8443　鉹　慈夜　從禡開三去假 ／ 乍　鋤駕　崇禡開二去假

4）6911　譇　陟加（集）知麻開二平假 ／ 蔗　之夜　章禡開三去假

此類例僅此 4 例，都是齒音字，12719 的「夭」《廣韻》《集韻》都不收，而且與一般的音理也不合，未免教人生疑。是方言中的特殊讀法，抑或是注者一下找不到同音字的權宜之計？作何解釋尚待研究。

五、《玉篇直音》中出現了少量山咸攝與臻梗曾深攝入聲互注的情況：

三等互注

葉／緝互注

1）639　熠　羊入　以緝開三入深 ／ 葉　與涉　以葉開三入咸

2）2083　㙊　測入（集）初緝開三入深 ／ 插　礤歃（集）初葉開三入咸

業／緝互注

1）207　皍　居業　群業開三入咸 ／ 及　其立　群緝開三入深

2）1926　圾　渠劫（玉）群業開三入咸
　　　　　逆及（集）疑緝開三入深 ／ 及　其立　群緝開三入深

薛／昔互注

1）1540　潟　思積　心昔開三入梗 ／ 泄　私列　心薛開三入山

月／迄互注

1）13385　歇　許竭　曉月開三入山 ／ 掀　許訖（集）曉迄開三入臻

月／緝互注

2）13777　入　人執　日緝開三入深 ／ 月　魚厥　疑月合三入山

三、四等互注

屑／職互注

1）10933　䪍　一結（集）影屑開四入山 ／ 意　乙力（集）影職開三入曾

䪍，《洪武正韻》於計切，則是與「意」的於記切互注，也許注者在此從《洪武正韻》。

屑 / 術互注

1）5829 　蹫　訣律（集）見術合三入臻 / 譎　古穴　見屑合四入山

薛 / 錫互注

1）6494 　幭　莫狄（集）明錫四入梗 / 威　莫列（集）明薛三入山

六、《玉篇直音》中出現了幾條陰、入互注的音注

1）2375 　酈　郎擊　來錫開四入梗 / 利　力至　來至開三去止
麗，郎計（來霽開四去蟹）切，這條音注有否「麗」的影響呢？

2）11302 　䴏　羊謝　以禡開三去假 / 掖　羊益　以昔開三入梗

3）13213 　匵　與職　以職開三入曾 / 異　羊吏　以志開三去止
此二例不知有否偏旁的影響。

4）12024 　薺　在禮（集）從薺開四上蟹 / 即　子力　精職開三入曾

5）12766b 什　是執　禪緝開三入深 / 二　而至　日至開三去止

6）13323 　鸃　魚記　疑志開三去止 / 逆　宜戟　疑陌開三入梗

7）3384 　爹　陟邪　知麻開三平假

　　　　　　　徒可　定哿開一上果 / 的　都歷　端錫開四入梗

「爹」字出現比較晚，最早收錄它的文獻大概是三國時魏人張揖編纂的《廣雅》，曹憲音：大可反。《宋本玉篇》收錄了屠可、陟邪二切，麻韻的「爹」屬端、知類隔，王力先生說「《廣韻》『爹』，陟邪切，今讀 tie，就是知母古音的殘留」[註31]。「徒可切」的今音是[ta]，那麼，此例就是麻二韻的「爹」與入聲的「的」互注。今海鹽方言讀「爹」爲 tiɛ。

8）5190 　忺　許訖（集）曉迄開三入臻 / 依　於希　影微開三平止

　　　　　　　　　　　　隱豈（集）影尾開三上止

〔註31〕《王力文集》9。

依，《廣韻》只有平聲一讀，《集韻》還有上聲一讀，均是陰聲。王筠《說文句讀》：「《說文》無伩字，囟即是也。」伩，《廣韻》夷質（以質開三入臻）切，則此例是質韻的以母字與微（尾）韻的影母字互注。

這幾例從數量上說很少，但都比較可信，透露出口語中入聲韻尾走向消失的徵兆，非常珍貴。

第五節　韻母表

《玉篇直音》的韻部有 24 個，韻母有 47 個，具體是：

一、陽聲韻部 6，韻母 17

1. 東同（1）庚_二耕登_開

　　　　（2）庚_三清青_開、蒸

　　　　（3）東_一冬、東_三鍾_{唇、牙部分、莊精組、來母}、庚_二耕登_合

　　　　（4）東_三、鍾、庚_三清青_合

2. 江陽（5）江_{唇、牙喉部分}、陽_{唇牙喉}、唐_開

　　　　（6）江_{牙喉部分}、陽_開

　　　　（7）江_{知莊}、陽_{莊、合}、唐_合

3. 眞尋（8）痕、登_{牙開部分}、文魂_唇

　　　　（9）眞_開、臻欣侵、庚_{三唇少數}、清青_{開少數}、蒸_{少數}

　　　　（10）魂、諄_{齒音}、庚_{二牙合少數}、登_{牙合少數}

　　　　（11）眞_合、諄文、蒸_{個別字}

4. 寒桓（12）寒覃談

　　　　（13）桓

5. 山咸（14）刪山_開、咸銜、元凡_唇

　　　　（15）刪山_合

6. 先鹽（16）元仙先_開、嚴鹽添、凡_{唇除外}

　　　　（17）元仙先_合

二、陰聲韻部 12，韻母 18

1. 支詞　（1）止攝、祭_{知章精組}

2. 齊移　（2）之、支脂微齊祭廢_開、魚虞_{少部分}

3. 蘇模 （3）模、魚虞莊、唇、尤侯唇、歌少數

4. 居魚 （4）魚虞

5. 而兒 （5）止攝日母開口

6. 灰回 （6）微廢灰泰唇

（7）灰、支脂微齊祭廢泰合

7. 皆來 （8）咍、泰開、皆佳夬開

（9）皆佳夬合

8. 蕭豪 （10）豪、肴、宵齒

（11）蕭宵、肴牙喉

9. 歌羅 （12）歌戈

10. 家麻 （13）麻二開、佳開部分

（14）麻二合、佳合部分

11. 車蛇 （15）麻三、戈三開

（16）戈三合

12. 鳩侯 （17）尤幽

（18）侯、尤莊組

三、入聲韻部 6，韻母 12

1. 屋燭 （1）屋一沃、屋三燭章組、唇音、來母、術知章

（2）屋三燭、物喉、職喉合、質錫昔合

2. 藥鐸 （3）覺鐸、曷末合少量

（4）藥

（5）鐸合

3. 格陌 （6）沒陌二麥德開、職莊組開

（7）陌二麥德合

4. 質石 （8）質櫛迄緝、術部分、陌三昔錫職開

5. 曷拔 （9）曷合盍、轄黠開、洽狎、乏唇

（10）末、轄黠合

6.屑別 （11）月薛屑開、業葉怗、乏唇除外

（12）月薛屑合

第四章 聲 調

第一節 濁上變去

《玉篇直音》的全濁上聲字的互注情況：

清濁類	數　量	百分比
濁上／清上	12	
濁上／濁上	320＋14	69%
濁上／次濁上	1	
濁上／清去	40	31%
濁上／濁去	116	
總　計	503	100%

全濁上聲與去聲互注共 156 次，佔全濁上聲總數的 31%。這方面的音注條目有：

一、濁上 ＞ 濁去

並母

1）3156　　偋　步定（集）並徑四去梗 ／ 並　蒲迥　並迥四上梗

2）12536　病　皮命　並映三去梗 ／ 並　蒲迥　並迥四上梗

3）5874　　鮮　薄汯　並銑四上山 ／ 卞　皮變　並線三去山

4）12594　辨　符蹇　並獮三上山／便　婢面　並線三去山
5）12595　辯　符蹇　並獮三上山／同上（便）婢面　並線三去山
6）1431　湴　蒲鑑　並鑑二去咸／范　防錽　奉范三上咸

7）2460　陛　傍禮　並薺四上蟹／鼻　毗至　並至三去止
8）3653　婢　便俾　並紙三上止／比　毗至　並至三去止

「比」還有必至一切，清音幫母。

9）13308　䯱　皮彼（玉）並紙三上止／披　平義（集）並寘三去止

10）85　暴　薄報　並號一去效／抱　薄浩　並皓一上效
11）86　㬥　薄報（集）並號一去效／同上（抱）薄浩　並皓一上效
12）87　曝　薄報　並號一去效 b／同上（抱）薄浩　並皓一上效
13）5011　鉋　皮教（集）並效二去效／鉋　薄巧　並巧二上效

14）4412　哺　蒲故　並暮一去遇／部　裴古　並姥一上遇

奉母

15）13746　奉　扶隴　奉腫三上通／鳳　馮貢　奉送三去通

16）9990　梵　扶泛　奉梵三去咸／范　防錽　奉范三上咸
17）11680　䒦　防錽　奉范三上咸／帆　扶泛　奉梵三去咸

18）2458　附　符遇　奉遇三去遇／父　扶雨　奉麌三上遇
19）11709　駙　符遇　奉遇三去遇／父　扶雨　奉麌三上遇
20）12102　鮒　符遇　奉遇三去遇／父　扶雨　奉麌三上遇
21）10316　萯　房久　奉有三上流／附　扶富（集）奉宥三去流

群母

22）5359　䐃　巨殞（集）群準合三上臻／郡　渠運　群問合三去臻
23）10156　菌　渠殞　群軫合三上臻／郡　渠運　群問合三去臻

24）3033　儉　巨險　群琰開三上咸／健　渠建　群願開三去山
25）3036　健　渠建　群願開三去山／儉　巨險　群琰開三上咸

26）3298　　件　其輦　群獮開三上山 / 健　渠建　群願開三去山

27）3130　　俟　其季　群至合三去止 / 揆　求癸　群旨合三上止

28）3753　　婌　求癸　群旨合三上止 / 遾去　渠追　群脂合三平止（去：至）

29）12566　忌　渠記　群志開三去止 / 技　渠綺　群紙開三上止

30）3993　　懼　其遇　群遇合三去遇 / 巨　其呂　群語合三上遇

31）5964　　勮　其據　群御合三去遇 / 巨　其呂　群語合三上遇

32）10315　舊　巨救　群宥開三去流 / 臼　其九　群有開三上流

33）11693　舅　其九　群有開三上流 / 舊　巨救　群宥開三去流

34）13200　匛　巨救（集）群宥開三去流 / 臼　其九　群有開三上流

35）13719　臼　其九　群有開三上流 / 求去　巨鳩　群尤開三平流（去：宥）

匣母

36）13495　巷　胡絳　匣絳開二去江 / 項　胡講　匣講開二上江

37）4063　　硜　胡頂　匣迥開四上梗 / 刑去　戶經　匣青開四平梗（去：徑）

38）13313　魺　胡硬（玉）匣諍開二去梗 / 幸　胡耿　匣耿開二上梗

39）1473　　混　胡本　匣混合一上臻 / 圂　胡困　匣慁合一去臻

40）3894　　慁　胡困　匣慁合一去臻 / 混　胡本　匣混合一上臻

41）4305　　惽　胡困　匣慁合一去臻 / 混　胡本　匣混合一上臻

42）12919b　圂　胡困　匣慁合一去臻 / 混　胡本　匣混合一上臻

43）1946　　垸　胡玩　匣換合一去山 / 緩　胡管　匣緩合一上山

44）2541　　限　胡簡　匣產開二上山 / 閑去　戶間　匣山開二平山（去：襇）

45）4716　　睅　下罕（集）匣旱開一上山 / 汗　侯旰　匣翰開一去山

46）6876　　誯　胡笴　匣旱開一上山 / 幹　侯旰（集）匣翰開一去山

47）1154　　冱　胡故（集）匣暮合一去遇 / 戶　侯古　匣姥合一上遇

48）1455　　涸　胡故（集）匣暮合一去遇 / 戶　侯古　匣姥合一上遇

49）3871　忢　胡故（玉）匣暮合一去遇／戶　侯古　匣姥合一上遇

50）6444　槬　胡故（集）匣暮合一去遇／戶　侯古　匣姥合一上遇

51）12414　頀　胡誤　匣暮合一去遇／戶　侯古　匣姥合一上遇

52）3318　儫　胡介　匣怪開二去蟹／駭　侯楷　匣駭開二上蟹

53）4045　佲　胡槩　匣代開一去蟹／亥　胡改　匣海開一上蟹

54）4218　愩　戶代（集）匣代開一去蟹／亥　胡改　匣海開一上蟹

55）11731　駭　侯楷　匣駭開二上蟹／蟹去　胡買　匣蟹開二上蟹（去：卦）

56）1278　浩　胡老　匣皓開一上效／号　胡到　匣號開一去效

57）4680　晧　後到（集）匣號開一去效／浩　胡老　匣皓開一上效

58）6892　譿　胡到　匣號開一去效／浩　胡老　匣皓開一上效

59）11435　鷨　乎馬（玉）匣馬開二上假／遐去　胡加　匣麻開二平假

（去：禡）

定母

60）1398　蕩　徒朗　定蕩開一上宕／宕　徒浪　定宕開一去宕

此二字是《廣韻》的韻目，一般讀書人應該很熟悉，這裏，注音者認爲它們同音，非常能說明問題。

61）1703　碭　徒浪　定宕開一去宕／蕩　徒朗　定蕩開一上宕

62）12918　囤　徒浪　定宕開一去宕／蕩　徒朗　定蕩開一上宕

63）2150　町　徒鼎　定迥開四上梗／定　徒徑　定徑開四去梗

64）4897　睜　待鼎（集）定迥開四上梗／廷　徒徑　定徑開四去梗

65）5253　膻　徒旱　定旱開一上山／彈　徒案　定翰開一去山

66）10324　菼　徒感　定感開一上咸／弹（彈）徒案　定翰開一去山

67）2047　墰　徒古　定姥合一上遇／度　徒故　定暮合一去遇

68）2762　度　徒故　定暮合一去遇／杜　徒古　定姥合一上遇

69）3945　怠　徒亥　定海開一上蟹／大　徒蓋　定泰開一去蟹

70）13848　待　徒亥　定海開一上蟹 ／ 代　徒耐　定代開一去蟹

71）1932　珧　徒了（集）定篠開四上效 ／ 銚　徒弔　定嘯開四去效

崇、澄、禪、船母

72）2597　膪　士禁（玉）崇沁開三去深 ／ 岑　士瘁（集）崇寢開三上深

73）6392　組　丈莧　澄襇開二去山 ／ 同上（撰）雛綰　崇潸合二上山

74）6391　綻　丈莧　澄襇開二去山 ／ 撰　雛綰　崇潸合二上山

75）12152　豸　宅買　澄蟹開二上蟹 ／ 柴去　士懈（集）崇卦開二去蟹

76）2734　厏　士下（集）崇馬開二上假 ／ 乍　助駕　崇禡開二去假

77）5537　齟　牀呂　崇語合三上遇 ／ 助　牀據　崇御合三去遇

78）10600　篆　持兗　澄獮合三上山 ／ 廛去　直碾（集）澄線開三去山

79）881　峙　直里　澄止開三上止 ／ 滯　直例　澄祭開三去蟹

80）2684　庤　直里　澄止開三上止 ／ 治　直吏　澄志開三去止

81）1173　泞　丈呂（集）澄語合三上遇 ／ 住　持遇　澄遇合三去遇

「住」還有清音知母一讀，中句（知遇）切。

82）4772　貯　直呂　澄語合三上遇 ／ 住　持遇　澄遇合三去遇

83）5792　跓　直主　澄麌合三上遇 ／ 住　持遇　澄遇合三去遇

84）10650　筯　遲倨　澄御開三去遇 ／ 柱　直主　澄麌合三上遇

85）4325　召　直照　澄笑開三去效 ／ 兆　治小　澄小開三上效

86）13521　肁　治小　澄小開三上效 ／ 召　直照　澄笑開三去效

87）6336　紂　除柳　澄有開三上流 ／ 冑　直祐　澄宥開三去流

88）6264　繕　時戰　禪線開三去山 ／ 善　常演　禪獮開三上山

89）10896　饍　時戰　禪線開三去山／善　常演　禪獮開三上山

90）13225　膞　市兗　禪獮合三上山／傳　直戀　澄線合三去山

91）1402　澪　士止（集）崇止開三上止／侍　時吏　禪志開三去止

92）3067　侍　時吏　禪志開三去止／是　承紙　禪紙開三上止

93）4379　噬　時制　禪祭開三去蟹／是　承紙　禪紙開三上止

94）4439　眡　時利　禪至開三去止／是　承紙　禪紙開三上止

95）6526　市　時止　禪止開三上止／寺　祥吏　邪志開三去止

96）6908　諡　神至　船至開三去止／是　承紙　禪紙開三上止

97）6909　謚　神至　船至開三去止／同上（是）承紙　禪紙開三上止

98）4020　恃　時吏　禪志開三去止／是　承紙　禪紙開三上止

99）8103、13351　示　神至　船至開三去止／是　承紙　禪紙開三上止

100）4348　售　承呪　禪宥開三去流／受　殖酉　禪宥開三上流

101）4647　嗖　承呪　禪宥開三去流／受　殖酉　禪宥開三上流

102）6327　紹　市沼　禪小開三上效／邵　寔照　禪笑開三去效

從、邪、俟母

103）2604　阱　疾郢　從靜開三上梗／淨　疾正　從勁開三去梗

104）12409　靜　疾郢　從靜開三上梗／淨　疾政　從勁開三去梗

105）12411　靖　疾郢　從靜開三上梗／同上（淨）疾政　從勁開三去梗

106）7229　靖　疾郢　從靜開三上梗／淨（淨）疾政　從勁開三去梗

107）7230　睜　疾郢　從靜開三上梗／淨（淨）疾政　從勁開三去梗

108）13667　盡　疾引（玉）從軫開三上臻／燼　徐刃　邪震開三去臻

109）2607　踐　在演（集）從獮開三上山／賤　才線　從線開三去山

110）2731　瘯　牀史（集）崇（俟）止開三上止／自　疾二　從至開三去止

111）3436　兕　徐姊　邪旨開三上止／寺　詳吏　邪志開三去止

112）10869　飼　詳吏　邪志開三去止／似　詳里　邪止開三上止

113）10870　飤　詳吏　邪志開三去止／同上（似）詳里　邪止開三上止

114）13625　署　常恕　禪御合三去遇 / 序　徐呂　邪語合三上遇

最後還有一例，不過不是全濁聲母與全濁聲母，而是全濁聲母與次濁聲母
的互注：

115）5180　腎　時忍　禪軫開三上臻 / 刃　而振　日震開三去臻

二、濁上 ＞ 清去

並母

1）496　霹　北諍（集）幫諍二去梗 / 併　蒲幸（集）並耿二上梗

2）5340　臏　毗忍　並軫三上臻 / 賓　必仞（集）幫震三去臻

3）5894　髕　毗忍　並軫三上臻 / 擯　必刃　幫震三去臻

4）225　霸　必駕　幫禡二去假 / 罷　部下（集）並馬二上假

5）226　霸　必駕　幫禡二去假 / 同上（罷）部下（集）並馬二上假

奉母

6）665　颮　非鳳（玉）非送三去通 / 捧　父勇（集）奉腫三上通

7）6659　諷　方鳳　非送三去通 / 捧　父勇　奉腫三上通

群母

8）6650　誩　其兩　群養開三上宕 / 誆　居況　見漾合三去宕

9）2958　澀　其拯（集）群拯開三上曾 / 敬　居慶（集）見映開三去梗

10）13485b　夬　古邁　見夬合二去蟹 / 拐　求蟹　群蟹合二上蟹

匣母

11）3283　睧　呼困（集）曉慁合一去臻 / 混　胡本　匣混合一上臻

12）11932　獡　下斬　匣豏開二上咸 / 献（獻）許建　曉願開三去山

13）1174　泫　胡畎　匣銑合四上山 / 楥　虛願　曉願合三去山

14）8079　殟　胡罪　匣賄合一上蟹／賄　呼內（集）曉隊合一去蟹

15）1650　浘　後五（集）匣姥合一上遇／虎去　呼古　曉姥合一上遇
（去：暮）

16）8412　鎬　胡老　匣皓開一上效／好　呼到　曉號開一去效

17）12437a　皛　胡了　匣篠開四上效／孝　呼教　曉效開二去效

18）8860　貨　呼臥　曉過合一去果／禍　胡果　匣果合一上果

19）4994　聬　胡瓦　匣馬合二上假／化　呼霸　曉禡合二去假

定母

20）1479　洞　多貢　端送合一去通／動　徒摠　定董合一上通

21）6781　誕　徒旱　定旱開一上山／旦　得按　端翰開一去山

22）7712　屇　徒玷　定忝開四上咸／店　都念　端㮇開四去咸

23）375　蠢　徒罪（玉）定賄合一上蟹／對　都隊　端隊合一去蟹

24）1795　𡔥（蠹）當故　端暮合一去遇／杜　徒古　定姥合一上遇

25）2888　宨　徒了　定篠開四上效／吊（弔）多嘯　端嘯開四去效

澄、禪、崇、從母

26）2586　𧼱　丈爾（集）澄紙開三上止／致　陟利　知至開三去止

27）6055　褫　池爾　澄紙開三上止／至　脂利　章至開三去止

28）11852　佇　直呂　澄語合三上遇／杜　株遇（集）知遇合三去遇

29）3462　奆　莊眷　莊線合三去山／巽　雛免（集）崇獮合三上山

30）7989　豢　丑院　徹線合三去山／篆　持兗　澄獮合三上山

31）7425　捶　是棰（集）禪紙合三上止／追去　陟隹　知脂合三平止

32）12839　翅　施智　書寘開三去止／市　時止　禪止開三上止

33）527　羡　仕下（集）崇馬開二上假／詐　側駕　莊禡開二去假
34）12886　寠　仕下（集）崇馬開二上假／詐　側駕　莊禡開二去假

35）3206　僔　粗本（集）從混合一上臻／尊去　祖昆　精魂合一平臻
　　　　　　（去：慁）

36）8682　瓚　藏旱　從旱開一上山／贊　則旰　精翰開一去山
37）10812　羼　則旰　精翰開一去山／邅　持碾　澄線開三去山

38）5471　鹺　才可（集）從哿開一上果／佐　則箇　精箇開一去果

邪、俟母

39）7602　伺　相吏　心志開三去止／俟　牀史　俟止開三上止
40）10648　笥　相吏　心志開三去止／似　詳里　邪止開三上止

參考例：

　　2971　清　七政　清勁開三去梗／靖　疾郢　從靜開三上梗

　　按理說，31%的比例是能夠證明全濁上聲已經變為去聲的，但其中有 14 例注者特別注明「上」，因此我們認為《玉篇直音》應該是還存在全濁上聲的。

第二節　陰陽分調

　　從第一章第三節我們可以看到《玉篇直音》的注音者有明確的聲調觀念，而且由「平、上、去、入」的注音字能看到它有四聲，那麼具體又有幾個調類呢？與中古漢語比較又有什麼變化呢？對此，我們的做法是：首先把一些不太確定的音注條刪去，然後按四聲分別統計其清音自注、全濁音自注、次濁音自注（影母互注列入清聲統計，若影母與喻、微、疑母互注則列入次濁聲統計）、清濁互注的情況，得到下面的結果：

平聲

清濁類	數　量	百分比	自注互注百分比
清平	2352	47.8%	
濁平	1280	26%	98.5%
次濁平	1219	24.7%	
清平／濁平	66	1.3%	1.3%
清平／次濁平	2		
濁平／次濁平	7		0.2%
總計	4926	100%	100%

　　平聲共有 4926 例，自注的數量是 4851 例，占總數的 98.5%；清濁互注的數量是 66 例，佔總數的 1.3%。自注的數量遠遠大於互注的數量，說明平聲中清濁有別。原來中古聲母的清濁區別已經變化爲聲調上的區別，分爲陰平和陽平。

上聲

清濁類	數　量	百分比	自注互注百分比
清上	1105	56.3%	
濁上	14 + 320	17.01%	98.52%
次濁上	495	25.21%	
濁上／次濁上	1		0.05%
清上／濁上	28	1.43%	1.43%
總計	1963	100%	100%

　　前面說過，《玉篇直音》的部分全濁上聲已經變入去聲，因此，我們在作統計時，將全濁上聲與去聲互注的音注例列入去聲範圍，不再在上聲中分析，至於全濁上聲自注的音注例，姑且還放在上聲中討論，其中有 14 例注者特別注明「上」。上聲共 1963 例，自注 1935 例，佔總數的 98.52%；清濁互注的有 28 例，佔總數的 1.43%。現代吳語的單字調從五類到八類不等，次濁上聲的歸屬情況大致有以下三種（顏逸明 1994）：

　　① 次濁上和全濁上同調；

　　② 次濁上和全濁上不同調，次濁上併入清上或者清去；

　　③ 次濁上獨立成爲陽上調。

關於海鹽方言的上聲，胡明揚先生《海鹽方言志》認爲分陰、陽調，次濁上讀同陽上，但《浙江吳語分區》描述海鹽的上聲不分陰陽，調值一律爲 422，次濁上讀同清上。根據《玉篇直音》的實際情況，我們暫時認爲它的上聲分陰、陽兩類，次濁上聲自注的歸類同胡明揚，次濁上聲與影母字互注的則爲陰上。

去聲

清濁類	數　量	百分比	自注互注百分比
清去	1077	51.8%	
濁去	392	18.9%	
次濁去	399	19.2%	95.6%
濁上／濁去	117	5.6%	
濁上／次濁去	2	0.1%	
清去／濁去	54	2.6%	4.4%
濁上／清去	37	1.8%	
總計	2078	100%	100%

去聲自注數量是 1987，佔總數的 95.6%；清濁互注的有 91 例，佔總數的 4.4%，自注的數量仍遠遠大於互注的數量，說明去聲有陰陽的區別。

入聲

清濁類	數　量	百分比	自注互注百分比
清入	941	50.2%	
濁入	371	19.8%	95.5%
次濁入	475	25.3%	
濁入／次濁入	4	0.2%	
清入／濁入	85	4.5%	4.5%
總計	1876	100%	100%

入聲自注的數量是 1791 例，佔總數的 95.5%；清濁互注的有 85 例，佔總數的 4.5%，可見，入聲也有陰陽的區別。

綜上所述，《玉篇直音》有平、上、去、入四大調類，各分陰、陽兩類。這樣是四聲八調。

第三節　不同聲調互注

《玉篇直音》出現了一些聲調不同卻互注的音注條目，分別有這麼幾種：

一、平上互注（52）

1. 平注上（32）

（一）

1）1064　　嬭　母被（集）明紙三上止／眉　武悲　明脂三平止

2）12638　茆　莫飽　明巧二上效／茅　莫交　明肴二平效

3）10196　茆　莫飽　明巧二上效／毛　莫袍　明豪一平效

（二）

4）2156　　疃　吐緩　透緩合一上山／湍　他端　透桓合一平山

5）2157　　畽　吐緩　透緩合一上山／同上（湍）他端　透桓合一平山

6）6354　　統　都敢　端敢開一上咸／湍　他端　透桓合一平山

7）10817　饕　杜覽（集）定敢開一上咸／談　徒甘　定談開一平咸

（三）

8）5899　　骾　古杏　見梗開二上梗／庚　古行　見庚開二平梗

9）6113　　繭　古典　見銑開四上山／堅　古賢　見先開四平山

10）10588　笴　古我　見哿開一上果／柯　古俄　見歌開一平果

11）5332　臉　居奄（集）見琰開三上咸／蕳　古閑　見山開二平山

12）1958　　坎　苦感　溪感開一上咸／堪　口含　溪覃開一平咸

13）7035　　遣　去演　溪獮開三上山／愆　去乾　溪仙開三平山

14）1852　　坅　丘甚（集）溪寢開三上深／琴　巨金　群侵開三平深

15）11083　麮　羌舉　溪語開三上遇／區　豈俱　溪虞合三平遇

16）11571、12528　虯　渠糾　群黝開三上流／求　巨鳩　群尤開三平流

「虯」字，雖然韻書沒標其平聲讀音，但《集韻》幽韻下，它有 4 次作反切下字。

17）978　　羛　魚倚　疑紙開三上止 / 宜　魚羈　疑支開三平止

（四）

18）21　　　曉　馨皛　曉篠開四上效 / 孝平　呼教　曉效開二去效（平：肴）

曉，韻書只有上聲，但注者在這裏特別注明讀平聲。

19）13530　㔶　烏后　影厚開一上流 / 嘔平　烏后　影厚開一上流

嘔，從韻書角度看，與「㔶」讀音同，但注者在這裏特別注明讀平聲。

20）3363　　偠　烏皎　影篠開四上效 / 妖　於喬　影宵開三平效

21）8715　　琰　以冉　以琰開三上咸 / 炎　于廉　于鹽開三平咸

22）4345　　沇　以轉　以獮合三上山 / 袁　雨元　于元合三平山

（五）

23）5610　　掌　諸兩　章養開三上宕 / 張　陟良　知陽開三平宕

張，《廣韻》還有去聲一讀，知亮（知漾開三去宕）切，只是「張」的平聲讀法似乎更普遍。

24）13194　咀　慈呂　從語開三上遇 / 祖平　則古　精姥合一上遇（平：模）

咀，韻書沒有平聲讀音，但注者強調它的平聲讀音。

25）10066　秭　蔣氏（集）精紙開三上止 / 同上（資）即夷　精脂開三平止

26）746　　揫　子了（玉）精篠開四上效 / 焦　即消　精宵開三平效

27）738　　焌　七選（玉）清獮合三上山 / 荃　此緣　清仙合三平山

28）1733　磢　初兩　初養開三上宕 / 窻　楚江　初江開二平江

29）5125　顲　丑甚　徹寝開三上深 / 琛　丑林　徹侵開三平深

（六）

30）11089　虇　郎斗　來厚開一上流 / 摟　落侯　來侯開一平流

31）1152　狃　人九　日有開三上流 / 柔　耳由　日尤開三平流

2. 上注平（20）

（一）

1）6033　襃　博毛　幫豪一平效 / 保　博抱　幫皓一上效

2）6034　褒　博毛　幫豪一平效 / 同上（保）博抱　幫皓一上效

3）1716　砭　府廉　幫鹽三平咸 / 匾　方典　幫銑四上山

4）1717　砭　府廉　幫鹽三平咸 / 同上（匾）方典　幫銑四上山

5）9451　瓿　普侯　滂侯一平流 / 剖　普后　滂厚一上流

6）4602　吥　普溝（集）滂侯一平流 / 剖　普后　滂厚一上流

7）6028　裒　縛謀　奉尤三平流 / 否　方久　非有三上流

（二）

8）2163　涷　都籠（集）端東合一平通 / 董　多動　端董合一上通

（三）

9）10171　蕑　古閑　見山開二平山 / 減　古斬　見豏開二上咸

10）13067　柯　古俄　見歌開一平果 / 同上（哿）古我　見哿開一上果

11）7297　摳　恪侯　溪侯開一平流 / 口　苦后　溪厚開一上流

（四）

12）5612　豌　烏丸（集）影桓合一平山 / 椀　烏管　影緩合一上山

（五）

13）13051a　髭　即移　精支開三平止 / 泚　蔣氏（集）精紙開三上止

14) 13051b 訾 即移 精支開三平止 / 子 即里 精止開三上止

15) 4851 蹤 七恭（集）清鍾合三平通 / 從上 七恭（集）清鍾合三平通

蹤，只有平聲讀法，而且《集韻》標明二字同音，注者還特別注明「上」。

16) 8250 鍫 七遙 清宵開三平效 / 悄 親小 清小開三上效

17) 7861 瘱 氏任 禪侵開三平深 / 審 式荏 書寢開三上深

（六）

18) 9628 櫚 力居 來魚開三平遇 / 呂 力舉 來語開三上遇

19) 5855 毟（氀）力朱 來虞合三平遇 / 呂 力舉 來語開三上遇

20) 8293 鑼 落戈 來戈合一平果 / 裸 郎果 來果合一上果

二、平去互注（40）

1. 去注平（21）

（一）

1) 479 霦 北朋（玉）幫登一平曾 / 併 蒲幸 並耿二上梗 〔註1〕

2) 6546 鸏 卑眠（集）幫先四平山 / 同上（便）婢面 並線三去山

3) 10501 箆 邊兮 幫齊四平蟹 / 備 平祕 並至三去止

4) 1195 泡 匹交 滂肴二平效 / 砲 披教（集）滂效二去效

（二）

5) 4929 䚟 丁兼 端添開四平咸 / 店 都念 端㮇開四去咸

6) 5091 顚 多年 端先開四平山 / 点去 都念（集）端㮇開四去咸

7) 10889 羝 都奚 端齊開四平蟹 / 帝 都計 端霽開四去蟹

〔註1〕《玉篇直音》的全濁上聲大多數已經變入去聲，所以將全濁上聲字列於此處，餘同。

8）242　　臌　他昆　透魂合一平臻 ／ 鈍　徒困　定慁合一去臻

9）498　　霮　徒紺（集）定勘開一去咸 ／ 談　徒甘　定談開一平蟹

（三）

10）5983　勪　苦淮　溪皆合二平蟹 ／ 噲　苦夬　溪夬合二去蟹

11）155　　暌　去圭（玉）溪齊合四平蟹 ／ 揆　求癸　群旨合三上止

12）13782　夼　巨支　群支開三平止 ／ 亟　去吏　溪志開三去止

13）904　　峞　五灰　疑灰合一平蟹 ／ 桅去　五灰　疑灰合一平蟹（去：隊）

14）2389　鄞　語巾　疑眞開三平臻 ／ 銀去　語巾　疑眞開三平臻（去：震）

15）6644　峳　俄干（集）疑寒開一平山 ／ 岸　魚旰　疑翰開一去山

（四）

16）4636　喊　許介　曉怪開二去蟹 ／ 咳　戶來　匣咍開一平蟹

（五）

17）2572　陳　郎才（集）來咍開一平蟹 ／ 來去　郎才（集）來咍開一平蟹

904、2389、2572 這 3 例，注音字與被注字本來是同音字，注音者還要特別標明「去」。可是中古韻書中根本查不到兩個被注字的去聲讀法。

18）7494　攂　力堆（玉）來灰合一平蟹 ／ 雷去　魯回　來灰合一平蟹
　　　　　　　（去：隊）

（六）

19）4950　欁　側交　莊肴開二平效 ／ 罩　陟教　知效開二去效

如果說 242、498 可能是偏旁的影響（敦，都困切，端慁；潭，徒南切，定覃），那麼 4636、4950 找不到很好的解釋。

20）7838　疻　章移　章支開三平止 ／ 志　職吏　章志開三去止

21）2705　艖　鉏加　崇麻開二平假 ／ 乍　鋤駕　崇禡開二去假

2. 平注去（19）

（一）

1）3544　娉　匹正　滂勁三去梗 / 聘平　匹正　滂勁三去梗（平：清）

娉，韻書只有去聲讀法，而且與「聘」同音，但注者強調「娉」的平聲。

（二）

2）218　旦　得按　端翰開一去山 / 丹　都寒　端寒開一平山

3）5364　腶　丁貫　端換合一去山 / 端　多官　端桓合一平山

4）2494　陊　待可（集）定哿開一上果 / 馱　徒河　定歌開一平果

（三）

5）5518　齡　巨禁　群沁開三去深 / 琴　巨金　群侵開三平深

6）5595　琀　巨禁　群沁開三去深 / 琴　巨金　群侵開三平深

7）1083　峅　牛仲（玉）疑送合三去通 / 顒　魚容　疑鍾合三平通

（四）

8）10999　酗　吁句（集）曉遇合三去遇 / 虛　朽居　曉魚開三平遇

9）5843　罅　荒故　曉暮合一去遇 / 乎　荒胡（集）曉模合一平遇

10）95　睆　戶版（集）匣潸合二上山 / 歡　呼官　曉桓合一平山

11）6401　絢　許縣　曉霰合四去山 / 喧　況袁　曉元合三平山

12）3268　儫　許既（集）曉未開三去止 / 僖　許其　曉之開三平止

13）8335　鉶　呼內（玉）曉隊合一去蟹 / 灰　呼恢　曉灰合一平蟹

（五）

14）2869　窔　一叫（集）影嘯開四去效 / 腰　於霄　影宵開三平效

15）7976　窔　烏叫　影嘯開四去效 / 腰　於霄　影宵開三平效

（六）

16）1613　濜　慈忍　從軫開三上臻 / 秦　匠鄰　從真開三平臻

17）197　　昂　才用（玉）從用合三去通／崇　鋤弓　崇東合三平通

18）3050　　偫　直里　澄止開三上止／池　直離　澄支開三平止

19）12687　抻　試刃　書震開三去臻／升　識蒸　書蒸開三平曾

三、上去互注〔註2〕（63）

1. 上注去（21）

（一）

1）1855　　坌　蒲悶（集）並慁一去臻／盆上　蒲奔　並魂一平臻（上：混）

2）5957　　勱　莫話　明夬二去蟹／買　莫蟹　明蟹二上蟹

3）6675　　訪　敷亮　敷漾三去宕／倣　分网　非養三上宕
「訪」今天在現代漢語普通話中也讀上聲。

4）12279　翡　扶沸　奉未三去止／匪　府尾　非尾三上止

（二）

5）3541　　妒　當故　端暮合一去遇／覩　當古　端姥合一上遇

6）3542　　妒　當故　端暮合一去遇／同上（覩）當古　端姥合一上遇

7）9385　　剁　都唾　端過合一去果／朵　丁果　端果合一上果

8）7527　擋　丁浪　端宕開一去宕／當上　丁浪　端宕開一去宕（上：蕩）

9）3498　　佞　乃定　泥徑開四去梗／寧上　奴丁　泥青開四平梗（上：迥）
《集韻》這兩個字同為「乃定切」。

（三）

10）2235　　鄿　古詣　見霽開四去蟹／紀　居理　見止開三上止
紀，現代漢語普通話也讀去聲。

〔註 2〕不含全濁上聲與去聲的互注。

11）234　　　胐　古鄧（玉）見鄧開一去曾 / 耿　古幸　見耿開二上梗

12）3997　　慨　口溉（集）溪代開一去蟹 / 同上（凱）苦亥 溪海開一上蟹

13）12664　忤　五故　疑暮合一去遇 / 同上（五）疑古　疑姥合一上遇

14）6756　詣　五計　疑霽開四去蟹 / 擬　魚紀　疑止開三上止

（四）

15）11266　鶐　戎用（集）日用合三去通 / 尹　余準　以準合三上臻

16）1952　壄　羊洳　以御開三去遇 / 庾　以主　以麌合三上遇

（五）

17）12743　詈　力智　來寘開三去止 / 里　良士　來止開三上止

18）7755　屢　良遇　來遇合三去遇 / 呂　力舉　來語開三上遇

19）8018　婁　龍遇（集）來遇合三去遇 / 呂　力舉　來語開三上遇

（六）

20）2765　座　徂臥　從過合一去果 / 坐上　徂果　從果合一上果

　　　　　　　　　　　　　　　　　　　　　　徂臥　從過合一去果

這組的被注字韻書中只有一讀，而且與注音字同音，但注者標明其獨特的聲調。

21）8895　眚　所敬　生映開三去梗 / 省　所景（集）生梗開三上梗

2. 去注上（42）

（一）

1）4233　㸺　母婢（集）明紙三上止 / 媚　明祕　明至三去止

2）7587　䦟　綿婢　明紙三上止 / 謎　莫計　明霽四去蟹

3）3262　仿　分网　非養三上宕 / 訪　敷亮　敷漾三去宕

4）13841　彷　妃兩　敷養三上宕／訪　敷亮　敷漾三去宕
5）111　眆　分网　非養三上宕／訪　敷亮　敷漾三去宕
訪，現代漢語普通話讀上聲。

6）6543　馩　方吻　非吻三上臻／奮　方問　非問三去臻

（二）
7）5386　脜　都罪　端賄合一上蟹／對　都隊　端隊合一去蟹
8）7237　錞　都罪　端賄合一上蟹／對　都隊　端隊合一去蟹

9）13184　枓　當口　端厚開一上流／鬪　都豆　端候開一去流

10）7622　亶　他但　透旱開一上山／歎　他旦　透翰開一去山

11）833　崵　吐猥　透賄合一上蟹／退　他內　透隊合一去蟹
12）5336　腇　吐猥　透賄合一上蟹／兊　吐外（集）透泰合一去蟹

13）9768　桶　他孔　透董合一上通／統　他綜　透宋合一去通
統，現代漢語普通話讀上聲。

（三）
14）13113　夰　古老　見皓開一上效／告　古到　見號開一去效
15）7591b　鄡　古了　見篠開四上效／激　古弔　見嘯開四去效

16）12388　贛　古禫（集）見感開一上咸／紺　古暗　見勘開一去咸
17）8950　輨　古滿　見緩合一上山／貫　古玩　見換合一去山
18）2624　凵　丘犯　溪范合三上咸／欠　去劒（集）溪驗開三去咸

19）652　烴　古頂　見迥開四上梗／敬　居慶　見映開三去梗

20）13526　䫥　去委　溪紙合三上止／愧　俱位　見至合三去止

21）109　闓　苦亥　溪海開一上蟹／慨　口溉（集）溪代開一去蟹

22）11581 蟻 魚倚 疑紙開三上止 / 乂 魚肺 疑廢開三去蟹

23）11582 螘 魚倚 疑紙開三上止 / 同上（乂）魚肺 疑廢開三去蟹

（四）

24）10310 怳 許往（玉）曉養合三上宕 / 況 許訪 曉漾合三去宕

25）4742 睍 馨兗（集）曉獮合三上山 / 楦 虛願 曉願合三去山

（五）

26）3387 毐 於改 影海開一上蟹 / 靄 於蓋 影泰開一去蟹

27）1326 滃 烏孔 影董合一上通 / 甕 烏貢 影送合一去通

28）151 隇 于鬼（玉）于尾合三上止 / 僞 危睡 疑寘合三去止

29）2654 庾 以主 以麌合三上遇 / 預 羊洳 以御合三去遇

30）3832 愈 以主 以麌合三上遇 / 預 羊洳 以御開三去遇

31）6315 紖 以忍（集）以軫開三上臻 / 孕 以證 以證開三去曾

（六）

32）983 嶉 遵誄 精旨合三上止 / 最 祖外 精泰合一去蟹

33）999 摧 子罪 精賄合一上蟹 / 最 祖外 精泰合一去蟹

34）1319 滓 阻史 莊止開三上止 / 漬 疾智 從寘開三去止

35）12449 皠 七罪 清賄合一上蟹 / 綷 取內（集）清隊合一去蟹

36）908 峖 疎士（玉）生止開三上止 / 四 息利 心至開三去止

37）13224 諈 之累 章紙合三上止 / 贅 之芮 章祭合三去蟹

38）667 疗 展呂（集）知語開三上遇 / 住 中句 知遇合三去遇

39）8877　貯　知呂　知語開三上遇／蛀　之戍　章遇合三去遇

40）74　暑　舒呂　書語開三上遇／恕　商署　書御開三去遇

（七）

41）4303　佬　盧皓　來皓開一上效／勞去　郎到（集）來號開一去效

42）4630　喻　乳尹（集）日準合三上臻／閏　如順　日稕合三去臻

四、其它

1）10601　篠　先鳥　心篠開四上效／肖　私妙　心笑開三去效
　　　　　　　　　　　　　　　　　　　　思邈（集）心宵開三平效

2）4830　睅　五剄　疑迥開四上梗／迎　魚敬　疑映開三去梗
　　　　　　　　　　　　　　　　　　語京　疑庚開三平梗

「肖、迎」都有兩個讀音，難以判斷它們作注字時採用的是哪一個聲調，在此一併列出。

上述互注共 155 例，佔我們研究的《玉篇直音》的 12407 條音注的 1.2%。無獨有偶，《同文備考》這類字共 346 個，佔總字數的 2.5%，比《玉篇直音》的比例還要高。

第五章 《玉篇直音》的語音系統與中古音系統的差異

第一節 聲母

一、濁音清化

中古音的 12 個全濁聲母並、奉、定、群、澄、崇、俟、禪、船、從、邪、匣，在《玉篇直音》中都有所體現，它們程度不同地有與清聲母互注的現象，其清化比例依次為：並母 14.6%、奉母 13.2%、定母 7%、群母 11.7%、澄母 10%、崇母 11%、俟母 14%、禪母 6.7%、船母 8%、從母 11.8%、邪母 5.1%、匣母 9.25%。並母清化比例最高，為 14.6%，邪母清化比例最低，5.1%，平均清化比例為 10.25%，可見《玉篇直音》的全濁聲母基本保存，但一個有趣的現象是，有很多常用字都已經清化。下面我們看一下清濁互注的具體情況：

聲 母	互注的清聲母	數 量	平 / 仄	數量
並	幫	32	平	1
			仄	31
	滂	20	平	8
			仄	12

聲　母	互注的清聲母	數　量	平／仄	數量
定	端	20	平	0
			仄	20
	透	19	平	11
			仄	8
群	見	26	平	1
			仄	25
	溪	15	平	11
			仄	2
			平仄	2
澄二	知	1	仄	1
崇	莊	9	仄	9
	精	4	仄	4
	章	1	仄	1
	徹	2	平	2
從	精	21	平	3
			仄	16
			平仄	2
	莊	2	平	2
	清	10	平	8
			仄	2
澄三	精	1	仄	1
	知	13	仄	13
	章	4	仄	4
	徹	3	平	1
			仄	2
	昌	1	平	1

　　現代吳語保留濁音，江淮方言的濁聲母清化，清化規律是平聲送氣，仄聲不送氣。從表中可以看到：《玉篇直音》的濁塞音、塞擦音清化後讀不送氣音的仄聲較平聲字佔絕對優勢，讀送氣音的平聲較仄聲字多一些，總體趨勢是平聲送氣，仄聲不送氣，應該是受到了北方話濁音清化規律的影響，如崇母，與全清音互注的是仄聲字，與次清音互注的是平聲字。但並不是完全一致，如並母，雖然讀同幫母的是仄聲佔優勢，但讀同滂母的平仄比例爲 9：12，仄聲較平聲爲多，定母讀同透母的雖然平聲字多，可仄聲字也不少。

二、非、敷、奉合流

非、敷互注比例為 26.3%，它們的合流毫無疑問。奉母有 13.2%的字清化後同非、敷合流，看統計表：

互注聲母		數 量	平 仄	數 量
奉	非	18	平	2
			仄	15
			平仄	1
	敷	7	平	1
			仄	6

我們看到奉母與非、敷互注的都是仄聲字居多，平聲的陰陽之別在注者語音中很明顯。

三、零聲母的擴大

《玉篇直音》零聲母的範圍較之中古音，已經大為擴大，喻三、喻四、影母互注的例子很豐富，于母自注 119 例，與以母互注 91 例。于、以的合流，王力《漢語史稿》認為「至少在第十世紀就已經完成了」。《玉篇直音》的于、以二母已經合流。

喻、影在《玉篇直音》中有 116 次互注，其中平聲互注 16 例，說明它們已經合流但在平聲裏有聲調陰陽上的區別，所以喻、影互注的絕大多數為仄聲字。

疑母，王力《漢語史稿》認為「在十四世紀（《中原音韻》時代）的普通話裏已經消失，和喻母（雲余）也完全相混了」。《玉篇直音》疑母與影母互注 21 例，與于母互注 14 例，與以母互注 20 例，共 55 例，與影母互注的 21 例中，有 12 例是一、二等韻的字，說明疑母不僅細音已經變為零聲母，甚至有少數洪音也開始變同零聲母。

微母自注 85 次，與影母互注 4 次，與于母互注 1 次，與以母互注 2 次，共 7 次，乍一看，微母與零聲母互注的並不多，但我們仔細分析一下，微母分佈在微、虞、文、元、陽、凡 6 個韻，共 19 個小韻。《玉篇直音》的輕唇音各韻已經丟失 i 介音，從而變同洪音，因此與微母互注的只能是合口洪音，而虞、文、元三韻的影、喻母字是細音，喻母又不出現在洪音韻，因此與微母可以互注的只能是相關韻的影母字，但影母和微母又有清和次濁的不同，反映在字調

上尤其是平聲中就又有陰陽調的區別，這樣一來，可以和微母字互注的影、喻母字就很少了。我們看到與影母互注的 4 例都是上聲字，與喻母互注的 3 例則集中在止攝，因而微母有一部分也變爲零聲母，而且分佈在三個韻系中，佔微母分佈韻系數（6）的一半。

除此以外，還有少量日母字也讀同零聲母，這樣零聲母的隊伍壯大了。

四、知、莊、章、精組的混併問題

《切韻》系統知徹澄、莊初崇生俟、章昌船書禪、精清從心邪四組分得很清楚，到了《玉篇直音》中，它們原有的格局完全被打破，知二、莊、精合併，知三、章合併。

與知二互注的莊組字共 35 例，不僅有二等韻，也有三等韻 8 例，與知二合流的莊組字有陽、蒸、東三韻系，其中陽韻系字最多，說明這些三等韻的莊組字已經失去 i 介音，讀爲洪音。

與精組互注的莊組字共 137 例，其中洪音互注的有 55 例，細音互注的有 44 例，洪、細互注的有 38 例：精三／莊二互注 5 例，分佈在蒸／耕、宵／肴、麻二／麻三韻系；精一／莊三互注 33 例，分佈在魚／模、尤／侯、魚／戈一、陽／唐、蒸／登、東一／東、冬／東三、諄／魂、諄／登韻系，這些韻系裏的精莊組字應該是已經失去 i 介音，讀爲洪音。

同時知三、章組有很多字讀如莊精組，知三組與精組互注的有 13 例，章組與精組互注的也有 13 例，章組與莊組互注的有 16 例，說明已經有一部分知三、章組字歸入精系。下面的表是根據耿振生（1992）的敘述制定的：

著　作	作　者	作者籍貫	成書年代	音系特點
聲韻會通	王應電	江蘇崑山	1540	部分知照系字歸入精系
字學集要	毛曾、陶承學	會稽	1561	部分知照系字歸入精系
音聲紀元	吳繼仕	徽州	1611	知照與精系區別分明
古今韻表新編	仇廷模	浙江鄞縣	1725	知照與精合流
荊音韻彙	周仁	江蘇宜興	1790	知照與精部分合流
書文音義便考私編	李登	江蘇江寧	1587	精照分明
西儒耳目資	金尼閣	比利時人反映南京官話	1626	精組獨立

著　作	作　者	作者籍貫	成書年代	音系特點
五聲反切正韻	吳烺	安徽全椒	1763	部分知照字併入精
說音	許桂林	連雲港	1807	除開口呼保持對立，精系併入照系
韻法橫圖	李世澤	南京	1586～1612	知照不分，與精區別分明，可能有些莊組字讀入精組

　　上表中前五部著作反映的是吳語音系，後五部反映的是江淮方言，《韻法橫圖》的特點是根據邵榮芬（1998）先生的論述。在反映明末南京方音的《韻法橫圖》中，莊組與章組不分，但一韻之內，古三等字凡兼有莊、章兩組的時候，韻母有差別。

　　現代吳方言的知照系併入精系。

　　張衛東（1984）提出中古知照系在各方言裏的演變大致可以分為兩大類型：

　　　　A 型：向完全的舌尖後音化演變

　　　　B 型：向完全的舌尖前音化演變

　　吳方言的演變如下：

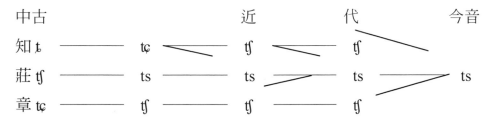

　　張衛東描述的吳方言知照系演變類型與《玉篇直音》正相吻合，《玉篇直音》處於近代向今音過渡的最後一個環節：知二、莊組已經讀同精組，知三、章組部分字讀同精組。

五、泥、娘合流

　　《切韻》音系，泥與一、四等拼合，娘與二、三等拼合，《玉篇直音》中娘母自注 4 次，與泥母互注 23 次，泥、娘不分。同時，疑母有 12 例與泥、娘母字互注，都是三、四等字，說明少數疑母字也讀同泥母。這點與前面提到的《聲韻會通》《字學集要》一致。

六、禪日、奉微相混

《玉篇直音》富有特色的一個現象是**禪日、奉微分別互注**。現代吳語方言中禪日、奉微四紐讀音的混同現象，頗富特色。關於禪、日合流這項音變的時代問題，馮蒸（1997）《歷史上的禪日合流與奉微合流兩項非官話音變小考》一文有所闡述，其結論是：宋末元初的胡三省《資治通鑑音注》為其發端，在明末清初的韻書中則得到了明確的表現。如日母歸入禪母，是《聲韻會通》的重要特徵之一，《字學集要》的船、禪、日三母合流。至於奉、微合流的時代，雖然沒有找到類似禪、日合流那樣早的文獻證據，但明代已然發生。

禪日、奉微分別互注都是由於吳語的文白異讀現象所致，日、微的文讀分別與禪、奉相混，看來吳語的文白異讀現象由來已久。

《玉篇直音》的日母自注 203 次，與禪互注 11 次，分佈在東鍾、陽、眞（侵諄）、仙、魚虞、宵、麻=韻系，互注佔日母總數的 5%強，很可能主流二母保持區別，日、禪音值仍然有別，但在某些字的讀音上流露出日母歸禪的特點。

七、非（敷奉）與曉（匣）相混

袁家驊《漢語方言概要》（P29）談到 f-、x-相混這個問題時說：北京話 f-、x-不混，分混不一的現象主要發生在西南方言區，大致有這麼幾種情況：

① f-、x-全分；

② u 韻前全是 f，其他韻前 f 和 x-不混；

拿湖北來說，大部分地區是 f-、x-全分，小部分地區分混不一。情況如下：

③ 有 f-無 x-；

④ 有 x-無 f-；

⑤ u 韻前全是 f-，其他韻前全是 x-；

⑥ ong 韻前全是 x-，其他韻前全是 f-。

《湖北方言調查報告》所記黃崗話 f-、x-不混。

《漢語方言概要》（P70）談到吳語區時說：吳語少數地方 x-、h-在合口韻前有讀 f 或 ф、v 或 ß 的。顏逸明《吳語概說》（P122～123）所列的 12 個方言點的字音表中，松江、諸暨、嵊縣、溫州四個點將「呼」讀為 fu；其上海話同音字彙（P150～185）部分，也有類似情況，f-、h-拼 u 時，多數不分，有些字 f-、x-或 v-、h-兩讀皆可。《玉篇直音》共有 22 例 f-、h-相混，與非、敷、奉母互注的曉、匣母字都是合口字，分佈在通、宕、臻、止、遇五攝。

八、船、禪不分

《切韻》船、禪兩分，但 6 世紀以前的很多方言尤其是南方方言裏船、禪分不清，當時長江以北的方言大多數二者不相混。發展到現代方言，有些方言還保留二者的區別，如湖南城步苗族自治縣金水鄉苗族所說的漢話，客家話和北京話這兩母之間有區別的趨勢（邵榮芬 1982）。但吳方言兩者不分。從《玉篇直音》的注音看，船自注 18 次，與禪互注 24 次，二者合流，現在北京話裏的禪母字平聲一律讀[tʂʻ]，船母字平聲都讀[ʂ]，但我們看到《玉篇直音》的神（船）晨（禪）、繩（船）成（禪）都分別同音。

與船、禪這組塞擦音／擦音不分平行的還有，《玉篇直音》的音注多多少少流露出從／邪的混同。從母自注 199 次，邪母自注 139 次，從、邪兩母的界限大致清楚，但有 7 例從／邪相混的音注。反映明朝嘉靖時期吳語聲韻特點的王應電的《聲韻會通》往往將從、邪兩母之字列在同一個字母之下。會稽毛曾、陶承學的《字學集要》從／邪合流〔註 1〕。日本學者古屋昭弘（1998）發現《字彙》的從、邪兩母相混。

九、匣、喻（疑）相混

《玉篇直音》出現了曉、匣與影、喻、疑相注的共 34 例：

	影	于	以	疑
曉	4	2		
匣	7	2	9	10

我們看到當時其它一些反映吳方言的韻書、韻圖也有此種現象，如王應電《聲韻會通》即匣、喻合一，少量疑母字併入匣喻母；《字學集要》匣、喻完全合流（耿振生 1992）。《字彙》匣、疑兩母相混（古屋昭弘 1998）。《漢語方音字彙》吳語代表方言點蘇州話裏也有匣與喻、疑相混的情況，如：下 jio（文）ho（白）、協 jiI、效 ji、陷 jiI（文）hE（白）、外 huE（文）ŋɒ（白）、危 huE、爲 huE、偉 huE。其規律大致是：在相混的韻裏，若是齊齒呼則匣母讀 j，與喻、疑一致；若是合口呼則疑、喻讀同匣母 ɦ。胡明揚《海鹽方言志》（P37～38）所記海鹽方言則整齊多了，疑母在今開合口非上聲前讀 ɦ，喻母在非上聲前讀 ɦ。

〔註 1〕耿振生 1992。

第二節　韻母

與中古音相比，《玉篇直音》的韻部大大減少了，我們可以從下面幾方面觀察：

一、-m 尾韻的消失

中古漢語的-m、-n、-ŋ三尾界線謹嚴，但到了晚唐五代已露出-m韻尾消變的端倪，邵榮芬《敦煌俗文學中的別字異文和唐五代西北方音》提及「-m尾有與-n尾混合的趨勢」。但直到《中原音韻》時代閉口韻還整齊地保存著，《玉篇直音》中的閉口韻情況又是怎麼樣的呢？

侵韻自注 129 次，與臻攝的眞、臻、欣有 33 例互注，互注佔侵韻總數的20.4%，而且很多字爲常用字，如 11827 的牝品、1295 的淫寅、13426 的飲引等。咸攝與山攝互注有 107 例，佔兩韻總字數的 6.25%，比例較低，但有好多字爲常用字，如 2989 的含寒、8838 的貪攤、11139 的甘干。相對於總字數來說，深、咸攝與臻、山攝互注的比例都不算高，對於這個問題，我們還要注意到：① 深、咸攝（除凡韻）都只有開口，如果統計時不計算臻、山攝的合口字，那麼互注的比例就要大爲提高；② 「根據有關的材料，吳方言中的閉口韻消失較晚，明末清初仍在有些方言中保存著閉口韻」〔註2〕。《玉篇直音》-m、-n互注的數量不算太多，也許正反映了注者的方言裏還有-m尾字的殘存。

另外，《玉篇直音》出現了 43 例-n、-ŋ尾相混的音注。

現代蘇州話鼻音韻尾有-n、-ŋ，-n 只出現在高、央元音後面，-ŋ 只出現在低、後元音後面，有些人把-n 讀成-ŋ，所以-n、-ŋ 並沒有區別音位的價值〔註3〕。

顏逸明（1994 P126～130）所列 12 個點的-n、-ŋ 情況是：

高、央元音 i、ə 後面一律讀-ŋ，低元音 a 後面的-n 尾或失落，或讀爲鼻化韻，-ŋ 尾有的地方變爲鼻化韻，有的地方保留。

耿振生（1992 P154～208）對明清時幾種反映吳語音系的著作的考察結果是：

《聲韻會通》（1540）、《並音連聲字學集要》（簡稱《字學集要》1561）、《韻學大成》（1578）、《音聲紀元》（1611）、《古今韻表新編》（1725）均收有-m 的韻部。而《太古元音》（1716 以前）、《荊音韻彙》（1790）、《射聲小譜》（1810）

〔註 2〕耿振生 1992。

〔註 3〕袁家驊 2001　P60。

均沒有閉口韻，而且- n、-ŋ 的對立消失。

《玉篇直音》的-m 尾基本消失，-n、-ŋ 相混的 43 例，有 4 例是臻深攝與通攝的相混，其餘 39 例皆爲臻深攝與梗曾攝的相混，反映了近代吳語向現代吳語演變的肇始階段。

二、入聲韻尾的消變

全書共出現入聲字 2223 例，其中 1592 例在《廣韻》《集韻》是同音字，其餘的入聲字如下：

一、同攝不同韻的入聲互注（238）

1. 通攝入聲-k 互注 91；
2. 宕攝入聲-k 互注 1；
3. 梗攝入聲-k 互注 37；
4. 曾攝入聲-k 互注 7；
5. 臻攝入聲-t 互注 12；
6. 山攝入聲-t 互注 56；
7. 咸攝入聲-p 互注 34。

二、異攝入聲互注（337）

1. 江、宕攝入聲（覺、鐸、藥）-k／-k 互注 50；
2. 臻、梗、曾、深攝入聲（職、德、陌、麥、昔、錫、質、術、櫛、物、迄、沒、緝）-t／-k／-p 互注 194；
3. 山、咸攝入聲-t／-p 互注 63；
4. 通攝與臻、曾攝入聲-k／-t 互注 30。

三、其它（56）

中古漢語的入聲-p、-t、-k 三尾畛域分明，但從晚唐五代開始失落，羅常培在《開蒙要訓》〔註4〕中發現兩個例子：以薛（心薛）注栖（心齊），以巨（群語）注屝（群陌三），羅先生推想：「山攝入聲的-t 收聲，在這時候已經逐漸從 t＞d＞r＞o 了」（P117），「屝的-g 收聲，已然有了消失的徵兆」（P120）。

〔註4〕《唐五代西北方音》。

邵榮芬《敦煌俗文學中的別字異文和唐五代西北方音》P322～328 提及：

A. 不同攝入聲韻尾有相混的例子；

B. 有陰、入相代的例子，韻尾-p、-t、-k 在高元音-i、-u 後不太顯著，使陰、入相通成爲可能，但「入聲韻尾在北方話裏的消失恐怕不能早到 10 世紀」。

哈平安《五代兩宋詞的入聲韻部》認爲到宋末入聲的韻尾-p、-t、-k 已不存在，均已變成喉塞音。可分爲四部：屋燭、藥鐸、質陌、月葉。《中原音韻》沒有入聲（這一點學術界有爭議）。從上面列舉的事實看，《玉篇直音》的入聲大量合併，其韻尾-p、-t、-k 應該是已經失去，而變成了喉塞音-ʔ。按主要元音大致分成這麼幾類，即：

uʔ　iuʔ	（通攝入聲屋燭部）
ɔʔ　iɔʔ　uɔʔ	（江宕攝入聲藥鐸部）
iʔ	（臻梗曾深攝入聲質石部）
əʔ　uəʔ	（臻梗曾深攝入聲格陌部）
aʔ　uaʔ	（山咸攝入聲曷拔部）
iɛʔ　iuɛʔ	（山咸攝入聲屑別部）

此外還有一些特殊的現象，如屋燭部與質陌部的合口相混，少量質陌部與屑別部混，少數藥鐸與屑別相同等。

三、重韻的合流

重韻是指在攝、等、開合都相同的情況下，並存著兩個或三個韻類。下圖爲重韻的韻攝分佈圖（舉平以賅上去入）

類型＼攝	通	止	遇	蟹	臻	山	梗	流	咸	合計
一等	東一冬			灰泰咍	痕魂				覃談	4
二等				皆佳夬		山刪	庚二耕		咸銜	4
三等	東三鍾	支脂之微	魚虞	祭廢	眞臻文欣	元仙	庚三清	尤幽	鹽嚴凡	9

魂痕、灰咍、欣文，傳統認爲是開合口對立韻，馮蒸《〈切韻〉「痕魂」、「欣文」、「咍灰」非開合對立韻說》繁徵博引，從理論和事實兩方面論證了它們並不是開合對立韻，我們採納馮蒸先生的結論。另外，臻攝的諄與文我們也算作一組重韻。

下面是《玉篇直音》的重韻合併數量統計表：

攝 類型	-0		-i	-u	-ŋ／-k		-n／-t		-m／-p	合　計
	止	遇	蟹	流	通	梗	臻	山	咸	
一等			70		59		3		46	178
二等			41			51		21	17	130
三等	512	171	3	16	119	44	58	35	6	964
總計	512	171	114	16	178	95	61	56	69	1272

《玉篇直音》共有重韻互注 1272 例，所有的重韻都有合併例，可見這些重韻都合流了。

四、重紐的合併

從前面的敘述中我們可以看到，《玉篇直音》的韻部大量合併，一、二等，三、四等分別合併，因此，其出現的重紐韻的字也都合併了。歷史上，重紐韻的演變順序是 A 類字（韻圖列於四等的字，通稱「重四」）與四等韻合併，B 類字（韻圖列於三等的字，通稱「重三」）與相關的三等韻合併，然後是三、四等的合併。《玉篇直音》反映的演變階段已經是三、四等完全合流。從上面列舉的音注看，A 類字既與三等韻合併，也與四等韻合併，B 類字也是同樣的情形，因而重紐的歸併已經沒有什麼規律可言。《玉篇直音》共有重紐 83 組，下面我們按支、脂、祭、眞、仙、宵、侵、鹽八韻系的順序只列出注音字與被注字是 A、B 對立的重紐韻字的例：

支韻（11）

1）13849　俾　并弭　幫紙三上止 A／彼　甫委　幫紙三上止 B

2）687　焷　符支　並支三平止 A／皮　符羈　並支三平止 B

3）1893　埤　符支　並支三平止 A／皮　符羈　並支三平止 B

4）2382　郫　符支　並支三平止 A／皮　符羈　並支三平止 B

5）5223　脾　符支　並支三平止 A／皮　符羈　並支三平止 B

6）5888　髲　部彌（集）並紙三上止 A／被　皮彼　並紙三上止 B

7）11081　魾　符支　並支三平止 A／皮　符羈　並支三平止 B

8）13016　䡅　符支　並支三平止 A／皮　符羈　並支三平止 B

9）4920　麛　靡爲　明支三平止 B／迷　民卑（集）明支三平止 A

10）2866　闚　去隨　溪支合三平止 A／虧　去爲　溪支合三平止 B

11）10081　芪　巨支　群支開三平止 A／奇　渠羈　群支開三平止 B

脂韻（6）

1）8112　祕　必至　幫至三去止 A／秘　兵媚　幫至三去止 B

2）2900　寐（寐）彌二　明至三去止 A／媚　明祕　明至三去止 B

3）9971　棄　詰利　溪至開三去止 A／器　去冀　溪至開三去止 B I

4）9256　癸　渠龜（集）群脂合三平止 B／葵　渠惟（集）群脂合三平止 A

5）11823　夔　渠龜（集）群脂合三平止 B／葵　渠惟（集）群脂合三平止 A

6）12615　葵　渠惟（集）群脂合三平止 A／逵　渠龜（集）群脂合三平止 B

之韻

　　4336　啓　詰以（集）溪止開三上止／起　口己（集）溪止開三上止

《廣韻》啓，康禮切，溪薺開四上蟹；起，墟里切，溪止開三上止。若按《廣韻》系統，這兩個字是止、蟹攝的止、薺合併。但《集韻》構成重紐對立，之韻系在《集韻》以前的韻書中都沒有重紐，《韻鏡》《七音略》等韻圖的之韻系四等位置也沒有字。邵榮芬說 [註5]《五音集韻》例外，「起」屬 B 類，「啓」屬 A 類，表明《五音集韻》認爲之韻系是有重紐的。不過由於缺乏更早的證據，暫時還以存疑爲好。我們從《集韻》姑且放在這裏。

真韻（35）

1）901　㻐　府巾　幫眞三平臻 B／賓　必鄰　幫眞三平臻 A

〔註 5〕《〈集韻〉音系簡論》，載《邵榮芬音韻學論集》。

2）8650　瑉　府巾　幫眞三平臻B／賓　必鄰　幫眞三平臻A

3）8657　瑾　鄙密　幫質三入臻B／必　卑吉　幫質三入臻A

4）10616　筆　鄙密　幫質三入臻B／同上（必）卑吉　幫質三入臻A

5）10617　筆　逼密（集）幫質三入臻B／同上（必）卑吉　幫質三入臻A

6）12373　斌　府巾　幫眞三平臻B／賓　必鄰　幫眞三平臻A

7）12931　彬　府巾　幫眞三平臻B／賓　必鄰　幫眞三平臻A

8）4662　吡　毗必　並質三入臻A／弼　房密　並質三入臻B

9）8834　貧　符巾　並眞三平臻B／頻　符眞　並眞三平臻A

10）9824　柲　毗必　並質三入臻A／弼　房密　並質三入臻B

11）10345　芯　毗必　並質三入臻A／弼　房密　並質三入臻B

12）15　旻　武巾　明眞三平臻B／民　彌鄰　明眞三平臻A

13）163　旼　武巾　明眞三平臻B／民　彌鄰　明眞三平臻A

14）804　岷　武巾　明眞三平臻B／民　彌鄰　明眞三平臻A

15）805　嶜　眉貧（集）明眞三平臻B／同上（民）彌鄰　明眞三平臻A

16）849　峃　美筆　明質三入臻B／同上（蜜）彌畢　明質三入臻A

17）1537　潣　武盡　明軫三上臻A／敏　眉隕　明軫三上臻B

18）1687　碈　眉貧（集）明眞三平臻B／民　彌鄰　明眞三平臻A

19）3944　忞　武巾　明眞三平臻B／民　彌鄰　明眞三平臻A

20）5797　跘　眉貧（集）明眞三平臻B／民　彌鄰　明眞三平臻A

21）6201　緡　武巾　明眞三平臻B／民　彌鄰　明眞三平臻A

22）8312　鈱　武巾　明眞三平臻B／民　彌鄰　明眞三平臻A

23）9041　輑　眉貧（集）明眞三平臻B／民　彌鄰　明眞三平臻A

24）11229　鴖　音瑉（玉）瑉　眉貧（集）明眞三平臻B／
　　　　　　　　　　　　　民　彌鄰　明眞三平臻A

25）12212　黽　武盡　明軫三上臻A／閔　眉隕　明軫三上臻B

26）13599　罠　武巾　明眞三平臻B／民　彌鄰　明眞三平臻A

27）3410　泯（泾）武盡　明軫三上臻A／敏　眉隕　明軫三上臻B

28）7664　閔　眉隕　明軫三上臻B／泯（泾）武盡　明軫三上臻A

29）7910　瘠　眉隕（集）明軫三上臻B／泯（泾）武盡　明軫三上臻A

30）5133　頵　居筠　見眞合三平臻B／均　居匀　見諄合三平臻A

31）3915　慇　於巾　影眞開三平臻 B／因　於眞　影眞開三平臻 A

32）12516　乙　於筆　影質開三入臻 B／一　於悉　影質開三入臻 A

33）12519　虰　於筆　影質開三入臻 B／一　於悉　影質開三入臻 A

34）12715　一　於悉　影質開三入臻 A／乙　於筆　影質開三入臻 B

35）13374　亃　於筆　影質開三入臻 B／一　於悉　影質開三入臻 A

仙韻（13）

1）1940　墋　并列　幫薛三入山 A／別　方列　幫薛三入山 B

2）9361　別　方列　幫薛三入山 B／鼊　并列　幫薛三入山 A

3）3072　便　婢面　並線三去山 A／卞　皮變　並線三去山 B

4）1138　沔　彌兗　明獮三上山 A／免　亡辨　明獮三上山 B

5）1139　汅　彌兗　明獮三上山 A／免　亡辨　明獮三上山 B

6）1301　湎　彌兗　明獮三上山 A／免　亡辨　明獮三上山 B

7）4168　愐　彌兗　明獮三上山 A／免　亡辨　明獮三上山 B

8）4169　恦　彌兗（集）明獮三上山 A／免　亡辨　明獮三上山 B

9）5159　勔　彌兗　明獮三上山 A／冕　亡辨　明獮三上山 B

10）5977　勉　彌兗　明獮三上山 A／勉　亡辨　明獮三上山 B

11）6322　緬　彌兗　明獮三上山 A／勉　亡辨　明獮三上山 B

12）6400　絹　吉掾　見線合三去山 A／睠　居倦　見線合三去山 B

13）6420　蟕　居倦　見線合三去山 B／絹　吉掾　見線合三去山 A

宵韻（12）

1）3035　儦　甫嬌　幫宵三平效 B／標　甫遙　幫宵三平效 A

2）8387　鑣　甫嬌　幫宵三平效 B／摽　卑遙（集）幫宵三平效 A

3）10204　藨　甫嬌　幫宵三平效 B／標　甫遙　幫宵三平效 A

4）10710　穮　甫嬌　幫宵三平效 B／摽　卑遙（集）幫宵三平效 A

5）11770　驃　卑笑　幫笑三去效 A／俵　方廟　幫笑三去效 B

6）2680　廟　眉召　明笑三去效 B／妙　彌笑　明笑三去效 A

7）2681　庿　眉召　明笑三去效 B／同上（妙）彌笑　明笑三去效 A

8）3583　妙　彌笑　明笑三去效 A／庙（廟）眉召　明笑三去效 B

9）10189　蕎　渠遙　群宵開三平效 A／喬　巨嬌　群宵開三平效 B

10）7145　　邀　於霄　影宵開三平效 A ／ 妖平　於喬　影宵開三平效 B

11）10202　蔘　於霄　影宵開三平效 A ／ 妖　於喬　影宵開三平效 B

12）11282　鷂　於霄　影宵開三平效 A ／ 妖　於喬　影宵開三平效 B

鹽韻（6）

1）3943　　懕　一鹽　影鹽開三平咸 A ／ 淹　央炎　影鹽開三平咸 B

2）8176　　襹　於琰　影琰開三上咸 A ／ 淹　衣檢（集）影琰開三上咸 B

3）10864　餤　於鹽（集）影鹽開三平咸 A ／ 淹　央炎　影鹽開三平咸 B

4）12468　黶　於琰　影琰開三上咸 A ／ 掩　衣儉　影琰開三上咸 B

5）12484　魘　於琰（集）影琰開三上咸 A ／ 奄（集）衣檢　影琰開三上咸 B

6）12514　靨　於琰　影琰開三上咸 A ／ 掩　衣儉　影琰開三上咸 B

五、等位的演變

《玉篇直音》韻部的大量合併，不僅體現在重韻的合流上，而且不同等的韻也呈現出合流的情況，中古音四等的嚴整格局產生了巨大變化：

（一）一、二等韻的合流

《廣韻》的二等韻有江、庚二、耕、刪、山、咸、銜、肴、皆、佳、夬 11 個韻系，它們與一等韻互注的情況見下頁：

比較有特色的是二等韻的開口喉牙音，從表中可以看出，與一等韻互注的二等韻並不只限於唇音和合口的牙喉音字，其中，以牙喉音為多數，合口字有 39 個，其餘均為開口字，說明這些開口二等喉牙音字讀同一等，但是，《玉篇直音》又有少量的二等字開始與三、四等字互注：

江自注 19　　與陽互注 5（溪）

庚二自注 47　　與庚三互注 1（影）　　與青互注 1（匣）

耕自注 48　　與青互注 1（匣）

刪自注 57　　與元互注 2（影）　　與先互注 2（見影）　　與鹽互注 1（影）

山自注 32　　與先互注 1（匣）　　與鹽互注 1（見）

咸自注 20　　與鹽互注 1（匣以）　　與元互注 1（曉匣）　　與仙互注 3（見2匣以1）

肴自注 131　　與宵互注 4（見曉疑）　　與蕭互注 9（見溪曉匣）

蟹攝的三個二等韻皆、佳、夬，假攝的麻二，直音法無法顯示其是否有細音的讀法，其餘的二等韻，除了銜韻外，都有與細音互注的例子，而且都是見系字。說明《玉篇直音》二等韻牙喉音開口有部分字已經產生了 i 介音。

聲母條件 互注韻		唇	牙 喉	舌 齒	合 計
江／唐（73）	舒聲	14	10	0	24
	入聲	14	28	7	49
庚二／登（49）	舒聲	16	10	1	27
	入聲	5	15	2	22
耕／登（37）	舒聲	4	9	9	22
	入聲	0	10	5	15
寒／刪（5）	舒聲	0	1	4	5
寒／山（8）	舒聲		1	6	7
	入聲		1		1
桓／刪（12）	舒聲	1	5	1	7
	入聲	1	3	1	5
桓／山（7）	舒聲	1	1		2
	入聲		5		5
桓／銜（1）	舒聲		1		1
覃／咸（7）	舒聲		4	1	4
	入聲		2	1	3
覃／銜（4）	舒聲		1		1
	入聲		3		3
談／咸（11）	舒聲		1	10	11
談／銜（9）	舒聲			9	
肴／豪		12	3	6	21
咍／皆			6	5	11
咍／佳			3	1	4
代／夬				1	1
泰／怪			4		4
泰／卦			1		1
泰／夬				1	1
總 計		64	128	71	263

（二）三、四等合併

《廣韻》的五個四等韻齊、先、蕭、青、添與相應的三等韻的合併情況如下所示：

聲母條件 互注韻	唇	牙 喉	舌 齒	總 計
齊／支	27	23	24	74
齊／脂	11	13	17	41
齊／之		27	7	34
齊／微	1（奉／匣）	18		19
霽／祭	1	7	5	13
霽／廢		1		
先／元		25		25
先／仙	26	39	32	97
先／鹽	2	9	11	22
先／嚴	1	2	1（疑／泥）	4
添／嚴		2	2（疑／泥）	4
添／鹽		1	1	2
添／元		1		1
添／仙		1	1（疑／泥）	2
蕭／宵	1	20	15	36
青／清	1	1	7	9
青／庚三	18	11		29
青／蒸		3	32（來）	35

　　齊韻既與本攝的祭、廢二韻互注，又與止攝四韻互注；先韻既與本攝的元、仙互注，又與咸攝的嚴、鹽互注，添韻既與本攝的嚴、鹽互注，又與山攝的元、仙互注；青韻既與本攝的庚三、清互注，又與曾攝的蒸互注；蕭韻當然只能與本攝的宵韻互注，除了蕭韻外，其餘四個四等韻均與異攝的三等韻互注，可見，這五個四等韻已經分別與相應的三等韻合併。

（三）三、四等韻與一、二等韻互注

　　《玉篇直音》三、四等韻與一、二等韻互注（二等韻的開口牙喉音不算）共有 226 例，其中止、蟹攝有 66 例，其餘的 160 例的分佈情況為：唇音 13，f／h16，

牙喉音 19，舌齒音 74，泥娘來 38。舌齒音佔了多數，說明有部分舌齒音字後面的 i 介音失去，唇音後面的 i 介音也已失去。

六、異攝諸韻的合流

《玉篇直音》韻部的大量合併，不僅發生在同攝重韻以及一、二等，三、四等韻的合流上，不同攝的韻部也大量合併，而且這種合流也發生在異攝異等的韻中。

一、陽聲韻

除了 -m 併入 -n 涉及到的深／臻、咸／山外，還有下面這些攝也已經合併：

1. 江、宕二攝有 40 例互注，二攝合併。

2. 梗、曾二攝有 51 例互注，二攝合併；而且唇音字和合口牙喉音字與通攝合併。

二、陰聲韻

與中古音相比，《玉篇直音》的陰聲韻發生的變化主要體現在下列幾方面：

1. 止、蟹攝不僅細音合併（258），蟹攝的一等合口韻與止攝、蟹攝細音的合口韻合併（60）；

2. 流攝唇音併入遇攝（14）；

3. 效、流二攝有部分字相混（18）；

4. 果攝部分字讀入遇攝（15），果攝合口一等見系字吳語常與遇攝一等見系字混讀，顏逸明（1994）對「東甌之人謂火爲虎」的語音現象有介紹（P101）；

5. 遇攝字讀入止攝（18），袁家驊和顏逸明對此都有所涉及，例如顏（P100）「遇合三『泥來』和『精』組字太湖周圍地區多讀[i]韻」，但《玉篇直音》止、遇相混的 18 例中，精組和來母有 9 例，還有 9 例牙喉音字。

三、入聲韻

如前所述，《玉篇直音》的入聲大量合併，江／宕、山／咸、臻／深／梗／曾這幾攝的入聲字分別合流，輔音韻尾 -t、-k、-p 演變爲 -ʔ。

七、開合問題

《玉篇直音》富有特色的一點是它的開合口的關係，出現了大量（185）開合口互注的音注。可以從下面幾方面看：

（一）同一個韻開合互注（71）

1. 止攝（1）

支開／支合（1）

　　1）4331　呰　將此　精紙開三上止／觜　即委　精紙合三上止

2. 蟹攝（8）

齊開／齊合互注（7）

　　1）8291　鑴　戶圭　匣齊合四平蟹／兮　胡雞　匣齊開四平蟹

　　2）8629　瓗　玄圭（集）匣齊合四平蟹／兮　胡雞　匣齊開四平蟹

　　3）9068　讗　玄圭（集）匣齊合四平蟹／兮　胡雞　匣齊開四平蟹

　　4）11509　螝　戶圭　匣齊合四平蟹／兮　胡雞　匣齊開四平蟹

　　5）12748　兮　胡雞　匣齊開四平蟹／攜　戶圭　匣齊合四平蟹

　　6）13365　鑴　戶圭　匣齊合四平蟹／兮　胡雞　匣齊開四平蟹

　　7）13937　巂　戶圭　匣齊合四平蟹／兮　胡雞　匣齊開四平蟹

皆開／皆合互注（1）

　　1）3609　懷　戶乖　匣皆合二平蟹／諧　戶皆　匣皆開二平蟹

3. 山攝（37）

仙開／仙合互注（33）

　　1）4746　瞻　旨善　章獮開三上山／專上　職緣　章仙合三平山（上：獮）

　　2）4951　膳　旨善　章獮開三上山／專上　職緣　章仙合三平山（上：獮）

　　3）5086　顫　之膳　章線開三去山／專去　職緣　章仙合三平山（去：線）

　　4）7376　拙　職悅　章薛合三入山／折　旨熱　章薛開三入山

　　5）9453　甄　諸延（集）章仙開三平山／專　職緣　章仙合三平山

　　6）11241　鸇　諸延　章仙開三平山／專　職緣　章仙合三平山

　　7）6965　邅　張連　知仙開三平山／專　職緣　章仙合三平山

　　8）7162　驙　張連　知仙開三平山／專　職緣　章仙合三平山

　　9）7737　展　知演　知獮開三上山／專上　職緣　章仙合三平山（上：獮）

　10）5760　蹾　陟劣　知薛合三入山／哲　陟列　知薛開三入山

　11）8972　輟　陟劣　知薛合三入山／轍　直列　澄薛開三入山

　12）7181　脠　丑延　徹仙開三平山／穿　昌緣　昌仙合三平山

　13）10600　篆　持兗　澄獮合三上山／廛去　直碾（集）澄線開三去山

　14）1631　瀍　直連　澄仙開三平山／傳　直攣　澄仙合三平山

15）6261　　纏　直連　澄仙開三平山 / 傳平　直攣　澄仙合三平山
16）9360　　刷　所劣　生薛合三入山 / 設　識列　書薛開三入山
17）2587　　陣　豎兗（集）禪獮合三上山 / 善　常演　禪獮開三上山
18）11492　蟬　市連　禪仙開三平山 / 傳　直攣　澄仙合三平山

19）4367　　吮　徂兗　從獮合三上山 / 淺　在演（集）從獮開三上山
20）1442　　涎　夕連　邪仙開三平山 / 旋　似宣　邪仙合三平山
21）7471　　揎　辝戀　邪線合三去山 / 羨　似面　邪線開三去山
22）13100　羨　似面　邪線開三去山 / 旋去　辝戀　邪線合三去山
23）5818　　蹳　息絹　心線合三去山 / 線　私箭　心線開三去山
24）4201　　愯　息戀（玉）心線合三去山 / 同上（線）私箭　心線開三去山

25）554　　　炳　如劣　日薛合三入山 / 勢　如列　日薛開三入山
26）590　　　爇　如劣（集）日薛合三入山 / 熱　如列　日薛開三入山

27）3877　　戀　力卷　來線合三去山 / 連去　力延　來仙開三平山(去:線)
28）4509　　呼　力輟　來薛合三入山 / 列　良薛　來薛開三入山
29）5230　　朜　力輟　來薛合三入山 / 列　良辥　來薛開三入山
30）5943　　劣　力輟　來薛合三入山 / 列　良薛　來薛開三入山
31）7896　　攣　閭員（集）來仙合三平山 / 連　力延　來仙開三平山
32）9308　　列　良辥　來薛開三入山 / 劣　力輟　來薛合三入山

33）3439　　兗　以轉　以獮合三上山 / 衍　以淺　以獮開三上山

元開 / 元合互注（2）

1）567　　　烜　況晚　曉阮合三上山 / 軒　許偃（集）曉阮開三上山
2）8955　　軒　虛言　曉元開三平山 / 喧　況袁　曉元合三平山

先開 / 先合互注（2）

1）5196　　昍　烏縣　影霰合四去山 / 宴　於甸　影霰開四去山

2）6961　　趜　胡田　匣先開四平山 / 玄　胡涓　匣先合四平山

4. 假攝（3）

麻開／麻合互注（3）

　　1）6719　　諣　古罵　見禡合二去假／嫁　古訝　見禡開二去假

　　2）9715　　檛　陟瓜　知麻合二平假／同上（查）側加　莊麻開二平假

　　3）9979　　查　側加　莊麻開二平假／撾　張瓜（集）知麻合二平假

5. 宕攝（15）

陽開／陽合互注（13）

　　1）3215　　僵　俱往　見養合三上宕／強　舉兩（集）見養開三上宕

　　2）5687　　躩　居縛　見藥合三入宕／腳　居勺　見藥開三入宕

　　3）7324　　攫　居縛　見藥合三入宕／腳　居勺　見藥開三入宕

　　4）9010　　钁　居縛　見藥合三入宕／腳　居勺　見藥開三入宕

　　5）9157　　矍　居縛　見藥合三入宕／腳　居勺　見藥開三入宕

　　6）11410　鸙　居縛　見藥合三入宕／腳　居勺　見藥開三入宕

　　7）6650　　詤　其兩　群養開三上宕／誑　居況　見漾合三去宕

　　8）4363　　唴　丘亮　溪漾開三去宕／匡　去王　溪陽合三平宕

　　這兩個字聲調不同，可能是注音者忽視了聲調問題，邵榮芬先生在《敦煌俗文學中的別字異文和唐五代西北方音》中說：「忽略聲調是我們在很多生活實踐上的一貫作風，並不是寫別字時的特有表現。」也有一種可能是受「羌」（去羊切，溪陽開三平宕）字的影響。

　　9）11462　躼　去良（玉）溪陽開三平宕／匡　去王　溪陽合三平宕

　　10）5940　　勥　巨良　群陽開三平宕／狂　巨王　群陽合三平宕

　　11）4880　　眖　許放　曉漾合三去宕／享　許亮　曉漾開三去宕

　　12）10629　籰　王縛　于藥合三入宕／約　於略　影藥開三入宕

　　13）12174　戄　王縛（集）于藥合三入宕／約　於略　影藥開三入宕

唐開／唐合互注（2）

　　1）1991　　壑　呵各　曉鐸開一入宕／霍　虛郭　曉鐸合一入宕

　　2）2321　　郝　呵各　曉鐸開一入宕／霍　虛郭　曉鐸合一入宕

6. 梗攝（7）

庚開／庚合互注（2）

1）135　　嗅　俱永　見梗合三上梗／景　居影　見梗開三上梗

2）1486　洄　烏猛　影梗合二上梗／影　於丙　影梗開三上梗

這兩個字不僅開合不同，等位也不同，看樣子，二等影母的「洄」產生了i介音，這樣才能與三等梗韻字讀音相同。

參考例：

7503　撅　胡孟（集）匣梗合二上梗／影　於丙　影梗開三上梗

清開／清合互注（3）

1）3068　傾　去營　溪清合三平梗／輕　去盈　溪清開三平梗

2）5142　鞕　許令　曉勁開三去梗／詗　休正　曉勁合三去梗

3）6552　甖　維傾　以清合三平梗／盈　以成　以清開三平梗

青開／青合互注（2）

1）1098　榮　戶扃　匣青合四平梗／刑　戶經　匣青開四平梗

2）12194　覡　胡狄　匣錫開四入梗／淢　呼臭（集）曉錫合四入梗

（二）同攝但不同韻的開合互注（67）

1. 蟹攝（1）

夬合／代開互注（1）

1）4545　嘬　楚夬　初夬合二去蟹／采　倉代（集）清代開一去蟹

3. 臻攝（19）

痕／魂互注（2）

1）3　　　吞　吐根　透痕開一平臻／暾　他昆　透魂合一平臻

2）12423　鼲　他昆　透魂合一平臻／吞　吐根　透痕開一平臻

真／諄互注（17）

1）12634　戭　余忍　以軫開三上臻／尹　余準　以準合三上臻

2）2170　崘　縷尹（集）來準合三上臻／憐上 離珍（集）來眞開三平臻（上：軫）

3）3026　俊　子峻　精稕合三去臻／進　即刃　精震開三去臻
4）3027　儁　子峻　精稕合三去臻／同上（進）即刃　精震開三去臻
5）4858　晙　祖峻　精稕合三去臻／進　即刃　精震開三去臻
6）7017　進　即刃　精震開三去臻／俊　子峻　精稕合三去臻
7）10785　秦　匠鄰　從眞開三平臻／循　詳遵　邪諄合三平臻
8）2485　陖　私閏　心稕合三去臻／信　息晉　心震開三去臻
9）3995　恂　相倫　心諄合三平臻／辛　息鄰　心眞開三平臻
10）9556　榏　相倫　心諄合三平臻／辛　息鄰　心眞開三平臻
11）11473　駿　須閏（集）心稕合三去臻／信　息晉　心震開三去臻

12）8933　軫　章忍　章軫開三上臻／準　之尹　章準合三上臻
13）3985　愼　時刃　禪震開三去臻／順　食閏　船稕合三去臻
14）8522　錞　殊倫（集）禪諄合三平臻／辰　植鄰　禪眞開三平臻
15）12642　唇　船倫（集）船諄合三平臻／晨　植鄰　禪眞開三平臻
16）12643　脣　食倫　船諄合三平臻／晨　植鄰　禪眞開三平臻
17）10748　秩　直一　澄質開三入臻／述　食聿　船術合三入臻

4. 山攝（20）

寒／桓互注（4）

1）1492　湍　他端　透桓合一平山／灘　他干　透寒開一平山

2）10804　賛　則旰（集）精翰開一去山／鑽　子筭　精換合一去山
3）5366　珊　蘇干　心寒開一平山／酸　素官　心桓合一平山

4）9932　欒　落官　來桓合一平山／蘭　落干　來寒開一平山

桓／刪互注（1）

1）7513　拶　姊末　精末合一入山／札　側八　莊黠開二入山

刪／山互注（2）

1）6391　綻　丈莧　澄襇開二去山／撰　雛鯇　崇潸合二上山

2）6392　組　丈莧　澄襇開二去山 / 撰　雛鯢　崇濽合二上山

元 / 先互注（1）

1）7744　屑　火天（玉）曉先合四平山 / 軒　虛言　曉元開三平山

元 / 仙互注（1）

1）12367　甗　虛延（集）曉仙開三平山 / 喧　況袁　曉元合三平山

仙 / 先互注（11）

1）4803　睻　莊緣　莊仙合三平山 / 箋　則前　精先開四平山

2）3099　佺　此緣　清仙合三平山 / 千　蒼先　清先開四平山

3）6266　綫　七絹　清線合三去山 / 茜　倉甸　清霰開四去山

4）7895　痊　此緣　清仙合三平山 / 千　蒼先　清先開四平山

5）8385　鐉　此緣　清仙合三平山 / 千　蒼先　清先開四平山

6）8472　銓　此緣　清仙合三平山 / 千　蒼先　清先開四平山

7）10163　荃　此緣　清仙合三平山 / 千　蒼先　清先開四平山

8）10536　筌　此緣　清仙合三平山 / 千　蒼先　清先開四平山

9）9238　截　昨結　從屑開四入山 / 絕　情雪　從薛合三入山

10）7026　選　思兗　心獮合三上山 / 先上　蘇前　心先開四平山（上：銑）

11）13609　翼　息絹　心線合三去山 / 先　蘇佃　心霰開四去山

5. 果攝（25）歌 / 戈互注（25）音注例見第三章第二節歌韻。

6. 梗攝（2）

庚三 / 清互注（2）

1）1095　穎　餘頃　以靜合三上梗 / 影　於丙　影梗開三上梗

2）4576　嘤　于兄（玉）于庚合三平梗 / 盈　以成　以清開三平梗

（三）異攝異韻的開合互注（47）

通 / 江攝互注（2）

1）7045　逐　直六　澄屋合三入通 / 濁　直角　澄覺開二入江

2）7337　擢　直角　澄覺開二入江 / 逐　直六　澄屋合三入通

這兩例表明覺韻的澄母字產生了合口介音。

江 / 宕攝互注（1）

1）11617　蠖　鬱縛（集）影藥合三入宕 / 岳　五角　疑覺開二入江

臻／曾攝互注（5）

1）3454 孕 以證 以證開三去曾／運 王問 于問合三去臻
2）7043 遹 餘律 以術合三入臻／意 乙力 影職開三入曾
3）722 熼 與職 以職開三入曾／聿 餘律 以術合三入臻

4）8981 輪 力迍 來諄合三平臻／淩 力膺 來蒸開三平曾

5）13476b 帥 所律 生術合三入臻／塞 蘇則 心德開一入曾

臻／梗攝互注（2）

1）7378 摘 陟革 知麥開二入梗／卒 臧沒 精沒合一入臻
2）51 昔 思積 心昔開三入梗／恤 辛聿 心術合三入臻

山／宕互注（1）

1）7377 撮 倉括 清末合一入山／錯 倉各 清鐸開一入宕

山／咸攝互注（12）

1）3523 嬐 魚檢（集）疑儼開三上咸／原上 愚袁 疑元合三平山
（上：阮）

《廣韻》嬐，魚檢切，歸琰韻。

2）5913 骯 五丸 疑桓合一平山／岩（巖）五銜 疑銜開二平咸

3）6354 統 都敢 端敢開一上咸／湍 他端 透桓合一平山
4）7333 掇 丁括 端末合一入山／荅 都合 端合開一入咸
5）13481 湍 他端 透桓合一平山／覃 他含 透覃開一平咸

6）8339 鋝 力輟 來薛合三入山／獵 良涉 來葉開三入咸

7）8964 轉 陟兗 知獮合三上山／占上 職廉 章鹽開三平咸（上：琰）
8）6848 諂 丑琰 徹琰開三上咸／喘 昌兗 昌獮合三上山
9）11493 蟾 視占 禪鹽開三平咸／傳 直攣 澄仙合三平山

10）2919 竄 七亂 清換合一去山／參去 七紺（集）清勘開一去咸
11）1563 潛 昨鹽 從鹽開三平咸／全 疾緣 從仙合三平山

12）11671　蚕　昨含　從覃開一平咸　/　欑　在丸　從桓合一平山

止攝 / 蟹攝（2）

1）921　　嚌　七計（集）清霽開四去蟹　/　翠　七醉　清至合三去止

2）5904　髓　息委　心紙合三上止　/　洗　先禮　心薺開四上蟹

止、蟹攝 / 遇攝（18）

果攝 / 遇攝（4）　　音注例均見第三章第四節特殊讀音處。

《玉篇直音》開合口互注共 185 例，除去果攝的歌戈互注，止、蟹攝 / 遇攝互注，果攝 / 遇攝互注的 47 例外，還有 138 例，它們的分佈是：精組 46，章組 27，日母 2，來母 10，端組 6，共 91 例。現代吳方言的端祖及精組沒有合口字，這 91 例可用方言色彩來解釋。其餘的 47 例，見組 15，曉組 19，零聲母 13，其中有些與現代漢語普通話相同，如孕（開）/ 運（合）、兗（合）/ 衍（開）、軒（開）/ 喧（合）分別同音，但大多數並不相同。

第三節　聲調的濁上變去

《玉篇直音》的全濁上聲字大多數已經變入去聲，前面聲調一章已經說過，此不贅。但是還有一部分字仍然讀上聲。

第六章 《玉篇直音》的語音系統與《中原音韻》語音系統的比較

第一節 聲母

一、《中原音韻》的全濁聲母消失，濁塞音、塞擦音平聲讀同次清，仄聲讀同全清，濁擦音變爲相應的擦音；

《玉篇直音》全濁聲母基本保存，有 9.95%的濁音字變爲清音，總體趨勢是平聲送氣，仄聲不送氣，但並不是完全一致，如並母，雖然讀同幫母的是仄聲佔優勢，但讀同滂母的平仄比例爲 9：12，仄聲較平聲爲多，定母讀同透母的雖然平聲字多，可仄聲字也不少。

二、《中原音韻》的知₂莊、知₃章分別合流，在東鍾、支思韻裏兩組合流，知₂莊不跟 i 韻母及帶 i 介音的韻母相拼，而知₃章與之相拼的韻母除 ui 外，都帶 i 介音或者是 i 韻母，二者呈互補關係。精組字獨立，有一小部分莊組字跟精組字混併；

《玉篇直音》知₂莊精、知₃章分別合流，有一部分知₃章組字讀入精組，部分舌齒音後面的 i 介音失去。

三、二者的唇音都分化爲重唇音和輕唇音，《中原音韻》非、敷、奉合併，微母獨立；

《玉篇直音》非、敷合併，奉母少部分併入非敷，大部分保持濁音讀音，

微母一部分與影喻合流，一部分與奉混併。

四、二者的影、喻都已合流，《中原音韻》的疑母字大部分跟影喻合併，一部分跟泥娘合併，還有一部分保存；

《玉篇直音》疑母的細音絕大部分變爲零聲母，有一些（包括一些喻母字）與匣母合併，少數幾個跟泥娘相混，洪音大部分不變。

五、《玉篇直音》禪／日、從／邪、奉／微相混的語音現象，《中原音韻》沒有。

六、《玉篇直音》非敷、奉有時與曉、匣相混，《中原音韻》沒有。

七、《玉篇直音》二等開口見組有了 i 介音，《中原音韻》一、二等喉牙音字有重出現象，反映出二等喉牙音字滋生的齶介音的雛形，但見組尚未分化。

第二節　韻母

一、《中原音韻》將入聲分別派入三聲；

《玉篇直音》的入聲仍舊存在，韻尾是喉塞尾。

二、《中原音韻》-m 尾韻存在，有少數唇音字的-m 尾併入了-n 尾，-m、-n、-ŋ 三足鼎立；

《玉篇直音》的-m 尾基本上消失，併入了-n 尾，可能還有極少數殘留，- n 尾與-ŋ 尾有部分字相混。

三、二者的三、四等韻皆已合併，部分韻攝三等的唇音字失去 i 介音，《中原音韻》開口一、二等韻「一般已經合併，唯有其中的喉牙音字，一、二等仍然重出」（楊耐思 1981）（在皆來、寒山、蕭豪、監咸四個韻部裏喉牙音字仍舊保持對立），在江陽韻裏二等的牙喉音字與三等的牙喉音字合流；

《玉篇直音》不像《中原音韻》那樣整齊地保持喉牙音的對立，如前面一章第二節「等位的演變」部分所說，一、二等韻的牙喉音也有互注。

四、《中原音韻》部分字在東鍾、庚青韻裏重出；

《玉篇直音》梗攝合口與通攝合流，《中原音韻》顯示的過程已經結束。

五、《玉篇直音》的止蟹／遇攝、效／流攝、果／遇攝互注這些現象爲《中原音韻》所沒有。

下面，我們以表格的形式將《玉篇直音》《中原音韻》以及中古音韻母系統

的對應關係列出，《中原音韻》的內容根據寧繼福 1985。標寫韻目時，舉平以賅上去（擬音僅供參考）。

玉篇直音	中古音	中原音韻
東同 əŋ	庚二耕登、通攝唇、蒸精組	庚青一əŋ　庚青三唇uəŋ　東鍾唇uŋ
iəŋ	庚三清青蒸、眞侵欣部分、庚二耕喉音部分	庚青二iəŋ　庚青一əŋ　眞文二iən
uˀŋ	通攝一等、三等精組來母、梗曾攝一等合口	東鍾一uŋ　東鍾三精組來母iuŋ　庚青三uəŋ
iuˀŋ	通攝三等、梗攝三四等合口、諄文部分	東鍾二iuŋ　庚青四iuəŋ
江陽 ɔŋ	江、唐開、陽莊組	江陽一aŋ　江陽三uaŋ
iɔŋ	江牙喉部分、陽開	江陽二iaŋ
uɔŋ	陽唐合	江陽三uaŋ
眞尋 ən	痕、魂文唇、臻部分	眞文一ən　眞文三uən　侵尋一əm
iən	眞開、臻部分、欣侵	眞文二iən　侵尋二iəm
uˀn	魂文	眞文三uən
iuˀn	眞合、諄文	眞文四iuən
寒桓 ɔn	寒覃談	寒山一an　監咸一am
uɔn	桓	桓歡uɔn
山咸 an	山刪開、咸銜、桓元凡唇、仙鹽齒少量	寒山一an　寒山二唇uan　監咸一二am　iam
uan	山刪合	寒山三uan
先鹽 iɛn	元仙先開、嚴鹽添、凡不含唇、刪山咸銜喉牙少量	先天一iɛn　廉纖iɛm　監咸二部分iam
iuɛn	元仙先合	先天二iuɛn
齊移 i	止攝開、齊祭廢開、魚虞少數	支思ï　齊微i　魚模二iu
灰回 uei	止攝合、齊祭廢泰合、灰	齊微二ui
ei	微廢泰灰唇、灰支脂來合	齊微二ui
而兒 əl	止攝日開	支思ï
皆來 ai	咍、泰開、皆佳夬開	皆來一ai　皆來二iai
uai	皆佳夬合	皆來三uai
蘇模 u	模、魚虞莊、唇、尤侯唇、歌少數	魚模一u
居魚 y	魚虞	魚模二iu
蕭豪 au	豪、肴唇齒	蕭豪一ɑu　蕭豪二au

玉篇直音	中古音	中原音韻
iau	蕭宵、肴_{牙喉}	蕭豪三iau 蕭豪二au
歌羅 o	歌戈	歌戈一ɔ 歌戈三uɔ
家麻 a	麻二開、佳_{開部分}	家麻一a 家麻二ia 家麻三_唇ua
ua	麻二佳_合	家麻三ua
車蛇 iɛ	麻三、戈三_開	車遮一iɛ
ʒuɛ	戈三_合	車遮三iuɛ
鳩侯 əu	侯、尤_{莊組}	尤侯一əu
iəu	尤幽	尤侯三iəu
屋燭 uʔ	屋一沃、屋_{三明來}、燭屋_{三精}、沒、德物陌_{二唇}	魚模一u
iuʔ	屋三燭術物、質職_合	魚模二iu
藥鐸 ɔʔ	覺鐸、曷末_{少量}	歌戈一ɔ
iɔʔ	藥_開	歌戈二iɔ
uɔʔ	鐸_合	歌戈三uɔ
格陌 əʔ	櫛、沒陌_{二麥德開}、職_{莊組}	皆來一ai 齊微三ei
uəʔ	沒、陌_{二麥德合}	皆來三uai 齊微二ui
屑別 iɛʔ	月薛屑_開、業葉帖、乏_{不含唇}	車遮一iɛ
iuɛʔ	月薛屑_合	車遮三iuɛ
質石 iʔ	質迄緝、術_{部分}、陌_{三昔錫職開}、薛葉_{少數}	齊微一i
曷拔 aʔ	曷合盍、鎋黠_開、洽狎	歌戈一ɔ 家麻一a 家麻二ia
uaʔ	鎋黠_合	家麻三ua

第三節　聲調

一、二者的平聲都分陰陽，《中原音韻》全濁上聲變去聲，入聲派入三聲，分陰平、陽平、上聲、去聲四調；

《玉篇直音》全濁上聲大部分變入去聲，甚至有些變入清去，但還有少量字仍讀上聲，四聲都分陰陽調，共有四聲八調：陰平、陽平、陰上、陽上、陰去、陽去、陰入、陽入。

二、《玉篇直音》還有一些特殊的字調，如第四章第三節所列。

第七章 《玉篇直音》的語音系統與
張之象《鹽鐵論》注音的比較

張之象（1507～1587），明松江府華亭人，博覽群書，曾以太學生遊南都，嘉靖中官浙江按察司知事、布政司，他的《鹽鐵論》注共有 1089 條音注，其中用反切注音的 16 條，用紐四聲法注音的有 13 條，其餘全部採用直音法注音。被注字共有 447 個，注字有 394 個。

本文採用反切比較法和統計法對 1089 條音注進行了考察，發現：

聲母特點：

1. 全濁聲母仍舊存在，有極個別字清化；

2. 輕重唇基本分立，但少數輕唇音字仍讀重唇，非、敷合併；

3. 知二、莊組合併，知三、章組合併，精組獨立，但互相之間有交叉注音的情況；

4. 從、邪相混，奉、微相混；

5. 泥、娘尚未合併；

6. 零聲母擴大。

韻母系統特點：

1. 重韻、重紐分別合併；同攝的三、四等韻基本合併，一、二等韻有合流的趨勢，但主流還保持區別；

2. -m 尾韻已經有部分讀同-n 尾；

3. 入聲韻的-p、-t、-k 尾已經消失，而變成喉塞 ？。

張注的聲調系統爲四聲七調，除上聲外，皆分陰陽。全濁上聲字變入全濁去聲。

松江與海鹽同屬吳語區太湖片的蘇滬嘉小片，根據顏逸明（1994），現代吳語太湖片和官話區接壤，受官話影響較深，比較接近官話。張之象給《鹽鐵論》注音早於《玉篇直音》，不過同屬一個大方言區，通過比較，我們看到二者的異同如下：

聲母方面：

二者的全濁聲母仍舊存在，有不同程度的清化現象，張注僅是極個別字清化，《玉篇直音》的清化比例約爲 10%；

二者的輕重唇基本分立，但少數輕唇音字仍讀重唇，非、敷合併；

張注的知二、莊組合併，知三、章組合併，精組獨立，但互相之間有交叉注音的情況；《玉篇直音》知二、莊組、精組合併，知三、章組合併，互相間也有交叉互注的情況；

二者的濁塞擦音與濁擦音混併；

二者的奉、微相混；

二者的零聲母均擴大。

可能是材料的限制，張注沒有表現出泥、娘的合流，《玉篇直音》則泥、娘完全合併。

此外，《玉篇直音》表現出的許多吳語特色，張注沒有，如匣喻混併、日泥互注以及非敷奉與曉匣互注等。

韻母方面：

二者的入聲韻尾-p、-t、-k 已經消失，而變成喉塞 ？；

《玉篇直音》的-m 尾韻已經基本讀同-n 尾，張注的-m 尾韻也有部分讀同-n 尾；

二者的重韻、重紐分別合併；同攝的三、四等韻基本合併，張注的一、二等韻有合流的趨勢，但主流還保持區別，《玉篇直音》除山、咸攝外，一、二等韻不僅有舌齒音的互注，還有牙喉音的互注；

二者的開口二等牙喉音字已經有部分產生-i 介音，與三、四等韻同音；

《玉篇直音》異攝諸韻大量合併，張注除了止攝與蟹攝相關韻的合併外，沒有見到其它異攝舒聲諸韻合併的現象；

張注很可能還沒有產生支思韻，因爲它有這麼一例反切：祁，渠脂切。表明「脂」的韻母與「祁」的韻母一樣讀 i。《玉篇直音》已經有 ï 韻母，雖然有很多現代讀-ï 的字仍讀-i。

聲調方面：

張注的聲調系統爲四聲七調，除上聲外，皆分陰陽。全濁上聲字變入全濁去聲。《玉篇直音》的聲調系統爲四聲八調，平、上、去、入四聲都分陰陽，全濁上聲字大部分變入去聲，甚至有一些字變入清去，但還有少數全濁上聲字。

通過比較，發現張注與《玉篇直音》體現出的語音特點總的來說是大同小異，其不同之處有的是程度上的不同，如濁音清化；有的可能是時間導致的進程上的差異，如-m 尾韻與-n 尾韻的關係，舌齒音的混併情況；有的可能是材料所限未能體現，如《玉篇直音》的匣喻混併、日泥互注以及非敷奉與曉匣互注等現象。

第八章 《玉篇直音》的語音系統與《同文備考》音系的比較

據丁峰研究，崑山王應電的《同文備考》成書於 1540 年，是一部吳語系韻書，與《玉篇直音》相距不過七十年左右。

崑山與海鹽同屬吳語區太湖片的蘇滬嘉小片，因此本章擬對這兩本書所反映的語音特點進行一下比較。

《同文備考》共有**聲母** 28 類：

兵 [p]	丕 [pʻ]	弼 [b]	明 [m]	
法 [f]			文 [v]	
等 [t]	天 [tʻ]	同 [d]	寧 [n]	來 [l]
子 [ts]	清 [tsʻ]	字 [dz]		恤 [s] 是 [z]
哲 [tʃ]	昌 [tʃʻ]	丞 [dʒ]		聖 [ʃ] 日 [ʒ]
教 [k]	坤 [kʻ]	乾 [g]		
興 [h]		月 [ɦ]	义 [ŋ]	英 [ʔ]

韻母 45 類：

兮 [i]	禾 [o]	湖 [u]	餘 [y]
	資 [ɿ]	支 [ʮ]	
耶 [iɛ]			靴 [yɛ]

厓 [iɑ]	遐 [ɑ]	華 [uɑ]	
諧 [iai 或 ia]	孩 [ai 或 a]	懷 [uai 或 ua]	
		回 [uei]	
尤 [iəu]	侯 [əu]		
爻 [iɑo 或 iɔ]	豪 [ɑo 或 ɔ]		
寅 [in]	痕 [ən]	魂 [uən]	雲 [yən]
言 [iɛn]			玄 [yɛn]
寒 [ɔn]		桓 [uɔn]	
	閒 [an]	還 [uan]	
淫 [im]	簪 [əm]		
鹽 [iɛm]	含 [ɔm]		
咸 [iam]	談 [am]		
形 [iŋ]	恒 [əŋ]	橫 [uəŋ]	熒 [yəŋ]
容 [ioŋ]	紅 [oŋ]		
陽 [iaŋ]	航 [aŋ]	王 [uaŋ]	
	降 [ɒŋ 或 ɑŋ]		

有 26 個與陽聲韻相配的三類入聲韻,實際上共有 71 個韻母。

首先,我們看二書的共同點:

一、聲母系統

1. 全濁聲母基本保留,但有部分清濁聲母字相混;

2. 莊組歸精,有兩套齒音聲母,莊精與知章兩分,但有交叉;知章組聲母能與有-i 介音的韻相拼;

3. 船、禪合一;

4. 奉、微合流,船禪部分與日相混;

5. 日、泥、疑相混;

6. 有各種聲母類混併。

二、韻母系統

1. -n、-ŋ 尾有相混現象;

2. 歌戈合併;

3. 莊組後的-i 介音基本失去；

4. 端、精二組合口字有脫落-u 介音讀入開口現象；

5. 有相當於支思韻的 ï 韻母；

6. 「鳥」有[t、n]兩類聲母；

7. 看韻系喉牙音字與蕭宵合併；

8. 有各種韻母類混併。

三、聲調系統

1. 有陽上歸去現象；

2. 有各種聲調類混併。

其次，我們看二書的不同之處：

一、聲母系統

1.《同文備考》在濁聲母與相對的清聲母送氣音與不送氣音的對應上，送氣平聲的次數佔少數，端組送氣仄聲超過不送氣仄聲，因此它的濁音清化「很難考慮」受北方音全濁聲母清化規律的影響；《玉篇直音》的濁塞音、塞擦音清化後讀不送氣音的仄聲較平聲字佔絕對優勢，讀送氣音的平聲較仄聲字多一些，總體趨勢是平聲送氣，仄聲不送氣，應該是受到了北方話濁音清化規律的影響；

2.《同文備考》匣、喻合流，《玉篇直音》只是部分合流；

3.《同文備考》從、邪部分合流，《玉篇直音》從、邪合流；

4.《同文備考》英 [ʔ] 月 [ɦ] 又 [ŋ] 三母鼎立，《玉篇直音》零聲母擴大，疑母細音及部分洪音轉入零聲母，喻母大部分轉入零聲母。

二、韻母系統

1.《同文備考》陽聲韻-m、-n、-ŋ 三足鼎立，但有-m 韻字向-n 韻字歸併的現象；《玉篇直音》-m 韻基本消失；

2. 與上條相對應的是《同文備考》入聲韻保持三種塞音尾-p、-t、-k 分立的格局，不過有-p、-t 交混的情況；《玉篇直音》入聲韻的塞音尾丟失，轉化爲喉塞[ʔ]；

3.《同文備考》通攝與曾、梗攝有部分字相通，但仍保持區別；《玉篇直音》

通攝與曾、梗攝合流；

4.《同文備考》江、陽不同韻；《玉篇直音》江、宕二攝合流；

5.《同文備考》部分中古唇音開口字歸入合口韻，一部分中古唇音有開合兩歸現象；《玉篇直音》唇音失去合口介音，讀爲開口；

6.《同文備考》沒有[əl]韻，《玉篇直音》有[əl]韻；

7. 二等開口喉牙音字-i 介音化的進展不同，《同文備考》江、刪山韻系二等開口見系字仍讀洪音，咸銜、佳皆基本完成了-i 介音化；《玉篇直音》江、刪山韻系二等開口見系部分字產生-i 介音，佳皆則仍讀洪音；

8.《同文備考》覃、談不同韻，談韻見系字與覃韻歸含韻，談韻端、精組歸談韻，二韻的端、精組形成對立；《玉篇直音》覃、談合併，端、精組同音；

9.《同文備考》果、遇二攝區別明顯；《玉篇直音》開始混併。

三、聲調系統

《同文備考》共有平、上、去、入四個聲調，陰陽調不分；《玉篇直音》共有四聲八調，平、上、去、入各分陰陽。

第九章　《玉篇直音》語音系統中的層次問題

　　傳統語言學認爲語言的結構是一種同質的系統,「語言和言語不同,它是人們能夠分出來加以研究的對象」。「言語活動是異質的,而這樣規定下來的語言卻是同質的:它是一種符號系統;在這系統裏,只有意義和音響形象的結合是主要的;在這系統裏,符號的兩個部分都是心理的」〔註1〕。

　　隨著語言學的發展,人們已經普遍接受這樣一種語言觀:「語言不是一個靜止的、自給自足的、同質的、觀念的符號系統,⋯⋯是密切聯繫於社會,並受社會各種因素的影響而不斷產生變異形式的一種特殊符號系統。雖然這個與社會密不可分的符號系統是異質的,但由於它的各種變異形式與社會各因素的聯繫是有規律可循的,因而也是有序的。簡言之,語言是一個異質有序的符號系統,它以變異網絡的形式而存在,只有密切聯繫使用它的社會,才能對它的各種變異形式和歷時的變化進行有效的分析和研究。」〔註2〕

　　「社會生活的種種要求促使不同地區的人們相互交往,由此產生語言的接觸。語言接觸使不同方言相互影響,引起方言中包括語音在內的各方面的

〔註 1〕索緒爾 P36。

〔註 2〕陳松岑 1999 P46。

變化」〔註3〕。

語言接觸造成的一個現象就是所謂的文白異讀，對文白異讀的理解和認識，我們可看如下的敘述：

① 文白異讀是「指漢語某些方言部分的字音有文言和白話兩種讀音（讀書音和口語音）。一般認為文言音是受北方話的影響，白話音則是古音遺迹的保存」〔註4〕。

② 文白異讀是「指普通話或方言中有些字具有讀書音、說話音兩種讀音的現象。文讀又稱讀書音、文言音，指讀書識字時用的書面性較強的音；白讀又叫說話音、白話音、口語音，指說話時用的口語性較強的音」〔註5〕。

實際上，所謂的「文」與「白」是兩種不同的語音系統，文讀形式「是某一個語言系統的結構要素滲透到另一個系統中去的表現，因而音系中文白異讀之間的語音差別實質上相當於方言之間的語音對應關係」〔註6〕。

因此文白異讀在方言史的研究中具有重要的價值。

現代吳語中的文白異讀現象，人們給予了較多的關注，但關於吳語歷史上的文白異讀現象的文章卻不多。本章擬對明代末期吳語中的這種現象進行粗淺的分析。

《玉篇直音》體現出的下列語音現象值得我們關注：

一、聲母系統

1. 全濁聲母基本保留，但中古音的 12 個全濁聲母程度不同地有與清聲母互注的現象，平均清化比例為 10.25%，而且其中有很多常見字。我們知道現代吳語的濁音完整地存在，那麼如何解釋這種情況呢？結合注者的情況，唯一合理的解釋是，它反映的是一個「雜」的語音系統，糅合了至少兩種「方言」的因素，清化是受官話的影響，保留濁音是本土方言的反映。

2. 有兩套齒音系統：ts 組和 ʧ 組，不過 ʧ 系有一部分字流入 ts 系；現代吳語中基本沒有 ʧ 和 tʂ 組音，ts 與 ʧ 並立是受官話的影響，ʧ 系有一部分字流入

〔註3〕 王福堂 1999。

〔註4〕 《語言學百科辭典》。

〔註5〕 董紹克 1996。

〔註6〕 徐通鏘 1991。

ts 系則是吳語的特點。

3. 日母、微母分別與禪母、奉母相混，這是明顯的吳語特色，但《玉篇直音》這方面的表現並不徹底。

二、韻母系統

1. -n 和-ŋ 尾韻的界限基本清楚，全書共有 43 例兩類韻尾的字相混，現代吳語中-n 與-ŋ 在-i、-ə 後面沒有區別音位的價值。

2. 蟹、山咸攝的重韻分別合流，蟹攝的一、二等韻合流，山咸攝一、二等見系大體上保持區別。根據王洪君（1999）的研究，吳方言的蟹、咸兩攝均分爲文、白兩層，白讀層中咍／泰、覃／談這兩組重韻在非見系字中有對立，咍、覃與泰、談的見系字爲一類，其主元音的舌位偏後偏高，唇形偏圓；泰、談的非見系字則與二等的皆佳、咸銜爲一類，其主元音的舌位偏前偏低，唇形不圓。文讀層中一等重韻的對立消失，一、二等韻的對立也消失。

3. 開合口在基本保持區別的情況下，全書約有 185 例開合口互注。

4. 效、流攝有交叉現象。

三、聲調系統

有 31%的全濁上聲字與去聲互注，但又有 14 條音注清清楚楚地注明仍讀上聲，上聲分陰、陽兩個調類。

四、單字的異讀

1.「咸」是二等匣母字，在 446 中作一等字的注字，應該是讀洪音，但在 9231 中又以有介音-i 的「延」作注字，則又該是表明它已經產生了介音-i，並且主元音也與三等的「延」相同。

　　1）446　　霤　胡男　匣覃開一平咸／咸　胡讒　匣咸開二平咸

　　2）9231　　咸　胡讒　匣咸開二平咸／延　以然　以仙開三平山

2.「鼻」在現代蘇州話〔註7〕和海鹽話〔註8〕中均讀陽入字。在中古韻書中是個舒聲字，並母至韻。在《玉篇直音》中有兩讀，一爲舒聲，它作被注字 1

〔註 7〕《漢語方音字彙》。

〔註 8〕胡明揚 1992。

次（4997），注字是並母實韻的「被」；作注字 5 次，3 次注的是去聲字，可有 2 次注的是入聲字，看來，《玉篇直音》的注者口裏，「鼻」有兩讀。

　　　1）9187　　弻　房密　並質三入臻 ／ 鼻　毗至　並至三去止

　　　2）10862　　飶　毗必　並質三入臻 ／ 鼻　毗至　並至三去止

　　　3）2460　　陛　傍禮　並薺四上蟹 ／ 鼻　毗至　並至三去止

　　　4）3692　　媲　匹詣　滂霽四去蟹 ／ 鼻　毗至　並至三去止

　　3.「恢」在 9319 例中應該是還讀溪母字，但在 13370 中則讀同曉母字。

　　　1）9319　　刲　苦圭　溪齊合四平蟹 ／ 恢　苦回　溪灰合一平蟹

　　　2）13370　　烠　呼恢　曉灰合一平蟹 ／ 恢　苦回　溪灰合一平蟹

　　4.「仇」在 11570 中仍讀群母，但在另外 5 例中則讀同禪母。此例比較特殊，也許「仇」這個符號是兩個字。

　　　1）11570　　虯　渠幽　群幽開三平流 ／ 仇　巨鳩　群尤開三平流

　　　2）9993　　䅸　市由（玉）禪尤開三平流 ／ 仇　巨鳩　群尤開三平流

　　　3）12246　　雔　市流　禪尤開三平流 ／ 仇　巨鳩　群尤開三平流

　　　4）12250　　讎　市流　禪尤開三平流 ／ 仇　巨鳩　群尤開三平流

　　　5）13330　　魗　市流　禪尤開三平流 ／ 仇　巨鳩　群尤開三平流

　　　6）12251　　讐（雔）市流　禪尤開三平流 ／ 仇　巨鳩　群尤開三平流

　　5.「岳」作注字共 18 次，其中 17 次與一等字互注，說明它仍讀洪音，1 次與三等藥韻互注，說明「岳」字已經產生了 i 介音。

　　　1）1014　　崿　五各　疑鐸開一入宕 ／ 岳　五角　疑覺開二入江

　　　2）1942　　堮　逆各（集）疑鐸開一入宕 ／ 岳　五角　疑覺開二入江

　　　3）1943　　塄　逆各（集）疑鐸開一入宕 ／ 同上（岳）五角　疑覺開二入江

　　　4）2379　　鄂　五各　疑鐸開一入宕 ／ 岳　五角　疑覺開二入江

　　　5）4120　　愕　五各　疑鐸開一入宕 ／ 岳　五角　疑覺開二入江

　　　6）5116　　顎　逆各（集）疑鐸開一入宕 ／ 岳　五角　疑覺開二入江

　　　7）5117　　顎　五各　疑鐸開一入宕 ／ 岳　五角　疑覺開二入江

　　　8）5534　　齶　五各　疑鐸開一入宕 ／ 岳　五角　疑覺開二入江

　　　9）6610　　覨　逆各（集）疑鐸開一入宕 ／ 岳　五角　疑覺開二入江

　　　10）6870　　諤　五各　疑鐸開一入宕 ／ 岳　五角　疑覺開二入江

11）8465 鍔 五各 疑鐸開一入宕 / 岳 五角 疑覺開二入江

12）9391 剫 五各 疑鐸開一入宕 / 岳 五角 疑覺開二入江

13）10381 蘁 逆各（集）疑鐸開一入宕 / 岳 五角 疑覺開二入江

14）10382 萼 五各 疑鐸開一入宕 / 同上（岳）五角 疑覺開二入江

15）11220 鶚 五各 疑鐸開一入宕 / 岳 五角 疑覺開二入江

16）13092 鱷 五各 疑鐸開一入宕 / 岳 五角 疑覺開二入江

17）11217 鶴 下各 匣鐸開一入宕 / 岳 五角 疑覺開二入江

18）11617 蠖 鬱縛（集）影藥合三入宕 / 岳 五角 疑覺開二入江

6.「溪」1-6 例均是作溪母字的注字，7-9 則作匣母字的注字。

1）4968 碕 去奇 溪支開三平止 / 溪 苦奚 溪齊開四平蟹

2）11510 蹄 去奇 溪支開三平止 / 溪 苦奚 溪齊開四平蟹

3）12787、12846 敧 丘奇（集）溪支開三平止 / 溪 苦奚 溪齊開四平蟹

4）12788、12847 攲 丘奇（集）溪支開三平止 / 溪 苦奚 溪齊開四平蟹

5）13425 歌 丘奇（集）溪支開三平止 / 溪 苦奚 溪齊開四平蟹

6）13819 徛 去奇 溪支開三平止 / 溪 苦奚 溪齊開四平蟹

7）2167 暳 弦雞（集）匣齊開四平蟹 / 溪 苦奚 溪齊開四平蟹

8）3694 嫇 胡雞 匣齊開四平蟹 / 溪 苦奚 溪齊開四平蟹

9）5723 蹊 胡雞 匣齊開四平蟹 / 溪 苦奚 溪齊開四平蟹

7.「入」作注字 2 次，均讀日母，但作被注字時，用的是已經變爲零聲母的疑母字「月」作注字。

1）11 日 人質 日質開三入臻 / 入 人執 日緝開三入深

2）13795 鎞 人質 日質開三入臻 / 入 人執 日緝開三入深

3）13777 入 人執 日緝開三入深 / 月 魚厥 疑月合三入山

8.「毒」在 6684 例中作透母的注字，送氣，在其餘 5 例中仍讀不送氣的定母。

1）6684 詴 他谷 透屋合一入通 / 毒 徒沃 定沃合一入通

2）2517 隤 徒谷 定屋合一入通 / 毒 徒沃 定沃合一入通

3）2623 讀 徒谷 定屋合一入通 / 毒 徒沃 定沃合一入通

4）3388 毒 徒沃 定沃合一入通 / 瀆 徒谷 定屋合一入通

5）6662　　讀　徒谷　定屋合一入通 / 毒　徒沃　定沃合一入通
6）8024　　殰　徒谷　定屋合一入通 / 毒　徒沃　定沃合一入通

9.「逐」既與通攝入聲互注，又與江攝入聲互注，而這兩個攝的入聲的主
元音並不相同。

1）11963　豕　珠玉（集）知燭合三入通 / 逐　直六　澄屋合三入通

2）7045　　逐　直六　澄屋合三入通 / 濁　直角　澄覺開二入江
3）7337　　擢　直角　澄覺開二入江 / 逐　直六　澄屋合三入通

10.「業」在 5139 例中與影母字互注，說明它讀同零聲母，但又作娘母字
的注字。

1）5139　　醃　於葉　影葉開三入咸 / 業　魚怯　疑業開三入咸

2）5689　　躡　尼輒　娘葉開三入咸 / 業　魚怯　疑業開三入咸
3）8306　　鑷　尼輒　娘葉開三入咸 / 業　魚怯　疑業開三入咸
4）8307　　鈉　昵輒（集）娘葉開三入咸 / 業　魚怯　疑業開三入咸

這些有異讀的單字，除了「仇」，別的字的兩種讀音都沒有區別意義的功能。

所有上述現象，我們不能簡單地說它們是歷史音變，或者以詞彙擴散理論
來解釋。

根據注者的情況、《玉篇直音》音系特點、同時期其他語料，我們可以斷定
《玉篇直音》基本屬於吳語音系，如它保存了全濁聲母，船禪不分，從邪、奉
微、禪日、匣喻分別相混，止蟹／遇攝、果／遇攝分別互注，四聲八調等，但
它肯定不是純粹的吳語。因為我們不但無法解釋它向現代吳語的演變，同時也
無法解釋它與同時代別的吳語資料的關係，更無法解釋上述的矛盾現象。

那麼，唯一的解釋是，《玉篇直音》反映的語料是異質的，不是一個純粹的
語音系統，而是一個「雜」的語音系統，既有吳語本身的特點，也有官話甚至
其他方言的折射，既有地道的口語成分，也有讀書音成分。

第十章　《玉篇直音》的音系基礎

第一節　明代語音

一、明代官話

明代官話是近代漢語共同語語音發展史上一個極其重要的歷史時期。近代漢語的三大音變規律（全濁聲母在北方話裏的消失、-m 尾韻在北方話裏的消失、入聲在北方話裏的消失）在明代北方話裏出現了三項，完成了兩項。大家都承認明代官話的存在。但明代官話的標準音問題，目前尚有爭議。王力《漢語語音史》談「明清音系」主要是根據徐孝《重訂司馬溫公等韻圖經》，「徐孝講的是順天府（今北京）的音系，所以本章講的明清音系以《等韻圖經》爲準」。《漢語史稿》談由中古到現代的語音發展時說：「到了 14 世紀（可能從 13 世紀起），北方話越來越和南方的方言發生分歧，同時也形成了普通話的基礎。」實際上，王先生認爲近代漢語的標準音是北京話。

李新魁《論近代漢語共同語的標準音》從文獻鈎稽證明從東周開始直到明清時，漢語共同語的標準音是黃河流域中游河、洛一帶的中原之音，直到清代中葉以後，北京語音才提升到漢語共同語標準音的地位。

魯國堯《明代官話及其基礎方言問題》推斷南京話「或許即爲官話的基礎方言」。

　　耿振生《明清等韻學通論》的觀點又不一樣，他認爲「官話是口頭語言，但漢語的口語受書面語干擾很大，官話尤其如此。因爲講官話的人當中，官吏和讀書人佔的比重大，在這些人的觀念中，官話是超越方言之上的系統，不能和任何方言等同。它的基礎方言也只是一個基礎而已，並不等於官話本身，這個基礎方言的音系經過改造才能被承認爲官話，改造的依據是書面音和其它方音，說話者憑著『正音』觀念把別處方音的部分內容和基礎方音結合在一起，去掉一些較『土』的成分，增加一些『文』的成分，就是他們心目中的官話。……官話到了不同的地方，會在不同程度上接近當地的方言，吸收一些當地的語音成分，這樣就形成地區性的官話變體，在不同的地區，不同的社會集團中，講的不是完全一致的一種官話。……官話的核心部分是比較穩固的，是人們共同承認的官話成分；官話的非核心部分有些遊移不定，可以因時、因地、因人的觀念有些變化」。他認爲官話的基礎方言是「華北平原上的方言」。

　　黎新第（1995）證實明代客觀存在南方系官話，與當時北方系官話並存，南方系官話的代表就是當時的南京話。經他考證，明代南方系官話方言的語音特點有：

　　1. 仍有獨立入聲；

　　2. 至少在李登《書文音義便考私編》以前，平聲中可能尚有全濁聲母，聲調陰、陽也未必已完全轉化爲獨立調位；

　　3. 原莊組字聲母較多併入精組；

　　4. 寒、桓分韻；

　　5. -n、-ŋ 韻尾的進一步相混。

　　關於明代北方官話音系的聲韻調特點，大致如下〔註1〕：

一、聲母部分

　　1. 全濁音多消失。不過，李新魁《近代漢語全濁音聲母的演變》指出明代二十多種韻書及韻圖中，比較接近讀書音的書面共同語保存全濁音聲母，而接近口語共同語的則取消全濁音聲母，絕大多數音系的濁音平聲字基本上變爲送氣清音，仄聲不送氣仍讀全濁；

〔註1〕丁鋒1995。

2. 影喻、非敷、泥娘、知₂莊、知₃章分別合流，據丁鋒的研究總結，知₂莊類聲母已經轉化爲卷舌聲母，但知₃章類聲母仍可與細音韻母相拼，這種現象在明代官話的 16 個音系中佔了 15 個，因爲與洪細相拼的兩組聲母不形成對立，多數音系只擬一組音；

3. 微母多保留；

4. 疑母多消失。

二、韻母部分

1. -m 尾韻在明中葉以後全部消失，楊耐思《近代漢語- m 的轉化》指出- m 全部轉化不晚於 16 世紀初葉，與此相對，麥耘《〈笠翁詞韻〉音系研究》一文則認爲直至清初，南方「官音」中的- m 尾韻依然存在；

2. 入聲的-p、-t、-k 尾對立消失，收喉塞尾-ʔ，正處於與陰聲韻合流階段；

3. 同等重韻歸併；

4. 一、二等開口，三、四等歸併，但二等見系開口沒與一等合流，山攝一、二等尚未歸併；

5. 輕唇各韻唇音消失-i 介音，變同洪音；陽韻合口牙喉音字消失-i 介音，與唐韻合流；

6. 四呼形成，李新魁《近代漢語介音的研究》指出 iu 明代以後單音化爲 y；通攝三等部分字-i 介音消失；

7. 庚青韻合口與東鍾韻合流；

8. 灰韻主元音弱化，與止攝合口和蟹攝三、四等合口韻合流；

9. 支脂的合口來母讀開口；

10. 果攝歌戈韻的主元音由 a 變成 o；

11. 麻₃主元音 a 受介音影響開口度縮小，變成 iɛ；

12. 江攝元音開口度增大，與宕攝合流；

13. 陽開、江莊產生 u 介音；

14. 一等入聲合盍曷牙喉音、末、鐸主元音開口度縮小，由 a 變爲 o；

15. 藥韻主元音開口度縮小，由 a 變爲 o；

16. 寒山（合）、桓歡不對立，但江淮地區官話音系保留桓歡韻；

17. 大多數音系效攝演變爲兩個韻母。

四、聲調部分

明代官話音的聲調系統有四種類型：

1. 主流聲調系統

   陰平、陽平、上、去、入五調

2. 平、上、去三調，入派三聲

3. 陰平、陽平、上、去四調，入派三聲

4. 江淮官話、西南官話

   陰平、陽平、上、去、陰入、陽入六調

全濁上聲字歸去聲是明代官話的一般現象，但也還有仍讀上聲的。

葉寶奎（2001）提出官話音既非北音亦非南音，而是變化了的傳統讀書音，官話音與北音、南音同源異流，既有聯繫又有區別。近代漢語標準音和基礎方言代表點口語音的關係是十分密切的，二者原本同源，只是由於社會歷史文化的原因以及漢語自身發展特殊規律的制約，導致二者逐漸分流。從共時的角度看，官話音聲韻調系統與基礎方言口語音相比，相同或相似的部分多於差異，即同大於異。這種大同足以證明二者的同源關係，而差異的部分則表明它們又是相互區別的不同音系。從歷時的角度看，明清官話音受通俗白話文學和基礎方言口語音的雙重影響，一直跟著口語音的變化而變化，以至二者的差異逐漸縮小，這個事實，同樣可以說明官話音與基礎方言口語音關係的密切。他把明音分前、後兩個階段，明代後期官話音以《西儒耳目資》和《韻略彙通》爲代表，他歸納的《西儒耳目資》主要特點有：

1. 全濁聲母消失；

2. 零聲母擴大；

3. 知章組「遮魚蕭」由細變洪，其餘三等韻仍讀細音；

4. 少數莊組字變入精組；

5. 閉口韻消失；

6. 入聲韻尾弱化歸併爲喉塞音-ʔ；

7. 來自中古喉牙音開口二等的齶化韻已與相應的三、四等韻合流；

8. 官、關對立，但已有一些混淆；

9. 通、梗二攝合併；

10. 有 ul 韻；

11. 聲調分陰平、陽平、上、去、入五個調位。

二、明代吳語概況

根據耿振生（1992）的研究，明代吳方言的聲韻特點是：

（一）聲母

1. 保存全濁音、牙喉音沒有齶化是吳方言的共同特點；

2. 大多數吳音韻書匣、喻合一，奉、微合一，日母字歸入禪母，邪母字分別為濁塞擦音和擦音，船、禪二母各分別歸於濁塞擦音和擦音；

3. 知照系可分三種情況：與精系完全合流、部分知照系字歸入精系、與精系區別分明；

4. 代表 16 世紀崑山方言的《聲韻會通》有少量喻母上聲字歸入影母，少量疑母字併入匣喻。

（二）韻母

1. 山咸攝一、二等對立，寒談的多數字及覃韻字為一類，主元音與三、四等字合流；寒談的部分舌齒音與二等字為一類；

2. 江宕攝合併分化為兩個韻，江唐及陽合為一類，陽開自成一類；

3. 合口呼一般只限於牙喉音，北方話中讀合口呼的舌齒音字吳語讀成開口呼；

4. 閉口韻消失較晚；

5. 臻、深、梗、曾的三種韻尾在清初之前已有合流為一類的現象。

（三）聲調

平、上、去、入四聲各分陰陽，形成四聲八調。

第二節　《玉篇直音》的音系基礎

通過前面的敘述，我們看到《玉篇直音》大致有下面這樣一些特點：

一、聲母部分

1. 全濁聲母與清聲母互注比例約為 10% 左右；

2. 非、敷合流，奉母字也有一部分與非敷合流；

3. 零聲母擴大；

4. 泥、娘合流；

5. 知二莊精、知三章分別合併，知三章有一部分字流入精組；

6. f、x 相混；

7. 禪日、奉微、匣喻相混；

8. 船禪、從邪不分。

1-4 與明代官話相吻合，但又不徹底，5、7、8 是吳語的特點。

二、韻母部分

1. -m 尾韻基本消失，臻深、山咸分別合併，但 -m 尾可能尚未完全消失；

2. 入聲 -p、-t、-k 的區別消失，都轉化為 -ʔ；

3. 重韻、重紐的區別均已不存在；

4. 異攝各韻大量合併，韻部大大簡化；

5. 三、四等韻合併；少數開口二等喉牙音字已經產生 -i 介音，與三、四等韻同音，但又有不少一、二等韻的字（不限於舌齒音）互注，界限已有混淆；

6. 很多《切韻》音系的合口字讀作開口。

1、3、4、5 符合官話的一般情況，其中 5 表現出《玉篇直音》音系的複雜性，北方官話的入聲正處於與陰聲韻合流階段，《玉篇直音》有極零星的陰、入互注，入聲完整保存，6 則頗有特色。

五、聲調

1. 有平、上、去、入四聲，各分陰陽，因此有八個聲調；

2. 全濁上聲絕大多數已變為去聲，還有極少數殘餘。

全濁上聲變去聲與官話一致，不過這一點本書也表現得不徹底。

從史書的記載看，樊維城和姚士粦二人學問淵博，鄭端胤、劉祖鍾也有家學淵源（鄭端胤的曾祖父是一個藏書家），而且本人也是文人，他們合作給《玉篇》注音，當是依據一種四個人都能講、能聽得懂、能認可的語音，實際上這只能是一種文人中通行的語音，亦即所謂官話，當然免不了受到方言口語的影響。

海鹽話本身也比較有特點，它處於北部吳語區，距離杭州不遠，受官話的影響可能比較大，所以明人顧起元《客座贅語》稱：「海鹽多官話，兩京人用之。」

　　通過前面的敘述，我們看到《玉篇直音》的音系並不是一種「一塵不染」的純語音系統，它既有很明顯的吳語特色，如基本保留全濁聲母，從邪、船禪不分，匣喻、奉微相混，端、精組開合口相混等；又有官話色彩，比如全濁聲母的清化，濁上變去，開合界限基本清楚，某些字的特殊讀音與現代漢語普通話相同，山咸攝一、二等錯綜複雜的關係等。梅祖麟（2001）舉例說明北部吳語仍有個魚、虞有別的層次，前面第三章所舉魚、虞互注的近 200 例中，不僅有見系，而且有大量的知章組字，看不出魚、虞有別的痕迹。

　　綜上所述，《玉篇直音》反映的是一種頗受官話尤其是南系官話影響的吳語區知識分子或者說文人講的讀書音，它不可避免地有口語的成分，通俗地講，這是一種海鹽普通話，我們可以稱之為海鹽官話。

　　這種語音現象，在現代漢語方言中也有體現，如陳松岑（1990）描寫的紹興五級普通話，其中的三級普通話（紹興普通話）ts 與 tṣ相混，四級普通話（紹興官話）就保留了全濁聲母。《玉篇直音》反映的這種海鹽官話可能就相當於介乎紹興普通話和紹興官話之間，也許就是顧起元提及的海鹽官話的詳細描述。

第十一章 《玉篇直音》所反映的「海鹽官話」對明代戲曲海鹽腔研究的啓示

　　業已衰亡的海鹽腔曾給中國戲曲的發展有過深遠的影響，關於海鹽腔的情況，有關的文字記載較少，《中國大百科全書·戲曲》對海鹽腔的命名原因、體制及淵源等有敘述。提及在嘉靖、隆慶年間，海鹽腔已經「擴展到嘉興、湖州、溫州、南京、台州、蘇州、松江，遠及江西宜黃、北京等地」。

　　關於海鹽腔，《中國大百科全書·戲曲》僅說「採用官話」。至於其它更詳細的資料，如什麼樣的官話等，付之闕如。對於曾給中國戲曲的發展有過深遠影響的海鹽腔來說，這不能不說是個遺憾，對於我們這些龍的文化的傳人來說，不能不說是個挑戰，我們有責任在這方面做出自己的貢獻。

　　明代中葉以後，在「村坊小曲」、「里巷歌謠」基礎上產生的南戲獲得了蓬勃發展，有四大聲腔的流佈，即：海鹽腔、弋陽腔、餘姚腔和崑山腔，據明成化二年進士、弘治初年任浙江右參政的陸容所著的《菽園雜記》載，成化年間（1465～1488）「嘉興之海鹽、紹興之餘姚、寧波之慈谿、台州之黃岩、溫州之永嘉，皆有習爲倡優者，名曰『戲文子弟』，雖良家子不恥爲之」〔註1〕。說明

_____

〔註 1〕轉引自尉遲治平 1988。

海鹽腔已在當地興起。到嘉靖（1522～1567）、隆慶（1567～1573）年間，海鹽腔流傳甚盛。據蘇子裕〔註2〕考察，當時海鹽腔流行於浙江、兩京、松江、蘇州、徽州、江西甚至山東。縉紳富家宴請賓客時，往往招海鹽子弟演唱。《金瓶梅詞話》中就有這樣的描述，第六十四回西門慶請內相看戲，「西門慶道：『是一般海鹽戲子。』薛內相道：『那蠻聲哈喇，誰曉得他唱的是什麼。』」〔註3〕海鹽腔與弋陽腔盛行以後，逐步取代了北曲雜劇在戲曲舞臺上的地位，對戲曲聲腔劇種的發展產生了重要影響。嘉靖年間的戲曲音樂家魏良輔等革新崑山腔，就繼承和吸收了海鹽腔和弋陽腔。

據蘇子裕先生的研究，海鹽腔源於南戲，而受到北曲的影響，海鹽腔中有北曲或者南北合套。在明萬曆以前崑腔尚未盛行時，海鹽腔常常成為「南曲」的代名詞。海鹽腔盛行的原因之一是它屬於官腔戲，明代徽池雅調戲曲選本《大明春》，卷二標題為「新鍥徽池雅調官腔海鹽青陽點板萬曲長青」，打的是「官腔海鹽」的招牌。明萬曆二十六年杭州人胡文煥編輯的《群音類選》一書，把戲曲聲腔分為「官腔類」、「北腔類」、「諸腔類」、「清腔類」，而無南戲、崑腔、海鹽腔，表明了海鹽腔屬於官腔類，該書「官腔類」的劇目多為海鹽，餘為崑山。

關於南曲用韻問題，尉遲治平先生（1988）說「無論以《洪武正韻》還是以《中原音韻》來衡量，那時南曲押韻的特點都是『雜』。明朝王驥德《曲律‧論韻》具體指出南曲押韻的特點是：「南曲類多旁入他韻，如支思之於齊微、魚模，魚模之於家麻、歌戈、車遮，真文之於庚青、侵尋，或又之於寒山、桓歡、先天，寒山之於桓歡、先天、監咸、廉纖，或又甚而東鍾之於庚青，混無分別，不啻亂麻。」

尉遲先生將南曲的發展分為三個階段：

第一階段包括元末到明嘉靖、隆慶年間。這一階段南曲押韻的特點是：真文、庚青混押；桓歡、先天、寒山混押；支思、齊微、魚模混押；歌戈、家麻、車遮混押；開口韻跟閉口韻混押；入聲單押。

第二階段是隆慶、萬曆（1573～1620）年間。魏良輔改革崑腔，崑腔崛起，海鹽、餘姚等聲腔日趨衰退。

〔註 2〕蘇子裕 2002。

〔註 3〕轉引自尉遲治平 1988。

萬曆以後，爲南曲發展的第三階段。

王驥德所說南曲押韻特點當指第一階段，尉遲先生說南曲「這樣的用韻習慣，顯然跟《中原音韻》和《洪武正韻》都毫無關涉」。而是「韻守自然之音」。

那麼，曾一度極爲盛行的海鹽腔的用韻情況又如何呢？根據《客座贅語》，弋陽腔多採用方言土語，即「錯用鄉語」，而海鹽腔多用「官話」（《中國大百科全書・戲曲》）。關於這個問題，蘇子裕認爲海鹽腔的用韻受《中州音韻》的影響很大，「王氏《中州音韻》一出，使海鹽等腔舞臺語言語音，向『正音』、『官腔』靠攏」〔註4〕。關於《中州音韻》，何九盈先生〔註5〕認爲它是一部適應南曲需要而編撰的韻書，其聲母系統接近《洪武正韻》，有29個聲母，特點是：濁聲母保存的同時，又處於演變之中；照二與照三合併，知徹澄娘與照穿牀泥合併；敷與非併；疑母字的讀音已經變爲與喉音匣母同類的零聲母了；禪母字分爲兩類：一類混同於牀（澄），一類與船合併；影母和喻母陰陽對立。韻母系統接近《中原音韻》，有44個韻母：蕭豪的[iau]與[iɛu]合流，歌戈沒有[io]。聲調有平、上、去三個，平聲不分陰陽，濁上字大部分已轉爲濁去，濁去有爲數不多的字變爲清去，入派三聲，全濁派入平聲，次濁派入去聲，清聲派入上聲。

但是我們前面的描述，與《中州音韻》並不是那麼完全吻合，最大的不同是《玉篇直音》的入聲完整地保存，聲調爲四聲八調，其他如濁聲母，知莊章三組的關係，非敷、匣喻、〔iau〕與〔iɛu〕合流，濁上字大部分已轉爲濁去，濁去有爲數不多的字變爲清去等方面倒頗多一致的地方。

那麼這種海鹽腔多用的「官話」又是怎樣的一種面貌呢？根據前面的敘述，我們不妨作個大膽的推論：即《玉篇直音》描述的這樣一種「話」。因爲通過比較，我們確實可以發現前面所說南曲的特點在《玉篇直音》裏都有程度不同的體現。

寫到這兒，我們不禁產生了疑問：樊維城等人爲什麼要編這樣一部書呢？因爲要像當代一些人一樣弘揚政績？不大可能。是對鄉音的熱愛？對本土文化的弘揚？我們可以做無窮多的推測和想像。不過，我們注意到《玉篇直音》成書的年代正屬於尉遲先生所說的南曲發展的第二個階段，即崑腔崛起、海鹽腔

〔註 4〕蘇子裕 2002。

〔註 5〕何九盈《〈中州音韻〉述評》。

等逐漸衰退的時期，這種局面對於海鹽人來說，心裏一定不會舒服，那麼會不會是《玉篇直音》的注者惋惜或者痛惜海鹽腔的衰微，而通過這樣一種舉措來表達他們的一種眷顧甚或希望之情呢？是否有推廣海鹽音的目的呢？

　　無論如何，對於研究中國的戲曲音韻及中國戲曲聲腔發展史，《玉篇直音》都應佔有一席之地，這麼說似不為過。

第十二章 結 語

綜上所述，《玉篇直音》的語音面貌如下：

聲母有 27 個，其主要特點是：

1. 全濁聲母基本保存，但有約爲 10%左右的字與清聲母互注；

2. 非、敷合流，奉母字也有一部分與非、敷合流；

3. 零聲母擴大，影、喻合流，疑母只有洪音還保存，微母部分字也變爲零聲母；

4. 泥、娘合流；

5. 知₂莊精、知₃章分別合併，知₃章有一部分字流入精組；

6. 非敷奉與曉匣的部分合口字相混；

7. 禪日、奉微、匣喻相混；

8. 船禪、從邪不分；

9. 有各種聲母類混注。

韻部共 24 個，**韻母**有 47 個，其主要特點有：

1. -m 尾韻基本消失，臻深、山咸分別合併，但-m 尾可能尚未完全消失；

2. 入聲-p、-t、-k 的區別消失，都轉化爲-ʔ；

3. 重韻、重紐的區別均已不存在；

4. 異攝各韻大量合併，韻部大大簡化；

5. 三、四等韻合併；少數開口二等喉牙音字已經產生-i 介音，與三、四等韻同音，但又有不少一、二等韻的字（不限於舌齒音）互注；

6. 很多《切韻》音系的合口字讀作開口。

7. 止／遇攝、效／流攝、果／假攝分別有少數字讀音相混；

8. -n、-ŋ 尾韻在界線基本清楚的前提下，有部分臻深攝與通曾梗攝的字相混；

9.「鳥」有[t]、[n]兩讀；

10. 有各種韻母類混注。

聲調

1. 有平、上、去、入四聲，各分陰陽，因此有八個聲調；

2. 全濁上聲絕大多數已變為去聲，還有極少數殘餘。

《玉篇直音》反映了一種頗受官話尤其是南系官話影響的吳語區知識分子或者說文人講的讀書音，它不可避免地有口語的成分，可以說，這是一種海鹽普通話，即海鹽官話。

另外，研究《玉篇直音》語音系統的意義並不局限於語言學上，它還有助於探討明代戲曲海鹽腔的用韻及中國戲曲聲腔史。

第十三章　同音字表

第一節　聲韻拼合表

	東同				江陽			真尋				寒桓	
	əŋ	i°ŋ	u°ŋ	iu°ŋ	ɔŋ	iɔŋ	uɔŋ	ən	i°n	u°n	iu°n	ɔn	uɔn
p	崩	兵			邦			奔	豳				
pʻ	烹	聘			滂				品				
b	彭	平			旁			盆	頻				
m	萌	明			忙			門	民				
f	風				方			分					
v	馮				房			墳					
t	登	丁	東		當					敦			
tʻ		聽	通		湯			吞		燉			
d	滕	亭	同		唐					屯			
n	能	寧	農		曩	釀				嫩			
l	楞	零	隆		郎	良			林	淪			
k	庚	驚	公	扃	岡	姜	光	根	斤	昆	均	干	官
kʻ	坑	輕	空	穹	康	羌	匡	懇	欽	坤		堪	寬
g		擎		窮		強			琴		裙		
ŋ	硬				昂							岩	園
h	亨	興	烘	凶	紅	香	荒		欣	昏	薰	罕	歡

	東同				江陽			真尋				寒桓	
	əŋ	iᵊŋ	uᵊŋ	iuᵊŋ	ɔŋ	iɔŋ	uɔŋ	ən	iᵊn	uᵊn	iuᵊn	ɔn	uɔn
ɦ	衡	刑	紅	雄	杭		皇	痕		魂		寒	桓
∅		英	翁	庸	盎	央	汪		音	文	氳	安	剜
ts	爭	精	宗		臟	將		臻	津	尊	俊	簪	
ts'	撐	清	聰		倉	鏘		櫬	侵	村	逡	慘	
s	生	星	嵩		喪	相		森	心	孫	荀	三	
z	曾	晴	頌		藏	祥		岑	尋	存	旬	殘	
tʃ		蒸		中		張			真		諄		
tʃ'		稱		充		昌			琛		春		
ʃ		升		春		傷			身		舜		
ʒ		成		蟲		常			塵		純		
ʐ		仍		戎		攘			人				

	山咸		先鹽		支詞	齊移	蘇模	居魚	而兒	皆來	
	an	uan	iɛn	iuɛn	ɿ ʅ / ʅ	i	u	y / iu	əl	ai	uai
p	班		編			彼	補			拜	
p'	潘		偏			披	鋪			派	
b	盤		騈			皮	匍			排	
m	瞞		眠			迷	模			埋	
f	幡						夫				
v	凡						扶				
t	丹	端	顛			低	都			戴	
t'	灘	湍	天			梯	吐			胎	
d	壇	團	田			提	徒			臺	
n	南	暖	年			泥	奴	拏		乃	
l	蘭	巒	連	戀		離	盧	閭		來	
k	奸	關	肩	涓		肌	姑	居		該	怪
k'	慳		謙	圈		欺	枯	區		開	快
g			虔	權		奇		渠			
ŋ	顏						吾				
h			軒	喧		熙	呼	吁		海	
ɦ		還	賢	玄		奚	胡			孩	懷
∅			研	原		衣	巫	魚	而	哀	

	山咸		先鹽		支詞	齊移	蘇模	居魚	而兒	皆來	
	an	uan	iɛn	iuɛn	ɿʅ/ʮ	i	u	y/iu	lə	ai	uai
ts	沾	攢	箋		資	擠	租	苴		災	
tsʻ	餐	竄	千	筌	次	妻	粗	疽		猜	
s	衫	酸	仙	宣	斯	西	蔬	須		腮	
z	慚	篹	涎	旋	詞	齊	鉏	徐		才	
tʃ			占	專	支			猪			
tʃʻ			覘	川	蚩			杵			
ʃ			扇		施			書			
ʒ			蟬	椽	時			除			
ʐ			然	軟				如			

	灰回		蕭豪		歌羅	家麻		車蛇		鳩侯	
	ei	ui	au	iau	o	a	ua	iɛ	auɛ	əu	iəu
p	卑		包	標	波	巴					
pʻ	坯		泡	漂	坡	葩				掊	
b	陪		庖	瓢	婆	琶				裒	
m	梅		毛	苗	磨	麻				謀	謬
f	非										
v	肥										
t		堆	刀	凋	多					兜	
tʻ		腿	叨	挑	拖					偷	
d		穨	桃	迢	陀					投	
n		餒	猱	裊	儺	拿				耨	扭
l	雷		牢	聊	羅					婁	留
k		規	高	嬌	哥	加	瓜			勾	糾
kʻ		恢	考	敲	科		誇	佉		摳	丘
g		逵		喬				茄			求
ŋ			熬		娥	牙				偶	
h		灰	蒿	嚣	火	煆	花		靴	吼	休
ɦ		回	毫	肴	何	霞	驊			侯	
∅		維	鏖	夭	倭	鴉	蛙	爺		謳	憂
ts		醉	遭	焦	左	渣		嗟		鄒	揪
tsʻ		翠	操	悄	磋	叉				湊	秋

	灰回		蕭豪		歌羅	家麻		車蛇		鳩侯	
	ei	ui	au	iau	o	a	ua	iɛ	iuɛ	əu	iəu
s		雛	騷	消	梭	沙		些		搜	修
z		誰	棹	憔	瘥	茶		斜		愁	囚
tʃ		追		昭				遮			舟
tʃ'		吹		超				車			抽
ʃ		稅		燒				奢			收
ʒ		垂		韶				蛇			酬
ʐ		蕊		饒				惹			柔

	屋燭		藥鐸			格陌		屑別		質石	曷拔	
	uʔ	iuʔ	ɔʔ	iɔʔ	uɔʔ	əʔ	uəʔ	iɛʔ	iuɛʔ	iʔ	aʔ	uaʔ
p	卜		博			百		彆		必	八	
p'	朴		粕			拍		瞥		匹	潑	
b	僕		薄			白		蹩		弼	跋	
m	目		莫			陌		滅		蜜	末	
f	福					弗					發	
v	伏					勿					乏	
t	督					德		跌		滴	荅	掇
t'	禿		托			特		帖		踢	塔	脫
d	毒		鐸					迭		狄	達	
n	訥	忸						捏		逆	納	
l	鹿	律	洛	略		勒		列	劣	栗	辣	捋
k	谷	菊	角	腳	郭	格	國	結	決	及	割	刮
k'	哭	曲	殼	卻	擴	克	窟	怯	缺	泣	渴	闊
g		局						傑	掘	極		
ŋ			諤								歹	
h	忽	旭	涸		霍	赫	或	歇	血	吸	喝	豁
ɦ	斛					覈		擷			曷	滑
∅	屋	玉	握	藥		厄		謁	月	一	遏	襪
ts	足		捉	雀		責		節	蕝	脊	扎	
ts'	促		錯	鵲		冊		切		七	察	刷
s	蕭	恤	索			色		屑		悉	殺	
z	俗		昨	嚼		澤		截		疾	雜	

	屋燭		藥鐸			格陌		屑別		質石	曷拔	
	uʔ	iuʔ	ɔʔ	iɔʔ	uɔʔ	eʔ	ueʔ	ieʔ	iueʔ	iʔ	aʔ	uaʔ
ʧ		竹		灼			哲			質		拙
ʧʻ		出		綽			徹			尺		啜
ʃ		菽		爍			設			十		
ʒ		述		著			折			石		
ʐ		肉		弱			熱			日		

第二節　同音字表

　　本字表以韻母爲序，韻母次第同正文，即陽聲韻、陰聲韻、入聲韻。同韻的字以聲母爲序，聲母的順序爲：p pʻ b m f v t tʻ d n l k kʻ g ŋ ȵ ɦ ø ts tsʻ s z ʧ ʧʻ ʃ ʒ ʐ；聲母相同的字以聲調爲序，用阿拉伯數字 ① 代表陰平，② 代表陽平，③ 代表陰上、④ 代表陽上、⑤ 代表陰去、⑥ 代表陽去、⑦ 代表陰入、⑧ 代表陽入，既作注字又作被注字的用楷體表示，僅作注字的字下加著重號表示。因爲第一章提到的各種複雜情況，《玉篇直音》有一些字重出，同一個字，在不同的部首下出現，如「勍」字，兩收於京部和力部，而讀音相同，其中有 203 組音注被注字與注字完全重複，涉及 409 條。這樣下來，實際的字數就大打折扣，加之本字表並沒有將《玉篇直音》所有的字都收錄進來，只是把沒有疑問的字列入，因此字表中的被注字只有 10266 個，只作被注字的有 9317 個，注字有 3486 個，只作注字的有 1537 個，既作注字又作被注字的有 1938 個。

東同 əŋ

p　　① 崩絣閍崣祊浜閞坋　③ 菶捧　⑤ 迸併跰䯁弄霜

pʻ　① 烹平怦匉歕拼姘弅伻　③ 倗　⑤ 挏

b　　② 朋蓬彭莑逢鵬憉膨棚篷鼟芃韸傍箳輣颿輣彭堋倗

m　　② 蒙萌濛甍氓萠鄳矇朦幪曚艨蠓鸏罞籦懞瞢懵甿茵盲瞒曚嵍鬤髳銤蝥

　　　④ 猛艋懵懵睲座　⑥ 孟夢悶蜢霿寱盯鏐蕄鱛

f　　① 風豐丰封峰峯楓螽灃禮封妦鋒蜂葑凮霻烽豐豐軬犎牲㛲鑫鑾風㜺幭偣叿

　　　③ 泛奉捧霘　⑤ 俸捧奉颭諷赗贈鳳唪㡇猦

v　　② 馮逢夆洪桻縫泙堸唪渢襜鄷峰

t ① 登燈嬁璒簦燈甑簦弅 ③ 等 ⑤ 凳嶝隥蹬磴鐙轁䕨
d ② 滕儯騰藤驣⑥鄧殰
n ② 能儜獰
l ② 楞棱躻
k ① 庚羹耕更郠鶊秔稉畊賡䎙鸑 ③ 梗耿埂綆哽骾 ⑤ 更亙鯁䱭
k' ① 坑阬鏗妔劥硜誙摼峌硻 ③ 肎肯
ŋ ② 硜 ⑥ 鞕硬
h ① 亨脝悙殍
ɦ ② 衡恒行珩鴴蘅衡衡衜峘
ts ① 争箏增層曾埩憎熷熷繒璔譄罾鄫錚弸戬翻橧③ 矰 ⑤ 諍贈爭甑鞜嶝繒
ts' ① 撐撐琤淨噌錚凈崢趶
s ① 生甥鼪狌牲笙
② 層棖曾崢嶒橙鐙崝宆堂盯 ⑥ 鄭鋥

iᵊŋ

p ① 冰兵幷栟仌寎霦硼敀 ③ 丙秉柄昺炳怲眪抦棅蛃苪餅稟箳挮鮩 ⑤ 柄併幷鈵摒迸
p' ① 平甹徎 ⑤ 聘俜聘甹
b ② 平評枰枰坪苹蘋邢玶瓶缾蚲軿淜凴憑頻蕡蘋顰玊畊鵧軿褱 ⑥ 並竝病
m ② 明名民鳴朙洺溟覭銘蓂螟盟嫇顯 ④ 茗酩敏娸佲眳皿盟偍嵉盌 ⑥ 命詺䴙
t ① 叮丁玎釘仃疔行 ③ 酊頂鼎奵耵芋濵 ⑤ 錠訂定矴頲飣粄盯腚
t' ① 聽汀廳綎朾緻綎 ③ 挺圢侹侹珽脡壏頲 ⑤ 听飪
d ② 廷亭庭霆婷邒娗嵉汀聤閮鼮蜓筵莛筳脝睜娗
n ② 寧嚀寧 ⑥ 佞寧濘甯
l ② 伶苓零翎陵凌灵霛泠鄰霧衍伶拎櫺靈玲醽崚倰鋑淩裬稜朎霝昤聆岭憐齡詅綾吟舲瓴蔆笭鴒駖羚鯪靈囹輪零涔瓴庈澪雺轎魏倰劾駿颭顲鐳蓤餄鸰蠕鮐 ④ 領嶺衿 ⑥ 令吝
k ① 京驚經麖鑒荊鶄兢京倞尌競 ③ 景警頸憼璥撽檠剄檄 ⑤ 敬徑競竟鏡獍涇逕倞儆痙桱烴勁巠浕
k' ① 輕卿罄罄 ⑤ 慶罄殸磬甈
g ② 擎檠鯨勍黥鱷 ⑥ 競倞競竸
h ① 興鄉 ⑤ 嚳
ɦ ② 形刑行邢硎娙侀型陘鋞鉶郉術鈃䋁 ⑥ 杏幸涬荇踁䳉

∅ ① 英膺鶯嬰霙媖渶膆瑛鵖譀纓攖啨鷹櫻瓔罌䁆鸎鸚莖嫈譻罌郢甋暎柍鄹蠑
鍈 ② 盈嬴迎楹桯籯贏凝溋脛嚶脛 ③ 影郢景飲吟穎郢穎椻璟慶癭妖廮覤
邟饟泂撄 ⑤ 映應孕鷹訣印酳楝紖倉 ⑥ 孕媵倭倂媺

ts ① 精旌晶睛腈菁鶄濎讔 ③ 井邢

ts' ① 青清圊鯖蜻埥霄 ⑤ 倩清鶺灇

s ① 星惺腥曐篂鮏胜鉎猩醒曑暒暒 ③ 省醒暒箵 ⑤ 性姓

z ② 晴情姓錫 ⑥ 阱淨凈窄婧瀞靚姘頛睛

tʃ ① 征徵貞蒸怔佂眐鉦鳺抍湞禎楨烝胥絚延延錆鄭郎陦膡徎 ③ 整拯軨鞏
⑤ 証正證政症正

tʃ' ① 赬蟶稱称偵虹桯阠經 ③ 逞挺騁 ⑤ 稱秤称倗遉疢

ʃ ① 升昇陞聲 ③ 省眚覗婚閣 ⑤ 勝聖

ʒ ② 成丞承呈程郕峸誠宬盛泺裎理醒澄埕繩陁頵鶅鬜槎垒 ⑥ 盛晟剩鰎

ʐ ② 仍扔礽礽迺阞訒枛坾芿陾 ⑥ 認仍

uᵊŋ

t ① 東冬涷崠倲婝倲楝鶇忪悚竦零各鵘 ③ 董葷曈 ⑤ 凍棟動腖潼

t' ① 通同侗蓮恫踊 ③ 桶統垌 ⑤ 痛慟窚

d ② 仝疼童潼烔曈僮絧膧垌曈憧峒疒衕桐橦銅鮦犝酮餇橦筒烙佟彤罿眵窗峒
郎鄆㠉桐侗峒羵鶇部㢉佟痌鷉 ⑥ 洞動峒峒胴連

n ② 農濃儂膿噥慷髞蕽襛穠醲震曨鸃 ⑥ 癑

l ① 籠隆龍漋瀧巃竜瓏蠪朧爖嚨聾襱攏櫳矓蹯櫱霳轆櫳鏊 ③ 壠隴 ⑥ 弄咔

k ① 工攻公弓躬宮肱恭功蚣躬供龔共刊矼忓疘滰邧畊恭舁膅 ③ 拱礦栱珙巩
獷瓾螮巩蘷蘷玣 ⑤ 貢狆玒

k' ① 空崆倥椌鵼箜跫崆莖 ③ 恐孔悆忑 ⑤ 控

h ① 烘薨轟昏洪橫輷洶曠訇颸濙鼿飌翁崆誮恫 ⑤ 閧鬨嗊瞳

ɦ ② 弘橫洪宏紅汯吰耾閎鈜玒䀝諻鐄鍠嶸嵤紘竑弪翃仁灯訌鈱虹葒鬨颿陒紅
橫嵤宏鑅龓鑠颿 ⑥ 哄喤

∅ ① 翁蓊嗡螉鶲泓榕 ③ 翁暡瞊 ⑤ 瓮齆甕

ts ① 縱宗倧嵕嵏堫騣鬃緵艐椶葼椶駿猣猣㹗鬷猣蹤堫樅睙嵕掕娻㔌椶琮
③ 總摠稯�輵 ⑤ 粽糉惣綜

ts' ① 聰蔥聰忽匆囪惚聰騘騘蔥熜璁匓

s ① 松嵩崧娀菘倯鬆鬊鴥 ③ 竦悚慫從竦慫縱 ⑤ 宋送

z ② 崇叢從松淞漎蕵灇峹淙鬃悰賨昮簅藂鷜 ⑥ 頌誦訟

iuᵑŋ

k ① 扃坰絅駉冋冂扄 ③ 扃窘炯泂潁

k' ① 穹窮焪銎軭篬郹窮瓊觼笻 ③ 絅褧

g ② 卭蛩窮熒悸嬛傑桏㧱�婷藭竆

h ① 凶胷兄洶恟詾詢洶兇匈曛胸殈妠卤尣

ɦ ② 雄熊潓

ø ① 邕雍䑥癕灉壅癕雝饔揞灐瓕廱灘褣㻲讐瓱壅 ② 顒榮塋融庸容戎云螢荣萤喁廊㴸傭溶榕墉鏞鋪瑢鎔蓉鸙鱅坓鎣营肜榮縈營蠑禜岇鬈宆軜輶轟戱鬲帟嶆 ③ 勇永雍尹涌怲甕悪箘蛹湧傛踴塎濚擎甕閧鴶鞰 ⑤ 坓懩 ⑥ 用永詠泳咏

tʃ ① 中終忠蹱鍾鐘鈆伀妐伀㲲妸吰 ③ 腫踵冢煄踵㨢 ⑤ 眾種甄

tʃʻ ① 充沖珫芃忡衝徸洒窜恾輁穜剸 ③ 寵 ⑤ 銃

ʃ ① 舂椿

ʒ ② 沖重虫戎爞狪种陣盅蟲蝩慵鸙 ⑥ 仲神

ʐ ② 戎絨茸狨茙髶穘羢

江陽 ɔŋ

p ① 邦峀埄絣挈 ③ 榜牓 ⑤ 謗榜嫎

p' ① 滂旁磅雱霶霶 ⑤ 胖

b ② 傍旁房防膀龐邡旁彷 ④ 蚌棒 ⑥ 傍徬髈

m ② 忙莊芒盲忙薨庬哤痝牻龙邙郒嶙峗㑃䀧鶶 ④ 蟒莽網蟒蟒

f ① 方芳堕邡枋魴鄺防 ③ 倣紡訪彷瓬仿髣鶭鳻昉晃旫 ⑤ 放

v ② 忘亡芒方房肪鰪魴宋錺郎 ④ 罔網輞魍䋄亡囚 ⑥ 望妄壁汒址𡋛

t ① 當儅禂璫鐺簹瞠 ③ 黨讜䣊 ⑤ 當讜

t' ① 湯堂閶瞠蹚膛趟敞 ③ 倘儻攩曭蕩懭朣 ⑤ 蕩湯儻揚鍚盪蕩

d ② 唐郎嵣塘隚踼膅碭坣糖棠禟鐋蜡螳䲜餹鄟颺闛輞輟骘 ④ 蹚婸 ⑥ 蕩惕菪垗潟

n ③ 曩攮

l ② 郎廊埌榔桹瑯銀琅狼稂莨筤蒗崀硠躴浪勆良稂粮鶢崀燙 ④ 朗脼眼脼 ⑥ 浪閬潷埌悢蕳脼

k ① 岡矼江釭豇綱𨧀扛摃剛鋼犅堈杠瓨犺仜䢔 ③ 亢講港構覯肮阬 ⑤ 絳降焵悾犀

k' ① 康犺忼慷糠穅䵃郎�ㅁ瓩 ③ 慷䬶 ⑤ 抗亢邟炕伉砊犺䡃

ŋ ② 昂卬棉

h ① 魟

ɦ ② 杭航沆吭頏迒行魧斻降亢枊胻桁忓 ⑥ 巷鄉闀鬨衖

ø ① 央映坱姎 ⑤ 盎醠瓮

ts ① 莊臧妝庄臟粧牂贓樁牀裝妝糚 ③ 臧奘 ⑤ 壯狀撞莚戇葬塟戇

ts' ① 倉窓嵤鶬蒼瘡窻怱苍 ③ 愴俍壍 ⑤ 創㼱滄刱

s ① 喪霜桑孀 ③ 爽顙磉鵝顙鷞

z ② 藏牀广鑶臧幢牀 ⑥ 藏輦

iɔŋ

n ⑥ 讓釀醸穰

l ② 梁涼良椋輬涼蜋糧樑梁粮涼飈晾椋梁 ④ 兩両緉裲胹蜽魎动 ⑥ 諒亮掠惊剠晾

京剠晾悢

k ① 姜畺殭畕橿礓姜僵疅疆壃薑螀 ③ 強膙繈

k' ① 腔羌蜣羟羫矼

g ① 強彊漒弝 ⑥ 強

h ① 香鄉薌香皀 ③ 享响向蠁響饗嚮 ⑤ 向响向珦響

ø ① 央殃佒霙胦鴦秧泱 ② 羊揚陽崵颺暘䍹烊垟眻洋瀁楊鸉鍚暢煬祥易敭阦

眻徉迲鷎③ 養恙仰養漾劷痒峡瀁勷羏炴 ⑥ 樣恙漾煬懹餦

ts ① 漿將螀 ③ 蔣奬將槳 ⑤ 醬

ts' ① 鎗鏘嗆蹡搶槍瑲牄斨嗆蹡䯄

s ① 相襄廂湘纕緗鑲孃驤箱驦 ③ 想鯗

z ② 詳祥墻嬙檣艢戕蘠薔牆戕庠翔眫 ④ 象像嶑襐蟓橡 ⑥ 匠

tʃ ① 章張餦鄣暲憧嫜墇障璋麞獐彰粻廧趰鶬 ③ 掌長泦爪 ⑤ 漲張障脹帳瘴

tʃ' ① 娼昌淐閶猖菖琩伥 ③ 廠敞昶氅惝踾 ⑤ 暢悵唱㲿暢瑒氅眖蹋穭

ʒ ② 嘗常裳長腸萇場償瑺鏛鱨垱跟悥鶬 ④ 仗丈杖 ⑥ 尙讓

ʃ ① 傷商殤鷫醼鬺鸘 ③ 賞屚鑛餉饟 ⑤ 向蠰餉

ʐ ② 禳穰攘儴瀼勷鬤蘘蠰穣戁 ④ 壤瀼膱 ⑥ 讓攘懹穰

uɔŋ

k ① 光侊垙珖胱輄 ③ 廣 ⑤ 誆曠誑

k' ① 匡邼恇洭劻眶軭筐眶 ⑤ 曠壙壙絖纊廮爌壙

h ① 荒宺慌肓宯暡恍慌覘眈 ⑤ 貺況況觥

ɦ ② 黃皇堭媓偟湟隍潢惶遑喤趪瑝艎餭篁簧徨諻郋僙艎禈翌畠 ④ 晃幌愰櫎榥瀇

ø ① 汪尪尢 ③ 往枉淮 ⑥ 旺暀

眞尋 ən

p ① 奔犇泍 ③ 本畚輪笨体畚貵呠

b ② 盆湓喰湓

m ② 門捫璊糜樠虋濆頟 ④ 瞞悳 ⑥ 悶懣

f ① 分紛芬昐枌份玢饋餴雰翁闅閉 ③ 粉膹捴憤 ⑤ 糞噴粉僨奮颴湓熖坌癀

v ② 汾焚墳坋燌炃幩枌豮轒獖獖鐼黂鳻蕡棻文 ⑥ 憤忿蚡

tʻ ① 呑哼陌韇

k ① 根跟眼 ③ 頣 ⑤ 艮詪

kʻ ③ 墾懇齦懇

ɦ ② 痕服 ⑥ 恨

ts ① 臻溱蓁榛瑧轃梓瀙 ⑤ 譖顬

tsʻ ① 參嵾 ⑤ 櫬襯齓藽

s ① 森莘參屾滲縿蔘蔘詵槑鬖

z ② 岑宊竇涔

iᵊn

p ① 邠豳賓彬頻嬪矉份汃鑌彪檳賓 ⑤ 擯殯賓儐鬢臏髕

pʻ ① 貧翻 ③ 品牝

b ② 頻瀕顰穷蠙

m ② 民瑉怋錕暋捪弫 ④ 閔敏泯暋愍憫愍潣閺敃泯閩

l ② 林鄰隣臨瞵璘麟鱗霖琳痳粼磷酟湓 ④ 凜廩稟僯懍嶙瞵崘 ⑥ 藺吝粦鄰蹸僯悋躪遴閔閵撛轔鏻甐粦覵蟒簭魕

k ① 斤今筋巾金襟衿惍 ③ 謹堇嫤槿瑾漌巹僅卺 ⑤ 禁濝歁

kʻ ① 欽衾嶔礈埁

g ② 琴芩勤禽懃矜芹蘄庈昑捦紟檎穜厪邻疹擒 ⑥ 近廑墐殣瘽岓

h ① 欣忻歆昕邤炘昕嬜 ⑤ 釁衅疢

ø ① 因音陰姻堙亞陻洇絪婣闉禋茵裀囙喑瘖黔霒蔭殷磤陎歅磨暗 ② 銀寅吟淫垠齦浪訢圻狺嚚崟硷訡唫碞貪釆霪蟥婬訢犷厥嵚衾腹宊垩 ③ 隱引飲蚓乚螾蠔𪊷蘙𩜰朋戭廴迎轗弘抣衍 ⑤ 蔭廕隱印檼窨慭濥釿憖擥 ⑥ 胤軸

ts　① 津琎璡督肆 ⑤ 進俊晉浸縉搢祲譖儁嶜簪挸晙

ts‘　① 侵親浸埐梫綅駸鋟埁㑴 ③ 寑 ⑤ 沁㕕

s　① 心辛新信莘侁沁恂馻㜪鮮㜸椾 ⑤ 信囟訊顖迅陖駿譤顖訫伈扟䢅玐閔囟

z　② 尋秦循潯撏鄩襑鱘嬶鬵螓隯瀳鄩鬻蕁 ⑥ 燼藎贐尽盡賮㶳盡盡

ʧ　① 真針箴斟縝帳甄榛葴斟珎珍鍼真碪磌賑瑊鱵 ③ 軫胗振准畛姫紾診袗裖
鬒疹眕聄弫駗黰稹眐砛覙轃 ⑤ 震振鎮慎侲瘨謓搷賑踬顧軓

ʧ‘　① 琛郴瞔嗔瞋膹 ③ 趻 ⑤ 趁趁闖

ʃ　① 身申伸深琛娠紳裑呻眒珅柛侞胂㚲伸鞞葠煁㕠 ③ 沈審宷弞哂嬸覃訦㽙
瘎 ⑤ 慎順矧眘阠

ʒ　② 陳塵辰沈忱晨鷐軙㙶尘陳宸蜃鷐霃沉唇脣神諶陣㯳鷐䢅鋥郕 ④ 蜃朕朕
脤 ⑥ 陣甚蜃人沉刃腎桭鴆椹葚鋠蜄諗梣黮蠹裖㰬

ʐ　② 人壬任仁忎恁紝鵀鉟儿庄紝 ④ 任忍稔恁 ⑥ 任仞刃認忍壬人飪賃韌軔
牣妊衽訒

uᵊn

t　① 敦墩蜳弴 ⑤ 鈍頓扽𦡶

t‘　① 燉暾燉焞暾涒吨

d　② 豚屯臀庉忳啍吨暾臋軘鈍飩芚黗屍閰 ④ 沌屯燉伅 ⑥ 遁囤遯𨗨

n　⑥ 嫩嫩炳

l　② 淪論倫侖錀陯綸崙踚腀掄輪蜦艌 ⑥ 論淪

k　① 昆崐琨騉鯤鯤騉褌蜫裩鶤䳉蚰焜 ③ 衮滾蓘鯀錕鮌碮

k‘　① 坤髠巛 ③ 綑捆悃壼稇梱踊 ⑤ 困庢

h　① 婚昏殙閽棔昬涽惽 ⑤ 混溷倱掍惛焜諢搵睔暉

ɦ　② 魂渾倇餛緷堚韗琿 ④ 渾𪍰韗

ø　① 溫熅輼蒕殟轀鄵 ② 文紋聞駇蚊螡蟁鳼聳螡 ③ 吻穩刎抆伆𠯆 ⑥ 問汶
璺璺

ts　① 尊嶟罇鐏鷷 ③ 噂咗劕蕁 ⑤ 僔燇

ts‘　① 村邨 ③ 忖刌抣

s　① 孫蓀 ③ 損膞 ⑤ 遜巽顨噀

z　② 存蹲郁 ⑥ 鐏

iuᵊn

k　① 均君鈞䇹皸麇袀 ⑤ 郡菌呁珺䐃

g　②裙群羣帬裳

h　①薰熏勳君繻勛臐獯醺菫　⑤訓壎

ø　①氳齋輐惇　②勻云雲員鄖隕昀惶湏澐沄緄紜芸耘眃筠荺邘委　③殞允慍尹韞阭狁玧霣碩暉顛靰　⑤慍緼蘊醖颸　⑥運韻鄆暈餫孕韵偵瞋韗

ts　⑤俊浚峻駿焌寯晙晙

ts'　①逡皴俊皴

s　①荀旬詢郇珣姁呴諄鶉峋徇　③筍隼笋鵓簨揗　⑤峻俊迅埈濬奎逡簨狻

z　②旬巡循峋蟳洵馴紃徇昀濬旬　⑥殉

tʃ　①迍諄惇窀訰眐　③準准　⑤諄純埻稕

tʃ'　①春椿杶橁鶞楯鷯　③蠢春舛篍偆惷僢膞敠

ʒ　②純醇淳鶉莼蓴陙雓　⑥閏順潤

ʃ　⑤舜蕣

寒桓 ɔn

k　①乾甘干監緘玕杆漧鳱竿忓柑虷疳虷靲盂岾玵崁歁甌　③感敢幹稈榦礆鹹矙　⑤淦贛紺幹干灘旰趕髡骭玕敩

k'　①堪看栞嵁戡龕刊戕龕　③坎揞輡侃轗扻墈顑　⑤看衎勘

ŋ　②岩骯　⑥岸婩矸豈

h　①含憨峆　③罕喊罳靬　⑤漢罕僅厈嘆厂嘆峅

ɦ　②韓寒酣函甘咸邗矸豻頷蚶頷佄邯魝豻矸涵榃紺蚗雷　⑥旱汗撼含翰仟埄悍骭閈骭釬銲駻感憾菡嘷捍矸皯颴婞

ø　①安菴諳庵腤岸婩黫郟媕垵鶕　③闇唵黯黬　⑤暗闇按案諳揞

uɔn

k　①官觀棺悺　③管筦舘脘朊　⑤貫灌觀舘卝卝痯罆爟鸛遦宦瓘鑵館雚瓘盥盉巎酇薈溎

k'　①寬臗　③款窾鐬撤

ŋ　②園頑岏蚖羱頎　⑥玩貦忨阮

h　①歡懽孉讙雚鸛鴅鄿瓘鑵膯皖　⑤喚換渙煥奐嗳喚瞞矔骯疢

ɦ　②桓丸垣完貆洹狟紈萱闤蘵岏刓逭　④緩浣澣皖莞皖睆愌羦暖鯇

ø　①剜豌蜿婠　③盌宛椀堍　⑤腕豎

山咸 an

p　① 頒班斑媥辮股 ③ 板版鈑蝂 ⑤ 半絆辦辨办蔄眅

p‘　① 攀扳潘拚眅拵攽 ⑤ 伴判泮胖扳牛襻畔泮姅頖牉叛駢

b　② 般盤槃磐鋬媻縏幋擎蹣柈瘢鴦胖鬆 ④ 范湴 ⑥ 伴畔辨釆扶

m　② 瞞鰻饅漫蠻墁縵慲槾巒蠻蠻 ⑥ 漫慢謾鏝幔澫䋣𣏌

f　① 幡煩藩番潘鐇繙犿翻飜膰轓 ③ 返反阪軓 ⑤ 販汎畈饭疲

v　② 燔樊凡帆盈墦礬蘩繁緐膰袢璠鷭蘩旛殯蕃舤鐢鐇覣䙺 ④ 犯范免範笵輓
晚⑥ 梵萬飰飯万蔓鄤颿幔

t　① 丹單耽擔湛鄲殫癉簞襌媅眈躭妉聃甋嵂腪覘眈聃 ③ 膽亶亶薝 ⑤ 旦啖
鴠擔惪癉肬誕

t‘　① 灘攤貪聃僋撢砷坍湍嘽躭坍冄滚 ③ 坦灘毯湍緂菼潭醓紞緂 ⑤ 炭探嘆
歎憛

d　② 壇彈談潭覃檀壜鐔壜醰嘾曇郯錟倓惔罎鄿庑驔蟫戡剡灛膻澶 ④ 誕啿
⑥ 憚淡湛但啖弹蜑僤袒萏憺噉潭蛋襢昍㵅偡黮錟弖

n　② 南難男喃楠柟抩妏鸛呥 ④ 赧揇戁醂戁 ⑥ 難㬮囊

l　② 蘭闌藍讕欄瀾襴襴嵐欒惏婪殐爛啉躝 ④ 覽爦轓 ⑥ 爛欗濫彭

k　① 奸間監姦豻譼緘槭艱璺 ③ 柬襉揀簡 ⑤ 諫監澗閒鑑鑒鐗覵

k‘　① 慳頋鬜靦

ŋ　② 顏岩巖嵒嵒㘖顐巖 ③ 眼巳 ⑥ 雁鴈贗贋

ɦ　② 函咸涵凾諴麙鹹涵鹹凾 ④ 限檻鎌艦轞閬

ts　① 詀鐕站䩇簪篸 ③ 盞醆斩簪昝纂篹覽趲㽩饕酢槧 ⑤ 賛遭佔鑽浅蘸占屦
屦輚瓚讚囋贊

ts‘　① 參嫪餐驂 ③ 惨傪黲嫪嬜醦臓 ⑤ 粲燦參懺讖璨竄嵾㛑鷂毿毿

s　① 衫珊杉山叁訕酸散跚縿幓芟彡汕疝刪姍杉潸雭狻姗彡珊鄯彭三弎 ③ 散
傘産㴲嵼簅㹽饊鐵糝糂檝 ⑤ 散訕

z　② 潺巉慙讒蚕殘攢慚谗儳孱饞磛嶃嚵鄺攙劖毚欃鑱僝嵃鏟鷙壧隵蘄饞蠶蝅
䑣蠶 ⑥ 綻栈湛暫蹔槧戲撰淀巉組

uan

t　① 端鍴剬 ③ 短 ⑤ 斷段碫椴

t‘　① 湍煓貒膞

d　② 團慱摶專塼剸鏄鷒耑湍鶩 ⑥ 段瑖

n　④ 暖㬉煖㬉餪㐫 ⑥ 穤稬

l　② 銮栾峦鸞纝鸞蠻孌圝孌孌　⑥ 乱亂薍

k　① 關関鰥喭　⑤ 慣倌

ɦ　② 還頑環寰圜鬢闤輨鐶飘飯　⑥ 患幻宦圜茵懸豢

ø　① 弯灣彎剜　③ 椀綰

ts　① 攢鑽　③ 纂纘禶　⑤ 饡巽鑚孯并

ts'　① 攛欑　⑤ 竄篡

s　① 酸瓗　⑤ 蒜筭祘筭算

z　② 纂欑　⑥ 撰籑

先鹽 iɛn

P　① 編邊边鞭鯿筼蝙邊鯾儇匾滂　③ 匾貶砭窆褊笓　⑤ 便变徧檗

p'　① 偏篇翩媥猵扁覝痹　⑤ 骗片辨

b　② 駢胼緶諞骿梗蹁便玭　④ 編辮　⑥ 弁卞便忭汴昪抃抃艑玣笫郱頯閉栟玤朡

m　② 緜眠綿瞑髯楲瞑棉宀㮯瞑駌霿　④ 免勉㳯娩俛絻喕茲丏莬㲼䩇　⑥ 面麵偭眄麪宆

t　① 顚巔滇顛厧蹎儞顛　③ 點典葳　⑤ 店坫墊玷顚居磹

t'　① 天添沾酟點玷誕跌兲兊　③ 腆忝悿搟琠涊鈿晪窴䵠髯　⑤ 桥忝貼朓

d　② 田塡甜恬佃敁窴屇鷐瑱搷阽庙甸輖輲娍　⑥ 殿電奠簟佃甸樿壂鈿靛甞屢壂顛

n　② 年秊鮎黏粘郌鮎　④ 撚儼輂蹨燃　⑥ 念驗研姩碾嵼娗

l　② 連聮廉奩嗹連謰鏈蓮鰱鎌簾爁鎌燫溓薟斂憐悪獜碄霳廙　④ 斂連瀲撿埭燫瀲　⑥ 練煉斂鍊楝湅殮燓瞼

k　① 肩簡兼堅縑鰜搛鵑鞏鰹豜鵑睷菅臉梘覸菅瓏　③ 寒檢减璽謇蹇挸撿筧襺繭鰜僽櫦嗟垷攝撺　⑤ 見建劒

k'　① 愆牽謙虔謇拳雅褰騫搴攘汧喭蹇褰襓罤　③ 遣歉嗛墥鎌簡　⑤ 遣欠儙倪傔凵攲墼

g　② 乾鉗鈐犍伶怜拎箝黔腱鄟虔鴒　⑥ 健儉鍵楗

h　① 軒暄嫌掀脅厸嗎袄杴瓤獻　③ 顯險显憲巆睍㦪睍獫獮蟪抮　⑤ 憲献呪吁顯蜆獻獮

ɦ　② 賢弦延胘舷蚿絃嫌閑嫻鷴衒閒慈㘝罤咸　④ 偘　⑥ 現焰莧晛誢臔銘睍臽燃陷

ø ① 淹烟燕鄢煙焉嫣咽蔫鄏湮關燃溤醃醃窒喐崲 ② 研言莚炎掔琂研壖阽簷鹽檐妍琰蜒莚郔綖簾筥埏筵鵨 ③ 衍揅奄刬儼嚴掩燄琰曤孅陳頜噞偃爧嬐愝崦湙檿礹窀演績梜屍广睒皮鋺郣霼媕俺愖晻嗔跧嵌 ⑤ 宴厭晏燕咽隁堰鷗鄢軅噘醼魇俺鳽姎猒曕歐瞤瞟要誫暚 ⑥ 彦焰艷硯驗諺讞釅甗趼炎焱灔燄鷰

ts ① 箋尖煎淺諓偂戔揃殲燗鐵棧籛鐫槧噡纗讖盷棧 ③ 剪翦鬋帴戩翦 ⑤ 箭溅薦荐櫼袸篸洊柡糤

ts' ① 千遷僉仟阡芊扦杅佺悭悛痊鑯銓荃筌籤鄻懺迁僉憸 ③ 塹茜槧塹蒨 ⑤ 淺忏

s ① 纖銛仙鮮先孅钂仙禩蠚躚廯秈攕襳秈愢辠砇姺毨 ③ 跣銑鮮燹鋬獮癬嶻邽僁籱尟選 ⑤ 線先霰綫霅恓懊翼

z ② 錢潛前涎涀嫺峤全鱣燖浔 ⑥ 賤賤羨遴佽餞瘦衒

tʃ ① 沾占詹專毡霑瞻譫邅饘氊旃旃貼趈栴 ③ 展黵輾轉襄 ⑤ 戰占佔壣貚垟嘯

tʃ' ① 覘襜沾穿幨祜袗髻閶恈饘忢延遄 ③ 闡諂喘諯繵菚燀幝 ⑤ 痄

ʃ ① 羶扇搧煽蕓 ③ 閃陝嫠

ʒ ② 蟾蟬廛椽傳禪鄽躔嬋棎鋋襌單蟺 ⑥ 善墠鄯墡譱膳嬗鱔鱣鱏贍善燀

ʐ ② 冉然髯燃蚺袡呻詃霅毦肰 ④ 染冄苒娂霝媣鈾

iuɛn

l ⑥ 恋孌

k ① 涓鵑勬勧蜷稛蠸辁 ③ 捲卷畎菤埢羂氊詃 ⑤ 卷眷倦絹捲鄄睠夼狷睊養券桊餋罥棬

k' ① 圈棬 ③ 犬畎虇綣 ⑤ 勧夯觌

g ② 拳權鬈踡齤惓蜷婘朧痽趯蘿欟羂顴

h ① 喧萱暄宣獧塤壎愋晅諼呾謢儇鄳弲諠坃 ③ 蠉 ⑤ 楦絢泫拘睻

ɦ ② 懸玄縣泫玹佹瞮頌鬳 ⑥ 炫絹玄縣玹恮䜌眴袨衒衙衒

ø ① 淵冤宛鴛鋺灁囷悁娟鋺邅弮帣冤髡 ② 原袁員沿鉛元垣園袁嫄鼺祁妧源沅謜黿轅鵷鵷圓猿楥爰媛捐湲緣螈原鳶獂鷢趄沕陥表旮鳶 ③ 阮宛遠兖軟苑輐尭院涴沇涴扰晼怨婉夗崣豌晼琬莞苑晼 ⑤ 怨涓刵腎朗 ⑥ 愿願媛援瑗

ts' ① 筌悛拴荃絟跧駩 ③ 吮㕮

s ① 宣揎琯鵍 ⑤ 選腺

z ② 旋璿全泉佺牷琔仝腕漩嫙暶鏇飍暶璿琁 ⑥ 撰譔僎襈

ʧ ① 專甎顓叀嫥篿鱄籫 ⑤ 囀

ʧʻ ① 川穿椽剶遄 ③ 喘舛舛端 ⑤ 釧串篡汌玔家

ʒ ② 傳船篅輲輇 ⑥ 傳篆塚瑑縳隊塼

ʐ ④ 軟硬礝輭瑌蠕瞑奭楥劀奭

支詞 ɿ

ts ① 姿玆茲藚齍資貲支仔滋髭甾鷀齜緇輜斐濱粢粢齏嵫鎡齏榴鑒觜鼐籽芓諮齜觜芘郰紎顀賫次齎嗞滋狃積峜峸齜鼀邨鄭酁顲孳孖孜 ③ 紫姊子秭訾訾梓舒俎竚疵肥 ⑤ 資恣際漬即志賨滓裁紫制第澡稯腦欥歫戫嗺

tsʻ ① 雌嵯差茲縒肇峚觀 ③ 佌佌 ⑤ 刺次厠束攲廁亪髭刚

s ① 斯私思司師篩詩息獅絲衰廝澌颸偲泗緦恖褷鷥罳屖螄簁襹蒒筮醯僿傂謵鷥玐峒襹漇虒褫虒 ③ 使史駛葸峜夗死愭 ⑤ 賜四肆俟斯似寺市士壻祀伺祠氏絮瀃泗柶駟三仳姒汜汦佀鉰耜涘獮耒峓峙亯笥巳柹兕柹鉰

z ② 茨詞辭慈茲嗣桐祠瓷庛齜餈霺嗇齜臍疵 ⑥ 自漬眥字侍眥牸髊竢峚殰姐澨甞庪

ɿ/ʮ

ʧ ① 肢支枝之芝知吱脂氏衹梔椥媸秖黿蜘朋翄鷙戳出賀疧枝輆巵厄 ③ 紙止只旨趾指軹鵃阯址洔洔沚芷黹帋砥時庤黃沢跊枳恉 ⑤ 至志制致折智浙翅摯咥鷙娡志湽狷狋底躓迣輊寘翏緻襯伬伎賨疷贅憏晰鷙鷙恄鴟喇絷餮聭瞁輊踶陁詼嵵埶鷙擲

ʧ ① 蚩笞离痴癡嗤螭魑妛眵絺瓻鵄鴟陲崾彲都 ⑤ 恥齒耻侈姼侈羮哆廖㸱頚 ⑤ 熾滯饎幟糦瘈跮痓饎斄跮諓諓殢魑戠

ʃ ① 施尸詩屍鳲著覛攱睈纏鰤絁葹 ③ 矢豕屎始弛閃弛 ⑤ 翅試市世誓勢奭弑貰澁鉹弒搋啻狾揲𢾅

ʒ ② 池馳篪遲遲時持塒峕鰣跢笹岻墀坻眡菭蚳翅酈墀坼阤臂鉣侍匙鱺 ⑥ 視示侍稚是誓治寺滯逝嗜崼惴眎眡嗜籭薙諱雉釋乿峙蝪舐諡謚咊鉽恃豉眡是餚傂弛歧痔噬遾峙

齊移 i

p ③ 彼比鄙卑被佊妣匕柀秕峍儠屬罷 ⑤ 秘嬖備避臂敝庇比閉泌疧閟鉍箅斃驚奰鳖詖賁阰㾏祕庛閟箆幣獘芘龍恥岥群瘭嬖閇

p‘ ① 批披皮被狓旇怶紕磇鈹帔頟鈚釽狴 ⑤ 辟譬被鼻媲嚊屁渒睥濞

b ② 比毗疲螕鈹琵毞枇粃蚍魮貔狓庛魮梍芘舭豍鵧 ⑥ 婢被鼻陛痞敝比庳髲坒圮梐狴獘彼膍皉骳

m ② 糜縻彌靡迷麋弥眉劘醿醾蘼覭鸍湄嵋瞴郿瑂楣鶥麛蘪瓕眯麊靈罙湄瀰弥蘪灖麖 ④ 米彌眯侎弭敉洣瀰芈粎 ⑥ 謎悌䤉

t ① 低羝氐堤碮詆呧阺媞眡伭夳 ③ 底抵邸柢 ⑤ 帝涕僀墆偙諦疐揥蝃蔕嚔鶙瘩遞鬄

t‘ ① 梯鷉 ③ 體体躰軆 ⑤ 替涕剃鬄洟屜挮揥楴髢禘鶙軑

d ② 提啼蹄崹媞渧綈緹禔褫題瑅鍗鮧鵜醍稊睼鍉禔罤霴題睼搋 ⑥ 弟地娣睇締踶遞遰逓棣第禘鍉悌

n ② 尼泥遅㲻怩跜呢旎秜呢軞屔詎 ④ 尼你嬭禰鈮苨祢苨薾嬭 ⑥ 泥

l ② 梨黎离麗漓纚璃褵醨離穲籬蘺罹鏫邌謧狸璨驪鸝鵹藜孋嫠縭李狸艃蔾厘犁黧犂縭摛艃梩蔾廲鄹穲蘼鄹䊍熼棃鵹棶嫠嚟 ④ 里李礼娌俚裏哩鯉埋澧鱧峛邐詈禮履醴豊盠杍梩陧瘥鱶 ⑥ 利戾列吏沴沴痢蒞悷蠡栵鋖綟砅珕礪蠣儷劙欐荔麗盭厲巁曞例癘禲蒞涖捩颲俍愸秎疠斂癘觀颲儷慄棣槷駠

k ① 肌幾基稽笄飢簊雞其饑姬璣刉箕丌鐕鷄畸剞掎机踦嘰羈僟機羈禨鐖羇磯穖乩諆朞甶禾璣鱶 ③ 紀己几麂掎機聗卂吕觭掎㞦 ⑤ 既計係記季忌冀驥懻旡繫繼薊髻悸忮槩瀱罽寄洎覬槩踦罽钀琗孚

k‘ ① 欺溪僛磎嵠谿崎碕攲欹徛娸期萁玕倚踦蛴攲麒 ③ 起企豈杞启芑啟晵棨屺跂脊啓闙棨婍綺譩裿杞豈 ⑤ 契器棄氣亟弃去憇罊炁暿塈跂倛噐㓞憩愒栔吃乞觖忢奆豉豉気屺憩湆

g ② 奇岐其期祈基騎旗祁碕歧琦鶀岓頎碁呑綦棋璂琪錤祺麒騏蜞棊亓忯踦綦䳢棋跂痃祇萁蚑旂愭鬐耆鰭蟣邿覬鍺鱶碁 ⑥ 技忌妓惎諅諅躸悸唭輢魃暨垍跽

h ① 嬉熙僖羲屎希虛戲娶欈叩嬉瞦禧饎俙俙烯唏睎晞豨稀忚醯犧曦爔隵孍醘瀸曦犧歔忔熹熺憙嘻誒欷唉傒绝巇 ③ 喜嘻蟢款禧龢 ⑤ 戲既係熂熂妢系禊屓豨愾摡餼覤膠閉餼熂

ɦ ② 兮奚携攜郋嵆傒謑鼷徯池鄭畦嫇嵇儁豯 ⑥ 係裔

ø ① 衣伊依漪翳洢咿黟郼陭扆宧旖猗嫛醫翳㚤陫餧廄鷖醫堅鷖鷖 ② 儀疑倪移怡頤宜義台夷宧巇遺貽配瓵嶷霓觬覽鯢猊蜺寲侇迻郿烿坨廖扡迻移貤訑匜姨簃椸咦眱跠痍桋酏暆鶈荑珆飴澧檥鸃侇鱷蟻貤应珆熙視軦郎移訑移瀰烒扅佁閰眵秕乵漢陕屢巳㔶圯㥔徥夸臣飤 ③ 擬倚椅矣蟻以螘疑奇依掎

苡轙顗礒睨挩莒改已薿肔挓嵃袘醷崓峹愻巺已挧厏痦矯　⑤　裔曳意億譩鸏
況詣咥跙誰椻縊曀饐鷾懿瘱瞖殪蘙瘞瘀袘椻離嫛詍愱黀壇陸譆堯胭裞軼瑓
⑥　義毅藝易乂羿異詣倪泄洩肆誼議纇睨桸橔劓襸薽圪埶羕刈藙漢异勘敭
㸂拽疀凓澁覤弯惢嶷齝羿傷庹庇愵袘鵝豼

ts	① 躋齊咨劑齎賫嵾鐕擠鈽齠齌 ③ 子济擠沛泚蹀 ⑤ 濟祭即隮霽劑偩觜
ts	① 妻曓郪悽凄淒縒鷈萋虀 ③ 此批 ⑤ 砌翠盼察
s	① 西犀誓嘶栖棲栖 ③ 璽徙洗蹝躧縰髓迆璽迣莏屣枲 ⑤ 細壻泅些殢
z	② 斉齊嚌隮鏤蠐厸 ⑥ 斉劑薺穧齏隮

蘇模 u

p	③ 補圃譜甫焗闌 ⑤ 布甫播簸舖沛庯
p'	① 鋪坡陠稫 ③ 普浦溥普誧 ⑤ 痡
b	② 蒲匍蒱 ⑥ 部簿步捕莩踄邞精
m	② 謨模母摹薹橆毪嫫暮惢 ④ 母某馬瓿嫣牡姆拇畞晦畝 ⑥ 慕墓暮募慔
f	① 夫敷孚甫扶肤趺跗妖柎玞鈇麩鳺砆膚専補俘垺桴荂郛郙怤稃浮殍郛泭紨袜秩庯鄜藪鄜 ③ 甫斧府俯釜否缶阜父撫郙黼脯簠嘸柎黼妚碼腑鯆魚殕髯䯅魗姀乑哎頻婣哀 ⑤ 付賦赴副富拊賦幷僕傅跗蠹鬴
v	② 蜉浮夫扶孚符坿苻蚨畉罘呼烰涪珜艀罦芣培棓楓畉訃昌府𥠇㠶鳧魼泘紨 ⑥ 父腐輔付傅附阜婦負跗賻袻婣偩阝瀵屼䰗馻鳧鴜焞昌甕
t	① 多都 ③ 賭堵睹覩朶琽齬 ⑤ 杜肚妒殬蠹菭死殊坄敠耆跢耆
t'	① 徒峹 ⑤ 吐兔莵
d	② 屠茶塗圖廜溏瘏鵌途悇盔庩琭莵稌酴鵌鷗塗鄜閼迗駼 ⑥ 度渡鍍惰柁擆
n	② 奴孥駑笯㝅帑駑 ④ 努弩笯 ⑥ 怒
l	② 盧爐炉櫨攎轤鱸獹瓐鱹籚鸕纑髗瓐壚廬甐艫蠯 ④ 卤魯盧滷堖鏀櫓嚕虜艣邏虜 ⑥ 路露賂璐輅鷺簬簵鏴鸕
k	① 姑孤沽柧菰椁鴣蛄酤辜箍眔嫭胍茦呱膊鐸魼骷 ③ 古鼓股估計詁皷瞽羖牯鹽罟䀼嶅䝮 ⑤ 固故雇顧錮凅痼鮕裃
k'	① 枯刳郀堀 ③ 苦 ⑤ 庫褲袴綌
ŋ	② 吾吳梧浯峿郚娪珸溴禖齵頵鵡 ⑥ 誤悟午晤仵寤俉岳悞逜慭𡥞
h	① 呼乎滹垀庎軤嘑嫭歔虖謼恗幠魖評 ③ 琥虎滸戽汻澔 ⑤ 滹
ɦ	② 乎壺胡糊狐瑚葫醐鍸鶘鶦謁罶玙壺唖頩曲 ⑥ 穫戶護互戽旴岵鄠扈嫭怙護沍柘芦嫭腝店嶇馻屍紃詁

ø　① 污烏於惡嗚圬杇洿鎢瑦鴮趨 ② 巫無誣蕪毋璑鵐譕膴羉 ③ 武舞務午䳇五嫵侮廡憮潕甒膴娬珷碔鄔塢旿仵迕埡肸瓳僬母楳罜鴮鵡 ⑥ 務霧騖婺鶩霚鍪

ts　① 租苴諏蒩菹咀 ③ 祖組阻左俎咀爬徂 ⑤ 助詛怚

ts‘　① 粗麁麄麤觕 ③ 楚礎齼憷䠞䶥 ⑤ 醋措厝澘錯

s　① 蘇酥蔬疏疎蓑梳疋甦穌練蘇蘇 ③ 所瑣數傃嗩 ⑤ 素訴疏數遡膆傃嗉泝涻溹昻愬

z　② 鉏雛鋤鶵耡徂殂退遺 ⑥ 祚胙粗坐葄阼飵齰

居魚 y / iu

n　② 挐筎

l　② 閭婁藘廬慺瞜膢櫚鏤漊 ④ 旅呂婁膂侶梠郘蔞屢縷欄僂寠膐穭嶁稆瘖衺篨毹 ⑥ 慮鋁勴爈鑢

k　① 居俱拘駒崌裾椐琚鶋跔眗郇宭腒踞瓹奭鄹 ③ 舉矩莘踽蒟枸擧筥莒弆椇齲椇榘眐齟 ⑤ 屨句具鋸蒟眗羿

k‘　① 虛區驅軀嶇墟魼祛駈抾跓軀軀毆爈袪 ③ 去鴦

g　② 渠劬瞿衢戳鑺軥渠斪約蘧璩磲蕖鴝疴懅蚷臞豦鄽轋鸜跼瀂腒戵醵 ⑥ 具苣懼巨惧拒愳距炬詎岠眊岠洰秬鉅駏簴籧鉅臞鐻虡

h　① 吁呴虛嘘歔魖訏昫欨隵褷忓号疛盱酗 ③ 許詡栩珝鄦岈呴 ⑤ 煦呴

ø　① 迂紆於于唹盓謣瘀尪 ② 魚愚隅余予俞餘臾喁于漁歔禺鍝齵畬伃愉禑瞴閭敒鄃旴孲璵雓雩邘杅榆楰玗竽盂鄃婾窬瑜渝諛腴嵎澞堣鸆虞虁礜於嬩輿蜍崳喩踰逾瑜舁旟歟褕雩軒趨瑍鵌鷊斎闟踰澞瓻羭蝓萸歈牏 ③ 羽雨與語御宇禹庾禦齬鋙篽籞圉敔鄅瑀㪷俁窳貐鄅懇俁膃趣庌庽寓唹脊淤壆翮 ⑤ 飫棜 ⑥ 御寓遇預豫譽俞淤芋愈裕馭澦礜鷥悆穥蕷庾芌嫗諭鷸歔霱

ts　① 苴租且 ③ 咀疽 ⑤ 足爐

ts‘　① 疽蛆趨沮狙苴雎坥砠趄伹岨睍胆覷 ③ 娶取趣 ⑤ 覷刞

s　① 胥須需揟湑稰婿鬚鑐繻蝑濡舒糈嬬諝揄鸁 ③ 胥醑禑

z　② 徐余俆郐賖 ⑥ 序聚敍敘署緒萸鱮芧漵斻堅

ʧ　① 諸豬朱豬侏株珠蕏潴蠩邾袾袾駯鼄鴸誅蛛藷彯礑 ③ 宁柱煑紵主貯苧宔渚陼拄袧鴸鸞咮黈柠 ⑤ 著註住注柱蛀主貯壴駐炷軴迬翥霔疰紸鉒羿箸羜澍軴翥鬻炷

ʧʻ ① 樞貙 ③ 杵楮處褚

ʃ ① 舒書殊紓璛輸鷩 ③ 暑黍鼠抒癙 ⑤ 庶戍隃恕

ʒ ② 除殊廚朱如儲篨椓殳洙躇銖毈躕甈 ④ 宁紵佇坾竚杼 ⑥ 樹竪住柱尌裋
曙筯壴儓襡荿逗尌瘀竪豎羜

ʐ ② 儒如駕嚅襦嬬醹顬茹痴䰰魗 ④ 乳汝擩肞敉敹

而兒 əl

ø ② 而兒洏陑髵栭胹輀鮞鴯耏煸婼𩑔 ④ 耳尓爾駬邇尒迩 ⑥ 二貳餌弍樲佴
咡毦珥誀刵眲幯鬻姄胒

灰回 ei

P ① 卑悲杯盃碑陂錍椑諀梧俾陴裨箄睥婢鑿䛒箄 ⑤ 背貝珮佩倍狽輩柿北鄁
偝市筏柿

pʻ ① 坏丕邳披醅坯胚杯陪怌㛹伾狉秠岯豾髬鉟駓㐸娝頚秠 ⑤ 配沛轡霈帔旆
佩巈昁邦昁

b ② 培徘陪倍裴陫裵佩碩輫 ⑥ 孛悖哱

m ② 梅霉 ④ 美每嵄黴 ⑥ 妹昧媚每魅痳袂痗眛袜箳䴴髟顋瑁

f ① 飛非妃蜚緋扉霏斐騑裶菲浾婓騑䬠晛譬 ③ 匪斐毀誹朏棐榧篚蜰翡悱霏
⑤ 費廢肺沸佛狒疿蠹芾剕屝萉瀭䠊昲厞跸辈穳怫疿

v ② 肥淝裴痱腓蜰痱 ⑥ 吠費惠屝狒蘱犮勑跸

l ② 雷累贏靁欙纍罍櫑壘畾縲蘽鐳䨓靐酃勵㯳 ④ 磊累壘雷傫儽藟儡礧櫐絫
蘽瘤鑸郲沬礨㶟漯讄鑘窾藟蘽膃 ⑥ 耒淚類累酹頛纇泪郲倸隷殍

ui

t ① 堆塠搥磓䭔㠭 ⑤ 對隊兑碓奪鐜譈薱鐓對懟磓娧剟霸蠹嶭隊蛻颬

tʻ ③ 腿㞂 ⑤ 退蛻脫腇駾迫遌

d ② 頹魋壝𡏪蹪㿉穨

n ④ 餒娞 ⑥ 內芮㖐內

k ① 規龜圭歸傀畦閨歸袿鬹窐眭邽哇珪鮭鮭嫣䧶鷲㘵瓌瓌𨅚 ③ 跪詭軌鬼癸
氿陒佹襘郋边衏潙窹鴰宄匭 ⑤ 愧匱桂澮貴揆會檜塊鱖劌劊聭餽嬖劻昋筀
璝憒幗劌櫃饋簣圚廥鄶襘膾襘鱠䝿䲔殨䫥䁤鱠檜旝

kʻ ① 恢魁窺奎睽逵睽悝巋烓刲闚躨烓觟䝯 ③ 跪魁傀頍尯㧔 ⑤ 喟塊磈凷襀

g　② 葵夔暌楑郄頯騤馗巋蹊睽慄鵎

h　① 灰輝揮麾徽虺嗚楎翬蘬禕隓暉瘣揆 ③ 毀賄虺燬虫悔硊焥娓烠腲蘬霳 ⑤ 悔誨惠賄毀位會慧詯頮噧檜闠諱卉殨卙嬇膭憓譓譿彗槥謴詗讃頮嚖殨轊 岕芾澮攜鑴繐櫘蕙嘒嘒轊

ɦ　② 回徊佪洄迴駉鴫 ④ 瘣瘣 ⑥ 回繢繪廻

ø　① 威煨委逶萎葳崴唯痿蜮隇媁喂覣椳隗渨偎颹緭矮㮃 ② 爲維韋危微惟圍 嵬濰違巍帷桅嘩潙湋韡薇幃鍏壝鏏阢囗鮠觿溦亹 ③ 偉委洧遺緯畏猥尾葦 韙痏讉暐愇鍡鮪嵬韡娓闈媁郼猥掜撎瘴峗亹 ⑤ 尉餧恚畏蔚隈委薈罻霨檅 慰熨霻瞺犩愄颾媁鱠噦 ⑥ 胃未魏僞遺銳位緌颾熭渭媦睿睿叡鷃緯緭蝟彏 衛罻峠味

ts　③ 觜潶蕞 ⑤ 醉最悴蕞椊稡嶊嶉贅錊齜辮㛂

tsʻ　① 催崔縗趡 ③ 崔璀跐 ⑤ 淬翠卒啐臎膵脆

s　① 雖綏荽衰睢濉唆陖桵榱緌 ③ 髓膸靃崔 ⑤ 歲睡瑞遂鐩碎率帥祟睟誶繐 邃粹啐歳隧燧檖襚䍁鐆睡璲繸采蓫㴸燧鐩㴸緣闍椽襚家

z　② 誰崔摧隋脽 ④ 罪辠嶵 ⑥ 萃悴瑞瘁顇崪

ʧ　① 追隹錐騅霾嗺萑腄 ③ 箠 ⑤ 墜綴輟隊揣惴捶腏錣餟縋膇諈褑腄硾

ʧʻ　① 吹炊龡萑 ③ 夊 ⑤ 啜惙

ʃ　⑤ 稅悅祱

ʒ　② 垂鬌陲鎚槌椎顀厜甀

ʐ　② 蕤桵緌棂稄 ④ 惢蕊橤甤 ⑥ 芮汭蜹諉

皆來 ai

p　⑤ 拜派粺

pʻ　⑤ 派湃粺辰

b　② 排牌簰 ⑥ 敗稗粺唄韛備憊痡擻退

m　② 埋霾貍覭 ④ 買嘪澊 ⑥ 賣邁勱譪

t　⑤ 帶戴廗汏襶帶

tʻ　① 台胎邰彭 ⑤ 太代泰態默貸

d　② 臺苔台鮐炱駘箈籉擡儓嬯薹昊噽駘 ⑥ 怠殆大逮待玳袋代迨紿隸岱黛侢 曃鈦嚊碌貣墤

n　④ 乃迺弓孖 ⑥ 耐奈鼐柰褦

l　② 來萊淶騋崍鶆徠睞壑 ⑥ 賴厲瀨籟癩襰藾賚睞逨躪鷙覣

k　① 該皆偕階垓賅峐晐郂陔絯祴荄餩蝬喈街鍇稭楷鶛痎荄颽腊鰭鞋 ③ 改頦
⑤ 槩蓋盖戒懈介漑概丐匃鄦届芥界疥价玠繲庎魪忦盻紒悈犗尬廨魀侅岎魪
馻魪髮

k‘　① 開揩鍇闓豥 ③ 愷凱楷塏鎧塏嵦颽闓颽暟 ⑤ 慨愾揩炌烗嘅溘咳隑稭

h　① 咳喊 ③ 海醢侅 ⑤ 解忿

ɦ　② 孩諧鞋偕瑎鰭豯骸嗌揩 ④ 亥豥 ⑥ 械薤駭蠏害媎髂蟹懈蠏瀣齘

ø　① 哀挨埃唉咍娭妻 ② 崖厓涯皚呆敳捱皚膭瘊捱嵟漄睚齸 ③ 矮覞靄
⑤ 愛藹炁隘碍噯曖曖薆靉壒忢旣噫隘阨 ⑥ 艾碍鳷閡礙懝豛㝵硋

ts　① 栽哉齋災灾栽斋滋巛浅齌亲䛐 ③ 宰縡聹 ⑤ 再載䣓

ts‘　① 猜差叉釵熾 ③ 採采彩棌婇綵郱倸 ⑤ 菜蔡采埰蠆嘬睬蔡鷀

s　① 腮篩崽偲鬛 ③ 洒 ⑤ 塞賽傒𥌾

z　② 柴豺才財纔材儕豺柴 ⑥ 柴寨砦睬豸

uai

k　③ 枴 ⑤ 怪壞拐夬砤敳狭獪

k‘　⑤ 快噲蒯蕢嘳蔽郙勎

ɦ　② 懷淮槐瀤櫰褱褢 ⑥ 外聵聲壞

蕭豪 au

p　① 包胞苞勹枹 ③ 飽保宝褓鴇怉堢鳵珤寶宲飽⿱爫木保雹鸨䳈 ⑤ 豹報暴醵虣報

p‘　① 泡拋脬 ⑤ 砲炮拋皰軳

b　② 袍鉋庖炰跑咆鞄鮑醃嚗 ⑥ 暴抱瀑虣萢

m　② 茅毛楘堥鶜髦枆旄覒茆毣毷媌蝥 ④ 卯昴丣茆丣 ⑥ 帽貌耄冒冐媢眊毷
鶻蘉

t　① 忉刀舠魛䑠 ③ 島倒禱擣隯檮幬㠀

t‘　① 滔叨佻韜幍瑫慆槄縚掏弢饕夲䑦謟饕洮韜 ③ 討

d　② 逃桃濤陶淘綯裪萄蜪裪醄騊咷餡駣眺鼗詢翿 ⑥ 道稻悼纛盜盗燾衟翿

n　② 鐃猱獿猺夒呶撓譊巙 ④ 惱腦瑙㛴瑙 ⑥ 鬧淖橈腝叏

l　② 勞牢労醪窂哰簩嶗憥撈醪鉾䜎峅侔砦簩瞭 ④ 老潦轑鄝嘹 ⑥ 勞労嫪癆
僗

k　① 高羔皐杲膏槔鶾櫜糕篙羙槔皐郼嶂覞 ③ 杲槁稿暠槁稾 ⑤ 告誥郜縞

k‘　① 尻髛 ③ 考拷槁稾栲丂攷祰熇槔顧 ⑤ 靠犒搞

ŋ　② 遨敖熬嫯嗸礮謷慠摮鏖聱傲螯獒鰲鷔謷勢顤

h　① 蒿薅薨颾熇髇 ③ 耗鎬好秏鰝

ɦ　② 豪毫號壕濠嘷郘豪嚎顥 ⑥ 號号皓浩昊皞悎晧顥灝暠皡蒿昦峼鄗皥皓

ø　① 鏖坳拗呅爊鏕 ③ 懊媪媼 ⑤ 奥墺懊隩謸隩

ts　① 遭糟嘲曹巢熸殰簻啁慒 ③ 澡早爪蚤藻抓璪薻蝨叉璱摷 ⑤ 灶抓笊竈竃
趮躁罩

ts‘　① 抄操幧鈔勦訬譟颮 ③ 草艸愺鈔炒屮嘷娶 ⑤ 造鈔糙慥仯

s　① 騷搔稍筲膰颾臊鱢繰捎梢槮颾㛗䘯 ③ 嫂掃埽嫂 ⑤ 燥掃埽稍哨梢艄瘙
譟譟氉懆㛫瘙娋鄁

z　② 巢傮漕嶆嘈艚槽螬襌慒鄛轈䐶艚窼躁䡐 ④ 造皂皁艁 ⑥ 濯棹櫂艀

iau

p　① 標彪摽剽蔈髟熛瘭幖贆猋飆飈杓贆旚 ③ 表裱褾嘌 ⑤ 俵

p‘　① 漂飄票摽瓢慓嘌膘翲薸魒彯㬓䙳䙳瀌瞟膘飄趮䳕飄嫖鄡 ③ 縹標瞟醥臕
膔 ⑤ 剽漂僄勡顠摽嘌驃

b　④ 莩殍 ⑥ 票標尌

m　② 苗猫貓緢錨鶓鷚 ④ 眇渺秒淼吵杪篎藐鶓 ⑥ 妙玅

t　① 凋彫刁貂刟鵰奝琱雕鼦叼鯛鼦鳭 ③ 鳥蔦隝 ⑤ 吊弔釣窵伄窵窎

t‘　① 挑桃祧恌叨朓褶怊 ⑤ 跳糶

d　② 迢條調苕岹髫鰷蜩鯈樤銚峒掤鴡㔽卣 ④ 兆朓誂 ⑥ 調蓧藋

n　④ 裊嬲

l　② 遼廖僚尞僚料聊寥燎尞漻寮飉嫽寮撩壕廫繚艌憭膫膋嘹鐐翏獠鷯簝敹膠
④ 了燎鄝瀠蓼繆醪瞭璙 ⑥ 料炓䑼爎療襣

k　① 驕嬌交教憍穚佼茭蛟尢膠嘐轇澆憿咬驍鮫鵁嶠這墽 ③ 絞皎喬嬌繳儌噭
噭璬嘄姣鉸狡皎烄敿矯攪譑蹺皛敫姕鄗皦嘐 ⑤ 教叫校噭較効

k‘　① 敲磽搞燆礉墝鼤骹頝膠跤墽惄 ③ 巧扝 ⑤ 竅墽趬巧擊骯

g　② 喬簥蕎嶠趫蟜橋翹僑鐈橋鷮嶠僑 ⑥ 轎

h　① 嚣鴞哮梟枵曉憢膮囂庨歊虓膮囂馨 ⑤ 孝皛

ɦ　② 肴爻倄殽胶餚崤殽洨筊 ⑥ 效校効斅傚

ø　① 夭妖腰訞喓幺偠宎窔珧枖媄突 ② 遙垚姚搖堯瑤嶢僥顤窯烑䌛窰嗂鰩喭
愮洮梑瑤歀 ③ 咬杳夭齩溔窈窅㘭鷕仸殀暌䮝皛 ⑤ 要窔嘄 ⑥ 耀鷂曜覞
曜習

ts　① 椒焦醮嘸燋膲鷦鐎茮楸龜爑鷦 ③ 剿勦劋 ⑤ 醮釂僬

ts‘　① 鍬幧 ③ 悄 ⑤ 峭

s ① 消蕭肖宵彇硝霄逍銷綃焇俏踃蛸箾瀟簫櫹蠨飈髜睄奝鵃俏鱐 ③ 小篠芇 ⑤ 笑肖篠嘯歗熽喫鞘

z ② 憔樵顦譙嶕蕉鄥瞧

tʃ ① 招昭朝釗鉊鞂鵃 ⑤ 照詔曌炤喤斈

tʃʻ ① 超怊弨帕 ③ 超巐

ʃ ① 燒 ③ 少邲

ʒ ② 韶潮饒晃朝鼂蛁淖磬 ⑥ 兆紹召邵犀趙肇肇旐絁劭覕尐

z̩ ② 饒蕘 ④ 擾遶繞隢

歌羅 o

p ① 播波砶嶓譒酈 ③ 跛駊

pʻ ① 坡跛陂婆 ③ 頗旿爸

b ② 婆皤曇

m ② 摩磨髍麼嶞鏖饜廥 ④ 麼䃚 ⑥ 磨礦塺

t ① 多侈塝夛 ③ 躲朵朵埵跢採娜媏嶞綵鬌稬頦

tʻ ① 拖它他湺咃迻迱 ③ 妥橢鬤鯆 ⑤ 唾

d ② 陀沱駝馱佗紽拖鼉扤詑跎酡舵鮀酡 ④ 墮憜垜媠媠隋垜杕墮柂

n ① 那儺 ④ 儺梛挪 ⑥ 懦堁晅

l ② 螺羅儸玀蘿籮欏覼骡癳灑穄爐臝 ④ 裸邏攞騍贏贏苽砢贏倮 ⑥ 邏堙

k ① 哥歌戈鍋謌戨渦駒各個過過槁娿苛綌痀藃騧嗗輠奇 ③ 果哿裹惈猓蜾餜剁菏 ⑤ 個過箇齃

kʻ ① 科窠薖髁 ③ 可顆坷炣堁 ⑤ 課

ŋ ② 娥俄蛾訛鵞峨莪哦睋珴囮吪譌鈋睋䖦祓蚉蠡蹞 ④ 我誐硪顉 ⑥ 臥餓

h ③ 火夥婐 ⑤ 禍貨旤殕褁

ɦ ② 和禾何荷呵苛穌咊鉌 ⑥ 賀襏

ø ① 阿倭渦唁矮屙妸婴屙痾屙榱 ⑤ 踒

ts ① 侳娷 ③ 左㟫 ⑤ 佐做挫侳剉脞胙脞齹

tsʻ ① 磋蹉剒嵯瑳齹傞蹉鬙齹 ⑤ 莝磋剉鉖郐䠊

s ① 梭莎蓑唆娑挱 ③ 鎖瑣所鄝

z ② 瘥醝嵯躱睉鄌箺嵯 ④ 脞

家麻 a

p ① 巴笆羓芭犯靶 ⑤ 罷霸把灞壩靶羓吧霸

p' ① 葩鈀舥皅 ⑤ 怕帕帊

b ② 爬琶杷

m ② 麻蟇蟆麼蘼瞞 ④ 馬瑪碼獁 ⑥ 罵禡傌鄢駡

n ② 拿挐詉 ④ 那挪

k ① 加痂家迦笳茄枷跏嘉珈枷麚葭瘕猳猴碬家駕 ③ 賈假叚蝦椵羋櫃鷃舜
⑤ 價架嫁稼嫁智傢駕

ŋ ② 牙涯芽衙枒疨骱屵 ⑥ 訝迓砑迎

h ① 煆遐鍜厫 ③ 睱陳

ɦ ② 霞蝦瑕蕸假碬椵鰕恩 ⑥ 夏暇下廈愈覊

ø ① 鴉啞雅亞呀丫娃椏錏鴉呧窊鼃 ③ 啞踝 ⑤ 亞婭偋兩稏脛晉逜

ts ① 吒查渣摣楂柤樝摣樝肶臚沬 ⑤ 詐簎鮓醡笮髻鮓臍奓

ts' ① 差叉杈荖叔 ⑤ 吒詫

s ① 沙紗鯊裟沙 ⑤ 沙庎

z ② 茶槎查秅茬奓 ⑥ 乍裮

ua

k ① 瓜歐膬妼胍瞷 ③ 寡剮另 ⑤ 卦罣絓坬

k' ① 夸誇侉姱跨骻荂蛙 ③ 跨骻恗 ⑤ 跨胯

h ① 花華驊闦 ⑤ 化調七聙

ɦ ② 驊華崋划鏵鵠 ⑥ 畫話画畵鱯蕅

ø ① 蛙哇洼窪窊瓝呱 ③ 瓦

車蛇 iɛ

k' ① 伽佉

g ② 茄伽

ø ② 爺耶 ③ 也野冶墅埜墅

ts ① 嗟譇瘥罝 ③ 姐毑

s ① 些芧 ③ 寫藛潟 ⑤ 瀉寫卸灺

z ② 斜邪衺薪 ⑥ 謝榭藉渮

tʃ ① 遮奢 ③ 者赭堵 ⑤ 柘蔗嗻鷓廘瞲彥

tʃ' ① 車砗 ③ 撦韢夯 ⑤ 厙

ʃ ① 奢賒髊 ③ 舍射捨麝豁餄 ⑤ 舍赦郶

ʒ ② 蛇闍 ④ 社袘

ʐ ④ 若惹喏踷

iuɛ

h ① 靴屦

鳩侯 əu

pʻ ③ 掊剖

b ② 裒脄抔掊䧵 ④ 部蔀䳝

m ② 謀矛侔牟恈洠䴹鍪蛑䳮蝥鉾䵏眸呣䋷蝥 ⑥ 茅貿鄮楙瞀姆海瞀袤貿悉

t ① 兜吺沓晆 ③ 抖斗枓蚪㞳䢱 ⑤ 豆斗鬥鬪阧陡鬥竇郖逗脰酘餖短窦庴梪
陡鬦鬭鬭逗

tʻ ① 偷 ③ 𪌂黈 ⑤ 透敨

d ② 投頭骰 ⑥ 讀瀆

n ⑥ 耨鎒

l ② 婁樓廔𩪃謱髏遱熡嘍艛螻䁖覴䫫㜢褸𩥠鄽 ④ 簍摟甊 ⑥ 漏陋鏤瘻漏鏂

k ① 溝勾鈎鉤苟句篝𥬠褠韝䪷縠沟泃袧緱㨪昫鉤𦨴 ③ 狗垢苟耇玽笱詬
⑤ 冓句姤媾遘購構怐𡪓

kʻ ① 摳彄 ③ 口扣叩䪰釦訌 ⑤ 扣寇滱鷇詬

ŋ ④ 偶耦藕髃

h ③ 吼

ɦ ② 侯猴矦喉睺瘊鍭猴篌餱嵺帿䂪鯸餱 ⑥ 厚後后垕郈候逅垕郈詬

ø ① 歐嘔謳區漚熰毆膒甌鷗鏂敺軀傴𣪗

ts ① 鄒鄹郰陬緅齱棷騶䠷菆䠷棸娵緅 ③ 走𡴀赱 ⑤ 奏皺緅甃走㑳膐䠷騶

tsʻ ① 篘㮓 ⑤ 湊奏凑腠揍楱輳嗾

s ① 搜廋颼騪獀醙餿蒐駿溲餿酸鋑颼郰 ③ 叟藪藪傻謏擻籔変㾄傁瞍瞍聭蔌
⑤ 瘦嗽漱
⑥ 㥶

iəu

m ⑥ 繆謬

n ④ 扭紐鈕狃妞杻忸邔珇䬲

l ② 留流劉飀瞜㦌瀏旒瘤遛榴鎏𡌅鎦騮駵鶹聊旒飂僇飄膢懰𠠐摎鰡琊飂鷚泳
漻𪇰 ④ 了罶柳 ⑥ 溜留霤塯𡡷餾僇茆㳅䂮

k ① 糾鳩𪔰樛摎朻疝朹㪡疙 ③ 九久玖赳糾 ⑤ 救疚久廄廏灸究宄㲒灰

k‘　① 丘呿
g　② 仇求捄俅絿訄毬裘肍叴觓殏逑扏梂球賕厹釚虯㐤觩䟵紌逑脙叴頯觩梵虯
蟉觓 ⑥ 咎柩舊臼俗舅鼽謈匶怨
h　① 休髹咻貅鵂鵂庥烋嘵徼庥鄡嗅 ③ 朽 ⑤ 嗅臭齅
ø　① 憂幽攸鄾優懮耰呦黝悠瀀麀嚘慐慶畬瀀鰌 ② 牛尤遊由郵邮疣肬訧遊汓
繇怞楢櫾猶猷蝣蕕卣斿庮逌偤蕕輶魆痼逕圝郈㕛謠繇吰 ③ 友酉有右禉卣
誘莠牖鴋叜蓶颵呦怮褎 ⑥ 又宥右有祐侑姷酭柚櫾鼬怣抌耀貁窅疚閪鋚歈
ts　① 啾揪揫湫愀
ts‘　① 秋鞦緧楸鰍鰌鶖龝萩箫瞅鶖鶖膪趥
s　① 羞修媹颼螋艘餿 ⑤ 秀繡宿琇
z　② 囚酋酎酬泅蝤怬殉遒崷䲡 ⑥ 袖岫就鷲就褏褎
ʧ　① 州舟周婤淍洲烐霌週輈賙琱銂侜譸盩剒隅騆 ③ 帚肘疛晭朏 ⑤ 晝咒呪
颵琱
ʧ‘　① 抽紬稠惆瞗犨 ③ 丑醜 ⑤ 臭殠
ʃ　① 收 ③ 首手百眘 ⑤ 狩獸
ʒ　② 籌疇紬酎抽詶儔綢幬裯躊嚋酬檮醻斅籌袖 ⑥ 胄宙受壽伷酎籒授䌷懤鄩
ʐ　② 柔媃蹂腬鍒粈騥鄒鄹鞣腬㽥 ④ 揉糅

屋燭 uʔ

p　⑦ 卜僕撲纀樸卟鷃纀
p‘　⑦ 朴撲扑鏷醭攴
b　⑧ 暴僕瀑轐嚛鵏
m　⑧ 木牧穆目沐霂楣毣蚞坶苜棸坶㚅
f　⑦ 福覆復幅服腹輻輹鍑鶝蝠葍複蝮珁嚛
v　⑧ 伏服復复畐垘虙鵩箙菔覆堫複澓艘軮鵩
t　⑦ 篤督咄獨豚裻柮启督
t‘　⑦ 禿読毒鵚迫涹毛悚
d　⑧ 獨犢毒突瀆價嬻讟櫝瓄纛犢韣韇匵黷嬻讀殰墺凸腯蝳𤛮隮瑹躅䢱遺顝
l　⑧ 鹿祿戮六彔陸硉用碌騼睩麓綠菉逯籙醁鏕漉簏稑穋坴勠勎矑騄錄琭騄覩
踛聡艫餘纂轒騼睩碌轆龣麗盝
k　⑦ 谷穀瀫轂鵠牿晧殰嵒
k‘　⑦ 酷哭嚳殼劶
h　⑦ 忽笏瀫縠搰暭欻闔㷔㦚飈吻㦚颮瘯

ɦ　⑧ 掘滑榾焀觳穀扣搰楎

ø　⑦ 屋兀沃斛鶻欝劂浽屼杌矹瓵疣臀屋崛嗢

ts　⑦ 族足卒蹙鏃呸倅蹤赽臟㶤

ts'　⑦ 撮促畜卒蔟蹙躄蹴簇捽踤禗薜閦嗽

s　⑦ 速蹴粟縮肅夙宿束簌率瀟璛溯驌鷫鱐殊遫鍊蟀餗謖䬃颰佩徇伵宿塈翻鬞欶鏢槀諫蓓凬栗窣鶏髜唪遫衛掐茜

z　⑧ 族俗續㠱薈峷

iuʔ

n　⑧ 忸衄育恧聰衄

l　⑧ 律繂崒脺

k　⑦ 菊匊屈橘掬鞠桐趜鵙葷毬鍋捐鳩籍劇厈餶猨

k'　⑦ 曲麴屈蛐麯苗凩鋸

g　⑧ 局跼駶

h　⑦ 旭蓄洫畜愑頊暊血郁婍烌波啖蓄

ø　⑦ 域浴欲役昱蜮蔚郁育谷灣燠薁鐭稢彧魊煜惐鬱慾汽欝爩峪鵒閾疫毈緎罭棫魊噢賣忰椵㶚鶋蜜觢　⑧ 玉獄聿喬育鈺砡瑀堉焴遹銪儥毓噎鸑燏繘鷸趄建趜鸀唷惰圌

s　⑦ 戌恤宿衈玸哦

tʃ　⑦ 祝竹築燭逐筑竺鷸橺斸钃粥囑竺䂂竂哧鷖豖舳鄢歜瀙

tʃ'　⑦ 畜出滀閦怵黜絀遂

ʃ　⑦ 叔倏菽朮束悠觿俶

ʒ　⑧ 軸淑叔蜀孰術述妯塾俶贖襡泏辱秫术躙俶熟蠋沭

ʐ　⑧ 肉辱月鄏蓐縟褥嬬嗕衄㲝辱

藥鐸ɔʔ

p　⑦ 剝博泊撥僕撲襆濮磚搏駁趵腺膝膊髆襥隚㲚曝欂髆駁博鏷㲚

p'　⑦ 璞撲粕扑潑樸圤曝樸礨懪霩鏷笪

b　⑧ 薄砲撲撥爆霉亳箔鉋㩧

m　⑧ 邈莫膜漠寞瘼摸嘆瞙晶劰瘼鄚煤

v　⑧ 縛

t'　⑦ 托託沰祐槖柝籜籜驝飥蹢碩仛欙楱甋舼

d　⑧ 鐸度澤劇護

l　⑧ 洛落樂駱珞雒鵅絡硌酪濼狢剳鵉雺晗

k　⑦ 角覺各格覔玨閣胳袼榷晌桷埆

k‘　⑦ 确殼恪敲傕塙窓硞㱿嶨嚳潅

ŋ　⑧ 嶽諤鶴岳鸑鄂鍔堮崿愕顎齶覨萼噩鶚蘁狢嶲貉鱷頟堮咢顎

h　⑦ 涸壑郝學蓇嗃蔽鄗孝澩叡㴸轂睢

ø　⑦ 喔握惡渥幄齷媉腥堊蝁偓鷽

ts　⑦ 捉浞卓作築涿啄琢椓焯啅倬晫斲捔踔迮斀晫掭斀新吝

ts‘　⑦ 錯撮縒剒造矗

s　⑦ 索朔摖槊玥鬡莿

z　⑧ 昨鑿逐濁卓鷟怍柞鈼莋濯瀞鐲擢籗怍鑒鑿

iɔʔ

l　⑧ 略掠碧掣䍁鷺

k　⑦ 腳矍噱嘘鄽

k‘　⑦ 却卻郤郄㕁

ø　⑦ 藥約岳葯籰爚瀹禴籥鑰鷂龠礿葯躍篗蠖玃趯慉踚龠葯

ts　⑦ 爵雀爝熦嶲㸑

ts‘　⑦ 鵲錯碏獵䟶

z　⑧ 嚼皭

ʧ　⑦ 勺灼酌繳斫彴芍斮妁仢繁

ʧ‘　⑦ 綽逴婥婼辵㚟

ʃ　⑦ 爍芍鑠

ʒ　⑧ 著鐯

ʐ　⑧ 若弱楉惹鄀渃箬蒻溺惹

uɔʔ

k　⑦ 郭槨崞彉彍墎鄟臺

k‘　⑦ 廓郭擴

h　⑦ 霍矐藿霩膗蘿矆

格陌 əʔ

p　⑦ 伯不百僻辟迫鉑柏北栢瓸苩擘檗舶

p‘　⑦ 撲迫拍泊珀貊魄

b	⑧	白孛泊帛勃脖渤侼挬鵓郣桲烞垺颰潝誖哱悖焃敇鮊鴶䮊羆
m	⑧	墨陌脉麥眽沒嘿默歿貊鷔嬅脈万頮霢霂覛眽眿媢袜爅繹嘿木冪
f	⑦	拂弗紱袯泛帗敝帗刜岪髴茀艴彿炥梻䇳忽惚烾颰韍袡茷晿
v	⑧	勿物弗佛怫咈鈢芴坲艴肳沕勿
t	⑦	德得悳忕
t'	⑦	忒特慝蠈聽
l	⑧	勒仂沏阞扐肋芀
k	⑦	格隔革骼莙鉻狢楁嗝膈鬲愋搹衋觡佫謞瓹愲
k'	⑦	克客刻尅謮
h	⑦	赫黑勀閱爀嚇烞煒魏紇捇嬧幗脈覡黙籺
ɦ	⑧	垼核劾垎翮齕劶嚙劾
∅	⑦	額厄呝戹阨軶輵弱
ts	⑦	責仄側窄卒質䟡則蹟嘖迮孈蹟笮咋摘謫昃幀簀齰斮氒稄岝賾厏鰂齫憤㠊驇捇蠈稤䞣
ts'	⑦	冊策測拆柵簎惻坼邊瞔麟
s	⑦	色塞瑟虱虩鑠㭦穡帥嗇惼濇澁㴶漴澁螫覗頳淰
z	⑧	宅澤賊擇鸅蟄檡厇

uə?

k	⑦	骨國虢国馘幗崛颰
k'	⑦	窟矻圣壙壙岉骩膃
h	⑦	或畫惑劃耂獲湱惑喊颰

質石 i?

p	⑦	必畢碧壁璧偪辟湢煏繹躃彈珌筆鴓罼鷩饆鷝鼺廦韠緊鐴鼊逼熚愊楅鳰馝襞躄鷝覕嬶颰楎俾淠諀胇崋珲禆颶僃壁辟柲
p'	⑦	僻匹辟愊鳴疋霹劈澼礕踾佖邲鷝胇呢
b	⑧	弼鼻辟怭飶勞悲闢擗躄
m	⑧	密蜜覓冪謐宓覛淈帝幭汨糸篾幦幦杳瞑鸍禖
t	⑦	的滴勺嫡敵鏑墑樀瓹玓菂罚斟黓
t'	⑦	剔惕踢狄遏逖詆悬趯骕鬄遟莎禗
d	⑧	廸狄敵頔覿糴翟滌笛荻篴彊覿
n	⑧	逆溺匿尼惄怒睗氼鸂虉昵咦㞚㞞惡愵睗

l　⑧ 立栗歷力慄溧僳凓塛瑮篥厤瀝櫪曆靂癧皪礫櫟朸勓鴗粒笠岦苙剩嘌飃臬轢秝鬁磿瀝壢礰

k　⑦ 吉激擊汲戟及棘急丮郜鏧墼襋伋給級亟笈殛鵠誣愱鵊忣疲瓎愸

k‘　⑦ 泣吃湆膝迟

g　⑧ 吉極佶咭姞屐嘞

h　⑦ 翕閱吸隙郤迄釔歙熻虩熻闟扱肸欯綌艴蠹郄汔諦鄒愶撿鶲

ɦ　⑧ 亦檄薂

ø　⑦ 邑抑揖益亦弋翼一乙意屹易澤弌鳦壹阣溢嗌膉鎰臆繶澺挹悒浥骮裛佚劮肊瘍杙腋掖液驛繹譯翌奕鄎薏妷娭飴昃潪啻肻遹圳饐臆嶧墿埸懌洂帟蜴泆瞸扅觖襗鐸睪睪圛廙鉞翊庂忙糞狘代默 ⑧ 泆逸聿鎰佾窔馹熼

ts　⑦ 脊積跡迹即緝寂集瘠墒鶺膌蹐喞鯽鰿蹟勣績籍嫛鍓趚鶄嵴蝍鯽鷽喦宗訹集磨呰稷湒皀

ts‘　⑦ 緝戚漆七慼桼慼鏚諿葺咠戢輯郪浧榛鶒瞮蠈覩葺

s　⑦ 昔息析錫悉恤蟋腊淅熄蜥膝惜焟磶舄緆鄎瘜踖裼腮鶍餽藤鳩霹蜥

z　⑧ 夕席習襲疾輯濕槢嫉蒺集愱檝汐穸飁蓆隰慴僁蒺反囱戳鶍

ʧ　⑦ 窒質執汁炙植殖隻跖直戠職只陟郅蹠蛭庢桎銍秷晊晊挃礩劕懫鑕櫍跖摭墌職織檝軄拓畢縶埴稙値犆紩騭衺擲擿慹蟄秇廹執嵮瞕嚔膭覭遷

ʧ‘　⑦ 敕叱尺斥式戟赤恜伬憖遫彳勅嫛烾畢肔鉽鷔妣厗瀻

ʃ　⑦ 式濕釋十拾失識飾適什拭軾螫奭襫銻聏恜釋

ʒ　⑧ 石食姪述實祏鼫鉐寔碩秩什袟柣猍三鴮澨遈

ʐ　⑧ 入日鋛

曷拔 aʔ

p　⑦ 鉢八撥捌跋墢坺襏扒蹳鮁鱍癶般

p‘　⑦ 潑癹

b　⑧ 跋拔炦瞂妭犮骳胈鈸馛躰菝

m　⑧ 末抹帓鴸眜

f　⑦ 髮發法金灋嬸

v　⑧ 乏伐罰閥瞂筏妭玉垘

t　⑦ 搭荅妲怛韃笪炟嗒畣龖答掇狚踏健

t‘　⑦ 塔踏榻塌闒沓達獺涾諮錔蹋傝遢噠闒牵幸嗒䠀轄黯碟謁鰨昴谿

d　⑧ 達踏蹋沓遝涾譶蓬翸鞈

n　⑧ 納訥鈉妠軜豽抐魶虓肭殏

l ⑧ 辣拉臘蠟剌臈瘌掣喇狴撒糯瓎爛醫醫瞸鸕应

k ⑦ 萵割蛤甲夬戛怒合獦轕閣骼鴿攽頡眙坋鴶郟梜筴袷鈝岬胛袷稭鶒佮頜

k' ⑦ 渴磕榼恰洽帢峇刮嵑嵑瞌趌㞫

ŋ ⑧ 产歹髥擽

h ⑦ 喝盇歇呷合喔猲欿歁

ɦ ⑧ 狹狎洽押轄峽匣曷鶡盒卻烚闔嗑鶡勖頣迄郃盍磆玪枒炡袷點齸瓅厌雯齹囲刦

ø ⑦ 鴨押揠遏齾觸姤餲堨唆扅閼韚軋壓猰九猰泹魝庘

ts ⑦ 札扎笍折蚻紮挼鴽喢

ts' ⑦ 察插蔡謷鍤舌礤蔡鼜

s ⑦ 霎殺煞歃攝撒椮鏾箑薩颯駛雪縩襹箑卅骹嗺

z ⑧ 雜襍轟噆篷

uaʔ

t ⑦ 掇裰鷄

t' ⑦ 脱倪

l ⑧ 捋孚

k ⑦ 括刮活聒栝适憠笘琶頢佸劀鐜鐜

k' ⑦ 闊踚

h ⑦ 活豁濊眛

ɦ ⑧ 滑猾碣姟嶷鬝酤昏

ø ⑧ 襪韤

s ⑦ 刷唰

tʃ ⑦ 拙掇棳叕剟茁梲啜醊頝𣎳

tʃ' ⑦ 啜歠

屑別 iɛʔ

p ⑦ 別弊鱉鼈勏

p' ⑦ 瞥撇颩鷩

b ⑧ 別撇蹩咇婆

m ⑧ 滅蔑威懱蠛巘鐵蠲鶨曀㓕莧蔑

t ⑦ 跌疊蝶叠喋輒至絰跕疊堞喋㗨褋蹀褶鰈鰈怢喥蟄躞擾轙鷜

t' ⑦ 貼帖鉄怗呫鐵

d　⑧ 迭垤嵽昳眣眣跌㒳戴怔鐵幨竟閜嬻

n　⑧ 臬孽捏涅臲業捻幸囓嵲陧埶蘖鑷鄴嶪鵽躡銸钀惗惄钀蠥闑潬籋苶虐旦蓻
　　嵲隷㯮乿埑忞爄甈囁牵硻

l　⑧ 獵列颲烈洌裂冽裂挒苶蛚躐儠鼰銐桝鴷劣烮挒習矖矖

k　⑦ 結孑劫頰莢劫夾刧潔祛造刦衱羯絜揭詰鍥鋏鑊鵒眲鋤詄熁

k'　⑦ 怯篋絜挈愜愜医朅壆頰剨娎愙

g　⑧ 竭傑桀杰碣偈㩴楬榤

h　⑦ 歇愶掀瞎蠍脅嗋奊頁紇㵎歆

ɦ　⑧ 叶擷挾協絜頡纈劦俠夆

ø　⑦ 謁業葉咽掩腌醫噎餣掩熁腌醶壓　⑧ 葉叶月協偞葉楪瞸曄矗曄入爗曄殈
　　燁

ts　⑦ 節接捷浹咠卩幯偼楫婕椄睫鬣㔉呈孅癠鷑睗吵㠲

ts'　⑦ 竊切妾捷睫緁

s　⑦ 屑泄燮薛雪契泄楔偰偰瞥媟屟屧世藝緤爕离膌躄瞹渫傦瓔瑟

z　⑧ 载絕巀捷戳

tʃ　⑦ 哲折輒轍徹摺聶惵褶懾蜇讋澈勶輟㛇讘浙晳頖脂

tʃ'　⑦ 徹撤聶掣晢砧儳

ʃ　⑦ 攝設葉殈

ʒ　⑧ 涉攝折聶舌鵵鈔

ʐ　⑧ 熱聶囁臑邇

iuɛʔ

l　⑧ 劣悷跨埒

k　⑦ 厥決蹶蹷憰訣譎潏鐍鴂汦駃趹蚗玦撅蕨麗瘚蟨劂趣闕肤映砅橘身身

k'　⑦ 缺闋闕觖欮緙

g　⑧ 掘橜驚鐝劈蹷

h　⑦ 血穴決坅閱眓翍眓

ø　⑦ 月越曰悅悅玥刖岄軏鉞戉閱粵樾扠焆娥趹嚪鴃絨蟛悳哨暼入

ts　⑦ 茁薜

主要參考文獻

1. 班　固《漢書》，中華書局，1962。

2. 鮑明煒《南京方言歷史演變初探》，載《語言研究集刊》第一集，江蘇教育出版
    社，1986。

3. 北京大學中文系《漢語方音字彙》第二版，文字改革出版社，1989。

4. 陳寶亞《20世紀中國語言學方法論》，山東教育出版社，1999。

5. 陳松岑《紹興市城區普通話的社會分佈和發展趨勢》，載《語文建設》1990年1期。

6. ──《語言變異研究》，廣東教育出版社，1999。

7. 陳亞川《反切比較法例說》，載《漢語集稿》，北京語言學院出版社，1993。

8. 丁度等《宋刻集韻》，中華書局，1989。

9. 丁　鋒《琉漢對音與明代官話音研究》，中國社會科學出版社，1995。

10. ──《〈同文備考〉音系》，〔日〕中國書店，2001。

11. 丁聲樹《古今字音對照手冊》，中華書局，1981。

12. 董紹克、閻俊傑主編《漢語知識詞典》，警官教育出版社，1996。

13. 董同龢《漢語音韻學》，臺北文史哲出版社，1998。

14. 樊維城等《玉篇直音》，見《叢書集成初編》，商務印書館，1936。

15. ──《海鹽縣圖經》（天啓四年刊本），臺北成文出版社有限公司印行，1983。

16. 馮　蒸《〈爾雅音圖〉音注所反映的宋初零聲母》，載《漢字文化》1991年1期。

17. ──《〈爾雅音圖〉音注所反映的宋初四項韻母音變》，載《宋元明漢語研究》，
    山東教育出版社，1992。

18. ──《〈爾雅音圖〉音注所反映的宋初濁上變去》，載《大陸雜誌》第87卷第2
    期，1993。

19.　──　《〈爾雅音圖〉音注所反映的宋代知莊章三組聲母演變》，載《漢字文化》1994 年 3 期。

20.　──　《〈爾雅音圖〉音注所反映的宋初非敷奉三母合流：兼論〈音圖〉微母的演化》，載《雲夢學刊》1994 年 4 期。

21.　──　《〈爾雅音圖〉音注所反映的宋初三、四等韻合流》，載《漢字文化》1995 年 4 期。

22.　──　《〈爾雅音圖〉音注所反映的五代宋初等位演化：兼論〈音圖〉江 / 宕、梗 / 曾兩組韻攝的合流問題》，載《語言研究》1996 年增刊

23.　──　《〈爾雅音圖〉的聲調》，載《語言研究》1997 年 1 期。

24.　──　《漢語音韻學論文集》，首都師範大學出版社，1997。

25.　──　《〈爾雅音圖〉的疑母》，載《雲夢學刊》1997 年 1 期。

26.　──　《論〈切韻〉的分韻原則：按主要元音分韻，不按介音分韻──〈切韻〉一 / 三等韻、二 / 三等韻、三 / 四等韻不同主要元音說》，載《語言研究》增刊，1998。

27.　──　《〈爾雅音圖〉音注所反映的五代宋初重紐韻演變》，載《走向新世紀的語言學》，臺北，萬卷樓圖書有限公司，1998。

28.　──　《〈爾雅音圖〉音注所反映的五代宋初重韻演變》，載《漢語史研究集刊》第一輯，巴蜀書社，1998。

29. 傅國通等《浙江吳語分區》，《語言學年刊》第三期，1985。

30.〔瑞典〕高本漢《中國音韻學研究》，趙元任等譯，商務印書館，1994 年縮印版。

31. 高雲峰《150 年來古咸山攝舒聲字在上海話中的語音變遷》，載《語言研究》1996 年 2 期。

32.〔日〕古屋昭弘《〈字彙〉與明代吳方言》，載《語言學論叢》第二十輯，商務印書館，1998。

33. 顧　黔《通泰方言音韻研究》，南京大學出版社，2001。

34.〔梁〕顧野王《原本玉篇殘卷》，中華書局，1985。

35.　──　《大廣益會玉篇》，中華書局，1987。

36. 郭錫良《漢字古音手冊》（增訂本），商務印書館，2010。

37. 耿振生《明清等韻學通論》，語文出版社，1992。

38. 哈平安《五代兩宋詞的入聲韻部》，載《語言與言語障礙論集》首都師範大學出版社，1996。

39. 海鹽縣志編纂委員會編《海鹽縣志》，浙江人民出版社，1992。

40.《漢語大字典》縮印本，四川辭書出版社，湖北辭書出版社，1993。

41. 何九盈《〈中州音韻〉述評》，載《音韻叢稿》，商務印書館，2003。

42.　──　《〈詩詞通韻〉述評》，載《音韻叢稿》，商務印書館，2003。

43. 何一凡《〈中原音韻〉見、知、照（章莊）系聲母發展的不同層次》，載《〈中原音韻〉新論》，北京大學出版社，1991。

44. 侯精一主編《現代漢語方言概論》上海教育出版社，2002。

45. 胡明揚《海鹽方言志》，浙江人民出版社，1992。

46. 胡士雲《說「爺」和「爹」》，載《語言研究》，1994 年 1 期。

47. 胡裕樹主編《中國學術名著提要——語言文字卷》，復旦大學出版社，1992。

48. 蔣冀騁《近代漢語音韻研究》，湖南師範大學出版社，1997。

49. 蔣冀騁、吳福祥《近代漢語綱要》，湖南教育出版社，1997。

50. 蔣紹愚《近代漢語研究概況》，北京大學出版社，1994。

51. 〔韓〕金薰鎬《西洋傳教士的漢語拼音所反映的明代官話音系》，載《古漢語研究》2001 年 1。

52. 李葆嘉《廣韻反切今音手冊》，上海辭書出版社，1997。

53. ——《當代中國音韻學》，廣東教育出版社，1998。

54. 李　榮《切韻音系》，科學出版社，1956。

55. ——《音韻存稿》，商務印書館，1982。

56. 李新魁《韻鏡校證》，中華書局，1982。

57. ——《漢語音韻學》，北京出版社，1986。

58. ——《李新魁語言學論集》，中華書局，1994。

59. ——《李新魁自選集》，大象出版社，1999。

60. 黎新第《明清時期的南方系官話方言及其語音特點》，載《重慶師院學報》（哲社），1995 年 4 期。

61. ——《明清官話語音及其基礎方音的定性與檢測》，載《語言科學》，2003 年 1 期。

62. 劉綸鑫《釋〈中原音韻〉中的重出字》，載《〈中原音韻〉新論》，北京大學出版社，1991。

63. 劉丹青《南京方言詞典》，江蘇教育出版社，1995。

64. 劉勛寧《說〈中原音韻〉的蕭豪分韻》，載《現代漢語研究》，北京語言文化大學出版社，1998。

65. 魯國堯《魯國堯自選集》，大象出版社，1994。

66. 陸　容《菽園雜記》，中華書局，1997。

67. 陸志韋《金尼閣〈西儒耳目資〉所記的音》，見《陸志韋近代漢語音韻論集》，商務印書館，1988。

68. 羅常培《中國音韻學導論》，國立北京大學出版部，1949。

69. ——《唐五代西北方音》，科學出版社，1961。

70. ——《漢語音韻學導論》，中華書局，1956。

71. 〔美〕羅傑瑞《漢語概説》,張惠英譯,語文出版社,1995。

72. 麥　耘《論近代漢語-m 韻尾消變的時限》,載《古漢語研究》,1991 年 4 期。

73. 梅祖麟《現代吳語和「支脂魚虞,共爲不韻」》,載《中國語文》2001 年 1 期。

74. 寧繼福《〈中原音韻〉無入聲内證》,載《音韻學研究》第一輯,中華書局,1984。

75. ──《中原音韻表稿》,吉林文史出版社,1985。

76. ──《古今韻會舉要及相關韻書》,中華書局,1997。

77. ──《洪武正韻研究》,上海辭書出版社,2003。

78. 潘悟雲《漢語歷史音韻學》,上海教育出版社,2000。

79. 秦淑華、張詠梅《重紐韻中的舌齒音》,載《語言》第四卷,首都師範大學出版社,2004。

80. 上海圖書館《中國叢書縱錄》,上海古籍出版社,1983。

81. 邵榮芬《中原雅音研究》,山東人民出版社,1981。

82. ──《切韻研究》校訂本,中華書局,2008。

83. ──《邵榮芬音韻學論集》,首都師範大學出版社,1997。

84. ──《韻法橫圖》與明末南京方音,載《漢字文化》,1998 年 3 期。

85. 沈兼士《廣韻聲系》,中華書局,1985。

86. 〔日〕辻本春彦《廣韻切韻譜》,均社單刊第二種,1986。

87. 史有爲《從吳方言看音變擴展的不平衡性──吳方言部分奉、微母字聲母清化現象》,載《語言研究》1985 年 1 期。

88. 〔瑞士〕費爾迪南·德·索緒爾《普通語言學教程》,高名凱譯,商務印書館,2001。

89. 〔宋〕司馬光《宋本切韻指掌圖》,中華書局,1986。

90. 蘇子裕《海鹽腔源流考略》,載《中華戲曲》第 27 輯,2002。

91. 王福堂《漢語方言語音的演變和層次》,語文出版社,1999。

92. 王洪君《從開口一等重韻的現代反映形式看漢語方言的歷史關係》,載《語言研究》,1999 年 1 期。

93. 王　力《漢語史稿》,中華書局 2013。

94. ──《王力文集》第十卷,山東教育出版社,1987。

95. 徐通鏘《歷史語言學》,商務印書館,1991。

96. ──《文白異讀和語言史的研究》,載《現代語言學》,語文出版社,1994。

97. 許寶華、潘悟雲《不規則音變的潛語音條件》,載《語言研究》1985 年 1 期。

98. 顏逸明《吳語概説》,華東師範大學出版社,1994。

99. 顏之推著、吳玉琦等注譯《顏氏家訓譯注》,吉林文史出版社,1998。

100. 楊耐思《中原音韻音系》,中國社會科學出版社,1981。

101. ──《近代漢語「京、經」等韻類分合考》,載《音韻學研究》第二輯,中華書局,1986。

102. ——　《近代漢語音論》，商務印書館，1997。

103. 葉寶奎《試論〈書文音義便考私編〉音系的性質》，載《古漢語研究》，2001 年 3 期。

104. ——　《明清官話音系》，廈門大學出版社，2001。

105. 《語言學百科詞典》，上海辭書出版社，1993。

106. 游汝傑《略論古代漢語方言的構擬》，載《現代語言學》，語文出版社，1994。

107. 尉遲治平《「北叶〈中原〉、南遵〈洪武〉」溯源——〈中原音韻〉和南曲曲韻研究之一》，載《語言研究》，1988 年 1 期。

108. 余廼永《新校互注宋本廣韻》定稿本，上海人民出版社，2008。

109. 〔清〕袁國梓《嘉興府志》（康熙刻本），收於中國科學院圖書館選編《稀見中國地方志彙刊》第 15 冊，中國書店，1992。

110. 袁家驊等《漢語方言概要》第二版，語文出版社，2001。

111. 臧勵龢等《中國人名大辭典》，商務印書館，1927。

112. 曾曉渝《對〈中原音韻〉音系-m 尾韻的一點認識》，載《古漢語研究》1993 年 3 期。

113. 張撝之等《中國歷代人名大辭典》，上海古籍出版社，1999。

114. 張廷玉等《明史》，中華書局，1974。

115. 張衛東《論中古知照系部分字今讀同精組》，載《深圳大學學報》1984 年創刊號。

116. 張詠梅《〈諧聲品字箋〉的音系研究》，巴蜀書社，2011。

117. 張自烈《正字通》，中國工人出版社，1996。

118. 趙蔭棠《等韻源流》，商務印書館，1957。

119. 趙元任、丁聲樹等《湖北方言調查報告》，史語所專刊，1948。

120. 鄭張尚芳《方言異常現象在地理分佈上的密集和稀散》，載《現代語言學》，語文出版社，1994。

121. ——　《方言中的舒聲促化現象》，載《中國語言學報》1995 年 5 期。

122. 《中國大百科全書·語言文字》，中國大百科全書出版社，1988。

123. 《中國地方志集成·浙江府縣志輯（21）海鹽縣志》，江蘇古籍出版社、上海書店、巴蜀書社，1993。

124. 中國社會科學院語言研究所詞典編輯室《現代漢語詞典》（修訂本），商務印書館，1996。

125. 周法高《古音中的三等韻兼論古音的寫法》，載《史語所集刊》19。

126. R.L.Trask　The Dictnary of Historical and Comparative Linguistics,Edinburgh University Press,2000.

後 記

簽下合同的一剎那，我熱淚盈眶。

父親如果能看到我的作品出版，他該有多麼高興！父親從來沒有像同輩人那樣嫌棄我是個女孩兒，相反，他給了我山一樣的愛：我沒有像同齡人那樣讀完小學或初中就回家餵豬、打雜，而是繼續讀書，他頂的巨大壓力是現在的人無法想象的，不僅僅是經濟上的，更沉重的是輿論上的：哪有女孩子讀這麼多書的？中學時我是全縣唯一既享受助學金又擁有《現代漢語詞典》的學生，這在今天聽來算什麼？但在那個肚子都填不飽的年代，它絕對是奢侈品！還記得那個風雨夜，從縣城騎車回家的父親全身濕透，但懷裡的北京大學錄取通知書完好無損。還記得 1987 年 8 月中旬 14 點的火車站，驕陽下父親的銀髮扎眼，他早早地就空腹出門了，當時我很難受，本來就是因為受氣被迫提前回京，您倒好，明知我今天返京，還不打招呼就出門了。原來，身體不好的父親跑了幾百里地去給我找錢去了，他之所以那麼早出門是因為要在火車開動前把錢交到我的手裡，一天了，他還水米沒進呢！……父親打造了我的今天，還給了那麼多的愛。對父親的思念，不是每年的春節、中秋，不是每年的清明、中元，而是每天，是每時每刻！

這是我的博士論文，博士求學期間，我對近代漢語音韻的研究頗感興趣，馮蒸老師很支持我的想法，向我推薦了《玉篇直音》。在文章的寫作過程中，從資料

到謀篇布局，他都竭盡全力幫忙。畢業這麼多年來，閱讀了大量書稿，眼界、想法也有變化，覺得自己的文章有待提高，有些方面可以節省點筆墨，有些方面則應該再展開的，但每天 16 個小時的工作讓我心有餘而力不足，只好「尊重歷史」了。好在因為資料的原因，小文並非不無用處，可去哪里出版呢？雖然朋友說你為單位貢獻這麼大，單位給你出本書還不是理所當然？但我不願給領導添麻煩，自尊也不允許我為自己的事情向領導開口。聯繫其他出版社，有些要求我又不能滿足人家。正在這時馮老師熱情推荐到花木蘭出版社，從而避免了給人以口舌。所以這不是一個謝字能表達我的感情的！

工作以來，經歷了很多很多，雖然江湖險惡，但我還是比較幸運：邵榮芬先生、趙誠先生不嫌棄我的鄙陋，給了不少諄諄教誨和具體指導；母校的老師唐作藩先生、郭錫良先生、何九盈先生、張雙棣先生在我求救時，一如二十多年前那樣，令我感到母校的溫暖和堅實依靠！師友虞萬里、汪啓明、党懷興、顧黔、胡安順、華學誠、孫玉文、張玉來、萬獻初、高永安，師妹彥捷、詠梅、紅豔、志紅，師弟稚松，朋友曉明、俊英，同事顧青、王勉、廣燦、張可、胡斌……給了我很多很具體的幫助，給了我善良、友愛，正是他們提供的正能量讓我堅持到現在，謝謝，我愛你們！

我之能夠有現在，必得特別感謝我的先生，他的理解、寬容、幫助和支持一直伴隨我，幫我撫養小弟到成人，幫我贍養父母，幫我照料兄姊，尤其是支持我脫產讀博。工作後，我全部身心放在工作上，卻對家庭經濟收入甚少貢獻，他不僅沒有過半句指責，還得負起逗我開心的重任。我的寶貝女兒是那麼懂事，那麼可愛，以她的自強自立表示對我的支持，她讓我自豪！

作為同行，我非常敬佩花木蘭文化出版社的氣魄和能力，我們也在做學術出版，深知其中的艱難，在小書出版的整個流程中，花木蘭文化出版社的熱忱、細緻、認眞都讓我感動，也讓我學到了很多，感謝高小娟社長，感謝許郁翎編輯！

感謝所有幫助過我的人！

秦淑華

2014 年 4 月 29 日